新潮文庫

熊野まんだら街道

神坂次郎著

新潮社版

6480

古熊野《くまの》の道を歩く——まえがきにかえて

熊野は、かつて日本のなかの異郷であった。奈良や京の都の近くに位置しながら、都の文化とは相対する異文化を保ちつづけてきた。古くから熊野が謎《なぞ》の国、神秘の国と称《い》われたのも、そんなところからきているのであろう。

もともと熊野とは隠国《こもりく》の意であり、祖霊のこもりなす根《ね》ノ国、女神イザナミが赴いた黄泉《よみ》の国であった。中世、蟻《あり》の熊野詣《もうで》といわれるほどのおびただしい貴紳衆庶が足裏に血をにじませ遥《はる》かな山河を踏み越え熊野にむかったのも、そこがこの世の外の異郷あの世であり、聖なる冥府《めいふ》であったからであろう。

人生に傷つき、絶望したとき、中世の人びとは心に熊野を念じ、熊野三千六百峰の果てにある熊野三山（本宮《ほんぐう》、新宮《しんぐう》、那智《なち》大社）を目指した。京から往復およそ一カ月。南海の涯《はて》、山重なり行く道はるかなりと「三宝絵詞《さんぼうえことば》」にいう熊野への道は、俗塵《ぞくじん》にまみれた過去の自分をその〝死〟の国に葬《ほうむ》り、あたらしく甦《よみがえ》ろうとして辿《たど》る還魂蘇生《かんこんそせい》の黄泉還《がえ》りの道でもあった。

この道を、藤原兼家《かねいえ》らの陰謀によって皇居を追われた十九歳の花山《かざん》法皇が……恋多き情熱の歌人、和泉《いずみ》式部が……世をすねて妻子をすて放浪の旅にでた北面の武者、佐藤義清《のりきよ》（西行法師）が……恋した人妻、袈裟《けさ》御前《ごぜん》を誤って殺した遠藤武者盛遠《もりとお》（文覚《もんがく》上人）が……そしてまた、戊辰《ぼしん》の戦争で生別した父母妹の姿をもとめて諸国を巡礼する天田五郎（侠客《きょうかく》、清水次郎長の養子・のち愚庵《ぐあん》）が……汗をにじませ、ひと足ひと足踏みしめていった。

熊野への道は、京、大坂からの紀伊《きい》路（西熊野街道）と伊勢《いせ》路（東熊野街道）、高野山から熊野・伊勢にむかう高野街道、そして新宮から大和、五条へ出る十津《とつ》川街道、熊野木ノ本から大和、上市《かみいち》にいたる北山街道、さらに吉野から大峯山《おおみねさん》を越えて本宮に出る行者道などもある。しかし、普通「熊野路」といえば、やはり京からの、そして大坂、窪津《くぼつ》王子《おうじ》にはじまる九十九王子《くじゅうくおうじ》が点々としている紀伊路ということになる。

むかしの熊野詣が大へんであったことは、中世の歌謡「梁塵秘抄《りょうじんひしょう》」にも、

熊野へ参らむと思へども
徒歩《かち》より参れば道遠し
すぐれて山きびし

馬にて参れば苦行ならず
空より参らむ　羽賜《た》べ若王子《にやくわうじ》

などと詠《うた》われているのをみてもわかる。

花の都を振り捨てて
くれくれ参るは朧《おぼろ》けか
且《か》つは権現御覧《ごんげんごらう》ぜよ
青蓮《しやうれん》の眼《まなこ》を鮮かに

「くれくれ」というのは、難渋難儀の意である。熊野は、それほど遠くけわしい道程《みち》の彼方《かなた》にあった。

——熊野。

京の下鳥羽《しもとば》から船に乗って淀川《よどがわ》をくだり、摂津《せつつ》の国渡辺の津（現在の大阪市天満橋《てんまばし》の西方）に上陸。ここを南に行くと熊野街道の起点、窪津王子。

道はここから一路、和泉の国の海べりを南下し、信太《しのだ》、井ノ口、麻生河《あそうがわ》、厩戸《うまやど》と王子をたどり、紀伊国の国界、雄《お》ノ山《やま》峠を越えて紀ノ川をわたり、藤白《ふじしろ》坂をすぎて有田《ありだ》、湯浅、御坊《ごぼう》、印南《いなみ》と海明りのする道を田辺《たなべ》にむかう。

熊野の玄関口、口《くち》熊野といわれた田辺から先は、熊野本宮にむかう山また山の道、中辺路《なかへち》を分け入る。

本宮からは熊野川を舟でくだり、新宮、那智と熊野三山をめぐって、那智の背後にそびえる妙法山《みようほうざん》にのぼり、雲の中をくぐるような大雲取越《おおくもとりご》え、小雲取越《こくもとりご》えの険路を越えてふたたび本宮に出、中辺路往来をたどって都へ帰っていく……というのが、熊野詣の順路であった。

この熊野三山が歴史の上に名を高めてくるのは、平安の中期から鎌倉時代の後半にかけて頻繁に行われた熊野御幸《ごこう》によってである。

当時、俗化した既成宗教に飽きたらなくなった皇族や貴族たちは、きびしい山岳信仰に現世の救いをもとめた。熊野の神は〝大自然〟であった。熊野三山の信仰は、古代人が祖霊の棲《す》むとみた山精《やま》や水伯《みず》や飛滝《ひろう》や巨石に抱いた素朴な畏怖心《いふしん》から発している。

もともと熊野は、温暖と多雨が結びついて、山が深く樹林が空をおおってくろぐろと生い茂り、自然の条件そのものが幽暗な感じをひきおこすように揃《そろ》っていて、人間が死んでからいく冥府のような雰囲気がたちこめていた。

やがて仏教が伝来すると、この、人間の世界の外の、おどろおどろと晦冥《かいめい》につつまれた熊野の地の、山中他界《さんちゆうたかい》などの原始的な信仰や思想のあったところへ、海上他界の補陀《ふだ》洛《らく》信仰（観音信仰）がくわわり、さらに神道《しんとう》でも仏教でもない野性をおびた第三の宗教、熊野修験《しゆげん》が重層的に入りこんで混沌《こんとん》とした熊野三山信仰ができあがった。そしてこの熊野三千六百峰の奥ふかく籠《こも》って修行すれば神通力を得たり、生きながら成仏《じようぶつ》できると信じられ、やがてその思想が熊野信仰の源流となり、狂熱的なまでに国内に蔓延《まんえん》していった。中世になると、それが更に激しさをくわえ、蟻の熊野詣といわれるほどの人びとの群れが熊野へつづいた。

古い記録によると、延喜《えんぎ》七年（九〇七）の宇多《うだ》法皇の熊野御幸を最初に弘安《こうあん》四年（一二八一）の亀山《かめやま》上皇まで百回をこえたといい、なかでも後白河上皇の三十四回が最も多い。白河院の御幸には千ちかい人馬を従え、一日の食糧は米十六石。そんな群列が、《峨々《がが》たる嶺《みね》のたかきをば、神徳のたかきに喩《たと》へ、嶮々《けんけん》たる谷のふかきをば、弘誓《ぐぜい》のふかきに准《なぞら》へて、雲を分けてのぼり、露をしのいで下る》といわれるほどの嶮路を越えてきたのであるから、狂信にちかい。

上皇たちの熊野御幸は、まず最初に陰陽師《おんみょうじ》の卜占《ぼくせん》によって御精進《ごそうじ》、御進発の日が定められる。

この「熊野御精進」は、また熊野が京の南方にあるところから「南山の精進」といわれる。精進とは、魚、肉、葱《ねぎ》、韮《にら》などを断って潔斎《けっさい》することで、上皇以下熊野御幸に随従する人びとが鳥羽の離宮を精進所にして七日間ほどお籠《こも》りをする。

鳥羽離宮は、平安時代末期から鎌倉時代の初期にかけて約百年、この地が政治の中心地となった〝院政の時代〟、白河、鳥羽、後白河、後鳥羽の四上皇が、「まるで都うつし」のようだと称《い》われた華麗宏壮《こうそう》な離宮を建てたところである。

余談になるが、この鳥羽離宮の存在が確認されたのは、一九六〇年、名神高速道路建設のときに、発掘されて以来のことである。鳥羽上皇が造営した離宮南殿《みなみどの》は名神高速の京都南インターチェンジに近い、秋ノ山の丘（現・離宮公園）の付近で、離宮東殿《ひがしどの》は、白河、鳥羽、近衛《このえ》の三帝の御陵があるあたり、そして本殿の御堂《みどう》が安楽寿院《あんらくじゅいん》の地である。

こうして熊野御幸の前行《ぜんぎょう》として午後四時、御精進屋に入御《にゅうぎょ》した上皇や随従の者は、一切の葷腥《なまぐさ》を断ち、熊野曼荼羅《まんだら》を前にして般若心経《はんにゃしんぎょう》を誦《ず》し、立っては跪《ひざまず》き床に額を打ちつける〝額突《ぬかづき》〟をくり返し苦行をつづける。

上皇の熊野精進屋への入御は、「長秋記《ちょうしゅうき》」「中右記《ちゅうゆうき》」「両院熊野御幸記」などをみると、ほとんどが《申剋《さるのこく》（午後四時）》になっている。陰陽師の卜占によって決められた御精進、御進発の日時は変更することができず、時には豪雨のなかを御精進屋に入り（「明月記《めいげつき》」）、雨をおかしての出発（「猪隈関白記《いのくまかんぱくき》」）ということにもなる。

御幸御進発の時刻は、宮廷の祭祀《さいし》でいう〈雞鳴《けいめい》〉つまり雞鳴をもって儀式の始まりを告げるという寅剋《とらのこく》（午前四時）、一番鶏《いちばんどり》の鳴きごえをきいて出発するのだが、この場合の鶏というのは、人間が代役をつとめて、

「カケコー」

と鳴くのだ。

上皇一行の暁の御進発には、暗《くら》みのなかで炎々と燃える松明《たいまつ》を手にかざした男たちが、往還の両側に分かれて立ち、四、五町のあいだ行く手を照らしている。精進所から乗船場まで五町。

この日の上皇の装束は、純白の山伏《やまぶし》姿で、白生絹《すずし》の狩衣《かりぎぬ》に袴《はかま》、白い脛巾《はばき》に草鞋《わらじ》（藁《わら》履《ぐつ》）、それに山伏の三具ともいうべき、白い布を頭に巻き八の字に結んだ頭巾《ずきん》、生絹の小袈裟をかけて手には杖《つえ》。

女院《にょういん》や中宮《ちゅうぐう》の場合は、女院山伏と書かれてはいるのだが、熊野曼荼羅にもその絵姿がないので不明だが、おそらく大原女《おはらめ》や白河女《しらかわめ》のような脛《すね》切りの、その浄衣《じょうえ》に脚絆《きゃはん》をつけ手には杖、といった行装なのであろう。

行幸御進発の日時も、御精進の時と同じように厳しく、鳥羽上皇などもその朝、風邪のため咳《せき》が出、悪寒《おかん》の汗流るるが如《ごと》くであったが変改はできず、ただただ熊野大権現の霊力にすがって出発したという。

雞鳴、暁闇《ぎょうあん》のなかを出御《しゅつぎょ》した上皇の行列は、先達《せんだつ》の大僧正、御導師、乗船場まで見送りにでる公卿《くぎょう》や殿上人《てんじょうびと》、上皇の身辺を警固する数百人の北面の武者たち、女官、陰陽師、医師《くすし》、雑人《ぞうにん》たちを従え、上皇は徒歩で、女院は輿《こし》に揺られて松明の灯のなかをしずかに進んでいった。

熊野信仰とは、難行苦行の同義語にほかならない。熊野とは地の涯、隈野《くまの》であり、那智とは難地の謂《いい》である。しかし、苦行であるからこそ一切の罪業《ざいごう》が消滅するという滅罪《めつざい》行《ぎょう》になり得たのだ。そしてまた、その苦行のゆえにこそ、蒼海《そうかい》を緋《ひ》に染めて沈んでいく荘厳《そうごん》な夕陽のすがたや、昼なお暗い原生林の彼方に、忽然《こつぜん》と空を截《き》ってそびえる岩壁から飛沫《しぶき》をあげて落下する滝のとどろきに、遥か浄土に辿りついたという法悦《ほうえつ》をおぼえたのであろう。

《感涙禁じ難し》

と、後鳥羽上皇の熊野御幸に供奉《ぐぶ》した歌人、藤原定家《ていか》も、その感動を「明月記」に記している。

熊野詣の旅は、上皇たちの熊野御幸の時代の幕が閉じた後も、時の流れとともに武士や庶民へと拡《ひろ》がりをみせていった。それは一種、狂熱的ともいうべき信仰ぶりであった。江戸中期の享保《きょうほう》元年（一七一六）六月二十四日の夜から二十九日の晩までの間、田辺の旅宿に泊った参詣人《さんけいにん》四千七百七十六人、という記録をみればわかる。一日に八百人というおびただしい人の数である。これらの、蟻の行列のように陸続と熊野にむかって進んでいく人びとの姿を、「日葡辞書《にっぽじしょ》」（慶長八年・一六〇三）は、

《アリノクマノマヰリホドツヅイタヨ》

と形容する。

それにしても、なんという山また山の道を昔の人びとは歩いたのであろう。

そんな地の涯の熊野三山が、今日では想像のできないくらい、狂熱的信仰をあつめたのは、熊野権現が、

〈浄不浄《じょうふじょう》をとわず、貴賤《きせん》にかかわらず、男女をとわず〉

に受け入れてくれる神であったからだ。そして、熊野証誠殿《しょうじょうでん》の前にぬかずけば、広大無辺の慈悲によって、汚穢《おわい》にまみれ俗世に傷ついたわが身も、たちまち決定往生《けつじょう》して生きながら生まれかわり、健やかで倖《しあわ》せな余生が約束される、と信じたからであろう。その信仰は〈道のほとりに飢え死ぬるもの数しれず〉といった中世や戦国の地獄をみた人びとの心を、はげしく揺り動かした。人びとはみな、十方浄土《じっぽうじょうど》の熊野の聖域を灼《や》けるような眼差《まなざし》で凝視《みつ》めた。

「南無《なむ》日本第一霊験《りょうげん》熊野三所大権現　利生《りしょう》を給《たま》え」

古熊野の往還には、そんな、中世から近世にかけて果てしなくつづいた熊野詣の人びとの哀歓を、歴史を、伝承をとどめている道が多い。

熊野古道のなかで、熊野詣の軸になるのは、前述の京、大坂からの紀伊路（西熊野街道）と、伊勢から尾鷲《おわせ》、八鬼山《やきやま》越えを経て新宮への伊勢路（東熊野街道）であろう。

熊野へまゐるには

紀路と伊勢路の
どれ近し　どれ遠し
広大慈悲の道なれば
紀路も伊勢路も
遠からず

梁塵秘抄

熊野三山への道は、この他にも山岳抖擻《とそう》の修験（山伏）の苦行修錬のための吉野金峯《きんぷ》山《せん》から峰づたいに大峯山脈の険難を越えて本宮に分け入る行者道。伊勢から十津川をすぎ高野山にむかう高野街道。熊野木ノ本から大和、上市にでる北山街道。新宮から本宮、十津川往来をぬけ大和、五条にいたる十津川街道など幾つかの道がある。

熊野路は、歩かなければわからない。

南紀のまばゆい風光と温泉をもとめるのなら、JR紀勢《きせい》線を利用し、またはマイカーを走らせるだけでいい。けれど、かつての熊野詣の人びとの哀歓をもとめ、熊野路の歴史とその背景を知ろうとするなら、自分の足で、熊野道者《どうじゃ》と同じように喘《あえ》ぎながら、歩くほかない。そうでなければ、熊野三千六百峰の山塊を神とみた古代人の感動も怕《おそ》れも、はるか虚空《こくう》から巨石に天くだった神も、山塊の奥処《おくど》から発した水が天空に白い神となって出現する大滝の神秘も、肌に伝わってこないであろう。

さいわい熊野古道は中辺路《なかへち》や小辺路《こへち》、大雲取越え小雲取越えなど、その険路のゆえに近代化の開発の波からまぬかれ、いまもなお中世のたたずまいをとどめ、ひっそりとしずまっている道が多い。

※本文中の地名、交通路線、人物の肩書き、年齢等は、発表当時(昭和五十六年—五十九年)のものにしたがっています。

目次

古熊野の道を歩く――まえがきにかえて　三

I　泉州から紀州まで

熊野まんだら街道

I

泉州《せんしゅう》から紀州まで

〈一〉はじまりは堺《さかい》

堺は、その名のように摂津《せっつ》、河内《かわち》、和泉《いずみ》の三つの国の境界《さかい》にある地で、市街地の真ん中を走っている大小路《おおしょうじ》通りから北半分を摂津国堺北《きた》ノ庄《しょう》、南半分が和泉国堺南ノ庄と称《よ》ばれていた。

ささやかな漁村で、熊野詣《くまのもうで》の宿駅にすぎなかった堺が、歴史のなかでにわかに脚光を浴びるようになったのは南北朝のころからのようだ。南北朝の分裂によって後醍醐《ごだいご》天皇が吉野の行宮《あんぐう》に移ると、堺は南朝に加担する熊野や瀬戸内の海賊衆、西国、九州の南朝軍の連絡に欠くことのできない主要な港になった。

堺の繁栄は、このあたりからはじまる。やがてこの港が、三倍も四倍にも利を得たという対明《みん》貿易の遣明船の発着港となり、そして十六世紀も中頃になると、遠く波濤《はとう》をこえてヨーロッパ人が来航し、堺の港は異国文物の流入するわが国最大の窓口になった。

貿易港として栄えた堺はまた、日本第一の先進文化都市でもあった。当時きわめて珍重された「砂糖」が「更紗《さらさ》」が南蛮船によっておびただしく輸入されたのもこの港であり、呂宋《ルソン》から「雨傘、日傘」が、そして明から赤、白、黒と色模様もあざやかな「金魚」が、高級な「金襴緞子《きんらんどんす》」が「そろばん」が、朝鮮からは「蚊取線香」が、琉球《りゅうきゅう》から「蛇皮線《じゃびせん》」が入って三味線になったのもこの港まちからだ。

ポルトガルから種子島《たねがしま》に到来したエスピンガルダ（鉄砲）が上陸したのも、この堺である。

〽物のはじまりゃ
なんでも堺
三味も小唄《こうた》も　みな堺

と、新堺音頭《おんど》（山本梅史作詞、細田義勝作曲）にあるように、はるか大明、呂宋にまでひびいた国際都市の堺商人たちには、なにがなんでも日本一、という自負心があった。

そういえば、わが国最古の官道で、さまざまな大陸文化を奈良、飛鳥《あすか》の都に運んだ「国道第一号線」の竹ノ内街道（現・富田林《とんだばやし》高田線）もそうだし、室町時代、中国貿易で栄えたこの町からはじまった、掛金《かけきん》を複利法で無尽に増大させていくシステムの「頼母《たのも》子《し》講《こう》」。そのほか、わが国で最初の「劇場」をひらいた堺の人、村山又三郎。江戸銀座の原点、大黒常是《だいこくじょうぜ》の銀貨鋳造の「銀座」、現在の長唄《ながうた》、常磐津《ときわず》、清元《きよもと》、新内《しんない》などの起源になった薩摩掾浄雲《さつまのじょうじょううん》の「江戸浄瑠璃《じょうるり》」。

近代になっても、堺の〝はじまり日本一〟はなおつづく。わが国最初の「木造洋式灯台」、鉄砲鍛冶《かじ》の技術を利用して造られた「自転車」、そして「私設鉄道」、旧陸軍の「カーキ色軍服」「ダンボール紙箱」「スコップとショベル」の製造、「足踏み回転脱穀機」から「民間航空」「学生相撲」……と、数えていくとキリがない。

〈二〉家康の墓

徳川三百年の天下を築いた神君家康も、「家康をののしる会」などというのがある大阪までくると、さんざんである。

大坂の陣での家康は、真田《さなだ》に追われ後藤に追われ木村に追われ、座る間もないくらいに逃げまわっている。橋のたもとで休もうとすると、橋の下から槍《やり》がとび出してきたり、お堂に逃げこんで小便をしようと立つと、目の前で地雷火が炸裂《さくれつ》したり、まったく、よいところなしで滑稽《こっけい》なくらい逃げに逃げている。もちろん、これは巷説《こうせつ》や、上方《かみがた》講談の張り扇の音とともに叩《たた》き出された陽気な話にすぎないのだが。

堺の南宗寺に、こんな話が伝えられている。

大坂夏の陣（元和《げんな》元年＝一六一五）で平野郷に陣した家康は、大坂方の奇襲をうけて命からがら遁走《とんそう》する。その途中、田舎道を葬式の行列がやってくるのを見つけた家康は、死人になりすまして棺桶《かんおけ》にもぐりこみ、和泉の半田《はんだ》寺山までやってくる。ところが運の悪いことに、紀州から帰ってくる後藤又兵衛とばったり出くわした。

「はて、面妖《みよう》な?」

棺桶を怪しんだ又兵衛は、手にした長槍でぐさりと突き刺した。

〈げえっ〉

突かれながらも悲鳴を噛《か》み殺した家康は、槍をつかんで血のついた穂先を袖《そで》でぬぐいとった。で、又兵衛は棺の中の家康に気付かず行ってしまう。そのあと、まわりの者は急いで南宗寺まで棺桶を運びこんだ。けれど深傷《ふかで》の家康は、ついにこの寺で息絶える。家康の死体は開山堂の縁の下に葬《ほうむ》られ、戦さがおわったあと、改めて久能山《くのうざん》東照宮に葬られたという。家康亡《な》きあと替え玉の家康は、一年ばかり大御所の身がわりをつとめていたが、やがて元和二年、鯛《たい》のてんぷらの中毒にことよせて毒殺されてしまう……という話である。

ところが、この奇妙な「家康の死」を〝実証〟する話があるのだ。元和九年七月十九日に二代将軍秀忠が、そして同年の八月十八日に三代将軍家光がこの南宗寺に足をはこんで、家康の遺骸《いがい》を埋めたという開山堂に隣り合わせた坐雲亭《ざうんてい》の楼上に登った、という事実である。

この南宗寺は、茶人にゆかり深く千利休や武野紹鷗《たけのじようおう》などの墓もあり、元和の末、沢庵《たくあん》和尚《おしよう》が再興した寺である。しかし、徳川家とは何の関係もないこの寺に、秀忠と家光父子がどうしてやって来たのか。そして徳川時代に容易に許されなかった東照宮が開山堂と並んで建てられていたのは、どうしたわけなのか。そしてまた、代々の堺の町奉行が着任する際、かならずこの開山堂を拝したというのは、どう解釈すればよいのであろう。

残念ながら南宗寺の主要な建物は、昭和二十年の空襲でほとんど焼失し、開山堂の縁の下の〝家康の墓〟だと伝える無銘塔も失われてしまったが、古老の記憶にのこる無銘塔は、砂岩の無縫塔《むほうとう》型で高さ約五十センチほどの変哲もないものであったという。

蟻《あり》の熊野詣といわれたくらい、ひっきりなしに参詣人《さんけいにん》がつづいた熊野への道すじには、それらの人びとによって語り継がれた数々の説話がのこされている。

熊野詣は、すこやかな肉体をもった人たちばかりではない。当時、不治の病とされた業病《ごうびょう》に身をむしばまれた人の群れもあった。かれらはその病のゆえに、前世よりの因果によってくずれ落ちたと信じた肉体を、熊野権現《ごんげん》の霊験によって癒《いや》そうとし、不自由な体をにじらせるように熊野への道をたどっていった。

〈三〉小《お》栗《ぐり》街道

小栗判官《はんがん》と照手《てるて》姫《ひめ》の〝愛〟の物語は、こんな人びとのなかで、いきいきと語り伝えられていった。「鎌倉大草子」や説経節《せっきょうぶし》の「おぐり」古《こ》浄瑠璃《じょうるり》の「小栗の判官」によれば、いまから五百五十余年前の永享《えいきょう》六年……。

〈鎌倉幕府の命にそむいた常陸国《ひたちのくに》(茨城県)小栗郷の城主、小栗判官は毒酒を飲まされ、五体が萎《な》え、業病にもだえる。そんな小栗を慕う照手姫は、さまざまな苦難を越えたのち、病みくずれて盲目になった小栗を土車《つちぐるま》にのせ、素足になり車の手綱を曳《ひ》いて熊野にむかう。

途中、その車は熊野詣の人びとの手から手に曳かれ、幾多の山坂をこえ熊野にたどりつく。そして湯《ゆ》の峯《みね》で湯垢離《ゆごり》をとった小栗は、権現の霊験によって七日目には両眼があき、二十一日目にはふたたびもとの美丈夫の小栗にもどり、照手姫とむすばれる〉

このいかにも中世らしい奇蹟譚《きせきたん》は、一遍上人《いっぺんしょうにん》を開祖とする時宗《じしゅう》の遊行僧《ゆぎょうそう》や、檜笠《ひのきがさ》をかぶって熊野の神符《しんぷ》、牛王宝印《ごおうほういん》をかかえ勧進柄杓《かんじんびしゃく》を手に村から村へまわっていく熊野比丘《びく》尼《に》のもの悲しい節まわしによって撒《ま》きひろげられ、諸国の婦女子を感動させた。

こうした説話、伝承のたぐいは、すべて信じるにたらない嘘《うそ》っぱちと言ってしまえばそれまでだが、もともと私たちが確かな歴史だと考えているものと、こういう説話との一線は、それほど画然としたものではない。虚構というものは、ときに生半可《なまはんか》な現実よりもさらに、生なましい息吹《いぶ》きをもった真実として、人びとのあいだで語りつがれていくものだ。

照手姫が小栗判官を土車にのせ、涙まじりの声で「えいさらえい―」と曳いていったと伝えられる堺から南への旧熊野街道（現・大阪和泉泉南線）が、いまなお小栗街道の名でよばれていることをみても、この説話がどれだけ庶民に愛され、はるかなる聖地、熊野へのあこがれを掻《か》きたてたかがわかる。

JR阪和《はんわ》線富木《とのき》駅の東から南進して井ノ口町、槙尾《まきお》川の手前あたりまでの往還は、そんな、古い小栗街道の面影をよくとどめている。

この槙尾川の手前に、明治の頃まで熊野九十九王子《くじゅうくおうじ》の一つである井口王子社があったようだが、いまは泉井上神社《いずみいぬこ》に合祀《ごうし》されている。泉井上の地はその昔、清らかな泉がこんこんと湧《わ》きいでたところで、それが和泉の国名になったと伝えられる。

〈四〉ルソンの壺《つぼ》

九つの町木戸をくぐりぬけると、大小路《おおしょうじ》通りである。船でも入ったのか、おびただしい人通りでその雑踏を泳ぐ人びとのほとんどの服装は異国のものである。

オルムズの緞子《どんす》に金襴《きんらん》の装飾をあしらった外套《がいとう》をまとった南蛮人が、鳶《とび》のような眼を光らせながら、傍の明国《みんこく》風の男に、なにやら、意味のわからない、まるで鳥のさえずりのような声で話しかけている。

その背後から、従僕であろう仁王像のように逞《たくま》しい黒人が歩いていく。

——室町時代から戦国時代にかけて繁栄をつづけた堺の町も、現在の泉北臨海コンビナートとして巨大な埋め立て（甲子園球場の四百二十倍）で肥大した堺市街からみると、きわめて小さな一部でしかない。

その、かつてベニス市のような共和国といわれた南北三キロ、東西一キロ、濠《ほり》に囲まれた自由都市の姿をしのばせるのは、濠（土居《どい》川）に架かっていた三十六橋のうち唯《ただ》一つ残っている極楽橋だけ。古老たちが鮒《ふな》すくいしたという土居川の流れも、いまは昼も夜も間断なく轟音《ごうおん》をたてて走りぬけていく自動車洪水の阪神高速道路や、第二阪和国道の下に埋もれて、昔日《せきじつ》の面影はない。

南宗寺門前を東に行くと、大安寺。この寺は戦災をまぬかれた数すくない寺の一つで、寺の本堂は堺の豪商、呂宋助左衛門《ルソンすけざえもん》こと納屋《なや》助左衛門の邸《やしき》を移したものと伝えられている。

助左衛門は戎《えびす》町に住む納屋衆《なやしゅう》（倉庫業）の一人で、天正《てんしょう》の頃から海外貿易に従事し、百余人の牢人《ろうにん》をひきつれてルソンに押し渡り、持ち帰った傘、蠟燭《ろうそく》、生きた麝香獣《じゃこうじゅう》二四、ルソンの壺五十個を豊臣秀吉に披露《ひろう》している。

秀吉はこの壺を大坂城の広間に並べ、茶器として高価な値段をつけて希望者に頒《わか》ったところ、大名たちは争ってこれを購《もと》め、助左衛門は巨利を博したという。以来、ルソン助左衛門の異名をもち海外貿易の旗頭としてのしあがった助左衛門の生活は豪奢《ごうしゃ》をきわめた。

助左衛門邸という大安寺本堂には、その豪勢さをしのばせる狩野元信《かのうもとのぶ》や狩野永徳《えいとく》のフスマ絵が現在ものこされている。この宏壮《こうそう》な本堂の廊下の柱に、一太刀の刀きずがある。これは助左衛門に招かれて邸にきた松永弾正（久秀）が、あまりの豪奢さにおどろき、いきなり刀を抜いて柱を斬《き》り、

「満ちたものは、いつか欠ける」

と、助左衛門を戒めた刀きずだという。

このエピソードは、おそらく助左衛門が「町人の身で僭越《せんえつ》」と秀吉の怒りにふれてカンボジアに亡命したあとで付会されたものなのだろうが、往時の助左衛門の暮らしぶりが泛《うか》びあがってくる話だ。助左衛門の亡命は、かれが摑《つか》んだ厖大《ぼうだい》な黄金と秀吉に妬《ねた》まれてのことだが、この助左衛門がぬけぬけと秀吉に二つ三つ献上したルソンの壺というのは、

「……じつは」

かの地で土民たちが、部屋の隅で用をたしていたオマルであった、という痛快な説もあるが、茶道具などというものの正体には、あるいはそんな一面もあるのかもしれない。

〈五〉松の木の話

樹木と人間は古くから密接な関係があった。なかでも松は、もっとも人びとの身近に接していた木で、松山、松原、松並木と日本人のいる背景にはかならずこの木があった。その松も、近ごろでは受難の時代をむかえて、村はずれや街道筋にあった名物の老樹などが大気汚染のため衰弱し枯死したとか、松くい虫の駆除剤を空中散布して問題になったとかの記事をよく見かける。

観光地などでも、都会から来たそそっかしいのが、松くい虫で枯れ枯れになった赤茶けた山の遠望を、おりからシーズンの〝全山紅葉〟と勘ちがいしてカメラをかまえ、さかんにシャッターをきっている、という笑えない光景に出くわすことがある。

堺・諏訪《すわ》の森から高石市にかけての海辺は、高師《たかし》の浜とよばれ十数キロにもおよぶ松林で、万葉の歌まくらにもなった景勝の地であった。この街道の松並木のなかで「千両の松」と称《い》われた名物松があった。目どおり（直径）二メートル。四方を圧して亭々とそびえたつ老樹で、江戸のころ、参勤交代の道中、この松の下で休息した紀伊大納言《だいなごん》が、

あまりの枝ぶりのみごとさにほれぼれとして、

「千両を出しても持ち帰りたいものよ」

そう言ったという話がある。

紀州五十五万五千石の殿様ともあろうひとが、千両だの二千両だのと、成金旦那《だんな》や植木ブローカーみたいに松の木の値踏みなどするはずもないのだが、ま、それ程の価値の松という意味なのであろう。

その名物の「千両の松」も二十年ほどまえ、この松原で高名であった「鳳凰《ほうおう》の松」や「羽衣の松」といった名松とともに枯死し、姿を消した。姿を消したのは松ばかりではない。広大な臨海工業地帯のため海を埋められ、白砂青松のわが国最初の公園で、東洋一の海水浴場として世に知られたこの浜辺も、いまは、高師の浜も羽衣の松も諏訪の森も町名や駅名に残るだけで、昔日の面影はない。あるのは荒涼とした工業地帯と、紀州街道を走る車の洪水だけである。

もっとも、高師の浜の松の受難は、いまにはじまったことではない。明治の初め、この松林を伐《き》って開拓をくわだてた無法な男があらわれたり、第二次大戦中は航空用燃料の松根油《しょうこんゆ》を採るため、そして戦後は戦後でアメリカ軍の宿舎用地を造成するため次つぎに乱伐されていく。

明治初年の伐採のときは、たまたまこの地を訪れた時の内務卿《ないむきょう》、大久保利通が、無惨《むざん》

に伐り倒されている松をみて、

音にきく高師の浜の松が枝《え》も

世のあだ波はのがれざりけり

と、嘆いて詠《よ》んだという。この一首の和歌のおかげで伐採は禁止され、明治六年、太《だ》政《じょう》官布告をもって公園に指定され、保護されることになった。冷徹な合理主義者と評される大久保だが、伐られゆく松の生命をあわれむその心根はやさしい。政治というのは、こういうことをいうのであろう。以来、第二の大久保も〝政治〟も現れぬまま、高師の浜の松は海を失い、排気ガスの汚染のなかで索寞《さくばく》と立ちつくしている。

〈六〉　恐怖の紀州街道

昭和のはじめ、東京行進曲という歌謡曲が大ヒットしたが、その冒頭の「昔恋しい銀座の柳」という歌詞の〝銀座の柳〟というのがじつは堺から移植したのがはじまり、だということを知る人は少ない。徳川家康が江戸開府のとき、まねかれて江戸に住んだ堺の豪商たちが銀座に、故郷をなつかしんで植えたのが初代・銀座の柳なのである。

堺は柳の多い町で、中心部の〝摂津と和泉の国境《さかい》〟になっていたという大小路は、いまも柳の街路樹におおわれている。

その堺の殿馬場中学校の近くに、堺奉行所跡・旧堺市役所跡の碑が立っている。明治になるまでの二百七十年間、徳川幕府の直轄地《ちょっかつち》としての政庁、堺奉行所がここにあった。当時の奉行職というのは市長、警察署長、裁判所長、税務署長を兼務したような役向きである。

この堺奉行所の所管内の紀州街道で、いまから百四十年ほど前の安政三年（一八五六）の秋から翌四年の春にかけて、毎夜のように強盗、輪姦《りんかん》事件が起こった。強盗団の出没は巧妙をきわめ、堺奉行所はじめ街道筋の岸和田藩、伯太《はかた》藩の役人たちの張り込みを嘲《ちょう》笑《しょう》するように、その裏をかいて通行人を襲い、婦女とみれば片っぱしに、

《理不尽ニ手足ヲ押ヘ、押シテ不義ヲナシ……》

と、暴行を加えているのだ。

春木村の若い農夫、源吉の恋女房おかねは、実家へ里がえりしての帰り道、高石村のはずれで襲われ、丸はだかにされたまま夜明けまで失心してい、大津板屋町の娘おけいは、所持金一両二分を奪われたうえ、猿ぐつわをかまされ大津川ちかくの伯太藩のお台場（砲台）に担《かつ》ぎこまれている。

おけいの次に災難に遭ったのは宇多大津の機屋《はたや》カネヨシの織女《おりこ》おさよであった。おけいと同じようにおさよも、三人の男たちから楯並《たてなみ》橋の南隅の横山開きに連れこまれ暴行を受けている。

……ところが、この連続強盗、暴行魔たちの正体が、意外なことから割れてくる。それは、堺奉行所の表門に貼《は》られた落書《らくしょ》の、

《くせものは　さかいよりきしゅうのうちにあり》

と記された、その一行からであった。一見すると「曲者《くせもの》は堺より紀州の内にあり」と読めるが、この落書を目にした堺奉行、関出雲守《いずものかみ》は顔いろを変えた。

犯人は、堺奉行所のなかにいたのである。与力の花田喜兵衛、木村兵次郎とその配下

の同心、深町矢之松ほか五名であった。落書をみた瞬間、出雲守は「曲者は堺与力衆の内にあり」と判じたのだ。

江戸時代の法制では、庶民が武士の非を訴えることを禁じていた。まして〈オ役人サマハ鏡ノゴトク〉の奉行所与力、同心たちである。そんな町びとの鬱憤《うつぷん》が無言の抗議である落書になったのであろう。

かつての通り魔《ま》〝悪徳警官〟たちが横行した紀州街道、国道二十六号線あたりは、いま、排気ガスを撒き散らして疾走する車の洪水に、松林の緑も色褪《いろあ》せ、往時の面影もない。

〈七〉女《め》狐《ぎつね》と若者

狐が人間と婚して子をもうけるという説話は、中国の「五雑俎《ござつそ》」や「呂氏春秋《りよししゆんじゆう》」「玄中記」などによくみえる。が、日本版の、恋した男の身がわりになって死ぬという「古《こ》今著聞集《こんちよもんじゆう》」の純情の女狐や、子までなした仲でありながら、吠《ほ》える犬におびえて正体をあらわし、心ならずも去っていかねばならなかった狐（「日本霊異記《にほんりようい き》」「水鏡」）の物語などは、ひとしおあわれがふかい。

立ち去っていく女狐に男が「なぜ行くのか。おまえのことを忘れられようか……これからも我のもとに〝来て寝よ〟」と叫ぶ。で、狐はそのことばに従って、その後も男のもとに忍んで〝来て寝〟た。いらい人びとは、その可憐《かれん》な獣のことを「来《き》つ寝《ね》」と称《い》ったという。

そんな狐交婚譚《こうこんたん》のなかで、ことに著名なのは熊野街道（小栗《おぐり》街道）に沿った信太《しのだ》の森の葛《くず》の葉《は》狐である。関西人にとって、シノダといえばキツネうどんを連想するくらいにこの物語は広く知られている。

——その話というのは、こうだ。阿倍仲麻呂《あべのなかまろ》七代の孫で、父の代に没落して阿倍野（大阪市阿倍野区阿倍野）に住んでいた安倍ノ保名《やすな》は、家名再興を信太の森に祈願していた。ある日、保名はこの森で狩人《かりゅうど》に追われた白狐をたすけた。その数日後、保名は、訪ねてきた美女と心を通わせ、やがてその女とのあいだに一子、童子丸をもうける。が、倖《しあわ》せはながくつづかなかった。童子丸が五歳のとき、眠っているうちに神通力を失って狐の正体をあらわしてしまった葛の葉狐は、

恋しくば尋ねきてみよ和泉なる
　信太の森のうらみ葛の葉

と歌をのこして、故郷、信太の森に帰っていく。母を慕って泣く童子丸を背にした保名は、妻の名を呼びながら信太の森にきてみると、以前は見なかった葛の葉が社前いちめんに群がり茂っていた。そして、それらの葛の葉が、夫とわが子の声に応《こた》えるように、いっせいに葉をそよがせ、泣くがごとく、葉裏をみせてざわめいたという。

保名と葛の葉狐のあいだに生まれた童子丸は、のちに日本随一の陰陽《おんみょう》博士、安倍晴明《あべのせいめい》となり、冷泉《れいぜい》、円融《えんゆう》、花山《かざん》の三天皇に仕えて従《じゅ》四位にのぼる。にんげんが草木と語り、獣と共に生きていたころの話である。

この葛の葉伝説は、蟻《あり》の熊野詣といわれるほど、おびただしい人びとが熊野街道を往来したころ、一遍上人《いっぺんしょうにん》を奉じる時宗《じしゅう》の徒が語り拡《ひろ》げたものかもしれない。この説話が熊

野信仰とかかわりふかいことは、安倍ノ保名、晴明がいた地に熊野九十九王子社《くじゅうくおうじしゃ》の阿倍野王子があり、葛の葉狐の信太の地に篠田《しのだ》王子があることをみてもわかる。

信太森葛葉稲荷《いなり》神社は、JR阪和線北信太駅から西へ百メートルの和泉市葛の葉町にある。この森も、いまは頭上に空がすけてみえるくらい樹《き》がすくない。あかい鳥居の立ち並ぶ落葉の境内に、葛の葉ゆかりの姿見の井戸がひっそりしずまっている。「夜泣きの子には昔より名高い、葛の葉のマジナイ致します」と貼《は》り紙のある社務所をのぞくと、老人が二人すわりこんでいた。取材にきたというと、だまって「泉州信太森葛葉稲荷由緒《ゆいしょ》」と刷ったパンフレットをくれた。

〈八〉二つの紀州路

京阪地方と紀伊を結ぶ和泉の道は、平安時代、ここが熊野詣《もうで》の街道筋になったことから、さらに深いかかわりをみせてくる。

延喜《えんぎ》七年（九〇七）宇多法皇の熊野御幸《ごこう》をきっかけに、蟻《あり》の熊野詣といわれたほどおびただしい貴紳衆庶が、足裏に血をにじませながら遥《はる》かな山河を踏みこえて〝あこがれの聖地〟熊野にむかった。

熊野詣の旅がたいへんなものであったことは、平安、鎌倉のころの日記や歌謡をみてもわかる。京都から熊野三山（本宮《ほんぐう》、新宮《しんぐう》、那智《なち》）への往復、ざっと一カ月。山また山の熊野への旅は、気がとおくなるほどの苦難の道程であったが、人びとはその苦行によってこそ熊野権現《ごんげん》の霊験を得、現世の果報をつかみとれるものと信じた。

京都の下鳥羽《しもとば》から船に乗って淀川《よどがわ》をくだった上皇や皇族、公卿《くぎょう》たちの一行は、いまの天満橋《てんまばし》の西方、渡辺の津（江戸時代の三十石船の発着地・八軒屋）で上陸。まず熊野権現の分霊を祀《まつ》った熊野九十九王子《くじゅうくおうじ》の第一番目の王子社、窪津《くぼつ》王子に参拝し、それから先は街道筋の要所に点々とある王子社を巡拝しながら長い苦しい旅をつづけていくのである。

和泉には、堺市北田出井町の境王子はじめ大鳥王子、篠田王子、井口王子などから泉南郡阪南町のウハメ王子まで十六もの王子社があった。

境王子以南の、俗に小栗《おぐり》街道とよばれる熊野街道を南に、道は大鳥神社の鳥居前をすぎ上村《かむら》では父鬼《ちちおに》街道と分れて南西に進み、国道、大阪和泉信達《しんだち》線とまじわりながらＪＲ阪和線の東側を走りぬけ紀泉境界を越えて紀伊に入っていく。

紀伊への熊野道には、この王子社のほかに四キロごとの道すじに建てられた一里塚（その一つが貝塚市半田に現存）があったし、のちに海から入る船の道もできた。

祈りの道、信仰の道として発達した和泉の往還は、近世にはいると、山手の高台を走っていたこの「熊野街道」にかわって、海岸べりを通る「紀州街道」が主要道路になる。つまり、山側に延びているＪＲ阪和線（熊野街道）にかわって、あたらしく海べりの路線、南海本線（紀州街道）が登場した、ということである。

紀伊と隣りあわせた和泉には、この二つの大きな街道のほかにも、古くから紀伊へ抜ける粉河《こかわ》街道、根来《ねごろ》街道がある。なかでも風吹峠をこえてくる根来からの道は、和泉の人びとにさまざまなものをもたらした。

室町時代の末、泉州貝塚以南に城塁をかまえた根来軍団二万数千に、村々をあげて加担した泉州人たちは、織田・豊臣ら天下の軍を迎えて敗滅するが、根来衆が泉州の地におろした根はふかい。いまもなお紀州弁を使っているという泉州の言葉ぶりだけをみても、根来衆たちの、この地に与えた影響の大きさを知ることができる。

〈九〉 蛸《たこ》の武勇伝

戦国のころ紀州雑賀党《さいか》、根来《ねごろ》衆などの鉄砲軍団を迎え撃つ豊臣秀吉軍の最前線基地は岸和田《きしのわだ》の城であった。

この岸和田城に抗して紀州連合軍は、岸和田から紀州に通じる街道の咽喉首《のどくび》にあたる浦手（海側）山手（山側）に濠《ほり》を掘り土居を築き逆茂木《さかもぎ》をめぐらし、二十三段の備えを伏せて、千石堀、積善寺《しゃくぜんじ》、沢《さわ》、畠中、木島、窪田などの城塞《じょうさい》をはじめ枝城七つという凄《すさ》まじいばかりの陣がまえをみせていた。

いまから四百年まえの天正《てんしょう》年間のことである。やがて天正十三年（一五八五）三月、秀吉の率いる十万の遠征軍と紀州連合軍三万余のあいだで、天地が晦冥《かいめい》するほどの銃撃戦が展開することになるのだが、岸和田城西方にある天性寺に伝わる合戦譚《かっせんたん》は、そんな血みどろな話ではない。ローカル色たっぷりな、どことなくのんびりした咄《はなし》なので、笑ってしまう。

はなしというのは、こうだ。天性寺の縁起によると建武年間（十四世紀）、のちに本尊となる地蔵菩薩《ぼさつ》が蛸の背中（？）に乗って海辺に現われるのだが、おりから乱世である。誰も蛸のかついだ仏など敬まう人もなく、地蔵尊はいつか岸和田城の濠の中に投げすてられたまま、むなしく時がすぎていく。

やがて十六世紀末の天正の時代、城主の松浦肥前守《ひぜんのかみ》は紀州雑賀、根来の鉄砲軍に包囲され、隙間《すきま》もなく攻めたてられ、もはや落城か……と観念した。そのとき、城内のどこからか雲をつくばかりの大坊主《おおぼうず》が無数の蛸をひきいてあらわれ、紀州勢のなかに躍りこみ、斬《き》り伏せ叩《たた》きつけ奮迅する。かくして紀州勢敗走。戦いがおわった後、城主の松浦は大坊主の姿をさがしたが、どこにも見当たらなかった。

そののち松浦は、ときおり濠に蛸が浮かんでいるのをみて、ふしぎに思って濠のなかを探らせてみたところ、地蔵菩薩の木像を発見した。

〈さては、あの大坊主はこの地蔵尊の化身であったか〉

うなずいた松浦は、その木像を城内に祀《まつ》った。ところが、信仰心が足りなかったのか、この地蔵尊が夜な夜な白法師に化《な》って岸和田城下を遊びまわっている、という風説がたった。で、この木像をゆずりうけたのが天性寺の泰山和尚《おしょう》である。和尚は、九間に七間半という日本最大の地蔵堂を建てて、そこに安置した。この待遇に気をよくしたのか以来、地蔵尊の夜遊びはふっつりとやみ、やがて「子分の蛸をひきいて岸和田の町を守った地蔵尊」の霊験が喧伝《けんでん》され、八月の地蔵まつりの縁日に〝蛸地蔵〟の境内は善男善女の参詣《さんけい》でひしめいたという。

この蛸地蔵の参道入り口の石灯籠《いしどうろう》の傍に、平仮名で「たこぢそう」と刻まれた石標がたっている。暢達《ちょうたつ》な、なかなか味のある文字だが、それも道理で、筆者は江戸時代の南画家の池大雅《いけのたいが》。京ずまいの大雅は、紀州徳川家の儒官で日本南画界の指導者ともいうべき祇園南海《ぎおんなんかい》を訪ねて、しばしば紀州街道を往来している。

その途中の、岸和田での常宿は、解毒丸《げどくがん》本舗の安松屋であった。安松屋の別宅は、蛸地蔵の前にある。おそらく大雅は、岸和田滞在のつれづれに、この石標の筆をとったのであろう。

〈十〉〝ボッカン王国〟

堺から和歌山へ向かう途中、女子バレーボール、ニチボー貝塚で知られた貝塚の町に寄った。

戦国のころ貝塚は、日本最大の武装教団、一向宗《いっこう》の泉州における一大拠点の貝塚御坊《ごぼう》、金涼山願泉寺の寺内町であった。寺内町というのは寺院の境内にできた町のことで、その宏大《こうだい》さは、境内に紀州街道が走っているのをみてもわかる。つまり、中世のヨーロッパや中国大陸などの都城のように、四囲に濠《ほり》や土塁や、城壁のように分厚い土塀をめぐらし、街道も町もすっぽり包みこんでいるのだ。道は迷路のように折れ曲がり突き当たり、城の櫓《やぐら》さながらの太鼓楼や本堂の大屋根をそそりたたせた姿は、寺というより城塞《じょうさい》といったほうがふさわしい。

願泉寺は戦国の大名たちの侵略をふせぐために、泉州の村むらの農民や一向門徒たちが自衛のため築きあげた寺で、天文十九年（一五五〇）紀州、根来寺《ねごろじ》から卜半斎了珍《ぼくはんさいりようちん》を招いて棟梁《とうりよう》にすえた。いらいボッカン法主《ほっす》は（代々の世襲名の卜半斎を土地のなまりでボッカンとよんだ）根来僧兵軍団や、おなじ一向門徒集団の雑賀党《さいか》と気脈を通じ、軍事同盟を結んだ勇猛な泉州門徒をひきいて、織田、豊臣軍への果敢な戦いぶりを展開する。

こうしてボッカンさんは戦国風雲のなかを走りぬけていく。やがて根来寺が炎上し四散し、雑賀党が壊滅したのちも、ボッカン寺と町びとたちは息災であった。世が治まり、徳川時代に入ったが、ボッカンさんにひきいられた願泉寺寺内町の人びとは、なお自主自治の気風を失ってはいない。周囲をとり囲む岸和田藩の支配にも入らず、城下町的な性格をもつ願泉寺独立国として歴史のなかを歩きつづける。

住職の二代目卜半斎了閑は、家康から寺内諸役免許の黒印を与えられ、武家だけに用いられる〝地頭〟の公称を許され、封建領主としてわが政庁、卜半役所にあって政治、徴税などの行政を弁じ、町びとから殿様とよばれた。

いっぽう、町びとたちも卜半家の臣として、外出のおりは帯刀をゆるされたという。この、一種のボッカン王国は、明治四年の太政官《だじょうかん》布告によって政府から寺領の上知を命ぜられ、御堂敷地のほかことごとく取り上げられるまでつづいた。

貝塚の町を訪ねる気になったのは、その願泉寺に四百年前から伝わるという寺宝の〝双茎の蓮花《れんげ》〟を見たいと思ったからである。さいわい卜半家のご当主がおられ、その蓮を拝観することができた。双茎の蓮花は、金紋散らしの黒うるしの箱に納められていた。ずしりとした黒い蓋《ふた》をとると、もう一つの金網の覆《おお》い蓋があり、その底に、一本の茎から二筋に分かれた花軸の先に、枯れ枯れの二つの花托《かたく》（蓮房）があるのが見えた。

「ああ、これが……」

寺伝によると、本堂裏手の池に咲いたこの双頭蓮は「本願寺が東西両門にわかれ、法流ますます栄える瑞相《ずいそう》」だと判じたという。瑞兆はともあれ、歴史のなかの貝塚御坊願泉寺は、法城を守り領土を自衛するため、この双頭蓮さながら東に西に、ある時は豊臣派の西本願寺に屈し、更に徳川方の東本願寺に転じ、かと思うと幕末には倒幕派の西本願寺にと、さまざまに表情をかえている。

生ぬるい根性では生きていけぬ時代であった。寺宝の瑞蓮は、騒乱の山河を踏み越えてきたそんなボッカン王国の歴史の象徴であり、無言の語り部なのであろう。

〈十一〉二匹の犬の物語

岸和田市八田《はった》町、南海バス塔原岸城線の一ノ宮で下車して農道を通って南へ十分。行く手に、土地の人たちが向山（犬塚）とよんでいる小さな丘が見えてくる。その草むぐらにうずもれた丘は、古墳時代後期の円墳らしく、丘の上の台石に高さ二・五メートルほどの、

捕鳥部萬墓

と刻んだ石の墓標がある。

「日本書紀」によると、崇峻《すしゅん》天皇のころ（五八七—五九二）大連《おおむらじ》物部守屋《もののべのもりや》の家臣だった捕鳥部萬《とっとりべのよろず》は、蘇我馬子《そがのうまこ》が主君を攻めたので、兵百人をひきいて難波《なにわ》の邸《やしき》を固めていた。が、戦いに敗れて守屋は敗死し、萬は山中にこもって戦い朝廷軍を悩ませるが、戦いに利なく、故郷の日根郡鳥取郷にむかって逃走する。その途中、萬は妻の実家がある有真《ありま》香邑《かむら》の里までたどりつく。

しかし、ここで朝廷軍に包囲された萬は、丘の上で自刃《じじん》。朝廷軍は、その萬の死体を

八つ裂きにして曝《さら》すため首を斬《き》った。すると、萬の屍《かばね》の傍にいた白い犬が、にわかに朝廷の兵たちに吠《ほ》えかかり、萬の首をくわえて古塚の上にひきずっていった。犬は、萬が愛していた犬であった。

白い犬は、あるじの死首の傍に横たわり、その首を見守り、来る日も来る日もかなしげな声で鳴いていたが、やがて餓死したという。朝廷はこの犬の情《こころ》をあわれみ、萬の一族に命じて二つの墓をつくらせたと「日本書紀」崇峻天皇の元年のくだりに記している。

いま一つの犬の話は、それから三百年ほど後の寛平二年（八九〇）の春三月のこと。紀州の猟師が泉佐野大土《おおつち》村の山中に踏みこみ、四寸岩から蛇腹ちかくまできたとき一頭の鹿《しか》を見つけたことからはじまる。で、足音をしのばせた猟師は、矢をつがえてきりきりと引きしぼった。

と、一瞬、いままで傍にいた猟犬が、矢庭に猟師にむかって吠えかかったのである。火のつくような激しい鳴きごえに、鹿はおどろいて逃げてしまった。

「ええい、こいつめ！」

舌打ちした猟師は、犬を怒鳴りつけた。が、犬はなおも狂気したように猟師に吠えかかるのである。怒った猟師は山刀をぬいて、

がつん！

と犬の首を叩《たた》き斬った。その瞬間、斬り飛ばされた犬の首は、猟師の背後、頭上でら

んらんと目をかがやかせていたうわばみ（大蛇）に咬《か》みついた。

危うく難をのがれた猟師は、犬が吠えたのはわが命を救うためであったと知って、以来、ふっつりと殺生《せっしょう》をやめ、やがて髻《もとどり》をおろして七宝滝寺に入って、犬の霊をとむらったという。のちにこのことが朝廷にきこえ、この寺に犬鳴山の勅号をたまわったという。犬の墓は、いまもその山中にある。

〈十二〉　泉州燃ゆ

中央大資本の地方進出ぶりはすさまじくなる一方だ。怒濤《どとう》のような物量の猛攻のまえに、地方都市にひしめく零細、小企業は一たまりもない。

が、競争というのはいつの時代にも惨酷さがつきまとう。歴史は、そんな世間の形相を冷たく記録しつづけていく。現代の商戦も、いまから四百年まえの戦国争乱の兵戦も、武器はちがっても戦さにかわりはない。

室町時代の末、国内六十余州に碁石でもぶち撒《ま》いたように存在していた土豪五、六千が、信長、秀吉といった巨大な（経済力と工業力をふまえた）戦国大名たちによって淘汰《とうた》され、徳川のころにはわずか二百六十余という数（藩）に化《な》っていくのである。

——その、天下統一の野望をみなぎらせた秀吉の軍が、泉州の野になだれこんでくるのは天正《てんしょう》十三年（一五八五）三月。いわゆる根来《ねごろ》攻めである。このとき、秀吉にしたがう遠征軍十万。先軍がすでに堺の地を踏んでいるのに、後尾はまだ京を離れていなかったというおびただしい軍団である。二十一日、遠征軍は前哨《ぜんしょう》基地の岸和田《きしのわだ》に布陣。

いっぽう、秀吉軍に抗して千石堀、積善寺《しゃくぜんじ》、沢《さわ》、高井、畠中など紀州への街道の浦手（海側）山手に城塞《じょうさい》をかまえて立てこもる根来・雑賀《さいか》連合軍三万。このなかには、根来衆と同盟する泉南地方の農民や土豪、一向門徒の農民たちが、それぞれの寺を中心に結束して、連合軍に加わっている。

当時の農民は、のちの徳川三百年の間に羊のごとく飼いならされた百姓たちではない。いずれも剽悍《ひょうかん》な面《つら》だましいの、つねに自衛のための弾薬、食糧を村々に貯《たく》わえ、槍《やり》を逆だて鉄砲をかまえ、自主独立の気に満ちた農民集団である。

「おんどれ秀吉め、撃ち殺しちゃれ！」

根来・雑賀連合軍は、潮鳴りのような武者ごえをあげて攻め寄せてくる秀吉軍団に、銃弾を炸裂《さくれつ》させた。

が、しかし、紀州連合軍は不運であった。弾薬を取り出すために開いた、その弾薬庫に火矢が飛来し、千石堀城は一瞬、大音響をあげて爆発し、千六百人の根来衆徒が肉塊となって吹っ飛んだ。

「南無三《なむさん》！　千石堀城が落ちた！」

根来・雑賀連合軍の敗滅はこの瞬間にはじまる。高井城落城。畠中城、みずから城を焼いて退去。最後まで頑強な抵抗をつづけていた積善寺城九千五百の城兵も、秀吉から命じられた貝塚御坊《ごぼう》、願泉寺の卜半斎了珍《ぼくはんさいりょうちん》の仲介をいれ、城をひらいて落ちていった。

秀吉の断滅作戦に焦土と化した泉州の野で、平安であり得たのは卜半斎了珍のひきいる願泉寺寺内町だけであったという。

貝塚市橋本、阪和線和泉橋本駅の東南約二百メートルの坂の道に、いまも往時の、戦国の姿を濃くとどめた城塞の跡がある。積善寺城。小栗《おぐり》街道に沿って豪壮な城塁の白壁が冬の陽だまりのなかにつづき、近木《こぎ》川の流れの音だけが、四百年の歳月をこえてしずかに揺れあがってくる。

〈十三〉水《みず》間《ま》寺《でら》

水間鉄道を終点の水間駅でおりて、そのまま山のほうへどんどん歩いていくと、右手、蕎《そ》麦《ぶ》原《ら》川の流れのむこうに水間寺の堂塔が見えてくる。

竜谷山観音寺。いまから千二百年ほど前の聖武天皇のころ、清らかな水間から観世音菩《ぼ》薩《さつ》が出現し、その地に七堂伽《が》藍《らん》を建て僧坊百三十。が、中世、紀泉の間で起こった足《あし》利《かが》と山名・大内の兵乱や、秀吉の根来攻めなど、たびかさなる戦火に遭って堂塔ことごとく炎上。現在の本堂は江戸時代の文化八年（一八一一）の再建。水間という名は、上流の山峡から流れてくる大川、蕎麦原川の二すじの川が、この山里で一つになる。その川と川の、つまり水と水の間にあるところからきている。

この水間の里に昔から旅人宿はなかった。そのかわり、観音堂に御籠《おこも》りする信者たちのため、付近の民家が宿泊の設備をしていた。いまでいう民宿である。この風習は元禄《げんろく》ごろからはじまっているから〝民宿〟のハシリみたいなものだ。

もっとも、御籠りといっても水間寺の信者たちはひどく上方《かみがた》風で、他国の信者たちのように二月の初午《はつうま》の夜、観音堂の吹きっさらしの板の間で旅着のまま仮寝して、丑三《うしみ》ツ刻《どき》（午前二時—二時半）に起きて祈願をこめる……といった殊勝な、思いつめたところがない。信者たちは民家で用いられる部屋いっぱいの大布団《おおぶとん》の中へ四方から、まるで柳川《やながわ》鍋《なべ》のドジョウみたいにもぐりこんで、ぬくぬくと〝御籠り〟したというから愉快である。

水間には天平《てんぴょう》（八世紀）ごろから〝利生《りしょう》の銭《ぜに》〟といって、信仰篤《あつ》い善男善女に開運の資として少額の銭を貸し与える風習があった。

ある年の初午の日である。ひとりの実直そうな若者が一貫の銭を借りて行った。が、約束の年になっても若者の姿はなかった。そうこうしているうちに十年がすぎた。そして十三年目、数頭の馬におびただしい銭を積んで返金にきた男がいた。武蔵国《むさしのくに》で指折りの長者になったあの若者であった。長者はその銭で境内に三重の塔を建てた……と、西《さい》鶴《かく》の「日本永代蔵《にっぽんえいたいぐら》」の一篇〈初午は乗ってくる仕合〉にある。

水間のこの初午の、いささか怠けた御籠り（民宿）といい開運の銭といい、いかにも関西人が考えそうな挿話である。エピソードといえば、境内の愛染明王《あいぜんみょうおう》の玉椿《たまつばき》の木にまつわる水間版「お夏清十郎」の悲恋ばなしもある。

鎌倉時代の末、伏見天皇の勅使として水間寺を訪ねてきた和歌山の山名清十郎と村の豪農の娘お夏は、かわらぬ愛を誓って愛染椿に祈りをこめる。しかし、乱世である。都の戦さに破れ、水間に逃れてきた清十郎は、深傷《ふかで》のためお夏に手をとられたまま死ぬ。

と、お夏もまた清十郎を抱いて死ぬ。

村びとたちはそんな薄命の二人に涙をそそぎ、ふたりの屍《かばね》を愛染堂の前に埋めて墓石をたて、恋を結ばせてやった。その、ひっそりした墓石の両脇《りようわき》に、映画俳優の林長二郎（長谷川一夫）と田中絹代の名を刻んだ花立があり、いつも、野の花が手向けられている。

〈十四〉戦国武者の師走《しわす》

年が暮れ、新しい年がくるのは、時のサイクルだから、なにも慌《あわ》てることはないのだが凡夫のあさましさ、そうもいかない。十二月も終わりがみえてくると、ほかの月末にはない妙な切迫感をおぼえる。師走の街を歩いていても、大売り出しのスピーカーの叫びごえに、追いたてられるような気ぜわしさを感じる。

もっとも、年の瀬のあわただしさは、いまにはじまったものではない。ゆく年、くる年という一年の折り目、節目をつけるために、江戸のころも煤払《すすはら》いの大掃除をし、鬼打ち豆をまき、職人や日稼ぎたちは裏長屋で餅《もち》をつき、商家は高張り提灯《ちょうちん》をかかげ、番頭や丁稚《でっち》たちはカケ取り（集金）に走りまわり、除夜の鐘が鳴るまで忙しく立ちはたらいた。

一年のケジメをつけるといえば、戦国争乱の時代の男たちは、どういうかたちで年の瀬をおくり、正月を迎えていたのであろう。

そういえば、そんな戦国武者たちの師走や正月について語られた歴史書を、まだ読んだことはない。
〈いったい、どうだったのであろう〉
で、手もとの歴史年表をとりあげ、鉄砲伝来の天文十二年（一五四三）から大坂夏の陣（一六一五）まで、ざっと目を走らせてみた。
年表のほか、信長公記や川角太閤記《かわすみたいこうき》、三河物語から駿府記《すんぷき》等々に信長、秀吉、家康……と、そのうごきを追ってみた。が、かれらの軍団は、いずれも十二月も下旬になると、
《元亀《げんき》元庚午《かのえうま》年、十二月十七日、岐阜に御帰陣》
《天正《てんしょう》六年十二月二十五日、安土へ御帰陣、御越年ナサレオワンヌ》
《天正九年十二月晦日《みそか》御帰国》
などとあり、十二月二十五日まで奮戦して二千五百もの首をあげていた黒田官兵衛の軍でさえ、
《十二月二十七、八日、引キトリ越年 候《そうろう》》
とすれば、生き死にの場で血みどろに戦いつづけていた戦国武者たちも、一年のケジメだけは、ちゃんとつけていたのであろう。
ところが、この〝戦国〟の歴史年表、七十余年間のなかに、例外が二件だけある。
元旦《がんたん》に出撃する泉南農民をふくめた根来《ねごろ》・雑賀《さいか》の鉄砲集団と、あと一件。

《天正十三年、一月一日、紀伊国根来・雑賀一揆《いっき》、岸和田に秀吉の軍を襲撃す》
この一行の記述の底から、怒濤《どとう》のような中央勢力の侵攻に反撃する地方豪族、兵たちのかなしさがきこえてくる思いがする。
「師走じゃ正月じゃて、なにを生ぬるいことというとンど」
その兵士たちの思いは、いまも、木枯しのなかを走りまわっている零細、小企業主たちの思いとかわりないかもしれない。

〈十五〉樫《かし》井《い》川《がわ》の血戦

――慶長二十年（一六一五）四月、大坂夏の陣の火ぶたを切って落とすのは、この貝塚御坊《ごぼう》願泉寺から十キロほど大阪湾岸を南下した旧小栗《おぐり》街道沿いの樫井《かしい》の往還であった。

このとき、大坂城を出て堺から岸和田、貝塚へと進撃する豊臣方の軍団長、大野主馬《しゆめ》のひきいる兵員一万二千。先鋒《せんぽう》大将は豪勇無双をもって鳴る猪突《ちよとつ》型の猛将、塙団《ばんだん》右衛門《えもん》直之《なおゆき》の二、三百。中軍は大野道犬ら三千。いっぽう、これを迎え撃つため南海道を北上する紀州和歌山三十七万石の浅野但馬守長晟《たじまのかみながあきら》軍五千。

このまま激突すれば、浅野軍は四散し、大坂方の大勝利はうたがいもないところだが、歴史というのは皮肉である。ときに奇妙な男を登場させる。卜半斎了珍《りようちん》。豊臣軍団はこの男の舌一枚に翻弄《ほんろう》され、先軍の塙団右衛門隊は潰滅《かいめつ》、中軍、本軍もろともに潮のひくごとく大坂城へ退却していく。

卜半斎の〝政治〟は、豊臣軍団を貝塚願泉寺に釘付《くぎづ》けすることにあった。当時、豊臣派の西本願寺に属している願泉寺に心をゆるした大野道犬ら将士たちは、卜半斎やその

家来の僧たちの歓待するままに、馳走《ちそう》され、酒をふるまわれ、

〈軍兵、夜道してくたびれ、空腹の上、酒をすごして、ついに足腰たたず、のたれ臥《ふ》したり〉

という状態であった。この功名によって卜半斎は、のち家康から徳川家への〃忠誠〃を賞せられ、僧ながら大名に準じる破格の待遇をうけることになる。

ともあれ、この卜半斎の調略のため、暴虎《ぼうこ》が野を馳《か》けるがごとく疾走している先鋒部隊の団右衛門は孤軍と化《な》り、わずか二、三百の兵をひきいて浅野軍五千のなかに突進する。

「死ねや、死ねや！」

風を捲《ま》き砂塵《さじん》をあげて突撃する団右衛門の呶号《どごう》に浅野軍は戦慄《せんりつ》した。

しかし、団右衛門に従う軍兵たちは凄《すさ》まじい馬の速度についていけず、次々に脱落し、樫井（泉佐野市）の街道に布陣する浅野方の先陣、亀田《かめだ》大隅《おおすみ》隊に突入したとき、団右衛門のまわりには副将格の、泉州日根《ひね》郡を領した土豪、淡輪《たんのわ》六郎兵衛尉重政、紀州山口村の地侍、山口兵内、兵吉兄弟らわずか二、三十騎の武者だけであったという。

こうして団右衛門らは、ひしめき、群がりたつ浅野軍のなかで壮絶きわまりない死をとげ、手兵たちもまた全滅する。四月二十九日正午、大坂落城十日前のことであった。

南海本線吉見の里から東一キロ、小栗街道沿いの樫井の集落に、団右衛門の屍《かばね》を埋め

た五輪塔がある。苔《こけ》むし半ば風化したこの墓塔に、いまも、村のひとたちは香華《こうげ》をたむけている。団右衛門の墓所から、人どおりのすくない街道を南に下ったところに、一基の宝篋印塔《ほうきょういんとう》がある。ともに闘死した淡輪重政の墓である。

〈十六〉 食家《めしけ》の盛衰

日本有数のタオルの生産地だという泉佐野市の狭い往還を海のほうに歩いていくと、裏通りのあちこちから、タオル地を織っているのであろう、織機の音が揺れあがってくる。

泉佐野は、平安のころ熊野詣《くまのもうで》の人びとが往来するうちにできた町で、室町時代の中ごろには、すでに月に六度の定期市がたっていたという市場町である。海浜には早くから港がひらかれ、江戸期にはいると泉州路で産する和泉《いずみ》木綿や黒砂糖をはじめ菜種油、肥料、塩干魚などを積み出すなど、その繁栄ぶりは井原西鶴の「日本永代蔵」にも登場するほどの発展をみせる。

なかでも佐野浦の代表的な回船問屋、食家の豪商ぶりは華やかである。宝永六年（一七〇九）の「食家屋敷古絵図」をみると、本邸六千坪。部屋数百九十五。畳千五百枚以上。大御書院、御使者の間、槍《やり》の間、御側《おそば》用人御近習役《きんじゆやく》の間、御右筆《ゆうひつ》の間、上御台所《みだいどころ》の間、御化粧の間、老女詰の間……。屋敷の大庭園は、あたかも深山渓谷にいるがごとく

（「摂陽奇観」）で滝まで流れていたという。

食家のこの巨大な富は、西鶴本ばかりではなく江戸時代の芝居や落語、川柳にまで描かれている。食家のエピソードの一つに、こういうのがある。

あるとき、紀州徳川家の宿泊本陣を勤めていた食家に、参勤交代で江戸にむかう途中の三代藩主綱教《つなのり》の一行三百人が、雨やどりのため休息に立ち寄った。おりから昼食時であった。が、食家ではさして慌《あわ》てた様子もなく、すぐに三百人分の食事を差しだした。おどろいたのは紀州家の道中奉行である。さすが「加賀の銭五か佐野の食か」といわれたほどの大商人、これだけの炊《た》き置きの御飯がいつでもあるのか、と舌を巻いたという。

元禄《げんろく》時代、大名貸しをするまでになっていた食家は、鴻池《こうのいけ》善兵衛から嫁を迎えたり、大坂の別邸に紀州徳川家から下賜《かし》された数寄屋《すきや》御殿（秀吉が千利休に命じて聚楽第《じゅらくだい》に建てたのを、のち伏見城に移築、紀州藩祖頼宣《よりのぶ》が秀忠から拝領のもの）を移したり、海べりに〝いろは四十八蔵〟とよばれる倉庫群を建て並べたりして、天下の大町人としての風格をととのえていく。

——が、栄枯は世の常である。巨富を諸国に鳴りひびかせていた食家も天保《てんぽう》の頃から傾きはじめ、明治維新とともについに没落する。食家の屋敷跡はいま、野出町の泉佐野第一小学校になっている。当時の、食家の全盛をしのぶものは、わずかに校庭の隅にある一本の老松と、北へ行った海べりの道に建ち並んでいる老朽した〝いろは四十八蔵〟

名残りの幾棟かの蔵であろう。

その蔵は、師走《しわす》の海風が吹きぬけていくなかで、押し戸の鉄砲窓（換気窓）を開いたまま、さむざむと立ちつくしていた。その一つの蔵の入り口に「大和タオル工場」という看板がかかって、薄暗い裸電球の下で十数台の織機が騒がしい音をたてていた。のぞきこんでいると工場主が出てきて、いま歳暮の進物用のタオルで忙しい忙しいと言い、そう言いながら先に立って路地を二つ三つ曲がった路傍に置いてある「力石」のところへ案内してくれた。それは食家が全盛のころ、浜仲仕たちが力じまんを競いあった「雲竜」「竜虎《りゅうこ》」などと彫りつけたひと抱えほどもある石であった。わたしなど、四人がかりでも持ちあがりそうもなかった。

〈十七〉泉州玉ねぎ

和泉の名産というと、真っ先に思い泛《うか》んでくるのは、泉州路を走る電車の中から眺めた、いちめん緑一色の玉ねぎ畑と、各所に点在した玉ねぎ小屋だ。

もともと泉州は、江戸時代から水田の裏作として綿の栽培のさかんな土地で、和泉木綿の紡織を副業にしていた農業地帯であったが、明治に入ると安い羊毛がどっと流れこんできて、手織りの和泉木綿などかえりみられなくなった。と、運の悪いときは悪いことが重なるもので、かんじんの米づくりまで不作が三年もつづいた。そのころ、和泉木綿にかわる裏作として玉ねぎに目をつけていた男がいる。郡役所の勧業委員をしていた岸和田の坂口平三郎であった。坂口は、神戸の西洋館で外人が食べている玉ねぎをみて、

「いまに、日本人もこれを食うようになる」

と、アメリカから玉ねぎの種子を取り寄せ、ひそかに自家農園で実験栽培を試みていた。明治十五年のことである。坂口は、物めずらしげに畑の玉ねぎを覗《のぞ》きにくる隣人たちに、

「触わったらあかん！　これァ焔硝《えんしょう》の木やさかい、手ェ触れるとどかん！と爆発するぜえ」

こうして育てた玉ねぎは、やがて泉南郡田尻の今井佐治平、伊太郎父子の手に伝えられ、その初めての収穫が大阪天満《てんま》市場に出荷されるのは明治十八年のことである。

しかし、今井父子が夜っぴて紀州街道を大八車で運んでいった玉ねぎの評価は惨憺《さんたん》たるものであった。それはそうだ。仲買人でさえ、こんな奇天烈《きてれつ》な野菜の名を知ってはいなかったのである。

「なんじゃい、このラッキョの化けもンは？」

今井父子の辛労が、ようやく実を結ぶようになるのは明治二十七、八年の日清《にっしん》戦争の後である。他の野菜よりも栄養価が高く、貯蔵のきく玉ねぎを軍が大量に買い上げ、その味を知った兵士たちが各地に帰郷していって以来、泉州玉ねぎは黄金時代をむかえる。

有利な裏作だと知ると、農民たちは争って玉ねぎをもとめた。明治三十六年、玉ねぎの改良に打ちこんでいた今井父子は、早生《わせ》の〝泉州黄〟種を生みだしている。泉州黄は、九月半ばに種子をまくと、翌年の五、六月にはもう収穫できる品種である。

こうして全国に拡《ひろ》がった玉ねぎ栽培は次つぎに新種を生み、改良され、国内産地の競合を激化させていった。もはや、泉州特産の名にすがっている時代ではなかった。他府県産のものに勝つには、時期をはずすしか手はなかった。早期に出荷するか、遅らせるか。そんな期待にこたえて〝泉州黄〟より一、二カ月早く四月に収穫できる〝貝塚極早《ごくわ》生《せ》〟が登場する。今井父子の分家で、貝塚に住む今井伊三郎老の改良種である。

——明治……大正……昭和と、泉州農民たちが汗と土のなかで改良を重ね新種を生みだしてきた泉州玉ねぎだが、その前途はなお多難である。海外からどんどん流れこんでくる安価な輸入玉ねぎとの対決を、いま、きびしく迫られている。

〈十八〉 村の表情

大阪周辺は、むかしから百姓一揆《いっき》といったものが起こっていない土地だといわれている。なかでも和泉《いずみ》、河内《かわち》などではほとんど起こっていない。これは農民たちのあいだに、商品貨幣経済の観念がはいって、一種の合理主義精神がめばえていたからであろう。

合理主義というと「広益国産考」(大蔵永常《おおくらながつね》)のなかに、こういうくだりがある。

《大坂に近い村々の富んだ家では、嫁に子供ができると、農家では着物が一とおりあればよいのだ、と嫁の着物のうち必要なものだけ残して、その他の物は売り払い、その金を貸付けて利を稼いでいる。年を重ねていくとこの金利がどれだけのものになるか。百姓町人は財を殖《ふ》やし家を富ましめるのが勤め……》

百姓も町人もおなじ考えのもとに暮らしている和泉地方では、徳川のころになると村の富豪たちは丘陵地を開墾してミカンを植えサトウキビを栽培し、次つぎと新田《しんでん》を開発していった。

新田が開かれるたびに村が生まれ、おびただしい小作人、作男たちがその村に住みつき、みるみる人口がふくれあがっていった。人口の増加は新田村ばかりではない。本田《ほんでん》村でも二、三男の分家、そしてそれにともなう小作化もすすんで、この地方は日本でも有数の小作人の多い地帯になった。

和泉の農業が企業として十分に採算がとれたのは、農業経営を成立させるために土地利用の回数を多く（たとえば米…綿…大根…そらまめ等々と）合理的な耕作をしていったことだ。なかでも綿は農家の家内工業として木綿に織られていった。

新田開発と、いち早く農村の工業化がみられたこの地方では、人口の増加は目ざましかったが、それでもなお人が足りなかった。このため、人博労《ひとばくろう》といわれた周旋人たちが、近国から人を集めてきて、それぞれの農家にくばって歩いたほどであったという。

いっぽう、本田や新田の地主たちに雇われた作男たちのなかには、二、三反の土地を借りて小作しながら、地主の家のオトコシ（下僕）として奉公するものもいた。作男たちは、月に二、三度ある休日や、夜の時間や、雨の日の休みなどのわずかな余暇に自分の小作田を耕作した。

いつの時代にも、使われびとの生活は苛酷《かこく》である。和泉地方では雨の日を「雨よろこび」といって田畑の仕事を休む。梅雨どきの五月以外の雨の日は作男たちの〝自由〟の日であった。ことに昼間雨がふって夜晴れる天気を「ヤッコ日和《びより》」とか「ワタクシ日和」とかいって喜んだという。

大都市大阪とふかく結びついた半農半工の先進的商業的農業地帯というべき和泉も、戦後は泉北ニュータウンをはじめ丘陵地に住宅団地がひしめき、かつての牧歌的な表情は薄れている。が、進取と合理精神に満ちた泉州農民の目からみれば、この変貌《へんぼう》もまた一種の〝新田開発〟なのかもしれない。

〈十九〉お菊の手まり唄《うた》

泉州路も、泉南市から南へ阪南市の尾崎、鳥取の荘《しょう》とくだってくると、和歌山県の色彩がにわかに濃くなってくるようだ。

古くからこのあたりは、紀北と同一文化圏にあった。紀州への往来も、根来《ねごろ》僧兵軍団が馳《か》けぬけていった根来街道、海ぞいの孝子《きょうし》越えの紀州街道、そして和泉鳥取から山中《やまなか》渓《だに》、雄《お》ノ山《やま》峠をこえて山口宿にでる熊野街道と、いくつもの道がある。

この鳥取の荘、波有手《ぼうで》の村と紀州山口宿に慶長のころ（一五九六―一六一五）から歌いつがれた二つの「お菊の手まり唄」が残っている。哀傷切々とした唄である。

〽波有手で一番六兵衛《ろくべ》の子　六兵衛の娘はお菊とて　山口喜内へ嫁入して　行てから七日もたたぬ間に……

手まり唄は、物がなしい節まわしで、豊臣秀吉に殺された関白秀次（秀吉の姉の子）と、日根郡の豪族、淡輪大和守《たんのわやまとのかみ》徹斎の娘で秀次の側室になった小督局《こごうのつぼね》の間に生まれた薄幸の美女、お菊の運命を唄いすすんでいく。

文禄《ぶんろく》四年七月十五日、秀吉の怒りに触れて父秀次は高野山で切腹、母の小督もまた京、三条河原で斬首《ざんしゅ》。孤児になったお菊は、波有手村の地侍、後藤六兵衛の養女となり、やがて母方の伯父、淡輪六郎兵衛《ろくべえ》尉《えのじょう》重政が仲親《なこうど》となり、山むこうの紀伊、山口宿の豪族、山口喜内の嫡男《ちゃくなん》、兵内のもとに嫁いでいく。一説にお菊と兵内は幼馴染《おさななじみ》の恋人同士であったという。雄ノ山峠を越えていくお菊の花嫁行列は豪華であった。

〽山口喜内に来るときは　赤い小袖《こそで》を百七ツ　帯は千筋二千筋　下駄は百足百七ツ

たんすは百棹《さお》百七ツ……

が、その倖《しあわ》せも束《つか》の間《ま》であった。おりからの大坂の陣に、夫の兵内は豊臣方に加わり、伯父の淡輪重政、養父の後藤六兵衛、舅《しゅうと》の山口喜内らと大坂城に入城するが、樫井川《かしいがわ》の激戦で夫たちは、塙団《ばんだん》右衛門《えもん》らと共に討死してしまう。悲運はそれだけではない。大坂方に加担した山口一族はことごとく浅野長晟《ながあきら》の手に捕われ、紀ノ川大野瀬河原で斬首。

ところがお菊だけは、嫁いで日も浅いゆえ助命、という沙汰《さた》をうけるのである。お菊は、その沙汰をこばみ、わが身の処刑を懇願した。お菊のその願いは、ようやく聞きいれられる。一族の人びとの血を吸ったおなじ河原で、お菊がその短い生を終えるのは慶長二十年（一六一五）六月六日のことであった。

養父後藤六兵衛の妻は、お菊をあわれみ木像をつくり、菩提寺《ぼだいじ》の法福寺（阪南市）に納めて冥福《めいふく》を祈った。法名、光徳院法誉妙林大姉。墓は、夫の兵内とともに紀伊、山口村の遍照寺にある。

お菊の木像は、寛政七年（一七九五）の本堂大火で焼失したが、文化十一年（一八一四）紀州若山の仏師、宮崎竜慶によって二代目の像が造られた。本堂左手の厨子《ずし》のなかのお菊の像は、いまも、ほの暗みのなかで白い掌《てのひら》を合わせ、無心に祈りつづけている。

〈二十〉美女と老将軍

紀州街道の西、淡輪《たんのわ》（大阪府泉南郡岬町）の番川《ばんがわ》をこえて山手のほうへ歩いていくと、行く手の田のなかに、こんもりした杜《もり》が見えてくる。

土地の古老たちが〝西のにさんざい〟とか〝古墓〟とよんでいる、古墳時代中期の前方後円墳である。周囲五百十メートル。灌木《かんぼく》の茂みにおおわれた塚は、古代、紀伊国を領し、和泉山脈をこえて泉州の南半分にまで勢力を張りひろげていた紀氏、武内宿禰《たけのうちのすくね》の子、紀《き》ノ角宿禰《つぬのすくね》を祖とする紀《き》ノ小弓《おゆみ》宿禰の墓だと伝えられている。

この、紀氏の勢力がヤマト国家のなかでも異例とも思えるほどの発展をみせるのは、本貫の地である紀伊国に君臨するかれら紀国造《きのくにのみやつこ》家がつかんでいるコメと水軍と、そしてその船を造る〝木〟のためであった。

紀伊国は温暖の地で、良材にめぐまれている。ヤマト朝廷の宮殿やその他の建築用材の供給地でもあったし、また海に囲まれている紀伊国は、古代からすぐれた造船技術をもっていた。紀伊独自の大型外洋船の建造技術と航海術である。おりからヤマト政権が朝鮮半島へ軍事的進出する最盛期にあたっていたことも紀氏の発展に拍車をかけた。

応神天皇の三年。この年、ヤマト国家から百済《くだら》に派遣された紀ノ角宿禰は、のち仁徳天皇の四十一年、ふたたび命をうけて百済にむかう。紀氏の朝鮮での記録は、雄略天皇の九年（四六五）春三月、紀ノ角宿禰の孫にあたる紀ノ小弓宿禰が新羅《しらぎ》進攻の大将軍を命じられたことにつづいていく。

その勅命をうけたときの小弓の返辞が、ひどく人間くさくておもしろい。

「臣《やつがれ》つつしみてミコトノリをうけたまわります……なれど」

そういって小弓は、天皇に声を重ねている。ただいま臣は、最愛の女《め》を亡《な》くして傷心の極みにあります。このような心で、どうして軍団をひきいて出撃できましょうや。

そんな老将軍の訴えに、天皇はうなずいた。

《天皇《すめらみことき》聞《こ》し召して悲しび頽歎《なげ》き給《たま》ひて》

と「日本書紀」にあるから、天皇も小弓の心境に大いに同情したらしい。宮廷の美女、大海を小弓に与えている。と、現金なものである。天皇秘蔵の美女をせしめて喜色満面の小弓は、勇気りんりん海を越えて各地で新羅軍を撃破し、たちまち喙《とく》（大邱《たいきゅう》付近）の国を占拠してしまったという。いかにも南海道そだちの人間らしい、陽気なエピソードである。

和泉国第一の名勝として世に知られた淡輪から多奈川にかけての風光明媚《めいび》な吹飯《ふけい》（深《ふ》

日《け》）の浦も、古代は紀氏水軍の軍港であったのであろう。南海本線淡輪駅から西へ八分ほどのところに、桓武《かんむ》天皇の寵臣《ちょうしん》で近衛《このえ》大将、大納言の紀《き》ノ船守《ふなもり》と紀ノ小弓らを祀《まつ》る船守神社（本殿・重文）がある。

〈二十一〉ドン・キホーテの死

大阪府も最南端、和歌山県に隣接する泉南地方は気候温暖で、泉州特有の段丘を背にした海ぞいの小さな町々は、海あかりに映えて奇妙なまでに明るくのどかなたたずまいをみせている。

四年ほど前の真夏、雑誌社から頼まれた歴史小説に、幕末のころこの淡輪《たんのわ》陣屋にいた土浦藩（茨城県土浦市）の代官、大月庄左衛門《しょうざえもん》の痛快な生涯を書くため、岬町淡輪から深日《ふけ》多奈川と土ぼこりのなかを取材に歩いたことがある。

が、百年もまえの代官、大月庄左衛門のことなど知る人はなかった。番川のほとりの陣屋あと、藪蚊《やぶか》の群がる医王寺跡の土浦藩士の墓地、東のお寺の西林寺にも、庄左衛門の痕跡《こんせき》はなかった。昭和初年、谷川港防波堤のほとりに建てられたと郷土史にある〝庄左衛門記念碑〟も消え失《う》せていた。そんな庄左衛門の欠片《かけら》みたいなのが、古老たちの淡輪方言のなかに唯《ただ》ひとこと「庄左《しょざ》」として残っている。その庄左のことを書く――。

大月庄左衛門こと庄左が、この地の代官に赴任してきたのは嘉永《かえい》三年（一八五〇）三十八歳の時である。庄左の草履取りで昭和初年まで生きていた立花勘六の談話によると、酒好きな庄左は、いつも酒をつめた大ひょうたんを勘六に背負わせて供をさせ、あちこちと歩きまわっていた。

ところが奇妙なことに、酒を呑《の》み暮らしているうちに、いつのまにか谷川港に百間波止（現存）を建造し、年に千数百艘《そう》もの諸国回船を入港させ入港料がころげこんで来、港の賑《にぎ》わいにつれて村を繁昌《はんじょう》させているし、かと思うと、灰降峠の粘土を使った谷川瓦《かわら》や深日ドビンの生産を奨励し、大坂に積み出させ、それがまたいつのまにか西国きっての名産になっているのだ。

「ほんまに、けったいなお代官じゃった」

勘六は晩年、そう述懐する。その庄左のうえに、幕末風雲の時代がやってくる。大坂城代を勤める藩主、土屋寅直《とらなお》から「異国船襲来に備えて泉州海岸防備」の命をうけた庄左は、大坂湾侵入の黒船を途中で撃沈するため、村びとたちを激励し谷川港の右端の観音崎と、左端の豊国崎に台場を設け、二門の大砲を据えつけた。

もっとも、大砲とは名ばかりで、砲身に竹のタガを巻いた木製砲で、撃つとタドンみたいな砲丸が飛びだす。そんな庄左の前に、やがて、海の城塞《じょうさい》のようなオロシア軍艦ディアナ号が岬の沖一里のところを海風に乗って進んでくる。「げえっ！　来たァ」巨大な黒船の出現に仰天した村びとは、悲鳴をあげて逃げ散った。

おどろいたことに砲台にいた民兵はじめ、あろうことか陣屋役人まで一人残らず山の中へ逃げこんでしまったのである。岬の台場で、先祖伝来の赤い甲冑《かっちゅう》に身を固め長柄の槍をかかえたまま取りのこされた庄左の心境あわれである。それでも庄左は勇気をふりしぼって、沖を行く黒船に「おのれ推参なり、オロシア軍艦!……」と絶叫した。が、その庄左の声が潮風のなかで跡切《とぎ》れ、と、庄左の軀《からだ》はどう!と転倒した。庄左、絶命。死因は恐怖のあまりの心臓麻痺《まひ》であったという。

――戦前まで淡輪方言に「庄左」というのがあった。おっちょこちょいとか、まぬけな男をからかっていうことばである。庶民というのは、惨酷《ざんこく》な言いかたをするものだ。

〈二十二〉 牛みたいな蚤《のみ》

ことばは時代とともに揺れ動いていくというが、近ごろでは、ことばどころか諺《ことわざ》の類《たぐい》まで変化しているようだ。

〈情けは人のためならず〉

というと、

「いいことをしておけば、いいことが返ってくる。人さまに情けをかけるのは相手のためだけではなく、自分のためだ」

と小学生のころ教えられた筈《はず》なのだが、いまの若い人たちには、

「情けをかけるのは、その人のためにならない」

という意味にうけとられているというし、

〈気のおけない人〉

といえば、気のゆるせない人、油断のならない人だと、まったく逆の意味でうけとめられているというから、ややこしくなってくる。

ややこしいといえば、厄介なことばの一つに、逆詞《さかことば》がある。正反対の意味をもつことば、つまりアントニム（反義語）である。たとえば、

高いことを↓安い
大きいことを↓小さい
美しいことを↓汚い
速いことを↓遅い

などというやつだ。こんな奇天烈《きてれつ》なことばを、現在も使っているところがある。大阪府泉南郡岬町深日《ふけ》の方言、サカサマことばである。

もともとこの地方の人は、

「よそへ行くと、〝あんた和歌山から来たンか〟と、ようまちがわれた」

というほど紀州弁の色濃い地帯だが、漁業に従事している人びとのあいだで使われていた古老のことばは他にあまり例をみない特異なもので、日常会話百般の事柄を、すべて正反対に表現する。だから漁夫たちの傍で、

「この蚤おおき小っこいか牛みたいやわひて」

そんな喋《しゃべ》りごえを聞いていると、頭のなかがこんがらがってしまう。これが、

「まるで牛みたいに大きな蚤やな」

という意味だとストレートに聞きとれる人はすくない。この場合の〝おおき〟という

のは大きいではなく、たいそう（大層・たいへん・ひどく）という形容である。

「おめ（お前）おおき賢いわひて」

そう言われても、深日ではうっかり喜んでいられない。底抜けの馬鹿《ばか》だといわれているのである。

ともあれ、他所《よそ》びとには〝普通語〟で応対していて、自分たちは逆ことばで喋るという深日方言は厄介なものだ。賞《ほ》められていて腹を立てねばならぬこともおこってくる。このような奇妙なことばを、いつ誰が使いはじめたのであろう。興味がある。ひょっとすると村の内情を他所者（役人など）に知られるのを嫌って、村びとたちが自分たちだけの言語圏をつくりあげたのかも知れない。そうだとすると、ひどく愉《たの》しいのだが。

〈二十三〉蛸《たこ》の茶《ちゃ》碗《わん》

もう、ずいぶん以前のことになるのだが、取材に出かけた先の旧家の床の間で、奇妙な名の茶碗を見た。

〈蛸の茶碗〉である。別名を〝海あがり〟の茶碗ともいう。むかし、堺にむかう貿易船が紀淡海峡、加太《かだ》浦から泉南、淡輪《たんのわ》の沖合で暴風雨のため沈没し、数百年ものあいだ海底に眠っていた積み荷の宋《そう》（中国）の磁器が、漁夫の網にかかって拾いあげられた、という伝来がついている。

〝海あがり〟というにふさわしく、海の青さをそのまま海底からもってきたような、冴《さ》えざえと深いみどりを湛《たた》えた、魂を吸いこむような色あいは、茶ごころのないものの目にも、じつにみごとであった。

おそらく、天竜寺とか砧《きぬた》青磁とかいうのであろう。遠い昔から茶人たちの垂涎《すいぜん》の的であったというこの茶碗は、荒らくれた漁夫の手から道具商へと、庶民には想像もつかない高値で買いとられていったという。

これが、蛸の茶碗とよばれているのは、蛸が海の底からつかんできた茶碗という意味がある。泉南あたりの漁夫たちは、ふかい海の底からこの茶碗をとるのに蛸をつかう。まず、紐《ひも》でくくった蛸を海中におろしていく。そして、海底におりたその蛸の紐を、ときおり、ちょんちょんと軽く引いてみせる。すると蛸は、引きあげられるのかと思って、海底にころがっている古茶碗に必死でしがみつく。こうなると、しめたものだ。あとは、茶碗をつかんでいる蛸の紐を、ゆるゆると引きあげていけばよい。

……と、まあ、こういうのだが、ユーモラスで悠長なその蛸吊《つ》り方法は、いささか眉《まゆ》つば、荒誕《こうたん》なフシがないではない。が、大坂の数寄者《すきもの》や茶人たちは、そんな伝来をこの茶碗にくっつけて珍重することひとしおであったという。

もっとも、海あがりの茶碗といっても、それは海中に埋没していた保存のよいものだけで、海底の流砂にさらされたものは光沢を失って、茶器としての価値はない。

ともあれ、大坂、堺から江戸への海の国道一号線でもあった紀伊半島の沿岸の海底には、海難に遭ったさまざまな財宝や文化財が沈んでいることであろう。明治いらい、加太、泉南の沖から引き揚げられた〝海あがり〟の茶碗だけでも何百という数になるらしい。

——余談になるが、海に眠る財宝というと、江戸時代、瀬戸内海でその名をとどろかした海賊、つむじ風剛右衛門の財宝（時価数十億）が、住吉大社（大阪市）の神領で潜女《かずきめ》の守護神として淡島明神を祀《まつ》った加太、友ケ島の洞窟《どうくつ》にかくされていたと、埋蔵金研究家の畠山清行氏の説にある。

のち、剛右衛門と子分たちは、しけにあって溺死《できし》し、財宝をかくした洞窟もその後の地殻の変動で海中二、三十尺の深さに沈んだという。海底の黄金ということばにはロマンがあっていい。が、その財宝を実際に見つけるとなると、蛸に紐をくりつけて広大な海底から茶碗を吊りあげてみせるのとおなじくらい、むずかしいわざであろう。

〈二十四〉紀泉国境の仇討ち

大阪府と和歌山県の境に、ちいさな橋がかかっている。

車で走っていると、気づかずに通りすぎてしまいそうな小さな橋だが、この橋に二つの名がある。山峡の、このしずかな往還が紀州徳川家の参勤交代の街道、山中宿として栄えたころの呼び名でいうと和泉国日根野境ノ橋……そして紀伊国名草郡境ノ橋。一世紀まえの夏の真昼、この橋の上で血なまぐさい殺人事件が起こっている。仇討ちである。

仇討ちの発端というのは、こうだ。土佐藩の徒士《かち》で釣りずきの広井大六が、土佐、鏡川のほとりで酒癖のよくない藩士、棚橋三郎にからまれ抜刀され、おどろいて逃げるはずみに足を踏みはずして川に転落。不運なことに大六はカナヅチであった。川の中で二、三度もがいて沈んでしまった。かくして広井家は「士道不覚悟」のゆえをもって断絶。

「おのれ棚橋三郎、父の無念を晴らさずにおくものか」

江戸にいた大六の息子の岩之助は、土佐を出奔した棚橋を追って仇討ちの旅にでる。が、世の中、芝居や映画のようなわけにはいかない。なにしろ、成功率わずか一パーセントという仇討ちである。砂浜に落ちた米粒を探す思いで岩之助は諸国を放浪する。さんたんたる旅であった。こうして五年、旅費もなく空腹にさいなまれボロ布のようになった岩之助は、おりから将軍家茂《いえもち》に随行して大坂にきていた軍艦奉行、勝海舟の供で専精寺にいた郷里の先輩、坂本竜馬のもとにころげこんだ。

「よっしゃ、まかせちょけ」

仇討ちときいて、竜馬は目をかがやかせた。竜馬は、気が早い。たちまち岩之助を海舟の門人に仕立てあげ、軍艦奉行、勝海舟発行の諸国役人にあてた仇討ち免許証をつくりあげた。こうして竜馬や海援隊士たちの奔走の結果、仇のゆくえが判明した。江戸相撲の松兵衛と変名して堺にいた棚橋は、そののち紀州加太《かだ》のお台場で人足になっていた。勝海舟の命をうけて紀州藩が捕縛し、獄舎に入れていた棚橋を紀泉国境の境ノ橋から藩領外に追放したのは、文久三年（一八六三）六月二日昼九ツ（正午）であった。仇討ちの噂《うわさ》に、近郷はもちろん、遠く和歌山城下からもかけつけた三百人ちかい野次馬の群れで、街道脇《わき》の丘は黒山の人だかりであったと、山中渓《やまなかだに》の古老の談にある。

橋の詰で縄を解かれ、藩役人から追いたてられた棚橋は、よろめく足を踏みだした。と、そこは地獄であった。夜明け前から待ち伏せていた岩之助の白刃《はくじん》を浴びた棚橋は、血けむりをあげて倒れる。仇討ちというのは、討つも討たれるも、ともに悲惨であった。本懐をとげ土佐に帰った岩之助は、二年後に死んでいる。一説に、仇討ちの心労のゆえに発狂したのだともいう。

——いま、その境ノ橋の街道に沿って西側をJR阪和線が走り、東側の、頭上におおいかぶさるような阪和自動車道が延び、昔日《せきじつ》の面影はない。ときおり、山峡の静寂をふるわせて騒音だけが走りぬけていく。

〈二十五〉風吹峠

大阪府泉南市の樽井《たるい》から、和歌山県那賀《なが》郡岩出《いわで》町に通じる根来《ねごろ》街道に、風吹峠というところがある。標高二百十六メートル。

かつては曲がりくねった細い道であったが、昭和四十一年、峠の下にトンネルができてから、にわかに交通量がふえた。騒音を捲《ま》きあげ、小型のマイカーなど踏みつぶすように疾走する巨大な砂利トラ、ダンプカーの群列。トラック専用道路の感のするこの県道の出現に訪れる人もないまま旧峠の道は廃道となり、草むぐらにおおわれ、埋もれてしまった。

峠は、人間とともに生きてきた。人びとの汗と涙がしみついたこの峠も、人が通らなくなり、生活道路としての実用性を失ったとき、ふたたびもとの自然のなかに帰っていく。

風吹峠――。

いつも北風が吹きぬけていくというこの蕭条《しょうじょう》とした峠が、日本史のなかに落とした影は濃い。戦国争乱のころ、おびただしい数の男たちが、額に汗をにじませこの峠を踏み越え、戦火のなかに赴いていった。そして、誰も還《かえ》ってこなかった。

最新火器〝鉄砲〟を肩に、露じめりした峠路《みち》をひしめきあうように泉州の野に押し進んでいった根来僧兵軍団、二万数千。風吹峠は、そんな根来衆の泉州進攻への補給路でもあった。弾薬を積み食糧を積んだ小荷駄《こにだ》の列が、車輪をきしませてえんえんと峠をこえていった。

が、天正十三年(一五八五)三月、にわかに反撃に転じた秀吉軍六万の先兵は、黒つなみとなって峠を駆けのぼってくる。根来衆の泉州への攻め口は、この瞬間から豊臣軍団の紀州への攻め口に変じた。なだれをうって殺到する豊臣軍団の前に、泉州表の激戦で主力部隊を失っていた根来寺は、一瞬にして炎上する。

こうして戦乱の世がおわり秀吉の天下がつづき、やがて関ケ原……そしてまた、次なる争乱の季節をむかえる慶長十九年(一六一四)十月。風吹峠は、ふたたび歴史のなかにその横顔をみせる。

摂河泉《せっかせん》六十五万石の一大名に落ちた豊臣秀頼の懇請に応《こた》え、高野山麓九度山《こうやさんろくくどやま》の閑居を脱出した真田幸村《さなだゆきむら》が、関ケ原いらい不運のあるじに仕えて畑を打ち、行商にでて苦難をしのいできたわずかな家臣たちを従え、この、ふたたび還ることのない峠を踏んで大坂にむかっていく。一説に、幸村の大坂行を阻止しようとした紀州領主浅野は、大坂への往還、紀伊見峠に軍兵を伏せ備えていた。が、幸村はその裏をかいて紀伊見峠より大坂に遠いこの峠を越え、つつがなく大坂城に入ったのだという。

九度山をおりて慈尊院の渡りから紀ノ川をくだった幸村主従は、岩出の磧《かわら》から野をぬけ風吹峠にむかっている。路が山にかかったとき幸村は、鞍《くら》の上から星明かりのなかにくろぐろとしずんでいる風吹峠をみた。幸村は、けわしい峠路の、行く手の無明の闇《やみ》の彼方《かなた》に、なにを凝視《みつ》めていたのであろうか。

〈二十六〉根《ね》来《ごろ》寺《じ》

根来といえば、朱色の下から黒うるしがうかびあがっている独特の美しさをもった根来塗や、根来鉄砲、戦国の野を馳《か》けめぐった勇猛な黒衣の根来鉄砲軍団を思いだす。

中世、大伝法院（根来寺と改められたのは昭和二十一年）は寺領七十二万石、堂塔二千七百、僧坊四千五百、行人（僧兵）三万、それに本来の僧である学侶《がくりょ》から雑人《ぞうにん》までふくめると数万におよぶという巨大な寺院であった。この一大宗教都市ともいうべき大世帯の商品経済をまかなうために、東・西の坂本に商人や工人たちの住居が軒をつらね、繁栄をきわめていたという。

当時の根来は、開祖、覚鑁《かくばん》（興教大師）の偉大な思想を伝える新義真言宗の寺としてではなく、僧兵たちの剽悍《ひょうかん》さによって海外にまでその名を知られていた。中国の史書「明《みん》史」に、

《ネゴロの僧、常に武器を帯び、人を殺すを事とす》

と書かれ、そのころ日本にきていた宣教師ガスパル・ヴィレラは故国ポルトガルへの

報告書のなかで、
《ボンズ（坊主《ぼうず》）どもは》
と溜息《ためいき》する。
《かれらは死を恐れざること甚しき人にして、その職業は戦争である。諸国大名は金銭をもって彼らを傭入《やとい い》れる。かれらは日頃から鉄砲および弓の試射をなし、武技を重んじ腰に高価な剣を帯びる。この剣はヨロイを着た人を斬《き》ること鋭利な庖丁《ほうちょう》をもって大根を切るごとしてである》
ヴィレラのこの書簡の文章は、根来衆の表情をよくうかびあがらせている。
天文十二年（一五四三）ポルトガル人が種子島に伝えた二挺《ちょう》の鉄砲のうち、一挺をゆずりうけた根来は、天下にさきがけて最新火器、鉄砲の一大生産地となり、この鉄砲で装備した天下無双の根来鉄砲軍団をつくりあげた。
根来はまた銭《ぜに》経済に鋭敏であった。交易と、諸国大名から買われ精妙な射撃術と鉄砲をもって富を得、戦闘のないときは、
《根来法師たちは鉄砲を教え、かつ（鉄砲を）売った》
と、史書は記す。
こうして諸国を歩きまわった行人（根来衆）は、戦さと鉄砲を売ることによって得た金で自分たちも豊富に鉄砲をもち、おびただしい火薬を貯《たくわ》えていった。しかし、彼らが

傭兵《ようへい》集団となり死の商人となって売り歩いた鉄砲が、やがて、意外な結末を根来にもたらすことになる。

この鉄砲のために、日本六十余州碁石でもぶち撒《ま》いたように蟠居《ばんきょ》していた土豪五、六千が巨大な経済力をもった大名たちによって淘汰《とうた》され、天下統一の織田・豊臣氏を成立させてしまったのである。そしてやがて、根来自身もまたマンモス象の牙《きば》のように、自分の生産したその〝鉄砲〟によって我とわが身をほろぼしていく。

天正《てんしょう》十三年(一五八五)三月、秀吉の紀州遠征軍の放った火に根来寺炎上。大伽藍《だいがらん》を中心に粉河《こかわ》までの約七キロにわたって威容をほこっていた二千七百の堂塔も灰燼《かいじん》に帰した。

いまも当時の、秀吉軍のその鉄砲の弾痕《だんこん》が、大塔(国宝)に残っている。

〈二十七〉孝子《きょうし》峠

大阪のいちばん南の町、泉南郡岬町から孝子峠を越えると、そこはもう和歌山県である。

峠の標高は百三メートル。峠を走っている国道二十六号線は、大阪と和歌山を直接結んでいる最大の幹線道路だけに、大阪・和歌山間を往来する車の八割までがこの峠を通りぬけていく。

それにしても、すさまじい車の量である。もうもうと黒けむりを吐いて材木や鉄材を満載した大型トラックが唸《うな》りごえをあげながら、のろのろと這《は》いあがっていく背後から、タンクローリー、冷凍車、ダンプカー、乗用車と長い車の列が、えんえんとつづいていく。峠に立てられた「孝子峠」「大阪府」「和歌山県」などの道路表示板も、排気ガスの霧のなかでぼろぼろに朽ちて、黒ずんだ肌をさらしている。

この山峡の往還が、戦後改修され一級国道二十六号線に認定、舗装されたのは昭和三十三年から六年にかけてであった。当時、まだ建設会社の世界にいて現場から現場へと走りまわっていたわたしの、年若い友人の土木技師も、その舗装現場にいた。大学を出たばかりのその生真面目《きまじめ》な若者は半年ばかり現場にいて、ある日、姿を消した。自殺であった。原因は、ひしめくような車の洪水であった。連日、ひきもきらぬ車、車、車……。遅々としてはかどらない工事工程への苛立《いらだ》ち、容赦ない監督官庁からの叱《しっ》声《せい》、そしてやがて、山あいに停溜《ていりゅう》し充満している排気ガスに気管も神経も侵されたかれは、ふかいノイローゼにおちこみ、わが命を絶っていったのである。この峠を通りすぎるたびにわたしは、かれのことを思う。

その孝子峠へさしかかる手前、南海本線孝子駅からすこし北に、線路をはさんで立つ父娘二つの墓がみえる。〝孝子〟という地名は、この墓からきている。

いまから千百余年前の承和《じょうわ》年間、都で政変があった。皇太子恒貞《つねさだ》親王に仕える春宮坊《とうぐうぼう》の伴健岑《とものこわみね》と、唐に留学して帰ってきた秀才で嵯峨《さが》天皇、空海とともに三筆といわれた能筆家の橘逸勢《たちばなのはやなり》らの謀反《むほん》が発覚し、流罪《るざい》に処せられた。世にいう承和の変である。

が、その真相は、皇太子を廃してその側近をしりぞけ、わが甥《おい》の道康親王を天皇の座にすえようとする藤原良房《よしふさ》の陰謀であった。伴と逸勢らは、藤原氏の野望をおそれて皇太子の安全を図るため東国に走ろうとしたのである。が、結局、逸勢は伊豆《いず》へ流されていく途中の遠江《とおとうみ》（静岡県）で死ぬ。父のあとを慕って行った娘は、落髪して尼となり、父のなきがらを背負って都に帰り、のち、この地にそれを葬り墓《ほうむ》をたて、墓守りをしてしずかに世をおえたという。

以来、逸勢の娘、妙沖尼の塚のあるこの付近を〝孝子〟の地と称《よ》んだと口碑は伝える。

〈二十八〉淡《あわ》島《しま》神社

加太《かだ》、淡島神社への道は、南海加太線の終着駅、加太で下車して西へ。海べりの淡島神社まで一・五キロ。歩いても十五分から二十分ぐらいの道だ。タクシーを利用するほどのことはない。それよりも、うらうらとした陽ざしのなかを、かつて風待ちの港として繁盛をきわめたこの港まちの、まだ江戸時代のたたずまいをのこしている狭い道すじを潮の香につつまれながら歩いてみるのもいい。

町なかを走っている淡路《あわじ》街道は、古い時代、南海道の起点として、そして高野山《こうやさん》や粉河寺《こかわでら》に参詣《さんけい》した善女たちが〝女の倖《しあわ》せ〟を求めて歩いた道であり、一代の好色男、世之介《よのすけ》が、いままでに遍歴した美女三千七百四十二人の色道修業に、さらにみがきをかけるためやってきた道でもある。

もちろん、これは江戸期の文豪、井原西鶴が「好色一代男」に描いた虚構の世界だが、この加太の港まちを小説の舞台にとった西鶴は、

「……ここ（加太）の娘や女房たちは、みな紫の綿帽子をかぶっている。男たちは海に

出て留守がちなので、女たちはその留守のあいだに心の求めるまま、自分のしたいことをする。色ごとをしても、ここでは誰もとがめないし、男が家にいるときは、その目じるしに家の表に櫂《かい》を立てているから、男同士が鉢あわせすることはない……」

で、こんな男極楽の土地を世之介が見のがす筈《はず》はない。早速、加太に足をとめ、とっかえ引っかえ、女たちを相手に得意の色道修業にはげむ。が、なにしろ多勢に無勢である。ひしめくように押しかけてくる女たちの群れに、さすがの世之介も、

《男ヒトリガ多数ノ女ニトリ殺サレンバカリ》になって悲鳴をあげてしまう……のである。

この「好色一代男」の影響か、それともこの当時から加太の港まちの〝おんな〟たちの情ふかいうわさが大坂あたりにひろがっていたのか、そこのところはよくわからないが、江戸時代の大坂男たちは、加太おんなへの期待に胸はずませて浮気男のメッカ、あこがれの淡島まいりにどっと押しかけている。

淡島神というのは、大坂の住吉大明神の妃の神であったが、不幸にも婦人病にかかり、夫の住吉大明神に嫌われタライ舟にのせられて加太浦に流れ着いた悲運の女神である。当時は、淡島神社に夫婦で参詣《さんけい》すると、女神がやきもちを焼いてふたりを別れさせると、大坂の女房族のあいだで強く信じられていた。

もっとも、これは亭主たちが港まちのおんなとゆっくり遊び、いのちの洗濯をするた

め、女房同伴予防にでっちあげた苦しまぎれの嘘《うそ》ばなしにすぎない。男というのは、いつの時代にもうまい口実を考えつくものである。

せまい往還の、ところどころに海草や貝を売り並べている道をぬけると、にわかに視界がひらけ、まばゆい春の陽ざしを浴びたセルリアン・ブルーの海が瞳孔《め》のなかにとびこんできた。

淡島神社は、すぐ目のまえにある。

〈二十九〉淡島の女神

加太、淡島神社のことを、土地ではアワシマはんと親しみをこめてよんでいる。この淡島の女神が婦人病を病んで、亭主神である大坂の住吉大明神からうとまれ、この地に流されてきたというのは前述したが、古老の談によると、そのとき女神が患《わずら》っていたのは、

「……なんでも、下の病気らしい」

というから、いかにも神さまばなれした、庶民的な人間味のある神である。

淡島神社の来歴はふるい。なにしろ、延喜式にも記されているほどの古社で、その社伝によれば、

《神功皇后《じんぐう》が三韓に出兵しての帰途、この沖合で暴風雨にみまわれた。船は風濤《ふうとう》のなかで、たちまち航路《めど》を失った。と、そのとき淡島（加太沖の友ケ島）のスクナヒコナ（少彦名命）の神助で海難をまぬかれ、島に漂着した皇后は、スクナヒコナの形代《かたしろ》（人がた）を祠《ほこら》に捧《ささ》げた。のち、仁徳天皇がこの島に遊び、その祠を加太の地にうつし、祖母の神

功皇后の形代をもあわせ祀《まつ》った。これが淡島神社》だという。

このときの形代が後に日本の雛《ひな》人形の始まりになる。淡島社の雛流し神事や雛納めの神事は、これらの故事からきたものだ。

女たちは、この淡島神に良縁をねがい、夫婦和合をねがい、安産をねがい、女としての倖《しあわ》せを祈って、いまも人形を奉納する。

淡島神社の祭神が住吉大明神の女房神と信じられたのには理由がある。それは、かつてこの地が住吉社の屯倉《みくりや》（領地）であったことからであろう。が、善女たちの素朴な信仰にはそんな理屈めいた歴史など必要はない。この淡島神は、あくまでも女の病のために亭主神にうとまれ流されてきた薄幸の女神で、そして、そのゆえにこそ世の女たちの悲しさを救い、願いをききとどけてくれる神さまなのだ。

そんな善女たちの悲しいねがいが、境内三カ所にある建物のなかに満ちあふれている。何気なくのぞいてみて、ぎょっとした。それは、一種、異様な気をただよわせた奉納品の山であった。……万という数をこえるであろう絵馬、クシ、カンザシ、髪毛……そこまではまだいい。その次に堆《うずたか》く積みあげられているのは、なんと、善女たちが身につけて肌汚れのした下着類の山である。

おそらくこれは、婦人病になやんだという淡島神に、おなじ病に苦しむ善女たちが、その身につけた下着を奉納して女神の霊験を祈願したものであろう。

善女たちが奉納したもののなかには、妙なもののもあった。薄暗い建物をのぞきまわっているうちに木で造った「男性」が目についた。亭主の浮気封じ祈願であろう。それが一つや二つではない。ある。ある。暗やみに目を凝らすと、大きいのやら小さいのやら、あるいはひどくリアルなものまでとりどりのものが、うんざりするほど積みあげられている。なかには、いちめんにひしひしと釘《くぎ》を打ちこんだものまであった。

女たちの祈りにおそれをなして、境内をぬけ、石だたみの道を海のほうにでた。昏《く》れがたの海べりには、波の音だけがしずかに揺れあがっていた。

〈三十〉　三年坂の算術

迷信というと、すべてとるに足らない旧時代の遺物、だといういいかたをする人がいる。

が、迷信には古代からの信仰にさかのぼって各時代の庶民たちの人生観にふれる貴重な素材がふくまれている。それに、過去の遺物どころか、いまもなお市井《しせい》には「ゲン」や「マン」「ツキ」といった言葉が氾濫《はんらん》しているし、女性週刊誌や新聞の運勢欄など、隆盛をきわめている。

にんげんの心意などというのは、百年や千年でそう変化するものではない。それにしても妙なもので、縁起かつぎ、ご幣かつぎというと迷信臭を感じるが、ジンクスなどということばの衣裳《いしよう》を着せかえると、たちまち、若者たちのあいだでも通用する。スポーツ紙でも「ツキが落ちた××選手」「ツキを呼ぶ男○○」などの活字を目にしない日はない。

このあいだ、ふと〝文部省迷信調査審議会資料〟というのを、ぱらぱら繰っていると「迷信的ないいならわし」の項に〈食物の三切は身を切るといって避ける〉〈三人で写真をとるといけない〉〈蛇を指さすと手がくさる〉（以上、近畿《きんき》各地）といい古されたものから〈正月の飾り餅《もち》は四角にすると、一年中角が立つから丸餅にする（滋賀）〉〈敷居の上にヤカンを置くと親の頭がハゲる（京都）〉といった、おもしろいものがあった。

俗信的ないいならわしの一つに、紀州和歌山城下の三年坂の話がある。

いまから三百七十年ほど前の元和《げんな》年間に城の南側の砂丘を削って出来た東西の新道（三年坂）は、なんの変哲もない切り通しの坂道だが、いつ誰いうとなく「この坂の途中で転ぶと、三年目に死ぬ」と伝えられ、やがてそれが坂の名になり、現在までつづいている。ころぶと三年のいのち、というのは穏やかでないが、登城する藩士や、城下の人びとはそれを信じていたのであろうか。

江戸時代も末のころ、商家の隠居、久左衛門がこの坂で転んだ。縁起かつぎの隠居なので、青い顔をして帰ってくるなり「ああ、わしの命もあと三年！」と、布団《ふとん》をひっかぶって寝込んでしまった。家人たちが、それは迷信ですよと慰めても、ききいれる隠居ではない。「あと三年、あと三年……」。

そこへやって来たのが幼馴染《おさななじみ》の弥蔵老人で、頭をかかえこんでいる久左衛門をじろりと見て、あろうことか「あと十ぺんか二十ぺんコケ（転倒）て来たらどうじゃ」などと言う。弥蔵の憎まれ口に隠居は目を吊《つ》りあげ「おンしゃ（お前）は何ちゅう友達甲斐《がい》のない」と、かんかんに怒った。が、コケて来いという弥蔵の〝算術〟をきいて、にわかに明るい表情になった。

「ええか、あの坂で一ぺんコケたら三年目に死ぬ。一ぺんで三年目なら二度コケたら六年目、三度コケたら九年目に死ぬ……数よけいにコケるほど命がのびていく。そやからあと二十ぺんもコケたら、いま六十一歳のお前ンなら百二十一まで生きるちゅう勘定」

「なるほど、ほンなら毎日行ってコケて来よう」

と床から起きあがった……という噺《はなし》がある。

〈三十一〉紀州さん

〽紀州さんとは　夢にも知らぬ
　いこらいのらで　気がついた

江戸時代の泉州《せんしゅう》街道の俚謡《りよう》に、こんなのがある。おそらく、道中の茶店で一休みしていた旅の男たちが、

「さあ、行こら」

「よっしゃ、いのら、いのら（帰ろう、帰ろう）」

などと喋《しゃべ》っているのを耳にして、さては紀州者であったか、と気づいたという意味なのであろう。

当時、紀州の武士たちは徳川御三家の家臣だという自尊心もつよく、幕府からの御三家への特権、家士への特別待遇もあって、街道や宿場などではずいぶん威張っていたようだ。

岸和田市出身で東大法学部を出た松波博士が著わした戦前の随筆本のなかにも、

「岸和田藩では、紀州藩の武士には一目も二目もおいていた。だから、手のつけられない腕白坊主《ぼうず》のことを〝あいつは紀州さんやさかい（少々の無理や乱暴も）仕様ないわい〟などと云《い》っていたくらい」

であったという。

そんな〝紀州さん〟を下敷きにして冒頭の唄《うた》を眺めてみると、紀州者だと知って、どきっとしている茶店の亭主の表情が泛《うか》んでくる。

ともあれ、紀州藩の家士たちの見識の高さは、幕府へも、他藩へも「紀州殿家来なにがし」と、ぬけぬけと自分からわがあるじを殿《どの》付けにして唱え、諸国を旅行する場合は、公用であろうが私用であろうが、宿に客がひしめいていようがお構いなしに、他の宿泊人との合い宿をゆるさなかったということをみてもわかる。また、駕籠人足が疲れても駕籠を地べたに置かせず、次の人足の肩から肩へと担《かつ》ぎ移させたという。そればかりではない。渡し舟に乗る場合でも、渡し場に立って、

「御番であるぞ！」

と呼ぶ。すると、その瞬間から渡し舟は御用船扱いに化《な》ってしまい、船頭は他の待ち客たちに、

「御用船ゆえ、乗合はなりませぬ」

と言って、合い乗りをさせなかったというし、槍《やり》持ちを供にするほどの侍は、小さな

関所を通るときなど、家来を先にその関所へ走らせ、あらかじめ「紀州殿内なにがし」と届けておけば、乗馬、駕籠に乗ったままフリーパスであった。

こうした街道往来での御三家紀州の特権は、侍たちばかりではない。旅をする領民たちが持っている道中手形でさえ、関所役人たちは目の上に捧《ささ》げるようにして改めた、と伝えられている。

街道筋をわがもの顔に闊歩《かっぽ》した紀州藩の特権は、版籍奉還の直前まで二百五十余年つづいた。慶応四年（一八六八）新政府は真っ先に〈是《これ》までの御格を以《もっ》て権威を振り候《そうろう》儀など致すまじく……〉と紀州藩に通告して、その特別扱いを剥《は》ぎ取っている。よほど癪《しゃく》にさわっていたのであろう。

〈三十二〉忍者の正月

正月の街頭で目だつのは門松である。門松をこんなに全国に普及させたのは、明治以後の義務教育で「松竹立てて門ごとに、祝う今日こそ楽しけれ」などと、全国の子供たちに歌わせて以来である。

この、正月の松がトシの神が降りてくる依代《よりしろ》だとすれば、シメナワは清浄の場をしめすシルシである。門松を立てない地方でも、シメナワだけは必ず張る。シメカザリに、橙《だいだい》の実をくっつけるようになったのは何時《いつ》ごろからの慣習かは知らないが、これについておもしろい話がある。

――当時、紀州徳川家の江戸屋敷は、江戸城半蔵門を出てすこし行ったところにあった。半蔵門の名は、忍者の頭領、服部《はっとり》半蔵の屋敷がその門前にあったからだ。あるとき。紀州家で普請《ふしん》をすることになったが、地所をしらべてみて驚いた。隣接している伊賀者の地所を、知らぬ間に何年かにわたって無断借用していたのである。慌《あわ》てた紀州家では、早速、服部屋敷に用人を走らせ、詫《わ》びかたがた今まで借用していた土地の買い受けを申し入れた。

申し入れに伊賀者たちは頭をかかえた。なにしろ、将軍家からの拝領の地所である。ゆずるわけにもいくまい。といって、相手は御三家の紀州家である。むげに断ることもできない。伊賀者たちは協議を重ねた。その結果、地所を紀州家に貸そうということにした。だが困ったことに、貸すといっても、まさか、商人のように地代をとるのは、はばかりがある。で、また相談の結果、それでは礼金がわりに紀州の蜜柑《みかん》をもらおうということになった。蜜柑なら、幕府へのいいひらきもたつ。

こうして約束どおり、師走《しわす》になると伊賀者たちは、各人望むだけの蜜柑を紀州家からもらってきた。そして、その蜜柑を売りさばいて貧しい家計の足しにした。幕府の下働きを勤めとする伊賀同心たちの暮らしはあまり豊かではない。だから、翌年になると彼らの望む蜜柑の量はぐんとふえた。紀州家は悲鳴をあげた。蜜柑を与えるのはいいのだが、モッコや天秤棒《てんびんぼう》に荷車まで引いてきて屋敷の前に群がられては体裁が悪くてならない。

翌年暮れ、一計を案じた紀州家では、粒の大きな蜜柑を一つだけ桐《きり》の箱に入れて与えた。伊賀者たちは怒った。帰るなりその箱を畳の上に叩《たた》きつけた。と、蜜柑と一緒に一分銀が転がりでた。一分といえば餅《もち》も買え、正月支度も充分にできる。これならモッコ一杯の蜜柑よりよほど分がいい。そのうえ、いつもシメカザリに使うダイダイが、この年はひどく高値であったので、伊賀同心のひとりが拝領のその蜜柑で代用した。すると、おなじ御長屋の同心たちも、われもわれもとそれを真似《まね》た。

これが「紀州のひとつ蜜柑」といって、江戸中の評判になった。そしてやがて、この紀州さま拝領のひとつ蜜柑をシメカザリにつけるのが江戸大町人たちの流行になった。金持ちの商人たちは、伊賀者が目をまわすほどの金を投げだして蜜柑をゆずりうけていった。で、伊賀忍者の末裔《まつえい》たちは、この一個の紀州蜜柑のおかげで、無事に年の瀬を越し、豊かな正月を迎えることができたという。

〈三十三〉紀州ことば

方言は、たてまえだけの官製の共通語（標準語というのは日本にまだない）とちがって、その地方地方の風土から生まれたもので、ながい歴史のなかに眠っている数多くの人びとの思いが、哀歓が罩《こ》められている。

〽長崎ばってん　江戸べらぼう　大坂さかいに　京どすえ　兵庫神戸のなんぞいや
ついでに丹波の　芋なまり

などで、各地の方言の特徴をとらえた、からかい唄《うた》があるが、肩ひじの張らない民衆語は、ときにユーモラスであり、聞いているだけでも愉《たの》しい。

大阪弁でおもしろいのは、敬称をつけたとたんに下落してしまうことばの、ボン（良家の息子）

このボンの下に丁寧に〃さん〃をつけると、たちまち、ボンサン（でっち）に転落してしまう。九州の博多《はかた》にも奇天烈《きてれつ》な魚がある。黒鯛《くろだい》に似た干魚で、その名が「アブッテカモ」。火であぶって食ってしまえ、というわけだ。

地ことばの豊饒《ほうじょう》さは、一つの言葉に一つの意味しか持たない蒸溜水《じょうりゅうすい》みたいな共通語とちがって、さまざまな表現方法を持っている。たとえば〈女の子〉という意味のことばを、いま思い泛《うか》ぶままに、紀州、熊野方言のなかにひろいあげてみると「ネショのコ」「アマッチョ」「アマのコ」「アマのビキ」「アマのセガレ」「アマビッチョ」「アマのヘタ」と、ざっとこれだけある。

このアマのヘタなどは傑作で、母親のスカートをつかんで放さない甘えん坊の女の子を、まるで柿《かき》の実にくっついたヘタみたいに表現しているのには、思わず笑ってしまう。ネショは女性《にょしょう》の転訛《てんか》である。

紀州方言というのは、よく〝汚い〟といわれる。が、そうだろうか。この程度の汚さなら、どの地方の方言にもある。汚いのだと錯覚しているのは特異な紀州語のアル・ナイ語のせいにちがいない。

「親父《おやじ》さんアル（いる）か」

「いまアッタのやが、ナイ（居ない）なぁ」

などと、生物、無生物のいずれもアル・ナイ語で片づけてしまうのと、敬語が極端にすくないせいであろう。

敬語がすくないというのは、徳川氏が紀州に進駐してくるまで、紀州人は仕えるべき（他国人の）あるじを持たなかったからで、その自主独立の気風が尾骶骨《びていこつ》のように紀州語のうえにのこったのであろう。

もともと敬語というのはインティマシー（親密さ）の問題で、京都のように他所者《よそもの》への応接が多い地や、薩摩《さつま》のように階級観念のつよい国に発達した語なのだ。その点、古来から土豪たちが各地に割拠し、家康をして〝治政し難き国〟と歎《なげ》かせた紀州に発達したことばは、仲間意識がつよくて自由で屈託がない。誰にでもヘイ・ユウと呼びかけられるアメリカ語のような陽気さがある。

〈三十四〉Ｋ君の投書

方言や訛《なまり》のあることばというと、どうにも、古いもの、恥ずかしいもの、ときには〝悪いもの〟といった感じを持つ人がまだいる。標準語（？）は中央集権や近代化には有利だが、逆に文化を一元化してしまう危険性をはらんでいる。こうした一元化をチェックするのが方言であろう。

その、自分のことばを喋《しゃべ》るのが何故《なぜ》はずかしいのか。自分が生まれ育った土地のことばを何故こっそりと抱えていなければならないのか。明治政府は、ひとりひとりが自分勝手にそう思いこむように、じつに巧みに国民を教育してきたものだ。

そんなことを考えながらスクラップ・ブックをひろげていると、少しまえの新聞記事が目にとびこんできた。堺市に住む主婦からの、〈料金たずねたら怒鳴る乗務員〉という投書である。

「大阪府堺市の鳳《おおとり》南町《みなみまち》から大森まで私鉄バスに乗り、乗務員に料金を尋ねたら〝毎日乗っていて知らんのか〟とどなられました。ひどい人もいるものです」

そして、その欄の左脇《ひだりわき》にバス会社の業務課長氏の「お答え」として、「まことに失礼なことをいいました。その乗務員は言葉に和歌山なまりが残っており、悪意はないのですが、つい誤解されたようです。標準語の指導を徹底します」

この「お答え」に目を吊《つ》りあげたのが和歌山市の十六歳の高校生だ。憤然として一週間後の紙上に、

《許せぬ和歌山弁侮辱》

「十九日付の苦情問答で、バスの乗務員が料金を尋ねた乗客に対して〝毎日乗っていて知らんのか〟と返答した話がでていた。このなかで本社の業務課長が〝和歌山なまりが誤解されたようだ。標準語の指導を徹底します〟と答えていたのは気になる。和歌山弁がきれいだとは決して思っていないが、よい言葉と悪い言葉の区別ぐらいはある。たとえ標準語の指導を徹底したところで乱暴な姿勢は変わるとは思えない。責任のがれのために、愛する和歌山弁が侮辱されることに腹が立つ」

この、K君の痛快な投書に、おなじ紀州人のひとりとして、思わず拍手をおくったものだ。

方言を悪いもの、とする例は世間にはよくある。学者の桑原武夫氏が講演の場で関西弁を使ったら、漫才のことばで講演するとは不謹慎なと非難されたという。熟度の高い関西弁が相手に理解されなかったのであろう。方言は不謹慎で、標準語やアナウンサー

語、東京方言は不謹慎ではないらしい。

それがおかしい。残念ながら、日本語にはまだ標準語は成立していない。共通語が使われているにすぎない。これが常識である。だいいち、日本じゅう誰もかれもが〈東京の中流階級の使う言語に基づくものと考えられている標準語〉だけしか話せなくなってしまったら、じつに味気ない世のなかになってしまうことだろう。

〈三十五〉猛烈教育ママ

このあいだ市街地の裏通りを歩いていると、だしぬけに若い女の怒鳴りごえがして、声とともにちびっ子が往来に突き出されてきた。カバンをもっているところをみると、おおかた塾通いでもサボルつもりの仮病が発覚したのであろう。不運なちびっ子は、泣きじゃくりながらも、すぐに気をとり直したらしい。「アホ、アホて、おまえこそガイなアホタンや」閉まったドアに向かってそういうと（塾のほうへ、であろう）走りだした。

それにしても、すさまじい世の中である。ドアのむこうにちらと見えた若い主婦の、険しい目のいろに、これでは……と思った。

〈まるで、長尾つる女……ではないか〉

清姫いらい紀州には烈女、勇婦のたぐいはすくなくないが、いまから書くつる女ほど猛烈なのもちょっといない。

つる女、文化元年（一八〇四）紀州藩水芸（水泳）指南役の娘に生まれ、国老、久野丹《たん》波守《ばのかみ》に仕え三十歳にして老女にすすむ。そのころ、城下に一つの噂《うわさ》があった。かつては家康公お声がかりで、福島正則《まさのり》家の家老も勤めたという長尾家が、代がくだるにつれて衰え、当初千石であった禄米《ろくまい》も、現九代目勘兵衛のころにはあわれ三十石になり果て、おまけに嫡男《ちゃくなん》の貞之助は放蕩者《ほうとうもの》で、悩んだ勘兵衛は極貧のあまりセガレを斬《き》り殺してわが身も切腹するつもりらしい、という風説《うわさ》である。噂に顔色をかえたのは、つる女だ。

「おそれ多くも神君、家康公お声がかりの名家を、むざと潰《つぶ》してよいものか」

つる女は決心した。自分が勘兵衛の嫁になって長尾家を支えようというのだ。決心すると他人の考えなどに頓着《とんちゃく》する女ではない。さっさと長尾家の後妻にころげこんだ。仰天したのは勘兵衛だ。「お、お手前が身どもの妻じゃと!」ときに勘兵衛五十二歳。処女妻つる女、三十四歳。

こうしてつる女の奮迅がはじまる。まず、午前四時にドラ息子を叩《たた》き起こし、槍《やり》の素突きを千回。藩の槍道場から帰ってくると夕食。と、休憩もなくまたしても素突きを千回。くたくたになって寝所に転げこむと、天井から手まりが吊《つる》してある。ここでまたマリを相手に刺突千回。あまりの苦しさに悲鳴をあげると、がっと睨《にら》みつけ薙刀《なぎなた》のサヤを払って、いまにも斬り殺さんばかりの凄《すさ》まじさである。

辛酸十五年。これで巧《うま》くならなければ嘘《うそ》だ。貞之助、藩中きっての槍の名手になる。しかし、ほっとした途端に夫の勘兵衛死去。すると貞之助も、長い間の槍修業の疲れがどっと出て、胸を病んで死んでしまう。

「おそれ多くも神君、お声がかりの……」

で、藩中を奔走して養子を見つけて来、十一代勘兵衛。これもまた特訓に特訓を重ね、維新後、陸軍大尉《たいい》。ところが、ほっとしたのも束《つか》の間《ま》、近衛《このえ》師団で当直中、事故死してしまう。

そして、またしても養子を迎え……こうして明治二十二年の紀ノ川の大洪水にも「われ、この家に嫁入せしときよりこの家を死場所と定む。なんぞ先祖、亡夫、継子二人の霊を残して立ち退《の》けようか」と微塵《みじん》も動かなかった。数年後、病中のつる女を旧藩の男が見舞ったとき、つる女は枕元《まくらもと》の大小の刀を目で示し「いまも賊あらば一刀両断！」と、歯のぬけた口をあけてからからと打ち笑ったという。九十歳だった。

絶世の猛女とは、こういう人をいうのであろう。つる女の住んだ長尾家は、戦前まで和歌山市内の紀ノ川に近い旧釘貫《くぎぬき》町にあったが、いまはビル街になっている。

〈三十六〉ある愛の歌

巷《ちまた》の唄《うた》、庶民の歌というのは、時の流れとともに、さまざまに表情をかえていくものだ。

わたしがこのなつかしい〝東京？の歌〟に出くわしたのは、二、三十年も前のある夜、神田《かんだ》の裏通りを歩いている時であった。この辺りは学生たちの食堂、といった体《てい》の店が多い。灯明かりのこぼれているその裏通りをあるいていると、学生たちがコンパでもしているのか、行く手の中華料理店の二階から、にわかに、怒鳴りつけるような合唱が湧《わ》きあがった。

〽ここは東京か、神田の町か……

歌ごえに、わたしは足をとめた。その歌には、おぼろげな記憶がある。地名こそちがっているが、それは慥《たし》かに紀州和歌山の歌であった。遠いむかしのはやり歌。兄妹心中の歌。いささか泥くさくて、ゆるやかな節まわしの、哀調をおびた歌。それは大正デモクラシーの時代、和歌山の町でおこったある兄と妹との愛の事件を歌ったものであった。

しかし、その歌が大正、昭和……遠くから軍靴《ぐんか》のひびきのきこえてくる不穏な季節……やがて第二次世界大戦……そして敗戦……と、ながい歳月をこえ、いまもなお若者たちに歌いつがれていようなどとは思いもよらなかった。すでに市井《しせい》に埋もれ、風化しているはずであった。たかが巷の、はやり唄である。

〈……その歌が？〉

わたしのその歌へのアプローチは、その頃から始まった。

わたしの質問に、五十すぎの主婦は、戦争中の女子挺身隊《ていしんたい》の宿舎で、みんなとよく歌ったと、暗い青春の日を語り、京都で学生生活をすごした医師は、たしか、

〽ここは京都か、大阪の町か……

であったという。また、ある老人は、それは、

〽ここは笠田《かせだ》か、和歌山町《まち》か……

ではじまる河内《かわち》音頭の「恋地獄兄妹心中」ではないかという。

ともあれ、ながい時間の流れのなかを歌いつづけられてきたこの歌は、〽それがアキオの目にオバとまり……などと、紀州ことば独得の語法をみせる物がなしい歌であった。それにしても、半世紀を超えてなお若者たちに歌い継がれているというこの歌の勁《つよ》さは、魅力は、いったい何なのであろう。

〽ここは笠田《かせだ》か和歌山町か　和歌山町なら兄妹心中　兄は二十一その名はアキオ　妹十九でその名はエミコ　兄のアキオが妹に惚《ほ》れて　恋し焦《こが》れて病となりぬ……（中略）……かえす刀でおのれの身をば、突き刺し倒れる兄のアキオ　愛の京橋血《ち》汐《しお》に染めて　世にも哀れな兄妹心中　空にかがやく二つの星は　あれは夫婦《みょうと》か兄妹星か……。

〈三十七〉 父母状

人の世を生きていくために、さまざまな訓《おしえ》がある。テレビのコマーシャルでいつか話題になっていた「親を大切にしよう、他人に迷惑をかけないようにしよう！」といったものから、平安時代の「九条殿遺戒《ゆいかい》」といった最古のものまで、数えきれないほどある。

この種の〝訓〟のなかで、読んでいて実感が湧《わ》いてくるのは、乱世の武将たちの戦国家法や、大坂商人たちの実際的な商訓であろう。

実際的といえば、昭和の現代の各社の社訓（空疎《くうそ》な、建て前だけのものが多いのだが）のなかでも花王石鹼《せっけん》の「清潔な国民は栄えり」。ヤクルトの「健康で長生き」。大成建設の「ウソをつくな」などは、企業理念を直截《ちょくさい》に打ちだしていて、感じがいい。

――五十五万五千石の紀州藩にも、そんな藩訓がある。父母状。藩祖、南竜公頼宣《なんりようこうよりのぶ》が万治三年（一六六〇）家臣や領民たちに公布したものである。

この藩訓には、ひとつのエピソードがある。新領土紀州に入国いらい、武を備え、産業の振興に力をそそぎ、国づくりに励んでいる頼宣の前に、突然、血なまぐさい事件がもたらされた。山ふかい熊野の奥で、父親を殺した男が捕まったのである。が、捕えられた男は、他人の親を殺したのでないわ。わが親の、それも酒くらいでやくざで手のつけられぬ親を、一家一族のために殺してやったのがなぜ悪い。と、後悔する様子は微塵《みじん》もないという。

「ああ、いかに熊野の山中とはいえ、わが領内でかような犬猫にも劣る者をだしたとは、すべてわが不徳のいたすところ……」

父殺しがいかに大罪であるか、説いても諭《さと》しても男には通じないのだという役人からの報告に、頼宣は嘆息した。頼宣は、儒者の李《り》梅渓《ばいけい》をまねいて、獄舎に投じた男の前で来る日も来る日も、人の道を説かせた。

こうして一年たち、二年すぎた。男は依然として悔いるところはない。やがて三年目のある日、男は親殺しの罪の恐ろしさに身をふるわせ、声を叫《あ》げて泣いたという。その知らせに頷《うなず》いた頼宣は「にんげんの道理（道）をわきまえたうえは、ふびんながら〝法〟にしたがわせよ……」と、男の処刑を命じた。

そして頼宣は、ふたたびこのような者が出ぬようにと、みずから筆をとって士庶への訓戒をしたためた。

《父母に孝行に、法度《はっと》を守り、へりくだり、奢《おご》らずして面々家職（家業）を勤め、正

直を本とすることは誰も存じたる事なれど、いよいよよく相心得候《さうらふ》様に常に下へ教へ申し聞かすべきものなり》

頼宣が、李梅渓に写しとらせた父母状の六十余字は、以来紀州藩の道徳教育の教科書となり、明治までつづいた。父母状の碑は、いまも片岡町の道のほとりにある。

〈三十八〉海のジプシー

雑賀崎《さいかざき》は、黒潮が紀伊半島に無数に刻みつけたノコギリの歯の一つで、先端に小さな灯台をもつ岬である。

山塊が、いきなり海にのめりこんだその岬のふところには、ひしめくように家が立てこみ、人ひとり歩けばいっぱいになりそうな細い石だたみの坂の道が迷路のように入り組んでいる。

その狭い急な坂の道を、女たちが愉《たの》しげにしゃべりながら登ってくる。すこし以前まで、ここの女たちは嵩ばる荷物はなんでも頭にのせて運ぶ〝いただき〟の風習があった。嫁入り道具はもちろん、日常の品物から下肥桶《しもごえおけ》までそうして頭にのせて運んだという。それほど、この岬の道は狭い。女たちは潮風にきたえられた大きな声で、いかにも屈託なげに話しているが、戦国雑賀衆の激しい血は、彼女たちにも流れているはずである。

近世初頭、このあたり雑賀の庄《しょう》は、勇猛をもって天下に鳴る雑賀孫市《まごいち》にひきいられた戦国のガンマン、雑賀鉄砲衆の本拠でもあった。その雑賀党の水軍基地であり海の見張所でもあったこの浦の男たちは、のちに〝サイカの一本釣り〟となって諸国津々浦々に知られる。

男たちは幅四尺、長さ十八尺の小舟に身を託し、日本の海をまたにかけ、羅針盤もないまったくのカンだけで南は五島列島、北は仙台、金華山沖あたりまで海のジプシーさながらの旅漁をつづけ、絶妙の技術と呼吸で鯛《たい》を釣りあげてきた。

ながい旅漁に備えて生活用具一式を積みこんだサイカ舟のなかで、漁夫はヘサキのイケンマ（いけす）の穴ぐらに下半身をもぐりこませて寝る。サイカ舟はこうして海から海へ、鯛を求めて孤独な旅をつづけていくのである。

この男たちは、みな、洋々たる大海原にヤマをたてて舟を静止させ、六十メートルから百メートルもの下の、深い海底に横たわる畳一枚ほどの根（鯛の棲《す》み場）にぴたりと釣糸をおろす秘術をもっている。

これは、近代漁法の底曳《そこび》き網などとちがって、まったく漁夫の経験とカンだけのもので一種の名人芸でもある。この技を習得するため雑賀の男たちは、少年のころから十人ぐらいで一グループの〝連中《れんちゅう》〟をつくって、そのうちの誰か一人の親の家を「若衆宿」として入り、先輩の若者から漁夫としてのさまざまな体験をうけついできた。が、この一本釣りの秘法も最近では、

「……糸もビニールになったし、レンロー（電動）やらレンパ（電波〝魚群探知器〟）やら

いうてローグ（道具）に銭を惜しまんようになってきたわ、な」

もはや、海洋のど真ん中でテグスを海底におろし鯛を求める時代ではなかった。魚探という近代兵器が、彼らが大事に守りつづけてきた根を苦もなくかぎつけ、ごっそりと獲物をさらっていくのだ。

「昔や、海に出ると旧の正月にしか帰って来んような漁師やナンボもいたがのう……」

浜辺の防波堤にもたれたまま、老いた名人たちは海風に錆《さ》びた眼で海をみた。昏《く》れかかる落陽まえの、まばゆく赤い海であった。

〈三十九〉 孫《まご》市《いち》説話

現代を雑兵《ぞうひよう》兵乱の時代といったのは丸山真男《まさお》（政治思想家）だった。たしかに戦後は人間が小粒になったようだ。風が吹きぬけていくような、ケタはずれな大物は、こんなちまちました泰平の世に生まれてこないのかもしれない。

紀州和歌山でケタはずれな人間というと、戦国風雲のなかを走りぬけていった雑賀孫市（本姓は鈴木）などもその一人であろう。これほど痛快な男も、世にめずらしい。が、そんな男の例として、つねにその身辺には〝伝説〟の霧がまつわりついている。孫市もまた、大衆がつくりあげたさまざまな〝孫市説話〟のなかで、四百年のちの今日もなお生きつづけている。

天正《てんしよう》十年六月――。津波のように紀州鷺《さぎ》ノ森《もり》本願寺に攻め寄せてきた織田信長の軍団十万余の兵は、本願寺を十重《とえ》二十重《はたえ》に包囲して天地にとどろくようなトキの声をあげた。このとき、本願寺門主父子をまもって鷺ノ森の陣所を堅めていた雑賀党の首領、雑賀孫市は、真昼のように焚《た》かれた大かがり火のなかで、雑賀者たちに声を叫《あ》げた。

「おんしらの命、孫市がもろうた。このうえは信長めらに一泡ふかせ、浄土へのみやげにしようぞ！」

声とともに早鐘が打ち鳴らされ、境内にひしめいていた雑賀の男たちは喊声《かんせい》をあげ大門を押しひらき、槍《やり》の穂先をそろえてどっと突貫した。

「うれしや、死ぬるか！」

口ぐちにわめきながら雑賀者たちは突進した。その行く手で、絶叫が噴きあげ、血の霧がしぶいた。

……この激戦ののち、孫市が血槍を洗ったと伝える手水鉢《ちょうずばち》が、和歌山市内、鷺ノ森本願寺別院の近く、専光寺の境内にいまもある。大きな、二抱えもある砂岩の手水鉢だ。

孫市説話には、こんなのもある。

〈あるとき、孫市が人を斬《き》った。ところが、手ごたえはあったのだが、どうしたことか斬られた相手は平気で、念仏などを唱えながらすたすた歩いていく。「おや？」と思って孫市がアトをつけていくと、八丁ばかり先の曲り角で、突然、真二つに裂けて死んだ……〉

そんなところから孫市のその刀を〝八丁念仏〟とよぶようになったという。が、この名刀の異名に、もう一つ尾ヒレをつけたのがある。「八丁念仏ダンゴ刺し」という。話によると〈斬った相手が歩いていくので、刀を杖《つえ》にして孫市が背後からつけて行った。

と、その時杖にした刀の切っ先に道の小石が、まるでダンゴでも串刺《くしざ》したように突き刺さっていた〉という。

歴史の中にあらわれてくる名刀妖刀《ようとう》には、斬る真似《まね》をしただけで相手の骨が砕けてしまったという「骨喰《は》み藤四郎」や「波およぎ兼光」「地獄杖」「へし切り長谷部」、それに〝水もたまらぬ切れ味〟というところから名づけられた歌舞伎《かぶき》で有名な吉原百人斬りの「籠釣瓶《かごつるべ》」と、ぞっとするようなのが多い。が、孫市の名刀「八丁念仏ダンゴ刺し」などというのは、いかにも南海の紀州話らしく陽気で、ユーモラスなところがいい。

〈四十〉雑賀孫市の城

あまり端正なとり澄ましたような城というのは、城歩きの愉《たの》しみの一つである〝空想〟の余地がないので、好きではない。天下の覇者が金瓦《きんが》巨石で築きあげた壮麗な名城よりも、土塁だけで草むぐらのなかに埋もれている、といったテイの城跡のほうがいい。目下、散歩のため一日に一度は登っている秋葉山は、そんな城跡である。天正《てんしょう》のむかし、ここに紀州雑賀党の最大拠点、弥勒寺山《みろくじさん》城があった。

国道四十二号線に沿った左手の山の中腹に県営プールがある。そのプールの横の山道を、荒い息を刻みながら登りつめると、にわかに視界がひらけ、眼のむこうに黒潮の海がまばゆい拡《ひろ》がりでとびこんでくる。

その手前、手をのばせば届きそうな近くに雑賀孫市の居城跡の和歌ノ浦妙見山（雑賀城）が見え、玉津島砦《とりで》が見える。視線を返すと、弥勒寺山城に峰つづきの東禅寺城、上下砦、吹上城（和歌山城の前身）や中津城が、まるで地上にうかぶ列島さながら、点々とつらなってみえる。

これらの雑賀党の城砦《じょうさい》が、織田信長軍にむかって火を噴くのは天正五年（一五七七）のことである。日本史上最大の宗教戦争、石山本願寺合戦に八年間も手を焼いた信長は、一揆《いっき》勢力の根拠地である雑賀党の絶滅をはかり、十五カ国十万余の軍団に進撃の号令をくだした。

こうして三月三日、織田信忠、羽柴秀吉の天下に名のひびいた歴戦の勇将たちが、地をおおうばかりの勢いで南下し、弥勒寺山城の裾《すそ》を流れる雑賀川の対岸に布陣する。信長軍の大寄せに、雑賀郷は沸騰《ふっとう》した。

「信長め、来たか！」

異形の雑賀鉢兜《はちかぶと》、黒具足に身をかためた孫市は、目をかがやかせた。風にのって、織田の陣から軍貝や陣鉦《じんがね》の音が、いっせいに立ちあがるようにびょうびょうと鳴りわたり、騎馬隊のひづめのとどろきと武者声が湧《わ》きあがった。織田の先陣五千の騎馬隊は喊声《かんせい》をまきあげて草を蹴《け》り、まっしぐらに雑賀川に突入した。

「雑賀の者ども、いまぞ、撃ちやれ！」

孫市は声をあげた。その声に、川べりにひそんでいた雑賀者たちの銃声がこたえかえし、天地が裂けるほどの炸裂音《さくれつおん》をたてた。

——しかし、信長軍団十万に対し雑賀勢わずか三千である。多勢に無勢。しだいに押し縮められていった。が、そのとき、中国の雄、毛利輝元《てるもと》らの連合軍が、信長の虚を衝《つ》いてにわかに京へ攻め上ったという風説が伝わった。信長はおどろき、急遽《きゅうきょ》、雑賀と和睦《わぼく》し京に馳《か》け戻っていく。

こうして雑賀は危急を救われるのだが、それも束《つか》の間《ま》であった。やがて天正十三年、怒濤《どとう》のように押し寄せる秀吉軍団の前にことごとく潰滅《かいめつ》する。孫市の姿は風吹峠に消え、雑賀のガンマンたちも離散した。

弥勒寺山は、そんな天正十三年の荒涼そのままに、ひっそりとしずまっている。わたしは、かたわらの石に腰をおろしてタバコに火をつけた。山頂の風が耳のそばをすりぬけていく。その風のなかで、わたしはふと、雑賀鉄砲衆たちの物がなしい念仏の声をきいたような気がした。

〈四十一〉ぶらくり丁

モノを吊《つる》す、ぶらさげる……といった意味の妙な紀州語がそのまま、和歌山市きっての繁華街になっている。

ぶらくり丁。

市の中心部にあるこの商店街は、道の両側に商店がぎっしりと長くつらなり、横丁や裏通りに飲食店が多く、どこか小型の大阪ミナミの町並みを思わせる通りである。

《本町一丁目より四丁目まで、米屋町、匠《たくみ》町、雑賀《さいか》町、中之店《たな》南之丁、以上四カ町および元寺町一丁目、二丁目の東、間筋に面する部分を別にぶらくり丁と俗称する。もと狭《きょう》隘《あい》なる横丁であったが、文政十三年（一八三〇）十二月の火災後、和田正主なる者、官に建議して路幅《みちはば》をひろげ商店街とした。藩時（紀州藩時代）は古着商連檐《れんたん》し商品を店頭に吊りさげていたのでこの名がある》のだと史書はいう。

狭隘だの官だの、連檐だのとむずかしい漢字を並べているが、つまり、いまから百六十年まえ、現在の丸正百貨店前から雑賀橋にむかった約百メートルほどの通り、当時、北横丁とよばれていたこのあたりが、ぶらくり丁の地であった。

もともと、あまりぱっとしない狭苦しい通りで、文政十三年師走《しわす》の大火の時の混乱は並たいていではなかった。で、その大火ののち、泉州日根野谷川の出身で和歌山城下北町に住み、大年寄をつとめていた和田正主が町奉行に願い出て、あたらしい〝商店街〟づくりに取り組んだ。

こうして面目一新したこの通りに、焼け出されていた商店主たちも戻ってきて、ふたたび店をひらいた。店主たちは大町人の和田のすすめで、当時としては斬新《ざんしん》な展示方法をとった。

従来は店の奥に納《しま》っていた品物を、競って店頭に吊りさげ、客たちが選びやすい方法をとった。こうしておけば、いちいち店の奥から商品を出してこなくても、客は思いのままに品物を眺められる。この新商法が当たって、城下の人びととの通行でにぎわい、各店大いに繁昌《はんじょう》し〝ぶらくり丁〟の名がひろがったというわけだ。

――以来、一世紀半。県下最大のこのノレン街にも、流通革新の波が押し寄せ、市内の商業地図はすさまじい勢いで塗りかえられていく。都市開発のドーナツ化現象で市内人口の郊外への移動。それに加えて今までの上得意であった地方各市域に大型店の出現。経済不況の中で、ながい伝統を秘めた「ぶらくり丁」がかかえる課題は、なお多いようだ。

〈四十二〉ジャンパーと礼服

紀州人には二つの顔がある。ラフとスムーズ。実質主義かと思うと、いやに形式主義者であったり、〝派手とつましさの二面構造をもった県〟だともいわれる。

最近の全国四十七都道府県のデータをみると、それが瞭然《りょうぜん》とする。個人所得は全国の水準以下の三十一位なのに、預貯金率は全国五位。ケチって貯《た》めこんでいるかといえば、そうでもない。各家庭の家計簿のなかの〝肉類消費量〟は全国二位だ（東京の家庭などはやっと十位）。交際費の出費率も全国九位。

派手というと、浪費度ランキング全国五位。やけのやんぱち型の浪費県でもある。そうかと思うと、労働時間は全国七位の勤勉県。和歌山で《ジャンパーと礼服》がよく売れるというのも、こういうところからきているのかもしれない。

礼服が売れるというのは、当然のことながら着用の機会が多いからで、町なかでも〝倉庫の完成式にでもモーニングを着て参列〟といった男たちの、いかにも着心地悪げに礼服を着こんだ、陽やけした赭《あか》い顔、節くれた手、チョコレート色の靴？　で歩きまわっている集団によく出くわす。

そんな県人たちの冠婚葬祭の異常なくらいの派手さは、ときに他府県人を仰天させる。

有吉佐和子の小説に出てくる〈三日三晩十日ほど……〉といった結婚式も現実にある。

すこし古い話になるが、私の知人もその一人で、紀ノ川べりの造り酒屋、前田半十郎家に嫁いだ時は、

「そりゃもう、たいへんなことでのし……」

まず、嫁入り道具十五荷の荷運びの三十人が先行。三日後に浅葱色《あさぎいろ》の被衣《かずき》に色振袖《いろふりそで》の花嫁御寮が出発。前田家の門前で車をおり、待ちうけていた格式をあらわす塗駕籠《ぬりかご》に乗せられて玄関を入り、先方の親類、裲襠《うちかけ》姿の女たちに迎えられ控の間へ……。

そこで紋綸子《りんず》の白無垢《しろむく》に同じ白の裲襠に着替えて仏間へ。三々九度の盃《さかずき》は金びょうぶを引きまわした本座敷の、燭台《しょくだい》の灯明かりのなかでおこなわれ、色直しは紅梅の模様を織りだした華麗な裲襠、綸子に金銀縫いとりの着物で、男客ばかりの披露宴に……。

翌日は花嫁の実家、親類たちが「新室（お部屋）見舞」にやってきて、おみやげに持参した駿河屋《するが》のオボロまんじゅうを土地の人たちに配ってまわる。三日目は結婚式に参列しなかった人に婦人たちも加わっての披露宴。四日目には土地の主だった人びと、出入りの人びとへの披露宴……と、いつ果てるともなく延々とつづけられていく。

もっとも、この結婚式は大正末年のことで、近年はこんな大時代な儀式はすくなくな

った。

が、ないわけではない。知人のF家の豪華な結婚式が、先ごろ、和歌山城の真向かいのホテルで行われた。披露宴は二部制。第一部は県知事、市長、県・市議会議員といった公的な披露宴で三百人。第二部は肩のこらない内輪の、友人や親類たちの披露宴で三百人。合計六百人。紀州人の〝ジャンパーと礼服〟の時代は、まだまだつづきそうである——。

〈四十三〉養《よう》翠《すい》園《えん》

徳川御三家の一つとしての紀州徳川家の黄金時代は、五代藩主の吉宗が徳川宗家に入って八代将軍として登場してからであろう。以来、徳川家将軍は（十五代慶喜《よしのぶ》を除いた他は）すべてこの吉宗の血をうけている。

この紀州徳川家の栄光は、それまで極めて質実であった紀州を塗りかえてしまった。幕府から破格の扱いをゆるされるままに、城館の構営も江戸城を擬して宏壮《こうそう》華麗をきわめた。草門、土塀であった武家の屋敷も長屋門、なまこ塀に改められ、さながら江戸の大名、旗本の大路小路をしのばせるほどになり、その大名行列の威容は、将軍家のそれと弁別しがたいほどであったという。

この当時、藩主斉順《なりゆき》（将軍家斉《いえなり》の七男）の夫人が目黒の不動に参詣《さんけい》した時、石段が急で輿《こし》のまま登ることができず、仁王門を解体させ頂上まで桟橋を架け渡して輿のまま参詣をすませた、というから、その驕奢《おごり》のほどがうかがえる。

が、いっぽう、学問のほうも「紀州の学問は諸国の中で最も隆盛である」と、室鳩巣《むろきゅうそう》に舌をまかせたほどであった。江戸をはじめ国元に諸学校をおこし、本居宣長、本居大平はじめ伊藤仁斎の五男、伊藤蘭嵎《らんぐう》や、日本の南画の開拓者というべき祇園南海《ぎおんなんかい》などを講説にあたらせている。

このころが紀州文化の黄金期であろう。画人では祇園南海のほかに桑山玉洲《くわやまぎょくしゅう》、野呂介石《のろかいせき》。医学では、わが国初の種痘、ワクチンの国産化に成功した小山蓬洲《ほうしゅう》や、世界で初めての全身麻酔下の手術に成功した華岡青洲《はなおかせいしゅう》などが現れている。

この黄金期の頂点をきわめたのが従一位大納言《じゅいちいだいなごん》、十代藩主治宝《はるとみ》の時代だ。茶人でもある治宝は、京から楽焼《らくやき》（陶器）の楽吉右衛門、永楽焼（磁器）の永楽善五郎を招き茶碗《ちゃわん》をつくらせ、茶道の師、表千家九代目、了々斎に養翠亭《ようすいてい》茶室「実際庵《じっさいあん》」を造らせたと伝えられている。

養翠園（県史跡・名勝指定）は、和歌山市の西南を流れる水軒川と海にのぞんだ景勝の地、紀州徳川家水軒御用地に設けられた江戸中期の代表的な武家庭園である。池泉回遊、舟遊式庭園で、敷地は一万七千坪。海水をたたえた池面に遠く天神山、章魚頭姿山《たこずし》を映して雄大である。園内にある養翠亭は藩主の常御殿（八十坪）で、数寄屋《すきや》建ての御茶屋の構造で、造営当時の原型がそのままに保存され、内部は御座の間から次の間、侍溜り、御膳所《ごぜん》など十余室。なかでも了々斎の二畳台間の茶室と、全国にも例のない特殊な遺構をもつ〝左斜め登り御廊下〟は有名である。

隠居してからの治宝は、十人たらずの家臣をつれて養翠園をよく訪ねたという。が、その治宝が〈養翠亭から山を眺めながら茶をたて、八千代亭から紀淡海峡にうかぶ淡路島を遠く望み野点《のだて》を楽しんだ〉その借景も、いまは宅地造成で山は赤茶けた地肌を剝《む》きだし、海の眺めも、木材港のコンクリート堤防で目かくしされてしまった……と、養翠園の静寂を守りつづけている藤井父子は苦笑する。

昭和三十年一般公開に踏み切って以来、赤字つづきの養翠園だが「観光客が押し寄せ庭を荒らして黒字になるより、赤字でもいい、ほんとうにこの庭を味わってくれる人に来てほしい」と藤井氏はいう。そんな藤井氏に、ふっと紀州人を感じた。

〈四十四〉和歌ノ浦

和歌山でいちばんの名所は、市の南郊の和歌ノ浦、と古くから知られている。陽光まばゆい南海の風光は、海にめぐまれない都びとのあこがれの地であった。聖武《しょうむ》、称徳（孝謙女帝）、桓武《かんむ》と天皇の御幸《みゆき》がつづき、随従の貴族たちも大和から紀・和国境の真土山をこえ、南海道背ノ山をこえ、はるかな道程を踏んで心おどらせてやってきた。

若の浦に　潮満ちくれば潟《かた》を無《な》み
葦辺《あしべ》をさして　鶴《たづ》鳴きわたる　万葉集巻六

と、宮廷歌人、山部赤人の〝写実の極致〟といわれてあまりにも有名なこの歌は、のちに〝潟を無み〟をもじって〝片男波〟の地名を生みだす。片男波は、和歌川の河口にある鳥のくちばしのように長く海中に突出した砂洲《さす》で、万葉いらい歌に詠《よ》まれること百首ちかく、和歌ノ浦の名を諸国にひろげた。

神亀《じんき》元年（七二四）、この地に行幸して玉津島に赴いた聖武天皇は、あまりの絶景に感動して、

《……山に登り海を望むに、此間《ここ》最も好《よ》し。遠行を労《いたは》らずして、遊覧するに足れり。ゆゑに弱浜《わかのうら》の名を改めて明光浦《あかのうら》とす。よろしく守戸を置きて、荒穢《くわうわい》せしむることなかるべし》

と、勅《みことのり》したと「続日本紀《しょくにほんぎ》」にいう。後世、これが若ノ浦となり和歌ノ浦と化《な》り、それがやがて和歌山、そして和歌山の県名にもなっていく。

片男波の砂嘴《さし》にかこまれた湾の内側は波しずかで、潮がひけば遠浅の干潟になり、満ちると満々たる内海となり、先ごろまでは和歌海苔《のり》採取のソダが櫛《くし》の歯のようにおだやかな海面に並びたち、ひときわ趣きをみせていた。

が、この美しい海景も、いまはない。香りの豊かさで世に知られていた和歌海苔も、和歌川の上流から流れてくる汚水のためにしだいに姿を消している。海中にノリソダをたてて種子をつけても、汚水のために枯れてしまうのである。さらに、名産であったウナギもとれなくなり、ただの干潟になった内海を埋め立てて、臨海工業団地にしよう、分譲住宅地にしよう、という計画がもちあがったこともあった。さいわい、この計画は消滅したのだが。

石づくりの不老橋の勾欄《てすり》に凭《もた》れて、陽だまりのなかで老人は、

「ほらもう……戦前は六、ひっちゃっ（七百）軒もあったかィのう」

と、潮風に皺《しわ》ばんだ顔を海にむけて、ありし日のノリ漁を語りつづける。その海は、

かつて千三百年のむかし、聖武帝が《よろしく守戸を置きて、荒穢せしむることなかるべし》と念じた海であり、そしてまた万葉びとが、旅に来られなかったいとしい人のために〝包んで持って帰ってやりたい〟と詠《うた》った海であった。

〈四十五〉懸《か》け造りの町並み

紀ノ川の堤防に沿って一筋にのびている国道二十四号線（上方街道・大和街道）が、和歌山の市街に入る寸前、突然、道が直角に左折する。他府県からきたドライバーたちを、思わずひやりとさせる街道である。

江戸時代初期の元和《げんな》年間（一六一五―二四）、この付近に城下の入り口にあたる本町御門（本町九丁目）があり、その松島堤沿いに、いまも往時の表情をのこした町並みがある。嘉家《かけ》作り丁のこの町並みは、本町御門とその周辺、紀ノ川の渡し（宇治の渡し場）など交通の要衝を守るため、街道に面して半士半農の一団の人びとの家が建てられたことにはじまる。

建物は中二階で、間口三間（約五・四メートル）、奥行き十三間（約二十三メートル）、五十四軒つづきで東西約三町の紀州藩御長屋である。五十四人の家士たちは、堤防下の田畑を一戸に六反（約六十アール）与えられ、勤めのかたわら農耕にいそしんだ。

御長屋の家がまえは、堤の上に家の表部分を、裏は斜面を利用した懸け造りにしているため「カケづくり」とよばれ、それが町名にもなった。家の構造は独特なもので、入り口から奥への通り庭は、石段や傾斜をつけて降りるようになってい、また、道に面した軒先が深くつくられ〝一文字の軒〟とよばれるアーケード状の〝おだれ〟が異風である。

この軒先は、街道をゆく藩主の行列を土下座して送迎するための場所であり、雨の日、往来する人びとの雨やどりの場所でもあった。当時の往還は〈府城の北の入り口にして西国巡礼または京、大坂より和歌浦、熊野への街道なり。日のかたぶくころには旅店の小おんな往来をとむる声のかまびすしき、ねぐらをもとむる雀《すずめ》のごとく〉であったと、宿場町としての栄を記している。

が、いま、街道にあった樹齢三百年という松並木は、第二次大戦中に伐採供出されて姿を消し、奇跡的に戦災をまぬがれたこの嘉家作りの町並みも、五十四軒あったうち面影をとどめているのはわずか十戸。それも明治維新後は住人が入れかわり、改築され、先祖代々おなじ家に住みつづけているのは五十四戸の世話役級の太田家ただ一軒。

太田家は、秀吉の太田城水攻めによって滅亡した戦国太田党の末裔《まつえい》で、のち紀州徳川家に仕えて、藩士であった祖父清兵衛まで十三代。が、その太田家でも、孫の要求にまけて、すこし改造してしまいました、と太田かず代さん（七十四歳）はいう。

むりもない。現代っ子たちには住みづらい構造である。住みづらさといえば、国道をゆるがせ風を捲《ま》いて突っ走る自動車騒音に、声を叫《あ》げて喋《しゃべ》らねば話も聴きとれない。はげしい震動に、屋根瓦《やねがわら》がすこしずつ、ずり落ちてくる。家が歪《ゆが》んでくる……。

古い家並みを保存しよう。失われゆく〝日本の風景〟を、歴史的環境を保護しよう、と文化庁の声は高い。が、現在、屋根の下で生きている人びとの暮らしを大事にして、歴史の〝遺産〟を保存していくには、どうすればよいのであろうか。

太田家をでて、車の洪水に身をすくめながら国道脇《わき》の軒の下の道を歩きだした。真田堀橋をこえて振り返ると、夕陽に昏《くら》い町並みがあった。その家々は、すさまじい車の流れと唸《うな》りごえのなかで、三百五十年の歴史の重みに、身をふるわせるように立ちつくしていた。

〈四十六〉太田城水攻め

大阪人にとっては人気者の太閤殿下《たいこう》こと豊臣秀吉も、紀州での評判はよくない。それはそうだ。秀吉、憎むべき放火犯なのである。

天正《てんしょう》十三年（一五八五）三月、天下統一の野望に燃える秀吉は、泉州表の激戦で雑《さい》賀《か》・根来《ねごろ》・太田の紀州連合軍を撃ち破り、国境の風吹峠からなだれこんだ。秀吉軍六万の軍兵は、根来衆の本拠である大伝法院（根来寺）の堂塔二千七百を焼きつくし、粉河《こかわ》寺《でら》に火を放ち、なおも進撃する。すでに雑賀鉄砲集団は四散し、秀吉軍の行く手に立ちふさがるものは、太田城に拠《よ》る土豪たち、太田左近《さこん》宗正を頭領とする太田党一千余騎であった。

このとき秀吉は、従来の焼き打ち戦法をすて、火から水へ……と、壮大な水攻め作戦に転じている。東西二百五十メートル、南北二百メートルの太田城を包囲した秀吉軍団は、のち、備中《びっちゅう》の高松城、武州の忍《おし》城とともに日本三大水攻めのひとつに数えられるほどの大堤防を築きあげた。堤は《城のまわり三町を隔てて大堤防を築き、東一方を開きて南の方は日前宮の杜《もり》を斜に貫きて北は吉田、黒田、出水《でみず》より田井の瀬堤に属し都合、堤五十三町（「太田久左衛門覚書」）》。築堤に投入する人夫、四十六万九千二百人。おりからの大雨に逆巻く紀ノ川の濁流をそそぎこめば、城はたちまち泥海のなかに孤立。

こうして攻防一カ月。数隻《せき》の軍船で攻めかかる寄せ手の大将、中川藤兵衛らを迎え撃つ太田党は、水練（泳ぎ）に長じた兵を潜らせて船底に穴をあけ、よろい武者たちを溺《でき》死《し》させ、鉄砲で撃ち殺し、奮迅する。が、ついに城内の井戸に泥水が流れこむに及んで、

「もはや、これまで……」

意を決した太田左近は、秀吉に和を請《こ》い、

「わが身と引きかえて城内の将士、領民たちの命を助けられよ……」

と言い、亀井対馬《つしま》ら三十六人衆と城内に切腹、と、郷士の主だったものもこれに追腹し、都合、五十一人自刃《じじん》。五十一という数は、緒戦で太田党が討ち取った秀吉軍将校五十一人、その首代《くびしろ》としての割腹であった。四月二十四日、太田城開城。

秀吉はなぜ〝わずか一千余騎〟の太田党を相手に、水攻めなどという派手な戦法をとったのであろう。それには理由がある。この水攻め作戦の狙《ねら》いは、正面の敵である太田党よりも、碁石でもぶち撒《ま》いたように諸国に群がる土豪たちへの〝天下人秀吉〟の武威をしめすためのPR。秀吉軍団の壮大きわまりないデモンストレーションでもあった。

〈このこと（太田城水攻め）国中遠近に聞え、ために諸城おおむね雲散し、空城となり

……〉

であったと史書は述べる。

ともあれ、織田・豊臣という巨大な経済力、工業力をふまえた大名の手によって淘汰《とうた》されていった地方豪族たちの歴史をみるたびに、怒濤《どとう》のような中央大資本の進攻に喘《あえ》ぐ地方企業群の貌《すがた》を重ね写してみる思いがする。

〈四十七〉日前国懸大神宮《ひのくまくにかかすだいじんぐう》

ずいぶん以前になるか、「ルーツ」という小説がベストセラーになったことがあった。著者の黒人作家、アレックス・ヘイリーは祖母から聞いたことばを手がかりに、わが家のルーツをたずね、二百年前のアフリカ西海岸のシュファレ村のオモロ・キンテ、そしてクンタ・キンテの人生にたどりつく。大ヒットしたこの小説は映画になりテレビ化され、たちまち日本中に「ルーツ」ということばを流行させた。

が、この二百年の歴史の旅をした著者が聞けばタメ息をもらしそうな、はるかな家系が紀州にある。

古代から紀伊国に威武をふるっていた出雲《いずも》族の王家の紀氏。紀国造《きのくにのみやつこ》家である。

JR和歌山駅でおりて東へ十分ほど歩くと、行く手にこんもりした日前宮《にちぜんぐう》の杜《もり》がみえてくる。

正しくは紀伊国一の宮。日前《ひのくま》神宮、国懸《くにかかす》神宮。または日前国懸大神宮という。祭神はどちらも同じ神で、神祇志《じんぎし》によると「伊勢《いせ》大神宮の内宮《ないくう》、外宮《げくう》の関係」にある。ここの社家《しやけ》が紀氏なのだ。

「古事記」、「日本書紀」などの神代説話によると、ジンム（神武天皇）が畿内《きない》を平定したのち、紀伊の国王（国造）に封じた家系である。この家系は、神話の時代をふくめると、なんと二千年以上ものながい歳月をくぐりぬけて、いまなおヒノクマ・クニカカスの神に仕えて息づいている。当代の紀俊嗣老で八十代というから、まるで日本史の〝生きている化石〟みたいな系譜である。

日本史のなかを見まわしてみても、これだけの種姓《すじよう》を脈々と伝えているのは、天皇家と出雲の千家《せんげ》・北島家、それに、この紀家ぐらいのものであろう。

そのうえ、古代出雲族の王家、千家・北島家が古代から伝わる三種の神器（発火器）を持つように、紀家もまた、天皇家が伊勢大神宮に奉斎する三種の神器の一つの八咫《やたの》鏡《かがみ》より先に造られた日像《ひすがた》の鏡を神体としている。

この鏡の来歴は「日本書紀」「古語拾遺」にくわしい。アメのイワヤにかくれた日の神アマテラスの御形をえがいて造ったのがこの日像の鏡で、二面鋳造したうち最初の鏡は小さすぎて、

《ソノ鏡ガ、イマ紀伊国ニ坐《ま》シマス日前神デアル》といわれている。

ゆらい、ヒノクマ（日前）はヒノカミ（日の神）の謂《いい》である。カミ→クマのなまりは音韻変化の特例で、クマに〝前〟の字をあてたのは、天照大神《あまてらすおおみかみ》の前霊（先のみたま）であ

ったという日ノ前（以前）の神を略したのであろうか。

「釈日本紀」にも〝一鏡（日前宮の鏡は）天照大神前御霊《さきのみたま》名国懸大神〟だとある。が、いまはこの大神宮が、伊勢皇大神宮と同格視され、準皇祖神のあつかいをうける鏡がしずまっている神社だと知る人はすくない。

〈四十八〉ミスター日本

和歌山市東部の和佐《わさ》……。どこにでもある田舎だ。が、この農村から、天下に名をとどろかせた男が二人いる。旧和佐村禰宜《ねぎ》の紀州徳川家の弓術チャンピオン和佐大八郎。いま一人は、おなじ旧和佐村千旦《せんだ》生まれの電器王、松下幸之助。

幸之助の幼年時代は悲運の連続であった。家業に失敗した父は、先祖伝来の田畑、家屋敷を人手に渡して、逃げるように和歌山市に移っていく。しかし、運命はなお幸之助に苛酷《かこく》である。父の死、そして兄弟を次々に失った幸之助は、母に励まされてひとり大阪へ発《た》っていく。幸之助、九歳。こうして幸之助は、百難の涯《はて》に遂《つい》に世界の電器王となる……、このことは、すでに世間周知であろう。

いっぽう、和佐大八郎。弓術指南、吉見台右衛門にまなび射術精妙。十六歳のころ、すでに身のたけ六尺三寸。おりから天下の諸藩は争って京都三十三間堂の通し矢に挑む。

通し矢というのは、三十三間堂の本堂の南端から北端まで、一昼夜に何本の矢を射通すかを競ったもので、三十三間堂といっても、内陣の柱と柱のあいだが〝三十三間《ま》〟あることから、実際の射距離は六十五間、つまり百二十メートル余もある。その長い距離を、堂の軒下と高縁のあいだ二間半に幅七尺の空間を、軒にも縁にも触れぬように射通そうというのだから、並みたいていの射術でできるわざではない。

この通し矢は、いまから四百年ほど前の天正《てんしょう》年間、今熊野猪之助《いまくまのいのすけ》がはじめて以来、江戸の泰平期になるとそれがにわかに白熱化してきて明暦《めいれき》二年（一六五六）尾州《びしゅう》徳川家の杉山、五千四十四本で「天下一」の額を三十三間堂に掲げる。が、それも瞬時の栄冠で、やがて紀州家の吉見の六千三百四十三本が破り、つづいて同じ紀州家の葛西《かさい》の七千七十七本が新記録を樹《た》てる。

と、その葛西の額を引きずりおろすように、尾州家の星野の八千本。この星野の八千本の壁は厚かった。紀州家は歯ぎしりをしたものの、超えることは容易ではなかった。

二十二歳の若者、和佐大八郎範遠《のりとお》が登場するまで十七年もかかっている。

その貞享《じょうきょう》三年（一六八六）四月二十六日の夜明けから翌二十七日の薄明時まで一昼夜の間に射た矢数、一万三千五十三本。通した矢八千百三十三本……ということは、一分間に九射、一時間に五百四十三射、それを二十四時間ぶっつづけで、寸秒も休むことなく射放ったことになるから、すさまじいばかりの体力と射術だ。

「八千百三十三本！」「天下一！」京から引き上げてくる大八郎を、藩主みずから紀ノ川堤まで出迎えたというから、その歓声が聞こえるようである。

いい伝えによると、大八郎の快挙の陰に、骨肉を刻むような母の祈願があったのだという。わが子が世に出ることをのみ祈ってきた母は、和佐村の、高積《たかつみ》山頂の村社に命をかけ願を罩《こ》めた。

大八郎の母が来る日もくる日も、駆けのぼり駆けくだったという高積山は、戦前までは「ヤツ（午後三時）すぎたら山へ登りよすナ」陽の昏《く》れになると魔物が出る、と村の男たちでさえ怯気《おぞけ》をふるっていた深い山である。三百年後のいまも、大八郎の通し矢の記録を破るものは、まだない。

ともあれ、紀州女のたくましさが、母のこころが、ふたりの男を勁《つよ》くさせたのであろう。

〈四十九〉 岩《い》橋《わせ》千《せん》塚《づか》

紀州の母なる川、紀ノ川の沿岸にひろがる沃野《よくや》は、かつて畿内《きない》有数の穀倉地帯であり、日本の歴史の夜明け、さまざまな古代文化が花ひらいた地域であり、律令《りつりよう》制時代の文化の中心地でもあった。

紀ノ川平野の開拓の歴史は古い。近畿地方で最初に発見された縄文時代の鳴神《なるかみ》貝塚（国の史蹟《しせき》・和歌山市鳴神字惣垣内《そうがいと》）や、弥生《やよい》時代の太田、黒田遺跡をみても、その人文発達の深さがわかる。

この鳴神貝塚から東へ徒歩で二十分ばかり、日本最大級の岩橋千塚古墳群にたどりつく。ここは、山全体が六百基にもおよぶ壮大な石槨墳《せつかくふん》でうずめつくされているといっていい。この壮大さは、すべて紀ノ川の生産力がもたらしたものであろう。

五世紀末から七世紀にかけての古墳の出土品は、ヤマト国家の船団をひきいて海を越えて朝鮮半島、三韓《みつのからくに》に出兵していった紀伊国豪族の姿をうかびあがらせるように、いずれも大陸文化の影響が濃い。黄金まばゆく鍍金《めつき》された甲冑《かつちゆう》の破片、日本で唯一《ゆいいつ》の馬かぶと……。

昭和四十五年、この岩橋の山すそに国の特別史跡公園・松下記念資料館が完成する。旧藩時代、田辺藩の飛地であった岩橋千塚付近が、地元の西和佐の村有地になったのは明治初年である。

——そのころ、ひとりの若者が植木を掘るためこの山にのぼっていった。この日の若者の行動が、古墳発見のきっかけになる。汗みどろになって松の木と格闘していた若者が、ようやく木を倒した瞬間、その根方にぽっかり開いた穴のむこうに、奇妙な石組みの空間をみた。

のぞきこんだ若者の目に、きらっと光った碧玉《へきぎょく》や金銀の装飾品のかがやきがとびこんできた。

思いがけない〝宝物〟を両手いっぱいに抱えてきた若者の姿に、村じゅうは沸騰《ふっとう》した。

「そうれ、行けぇ！」

かくして、爺《じい》さん婆《ばあ》さんから子供たちまで、鍬《くわ》をかついで山に走った。たちまち発掘される古墳数十カ所。村びとたちの摑《つか》んだ〝宝物〟は大阪の古美術、古物商に流れこみ、村をうるおした。発掘に狂奔したのは村びとだけではない。海草郡長も知事閣下も、目のいろを変えてとんできた。もちろん、村びとを制止するためではない。盗掘、である。

この盗掘さわぎも、やがて警察が動きだし、村びと数人が留置場に投げこまれるに及んで、ようやく止《や》んだ。騒動のあとに「郡長塚」「知事塚」の名だけが残った。世間というのは皮肉なものだ。地方長官たちが出土品を狙《ねら》い、部下を叱咤《しった》して盗掘した古墳を記念して、その名を捧《ささ》げたのである。この二つの、いささか滑稽《こっけい》な固有名詞(もちろん通称だが)をもつ古墳は、いまも風土記の丘をわたる春の風のなかにある。

風土記の丘を訪ねるたびに、その二つの名を思いだして微笑《わら》ってしまう。おまけに、この古墳が「国の特別史蹟」というのだから愉快である。

〈五十〉粉《こ》河《かわ》寺《でら》

じつをいうと、粉河寺の門前町には苦い思いがある。先年、ある出版社から依頼された原稿（「日本の町並み」全十二巻）を書くためこの町をたずねた。JR粉河駅をおりて真っすぐに北へ約十分。駅から大門までの町をつらぬく往還一キロちかいその両側は、信仰の霊場として参詣客《さんけいきゃく》が多かったことを物語る古い家並みの店が軒をならべ、典型的な門前町の姿をうかびあがらせている……筈《はず》であった。

が、その思いはみごとにはずれた。あの鄙《ひな》びた門前町は、いつのまにか、かき消えていたのである。

目の前にあるのは、拡幅された舗装を挟んでしらじらと立ち並んでいる当世風の、変哲もない家並みの連なりだけであった。やむなく、翌日は大和五条の新町の町並みを取材し、なんとか原稿だけは書きあげたものの、消滅した粉河寺門前町を惜しむ思いは、いまもふかい。

風猛山粉河寺——。

清少納言の枕草子に「寺は石山・粉河・志賀」といわれた古刹《こさつ》で西国三十三カ所第三番の札所でもあるこの寺は、草創縁起によると、千二百年の昔、風猛山のふもとに住む猟師オオトモのクジコ（大伴孔子古）が殺生《せっしょう》を悔い、仏を祀《まつ》ろうと思う。ところが、その仏像もない。そんなクジコの前に、ひとりの童子があらわれ金色の千手観音を刻んで立ち去っていく。

と、そのころ。河内《かわち》の国の長者のもとに、ふしぎの童子があらわれ、愛娘《まなむすめ》の重病を癒《いや》す。感激した長者は娘の袴《はかま》と箸箱《はしばこ》を童子に捧《ささ》げ、そしてひそかに童子の後をつけていった。途中でその童子の姿を見失うが、足もとの小川に流れている白い粉をみた長者は、その粉をたよりに川上にのぼり、クジコの草庵《そうあん》にまつられている千手観音の手にある袴と箸箱を発見する。ふしぎの童子は、観音の化身であったのだ、と寺宝の「粉河寺縁起絵巻」（国宝）はいう。

粉河寺は巡礼の寺である。

観音の広大無辺の力と無限の慈悲をもとめて悲運の花山《かざん》法皇が、鳥羽《とば》法皇が、関白頼道が、摂政《せっしょう》藤原基房《もとふさ》が、そして、おびただしい庶民たちが、この宝前にひざまずいてきた。父の平重盛の納札《のうさつ》を一目見ようと訪ねた平維盛《たいらのこれもり》が、おりから詣《まい》りあわせていた法然上人《しょうにん》と出あうのもこの境内であった。が、歴史は無惨《むざん》である。堂塔五百余、十五万坪、自衛のための僧徒数千人を抱いたこの寺も、やがては秀吉の紀州攻めに炎上する。現存の大門、中門、本堂など二十余の建物は和歌山城主、浅野家や徳川家の再建である。白い粉を流れにうかべて長者をみちびいたという霊異の川に架る橋をわたり、陽だまりのなかで老婆《ろうば》が二人すわりこんでいる山門をくぐり、石だたみの参道を歩いていくと不動堂、地蔵堂、そして八代将軍吉宗が寄進した本尊千手観音の化身と伝えられる童男《どうなん》大士をまつる童男堂。行く手の石段を見上げると、翼を拡《ひろ》げた鷲《わし》さながらに頭上にのしかかってくる中門、そのむこうに八棟づくりの雄大な本堂。本堂前の、海の色をたたえた紀州石を組みあげた桃山末期の豪快な枯山水《からせんずい》の庭園。早春の紀州の、ぬけるような青い空の下にある三万坪の境内は、いかにも寂光満ちるといった気をただよわせている。帰りぎわに、見送ってくださった逸木《いつき》管長の「寺は寺の環境を守る。それが、すなわち教化なのです」。消えていった〝ふるさとの町並み〟門前町の姿を見たあとだけに、そのことばは勁《つよ》く、爽《さわ》やかであった。

〈五十一〉妹《いも》ノ山・背ノ山

紀ノ川平野は、古くからひらけた豊饒《ほうじょう》な穀倉地帯であった。

この沃野《よくや》を流れる紀ノ川は、かつて大和の都と紀の国をつなぐ重要な水運の〝道〟であった。北岸を走る街道は、都への官道、南海道としてにぎわい、この沿岸には、紀伊国府や国分寺もあり、古代の大王を葬《ほうむ》った大谷古墳（和歌山市大谷）からは玉飾りの太刀や馬冑馬《うまかぶと》よろいが発掘され、往時の栄をしのばせている。

その、紀ノ川中流の右岸に、背山というところがある。

JR和歌山線、国道二十四号線を粉河《こかわ》から笠田《かせだ》にむかう途中、いままで広がっていた前方の河床が狭まり、左右の山裾《やますそ》がにわかに接近してくる地点がある。南海道、背ノ山である。川の中にこんもり茂った小島、船岡山をはさんで、そのむこう、向かいあうようにうずくまっているのが妹ノ山。背の高い背ノ山（兄山とも書く）は高さ百六十八メートル。妹ノ山は百二十四メートル。古代、この背ノ山が畿内《きない》（都に近い国々）の南限の地であった。

孝徳天皇の大化二年（六四六）の勅《みことのり》に、

《東はナバリの横河《よこかは》（伊勢国名張郡）より以来《このかた》、南は紀伊《き》の兄山《せのやま》（背ノ山・紀伊国伊都《いと》郡）より以来、西は赤石《あかし》の櫛淵《くしふち》（播磨国《はりまのくに》明石）より以来、北は近江《あふみ》のサザナミの合坂山《あふさかやま》（近江国滋賀郡）より以来》

を限って、畿内と定めた（「日本書紀」）。

吾妹子《あぎもこ》に　吾《あれ》恋ひ行けば羨《とも》しくも
並びゐるかも妹と背の山　　万葉集巻七

望郷の歌である。都を遠く離れ、陽光かがやく紀の国に足を踏みいれた万葉の人びとは、行く手の、川をへだてて仲よく見つめ合っている妹山、背山の姿に、都にのこしてきた妻や恋人への恋々の思いをうったえる。

背ノ山越えの阿閉皇女《あべのひめみこ》もまた、

これやこの　大和にしては吾が恋ふる
紀路にありとふ　名に負ふ背の山　　万葉集巻一

と、歌う。

南海道の道は、ここから山手、北に折れて窪《くぼ》をすぎ、宿駅であった萩原《はぎはら》を通りぬけ、穴伏川に沿った移《うつり》へと越えていく。背山は現在、耕やされて蜜柑山《みかんやま》になっているが、ここから眺める紀ノ川と妹山の光景はすばらしい。

人ならば母の最愛子《まなご》そあさもよし
紀の川の辺の妹と背の山　万葉集巻七

落日を浴びて、静寂の山頂にひとりたたずんでいると、千三百年のむかし、この道を辿《たど》っていった古代人たちの声を聞く思いがする。

〈五十二〉紀ノ川の鮎師《あゆし》

紀ノ川の中流、かつらぎ町高田の国道二十四号線沿いに、鮎とりの名人の家がある。

小西島二郎老人、鮎漁六十余年、七十八歳。

訪ねていくと毛糸のセーターにちゃんちゃんこを着た島二郎老人は、置きごたつの向こうから、

「こっちじゃ、こっちへ来ちょくれ」

と手をふった。いままで、こたつに足を突っこんで横になっていたらしい。

島二郎老人の家は、初代の新兵衛いらい紀州徳川家の御漁場〃妹背《いもせ》の淵《ふち》〃をあずかる御用鮎師としてつづいた家系で、門外不出の小鷹《こだか》網の秘伝を受け継いできた。妹背の淵は、小西家の背後にある万葉に歌われた背ノ山と、対岸の妹ノ山の間《あい》にある紀ノ川の中《なか》洲《す》、船岡山のよどみにあり、以前はこの淵だけで年に一万尾もの鮎がとれたという。その鮎をとるためには、

「ほりゃもう、ナンボもつらかった」

小鷹網の稽古《けいこ》は、まず陸《おか》で三年。網を投げる時の基本である足の踏んばり方、腰のひねり、腕の力の入れどころが決まるよう骨髄に叩《たた》きこまれる。

「まず、田んぼに出て、網を投げる七間先に杭《くい》を一本、二、三間先に一本と、都合二本の杭を立てといて、その二本の杭をメドに小鷹を打つンよ。網の両端がカギになるまで、何べんも何べんも繰り返すンよ。ふつうの投網《とあみ》なら一年ぐらいでできるが、小鷹網なら最低陸で三年、川で十二年……レンゲの咲く時分は、レンゲが大きゅうなって実ィがなるまでやった。月夜の晩もやった……」

頭や理屈でなく基本を身体《からだ》で覚えてしまうと、次は右岸下流から川上に向かって、右から網を投げるマナゲ。左岸から上流へのヌキナゲ。右岸上流から下流へのマナゲ落とし。左岸上流からのヌキ投げ落とし。追い風のときのマナゲ・ヌキナゲの上《のぼ》し投げ……と、バリエーションを肌に刻みこんでいく。こうして、小鷹十五年。やがて、重さ二・一キロの小鷹網を空中に投げ、十二メートル先の群がる鮎を、自在に、文字どおり一網打尽にするようになる。その小さな小鷹網で、いっきょに数十尾、ときには百尾以上も獲《と》ったことがあると島二郎老人は語る。小鷹という網の名は、飛んでいった網が鋭く水に食いこんで鮎を押さえる、その形状を鷹が飛んでいる鳥を捕える姿になぞらえたのだ。

「……そじゃけど。だんだん紀ノ川もようないんよ」

年に一万尾の鮎を獲らぬと一人前の鮎師でないと初代新兵衛以来いわれて来、島二郎老人自身も多いときは一シーズンに一万二、三千尾も獲ったという紀ノ川、いまは遥《はる》か下流までくだって奮闘しても五千尾がやっと。

「川が汚染されてンのよ」

上流にダムができ四つの井堰《いせき》が設けられ、堰堤《えんてい》が土砂で埋まり、落差がなくなり、それに追い打ちをかける水質の汚れ。昔は、ときおり大水が出て川底を掃除して海へ洗い流し、鮎の好物の新鮮な水苔《みずごけ》を育ててきた。

その、四間底の小石が見え水が飲めた妹背の淵も、不純物のため底も見えず、一口も飲めたものではない。投げた網にヘドロのなかのピッチ状のものがくっついてきたこともある。島二郎老人はいま、紀ノ川の〝川守り〟として、鮎の棲《す》める美しい紀ノ川への浄化に奔走している。

「紀ノ川を殺したら、鮎も死ぬ、わしらも死ぬンよ」

〈五十三〉女人高野

高野山といえば、女人禁制ということばが、まず、思いうかんでくる。

《女人は罪障ふかく、その身は汚《けが》れ……》

高野の女人禁制の結界は峻厳《しゅんげん》であった。明治五年〝文明開化〟を看板にする明治政府は、野蛮の風習とみて太政官《だじょうかん》布告をもって禁を解くことを諸国の社寺に命じた。が、高野山はこれを拒否する。山内への立ち入りだけは渋々みとめたものの、なお、婦女の在住は許していない。

空海が遺告《ゆいごう》のなかで「……ユエニ女人ニ親近スベカラズ、僧坊ノ間ニ入レ居《お》ラシムベカラズ」と戒めたタブーである。明治二十三年の高野山内教議所の「山規取締」にも《山内居住者は妻女居住せしめざるは勿論《もちろん》、たとえ親戚《しんせき》の婦女参詣《さんけい》のため登山するも止宿せしむべからず》と告示している。この禁制がようやく解けるのは、これからまだ十六年後の明治三十九年の金剛峯寺座主《こんごうぶじざす》の声明によってである。

この、高野山開創いらいの女人禁制は、さまざまな悲話をいまに残している。近衛《このえ》天皇の生母である美福門院の白骨でさえも、高野山は納骨を渋ったというし、石童丸の母も、そして四国の讃岐《さぬき》からわが子をたずねて高野山にむかった弘法大師の母でさえ、女人禁制の大法にはばまれて登ることができず、山麓《さんろく》に草庵《そうあん》を結んで住み、翌年の二月五日、八十三歳で世を去っていく。

母の死を悲しんだ大師は、慈母のため廟《びょう》をつくり弥勒菩薩《みろくぼさつ》坐像《ざぞう》（国宝）を祀《まつ》った。大師の建てたこの寺は慈尊院とよばれ、高野山の寺務所として徴税や雑事を執務したため高野政所《まんどころ》ともいわれ、女人禁制の高野山に対して〝女人高野〟とよばれて、諸国の善女たちの参詣《さんけい》でひしめいたという。

――その、慈尊院へいく。雪まじりの風の吹きつける丹生《にう》橋をわたり、入郷《にゅうご》の村なかの旧道づたいにしばらく行くと、高石垣のつらなりのむこうに慈尊院の山門がみえた。冷えびえとしたお堂の前に、野良《のら》帰りなのか首に手拭《てぬぐ》いを巻いたモンペに地下足袋の老婆《ろうば》がひとり、うずくまって何ごとか唱えていた。

「おん、あぼきゃべいつしゃのうまかぼたら……」

老婆の前の柱に、おびただしい〝乳型〟が吊《つ》りさげられている。綿を布でくるんだ乳房であった。乳房を描いた絵馬もみえる。

〈母乳ぎょうさん出ます様に……〉

〈祈　安産　××子　二十五歳〉

乳房にも絵馬にも、女たちの願いが墨で、マジックインクで記されていた。なかには、〈アメリカ　ヒューストン在住　藤田まさ代　岩出町水栖《みずす》〉と異国からの願文《がんもん》もあった。おそらく、海を越えて嫁いでいった娘のために母が代参したのであろう。女たちは〝弘法大師御母公〟の霊前に、ひたすら、母としてわが子のために、そしてまた、母となる日のために祈りつづける。ここには、はなやかな都会女たちによくみられる女権向上や、乳房の形がくずれるのを嫌って、わが子に母乳をふくませない、といった風潮など微塵《みじん》もない。庶民信仰の素朴さが、いつの世にもかわらぬ女ごころを、ひときわ凝縮してみせているようであった。

そういえば、この慈尊院のある九度山《くどやま》から木ノ本（和歌山市）へ嫁いでいくところから始まる有吉佐和子の「紀ノ川」の女主人公、花も、母につれられ、乳型をつくって供え、安産を祈っている。

「ま、じんばらはらばりたやうん……」

老婆はまだ、無心に念じつづけている。

〈五十四〉女たちの里

慈尊院と丹生官省符《にうかんしょうぶ》神社の間《あい》の石段の右脇《みぎわき》に一基の石卒塔婆《そとば》が建っている。ここから真言密教の聖地、高野山頂の金堂まで百八十町。一町（約百八メートル）ごとにたてられている町石《ちょうせき》（国の指定史蹟《しせき》）である。

この町石道の旧高野表街道を登りはじめて約二時間半。落ち葉にうずもれている古峠、二つ鳥居から右手の急な坂をくだっていくと、天野の里にでる。いまから千百五十年ほど前、狩人《かりゅうど》の姿をして黒白二匹の猟犬とともに、空海を高野山上まで導いたという開創伝説のある高野の地主神の狩場明神（高野御子神）と、その母神の、古代、紀ノ川南岸を支配していた豪族、丹生一族（天野祝《あまのはふり》）が氏神と仰いだ丹生都比売《にうつひめ》明神を合祀《ごうし》した丹生都比売神社の、あでやかな朱塗りの鳥居、楼門、太鼓橋が、みどり濃い樹間に夢のような雰囲気をただよわせている。

本殿は春日《かすが》造りの社殿が四棟、いずれも文明元年（一四六九）の再建。二層入母屋《いりもや》造りの楼門は、おなじ室町中期の再建（重文）で、その豪壮な姿はこの古社の由緒《ゆいしょ》の深さを物語っている。

祭神が女神のせいか、天野は、どことなく女人のかなしさを感じさせる里である。ここには、さまざまな女の貌《かお》がある。女人禁制の高野山に登れず、この地にとどまって世を終えた女たちのあわれを伝える話が、数多く残されている。

美女、横笛との恋のため侍の世界をすてて出家し、高野山にのぼった斎藤時頼（滝口入道）、その時頼のあとを慕って横笛は、高野山頂まで二里のこの里にきて草庵《そうあん》をむすぶ。ここにおれば、どのようなことで時頼に逢《あ》えるかもしれない。横笛は、ひたすらそれを念じていた。横笛が、時頼への恋をつのらせながら、かりそめの病を得て幸薄い生涯をとじたのは、それから間もない十九の冬であった。

こうして横笛は、ついに時頼に逢うこともなく、里の農婦たちに見とられながら淋《さび》しく死んでいく。

「大円院縁起」によると、その横笛の思慕が鶯《うぐいす》に化《な》っていとしい時頼のいる大円院の庭に飛んで来、時頼の近くで悲しげに、ときには嬉《うれ》しげに鳴いていたという。が、やがて夏のおわり、横笛の鶯は、大円院の井戸に身を投げて死ぬ……横笛のその草庵があったというあたりは、訪れる人もないまま、ときおり、山の風だけが吹きぬけていく。

平氏のため、鬼界島《きかいがしま》に流され、没した悲運の父の冥福《めいふく》を祈るため、この地にたどりついた俊寛の十二歳の娘と従者の有王丸の墓石……そして、世を捨て妻子をすてて放浪の旅にでた佐藤義清《のりきよ》（西行）を追ってこの地に住みつき、髪をおろして世をおえた妻と娘の二基の宝篋印塔《ほうきょういんとう》（県文化財）も、おんなの寂しさをにじませている。

世を捨つる人はまことに捨つるかは
捨てぬ人こそ捨つるなりけり

理不尽に夫に父に捨てられた妻娘のかなしさにひきかえ、遁世《とんぜ》後も艶聞《えんぶん》の絶えなかったという西行の歌である。

〈五十五〉花さか婆《ばあ》さん

「近ごろの旅は疲労感が残るばっかりで、なんや味気のうなった」

日常のわずらわしさから解放されようと旅行をしても、旅に期待する〝新鮮な発見〟は少ない。ハイウェーや列車の窓から眺める風景は、いつか見たテレビの画面と同じだし、どの地方へ行っても繁華街はきまってナントカ銀座。旅の証明でもある土産を買おうと観光ホテルの売店を見まわしてみても、その土地の〝土〟から〝産〟まれたものなど一つもなし、都会のどこかで量産され送られてきた品物に観光レッテルを貼《は》ったニセモノばかり……という話をよく耳にする。

が、それは〝旅〟を怠けて、セット旅行の線の上を旅行社の添乗員にくっついて、ぞろぞろ歩いていくからで、ガイド・ブックを閉じて、ちょっと脇《わき》街道に迷いこんでみると、意外に手垢《てあか》のつかない風景や人びとの暮らしや、その土地の味に出くわすことがある。

高野登山七口の一つで「矢立腰に差いて、花坂越えて、長谷で走って、毛原で蹴《け》って……」と古謡にも地名を読みこまれた（矢立・花坂・長谷・毛原）高野街道花坂の往還にある焼餅《やきもち》ばあさんの茶店もその一つだ。

茶店は、高野山有料道路、矢立料金所の手前を右の県道（高野—南海線）へ五百メートルほど下ったところにある。昭和五年、登山電車とケーブルがつくまで高野詣《こうやまい》りの宿場としてにぎわった花坂で、素朴な〝やきもち〟を売っている西垣内トモギク婆さん。

「どなたはんも〝花坂の塩焼き〟ちゅうて高野へ登りシナ、うちへ寄って食べてお呉《く》れますンよし……へ、お達者さして頂いて、もう九十になりますわよし。あしゃぁ、十八の年にこの下の志賀ちゅう在所から嫁にきましてノ、親さまに仕えて毎日まいにち、多い日ィは二うすも三うす（二、三百個）もお餅をつくりましてのし……」

婆さんの話をききながら店内の、やきもちの来歴を記した額に目を走らせる。それによると「弘法大師の高野山開創の弘仁丙申《ひのえさる》七年（八一六）花坂の峠で一人の老婆《ろうば》が塩焼餅をつくった。やがて、その風味が山に登っていく参詣人《さんけいにん》の評判になり、花坂の焼餅としてながく街道の名物になった」のだという。いらい千余年。

茶店のやきもちは昔ながらの味を愛され、

花坂や　焼きもち婆の　つりしのぶ

と、俳句にも詠《よ》まれているが、この「婆さん」はいまのトモギク婆さんの親の親である。そして、長命だったという親婆さん……トモギク婆さん……せがれの三二《みふ》さん……

孫の恵生さん夫婦……と、伝え継がれていく。

注文したやきもちが、ようやく出来てくる。直径十センチほどの大きさの、薄い餅である。焼きたてのその餅を冷ますため、くっつかないようにと、お大師さんの菅笠《すげがさ》を象《かたど》った竹のカサにのせられてきた餅をひとくち口にすると、淡いアンの甘み、うっすらと焦《こ》げた餅の香ばしさが、やわらかく口のなかにひろがっていく。まぎれもない〝土〟が〝産〟んだ味である。

名物やきもち、一個百円。みやげに十個包んでもらって車にのると、駐車場まで見送りに出てくれたトモギク婆さんが、九十歳とは思えぬ声のいろで、

「ほンなら心得て行っちょくれ」――。

と、山峡を吹きぬけていく二月の風のなかで、微笑した。

〈五十六〉真田《さなだ》庵《あん》

ひさしぶりで九度山《くどやま》の善名称院《ぜんみようしよういん》を訪ねた。土地の人たちが真田庵と称《よ》んでいるこの尼寺は、関ケ原の戦い（一六〇〇年）で西軍、石田三成の挙兵に呼応し、居城の信州上田城に籠《こも》って関ケ原に向かおうとする徳川秀忠ら三万の軍団の行く手を阻《はば》み、大いに悩ませ、ついに関ケ原合戦に遅れさせせたという稀代《きたい》の謀将、真田昌幸《まさゆき》と幸村父子が、敗戦後、この地に流れ隠棲《いんせい》した屋敷跡と伝えられるところである。

南海高野線九度山駅でおり、丹生《にう》川に架かっている橋二つこえ、川沿いの往還を十分ばかり歩いていくと、右手に「真田庵入口」と大書した看板が見えてくる。入り組んだ家並みの中にある真田庵は、武家屋敷さながら門扉《もんぴ》の左右に家紋の六連銭と、結びカリガネを刻み、長い塀に取りまかれたなかにある。

真田幸村とその家来たちの痛快な活躍ぶりを書きなぐって世に拡《ひろ》めたのは、大正の初期から昭和にかけて爆発的なブームを巻きおこした大阪生まれの立川《たつかわ》文庫である。紀州九度山に流された幸村に随従する家来の猿飛佐助、霧隠才蔵、三好清海《みよしせいかい》入道、その弟の為三入道《いさ》、望月六郎、穴山小助、海野六郎、根津甚八《じんぱち》、由利鎌之助《かまのすけ》、筧十蔵《かけい》といった暴れん坊たちの行状は、タヌキおやじ家康や大名たちをふるえあがらせ、立川文庫のこの英雄たちの小気味よい活躍は、庶民たちを熱狂させベストセラーになった。

――が、いま真田庵にのこる遺品からは、そんな華やかな幸村の姿をみることはできない。幸村愛用のチビた弁当箱、黒ずんだ水馬のアブミ、せがれ大助の犬の玩具《おもちゃ》、遠眼鏡……。ここにあるのは、配流地《はいるち》での十五年の生活に枯れ果てた、ひとりの初老の男の貌《すがた》でしかない。

父の昌幸が死ぬと、十六人いた家来のほとんどが国元の上田に引きあげてしまい、幸村のまわりにのこったのは、わずか高梨内記、青柳清庵ら二、三人の家来だけであった。ここには真田十勇士のカケラもない。幸村がこの配所から忍者を走らせ、天下の形勢をうかがい軍略を練ったという話も事実からは遠い。

流人といっても幸村は、それほど厳重な監視をうけていたわけではない。だから幸村の日常は、暇にまかせて丹生川に釣糸をたれたり、高野山に登って菩提寺《ぼだいじ》の蓮華定院《れんげじょういん》の和尚《おしょう》と碁を闘わせたりする生活であった。

暮らしも困窮しがちであった。いまも、そんな幸村の手紙が残っている。長々の山ずまいにて借金も多く、と兄の信幸にあてた無心状や、病気がちで歯も抜け、ヒゲも白くなり、と姉むこに嘆きをよせた文面からは、「真田三代記」や立川文庫にみられる千軍万馬の武将、幸村の風貌《ふうぼう》はうかびあがってこない。病弱で歯もぬけ、酒を愛し生涯怒声を発したことはなかったという柔和な、白髪まじりの小柄な老人……これが現実の幸村であった。

落日の大坂城に入ってからの幸村も、軍師であったという証拠はない。ただ、幸村入城の噂《うわさ》を聞きつけ集まってきた譜代の士や多くの浪人たちや、かれらと幸村の奮戦ぶりが、天下の兵を驚嘆させたことは確かである。

〈真田日本一のつわもの……ふしぎなる弓取（武将）……日の本に類なき勇士〉と敵側の島津家や諸大名家ことごとくが最高の賛辞を捧《ささ》げている。幸村討死ののち、家来たちはなおその場を去らず全員壮絶な戦死をとげる。このなかには高野山、九度山から〝幸村を慕って〟駆けつけていった人びとも多かった。幸村、四十九歳。幸村ファンには悪いが、史実による彼の〝実像〟は意外に地味なものであった。

〈五十七〉　高野山町石道《ちょうせきみち》

高野山へ登る道は、むかしは高野七口といって登山口が七つあった。大門口、不動坂口、竜神口、大滝口、相の浦口、大峯《おおみね》口、黒河口である。これらの道のなかで、もっとも歴史がふかいのは山麓《さんろく》の慈尊院から大門にいたる約二十キロの表参道である。空海が山上に一大宗教都市、高野を開いたころは、ふかい山の中に、あるかなきかの径《こみち》が細々とつけられていた道に、人びとが踏み迷わぬようにと木製の卒塔婆《そとば》を空海が建てさせたという。

この道標（卒塔婆）は、高野山上の金堂を起点として慈尊院まで、胎蔵界《たいぞうかい》百八十尊を意味して百八十に区分けし、一区分を〝町《ちょう》〟として一町一基の卒塔婆を建てたのである。これがのちの町石の原型である。

後といえば、後世、この金堂から奥の院まで三十六基の道標が建てられる。三十六という卒塔婆の数は、前述の密教まんだらの、胎蔵界に対する金剛界三十七尊からきたものので、三十七番目が空海御廟《ごびょう》というわけだ。そしてじつは、この三十六という数が、一里を三十六町とさだめた起源だともいう。

だが、折角のこれらの木製道標も、高野の山霧と長い歳月の流れのなかで、ことごとく朽ち倒れ、参詣人《さんけいにん》が山中に踏み迷うこともしばしばであった。この諸人の難渋をみた遍照光院の上人《しょうにん》は、石づくりの道標を思いたち、願文《がんもん》をしたため、天皇家や公家《くげ》、鎌倉幕府に援助を求めた。文永二年（一二六五）のことである。以来、二十一年。ようやく石造卒塔婆、町石道が完成する。

上は天皇から下は庶民、尼僧たちが一基一基祈りをささげて寄進した町石は、高さ約三メートル、三十センチ角の御影石《みかげいし》の大きな角柱で、柱身に梵字《ぼんじ》と町数、施主《せしゅ》の名が彫り刻まれている。

これらの町石のなかには、女たちの寄進したものも見られる。そこには女人禁制の高野への女たちのあこがれが濃くこめられている。三基も寄進した比丘尼《びくに》了空の名もみえる。女人高野の慈尊院の百八十番目の町石から金堂の一番目町石まで連なる町石群は、それはまた一体ずつ立ち並ぶ菩薩《ぼさつ》たちの道でもあった。高野詣《もうで》の人びとは、一町ごとにこの菩薩（町石）に合掌をささげ、そしてまた汗をしたたらせながら険しい山路を踏み登っていった。

この、高野山開創の面影を残している町石道も、学文路《かむろ》からの不動坂の道が表参道になった明治二十年ごろは通る人もなく、不動坂の表参道も、やがて昭和四年の南海電鉄高野線とケーブルが開通すると、たちまち色あせていく。道は時代とともに人とともに歴史のなかで生きているのであろう。人が通らなくなれば、道は自然のなかに還《かえ》っていく。

昭和三十五年、国道二十四号線を経て高野口から南へ二十四キロの高野山有料道路完成。参詣客たちは観光バスに身を託して山上に向かう。その、カラオケをひびかせながら登ってくるバスの窓外に、ときおり、蕭々《しょうしょう》とした山風のなかに立ちつくしている旧道の町石を見ることがある。が、だれもそれが〝菩薩〟だとは思ってもいない。バスは、排気ガスを噴きあげ、車体をゆさぶりながら、走りすぎていくだけである。

〈五十八〉学《か》文《む》路《ろ》

大阪からの帰途、南海本線和歌山駅の改札口を出ようとして、ふと、

　学文路駅
　入場券
　ごまいセット400円

というポスターに目が走った。

〈ああ、また入試の季節がやって来たのか〉

　十年ほど前であったか、入試合格を祈願する若者たちが、この高野《こうや》山麓《さんろく》の孤駅ともいう、なんの変哲もない南海高野線学文路駅に殺到し、駅員を仰天させ、爆発的な〝切符〟ブームをまきおこしたことがあった。学文路、つまり学文（学問）の路《みち》への乗車券を手に入れるためである。

　この、時ならぬブームを南海電鉄が見逃がそう筈《はず》はない。以来、電鉄会社では、この小駅のために入場券を発行し、ポスターをつくり、そのポスターも、頭の文字をひろっ

ていくと、ちゃんと「ご……入……学」となるようにレイアウトして、受験生やその親たちの心をくすぐっている。

学文路……と書いてカムロと読む。紀州には難読な地名が多いが、カムロなどはその最たるものであろう。ともあれ、この学文路は高野詣《もうで》の京街道（大坂街道、高野街道ともいう）の宿駅として古くから栄えた地で、山上まで十二キロ。

大正の初年この往還にはなお高野登山の山カゴ、荷物持ち、腰押しなど二百人もの男たちがいたというから、その賑《にぎ》わいがわかる。当時の学文路での宿は、苅萱道心《かるかやどうしん》をたずねた妻の千里《ちさと》と子の石童丸《いしどうまる》が泊まったと伝える旅宿、玉屋与次兵衛をはじめ、三軒茶屋、松屋などがあった。

が、その街道も、いまは往時を物語る道標や、人かげもない狭い町並みがひっそりとしずまっているだけである。学文路の町が賑わいをみせるのは、月に一度のお大師さん（弘法大師）の日である。その日は、霊験あらたかなお大師さんに詣り〝霊水〟を頂くためにやってくる善女たちの群れで町は時ならぬざわめきをみせる。善女たちは、学文路大師の前にぬかずき、賽銭《さいせん》をささげ、皺《しわ》ばんだ掌《てのひら》を合わせて大師に祈り、

「南無大師遍照金剛……」

を念じ、「お水をいただざく方え」と舌訛《したた》みした貼《は》り紙のある水場で霊水を汲《く》む。

祈りを捧《ささ》げている無心の老婆《ろうば》の姿に、いつかテレビでみた、〝ルルドの奇蹟《きせき》〟の光景

を思いうかべた。とおい昔、村の聖女が神のお告げによって発見したふしぎな霊水。不治の病が癒《い》え、歩けなかった人が立ちあがったというその霊験を伝え聞いた病者たちが、ヨーロッパの各地から霊水をもとめてルルドへ、ルルドへとやってくる。ルルドにたどりついた病人たちは、こんこんと湧《わ》きでている清水を手にうけ、患部をぬぐい、目を瞑《と》じて十字をきる……。

「あしゃぁ（私は）あんじょうリョーマチが治ったンよ」

お大師さんの霊水をビンにつめながら大柄な老婆は、耳鳴りがやまぬという連れの婆《ばあ》さんに、大師のご利益《りやく》をひたすら喋《しゃべ》りつづけている。いつの世にも学文路は、大師へのかぎりない〝祈り〟の道である。

〈五十九〉　真土山《まつちやま》を越えて

真土山（百二メートル）は、古代、大和国と紀伊国の国境であった。が、いまは山の西裾《にしすそ》をめぐる落合川の細流が奈良・和歌山の県境になっている。川は、奈良県五条市上《こう》野と和歌山県橋本市隅《す》田《だ》町真土のあいだを流れ、二つの国にかかる橋という意味か、両国橋が架かっている。橋の上は、車の往来はげしい国道二十四号線である。

その、真土のバス停でおりて南へ五分。道をたずねたずね、草におおわれた小道を落合川へくだっていく。

このあたりまでくると、国道の喧騒《けんそう》をはなれているせいか、千三百年の時間を超えた、昏《くら》い古代の峡谷へおりていく思いがする。やがて、土地の古老たちが〝飛び越え〟とか〝神代の渡り場〟とよんでいる落合川の渡りにでる。東西の両岸からせりだした大きな石が二つ、ほの暗い川のなかで向かいあっている。万葉びとは二つの石でせばめられた流れをまたぎ、飛びこえ、通りすぎていったのであろう。石の表面は、ながい歳月のあいだ踏み越えていった人びとの足裏で磨滅している。

あさもよし　紀人《きひと》羨《とも》しも　亦打山《まつちやま》
　行き来《く》と見らむ　紀人羨しも
万葉集巻一

(真土山の、こんなに美しい風光を、いつも見ていられる紀の国の人がうらやましい)

陽光まばゆい紀の国の山河、まだ見ぬ海へのあこがれをこめた万葉の旅びとたちは、心をおどらせて飛び越えの渡りを踏みこえていったのであろう。吉野川の流れは、真土山の裾をすぎるとにわかに広まり、紀ノ川と名を変えていく。

落合川が南下して、この紀ノ川に合流するところに古道がのこっている。川瀬の音を聞きながら古道を歩き、歩きながら、ふと、ひとりの紀州女を思った。江戸末期のある日、彼女は真土山をこえて五条新町にむかった。女行商人であったろう彼女は、なじみの新町の商人宿、下村家に泊まっている。その夜彼女は同宿した、かねてから心をかよわせている男への別離を、なお断ち切れぬ恋々の思いを六畳の間の白壁にかいて、ひっそりと立ち去っていく。

《うしのこく／寿《す》きなお方／由《ゆ》りおこし／申しみつらいて／さてこまる……ひとりねのまくら／さむしきしはのとに……これからしんじつ／おいとま申しそろ／春免《すめ》》

末尾のすめというのは、彼女の名なのであろう。どういう素姓の女なのか〈申しみつらいて〉という紀州語のほかは、なにもわからない。が、いまも下村家の壁にのこる女文字を凝視《みつ》めていると、薄汚れた壁の底から、その夜の彼女の溜息《ためいき》が聴えてくる思いがする。紀州にいちばん近い宿場町、五条新町は、陽がしずむと吉野川の瀬音がにわかに高まってくる町である。

〈六十〉苅《かる》萱《かや》堂の悲劇

蓮華谷《れんげだに》は、奥の院にもっとも近いところで、明遍上人《みようへんしようにん》の蓮華三昧院《さんまいいん》がこの谷にあったところからこの名がでた。その、高野の町なかの雪どけ道を、奥の院にむかって歩いていく。

往還の両側には寺院や、商店が立ち並んで自動車の往来がはげしい。大通りを大半すぎたころ、右手に苅萱堂が見えてくる。このお堂に伝わる石童丸と苅萱道心の哀話は、あまりにも有名である。苅萱堂はもと大坂街道、椎出《しいで》と神谷宿の中間にあったのだが、昭和初年に廃堂。山内、蓮華谷のこのお堂が改築され、いらい苅萱道心父子の運命のかなしさを悼《いた》む参詣人《さんけいにん》たちによって線香の煙の絶えることがない。

ほの暗い堂内には、石童丸物語を描いた絵額が二十枚ほど並べ掛けられ、細竹を手にした絵解きの僧が、いまも物がなしい声をひびかせている。

「いまから恰度《ちょうど》八百年前の天承元年、花咲き匂《にお》う春三月のことでありました……」

筑前《ちくぜん》（福岡県）苅萱の荘《しよう》の領主、加藤左衛門尉《さえもんのじよう》繁氏は、世の無常を感じ、妻子をすてて家を出る。髪をそり、苅萱道心（円空坊等阿）と名を改めた繁氏は、女人禁制の高野山に登っていく。

いっぽう、夫に捨てられた妻の千里《ちさと》は、わが子石童丸と共に繁氏の行方をたずねて旅に発《た》つ。苦しい旅であった。こうしてやっと高野山麓学文路《こうやさんろくかむろ》の宿、玉屋についた千里は、どっと病の床に伏す。病む母に心を残しながら石童丸は、高野山にむかう。

こうして六日目、石童丸は奥の院無明ノ橋でわが父、苅萱道心に出会う。道心は石童丸が差している脇差《わきざし》でわが子かと気づくのだが、父の顔を見知らぬ石童丸は、すでに父は死んだと苅萱から聞かされ、とぼとぼと学文路の宿にくだっていく。が、そんな傷心の石童丸を迎えたのは母の死であった。天涯の孤児となった石童丸は、ふたたび高野山にむかい、仏門に入り、父とも知らず苅萱を師の僧と仰ぎ、ひっそりと世を終えたという。

「……高野の山の蓮華谷、音に名高き苅萱堂、今は昔のものがたり——」

というところで、この哀切きわまりない物語はおわる。物語のなかで幾度となく繰返される「すれちがい」や生別・死別のパターンは日本における〝悲劇の祖型〟となったもので、この物語は高野山を代表する大衆文学の一つといっていい。

石童丸の悲劇は、中世から江戸初期にかけて大流行した説経節《せっきょうぶし》の高野聖《ひじり》たち、無名の諸国放浪の語り手たちによって各地に撒《ま》き拡《ひろ》められ、婦女子の紅涙をしぼった。

――それにしても、高野山に出家遁世《とんぜ》する男たちの、なんという身勝手さであろう。美女横笛を捨てた滝口入道、妻を置き去りにして出奔する西行……失踪《しっそう》の苅萱道心。前触れもなく、ある日突然〝蒸発〟というケースは、いまのサラリーマンの現代病とどこか通じるものがある。ひょっとすると、生涯親子の名乗りをしなかったという苅萱道心も、現代流行の〝心因性記憶喪失症〟というやつかもしれない。

〈六十一〉いろは歌

日本語を考えるとき、まず最初に思いうかんでくるのが、国字国音の基礎になった〝いろは歌〟である。国語の音節をあらわす字を、同一文字を重出しないですべて使ってつくられた平仮名四十七文字のこの歌は、そのむかし空海が、紀州高野山上で創《つく》ったものだと古くから伝えられてきた。

〈いろはにほへとちりぬるをわかよたれそつねならむうゐのおくやまけふこえてあさきゆめみしゑひもせす〉

この四十七文字は、仏法の本義（こころ）を世にひろめようとした空海が、涅槃経《ねはんぎょう》第十三聖行品の四句の偈《げ》（仏をたたえる詩）の、

諸行無常（しょぎょうむじょう）
是生滅法（ぜしょうめっぽう）
生滅滅已（しょうめつめつい）
寂滅為楽（じゃくめついらく）

を今様《いまよう》、つまり当時の平安期の、流行歌風につくりかえたものである。この、〃いろは歌〃の作者については、いまも学者のあいだでさまざまな説がある。が、《淳和《じゅんな》天皇の御代《みよ》にいろは歌を弘法大師製し給《たま》ふといふ事ハ、世にあまねく言ひつとふる》

と、東寺の「三東秘密記」や「万葉代匠記」「江談抄《ごうだんしょう》」や頓阿《とんあ》法師の「高野日記」など諸書にも空海説を認めているし、平安時代の大学者、大江匡房《まさふさ》や高野山金剛峯寺《こんごうぶじ》・大伝法院座主《ざす》で後に根来寺《ねごろじ》に移った覚鑁《かくばん》（興教大師）も「密厳諸秘釈」のなかで立証している。

ま、その真偽はともあれ、いろは歌は高野山開創のころ空海が大工たちのためにつくった労働歌、というエピソードもある。南北朝時代の歌壇の第一人者であった頓阿の書いた「高野日記」によると、高野山に登って知人の綱元入道の庵《いおり》に宿している頓阿のもとに、ある夜、海象と名乗る僧がやってきて、

「……じつは」

という。山を伐《き》りひらいて日本最大の宗教都市の実現にのりだした空海が、堂塔の野丁場（工事場）で見たのは、木組み現場の混乱であった。おびただしい数の大工たちが、それぞれ加工した棟木、梁《はり》、柱など一本一本に墨で印をつけ、その印（合いちょう）をもとに組み立てていく。が、○とか×の符号には限りがある。それがぶつかりあい混乱

に混乱をひろげているのだ。この混乱を収拾し突貫工事を促進する唯一《ゆいいつ》の道は、雑多な符号と労働力を組織化し、作業能率を高めること以外にはない。

つまり、割普請《わりぶしん》である。空海は、この割普請の効果をはっきり意識して積極的に利用した最初の男かもしれない。こうして、誰にもわかるやさしい〝いろは歌〟がつくられ、大工たちはその平仮名を符号として切組みに墨入れし、迷わず組み立てていった……のだと海象は語る。

「なるほど、なるほど」

大工たちは、その符号をおぼえこむため、声をあげて流行歌《はやりうた》をうたった。

〽色は匂《にほ》へど散りぬるを
　わが世誰《たれ》ぞ常ならむ
　有為《うゐ》の奥山今日《けふ》越えて
　浅き夢見し酔《ゑ》ひもせず……

いろは歌は、壮大な仏国土建設の歌でもあった。この〝いろは歌〟縁起に、多能な天才、名ディレクター空海の面目躍如たるものがある。

〈六十二〉奥の院墓原《はかばら》

高野山の霊域への総門であった大門から、奥の院まで約二キロ。奥の院の入り口一ノ橋から山内最高の聖地である空海御廟所《ごびょうしょ》まで、なお二キロの道程である。うっそうとそびえたつ千年杉、その老樹の根方にところ狭しと立ち並び、うずくまっている墓石群……。昼なお暗いこの奥の院参道を歩くひとは、一種、異様な戦慄《せんりつ》をおぼえるにちがいない。ここはすでに人の世から隔絶された冥府《めいふ》であり、死者たちの霊魂が充満する地であり、二十万とも四十万基ともいわれるおびただしい墓塔がひしめく石の国なのだ。平安末期いらい、この奥の院墓原の幽暗のなかに骨を埋めた者はどれだけいるのだろうか。千百余年のむかし、この奥の院の廟に入定《にゅうじょう》して即身成仏《じょうぶつ》したまま（永遠の命を抱いて）いまなおしずかに坐禅《ざぜん》しつづけているという空海の復活の日を信じて、天皇も貴族も、戦国大名も武士も町人、百姓も、われもわれもと山上に墓石を運びあげ、日本国総菩提所《ぼだいしょ》の名でよばれたこの地に遺骨を納めた。

高野にあこがれ、空海を思慕する人びとは、かつての彼の足跡をたずねて遍路し、鈴をふり杖《つえ》をつき、ひたすら旅をつづけ霊場高野山にむかった。

〈同行二人〉

白衣の背にかかれた一行の文字が、遍路する人びとの心をなによりも雄弁に物語っている。

〈わたしは独りではない。苦しくても悲しくても、お大師さまと一緒に歩いているのだ〉

この信仰が、日本密教のもろもろの行事のなかで、もっとも親しみ深いものとして人びとに愛されたのは当然であろう。

それにしても、この奥の院墓原のすさまじい墓群はどうであろう。日本歴史の縮図をみる思いがする。老杉《ろうさん》におおわれたほの暗い下道の、石だたみの左右に見える墓塔の名をたどり読んでいくと、次から次に現れてくる武将や大名家、高僧たちの墓のすがたに、

「ああ、あなたもここにいたのか……」

武田信玄、織田信長、明智光秀、豊臣秀吉、石田三成、淀君《よどぎみ》、千姫、春日局《かすがのつぼね》……。そんな有名な人たちの背後に、影のようにくずれ欠けた掌《てのひら》ほどの五輪塔……かと思うと、この世のものとも思えぬ巨大な駿河大納言《するがだいなごん》の一番石塔……死者の唇のいろのように青く苔《こけ》むした宝篋印塔《ほうきょういんとう》……無縫塔……板碑……。奥の院墓原のふかい山霧につつまれた墓石たちは、さまざまな人生の哀歓を、恩讐《おんしゅう》を抱いて、歴史の重みのなかに立ちつくしてい

る。

――が、この奥の院の風景も、戦後、奥の院につづいて一万八千坪の公園墓地が、大霊園がひらかれ、墓石群の表情は変貌《へんぼう》する。奥の院には古来から、宣伝や広告の類《たぐい》は一切ご法度《はっと》という不文律があった。が、戦後派のこの墓地は開放的で、そんな〝おきて〟などに頓着《とんちゃく》はしない。××株式会社、建設会社○○組などという企業ぐるみの墓が続出し、宇宙ロケットを象《かたど》った墓やブラウン管型の墓石が、そしてまた老夫婦の墓碑よりも大きな愛犬の石像、顔写真を貼《は》りつけた慰霊碑、なかには、それぞれに書きなぐった署名を刻んだ落書塚まで出現して、参詣《さんけい》にやってきた老人団体を仰天させている。

〈六十三〉一両の墓

紀州高野山の老僧の中で、好きなお坊さまがひとりいる。「ホトトギス」の古い同人で、俳号を白象《びゃくぞう》。ご本尊の普賢菩薩《ふげんぼさつ》が乗っておられる六牙《ろくげ》の白象から「ちょっと拝借しましてナ」。その九十ちかい白象さんが十余年前に夫人をガンで亡《な》くしたとき「気が動転して何も判断がつかなくなってしもうた。おつとめがすんだら、頭も体も動かなくなって」夫人の遺骸《いがい》を、火葬するに忍びず土葬もあわれだと迷いに迷い、やむなく息子さんたちが葬儀をとり仕切ったのだという。

「人さまの前で偉そうに説教をしていても、実際にわが身になってみると……これでは笑われます」と、白象さんは述懐する。そして、阪大医学部をでて、インドへの旅を愉《たの》しみにしていた三男の急逝を不憫《ふびん》に思って、その遺骨を納めようと白象さんは、釈尊《しゃくそん》の涅槃《ねはん》の地クシナガラに行く。しかし「こんな暑いところではかわいそうだ」と、結局は遺骨を持って帰ってくる。「どうも身内だと分別がつかなくなって……ことにわが子となると駄目でした」。白象さんは、しみじみと言う。

貧しい農家に生まれた白象さんは由縁《ゆかり》を頼って十二歳で高野山に登り、大火で炎上した普賢院の再建に生涯を捧《ささ》げた師に仕え、のち普賢院住職となる。白象さんは、質素を極めた亡師を慰めるため墓石のまわりに〝万両〟を植える。万両は観賞用の植物で夏は白い小花を咲かせ真冬に真赤な実をつける。が、その「万両は三カ月で枯れ」次に植えた〝千両（草さんご）〟も半年で枯れる。その次に〝百両金（からたちばな）〟を植えるが、これも一年で枯れてしまう。結局、いきいきと根づいたのは〝一両（やぶこうじ）〟であった。

「よくよくお金に縁のないお人じゃった」

と、白象さんは微笑《わら》う。白象さんの来歴を書き忘れたが、高野山真言宗前管長。総本山金剛峯寺《こんごうぶじ》第四百六世座主《ざす》、森寛紹。清々《すず》やかな高僧である。

〈六十四〉心《しん》中《じゅう》万《まん》年《ねん》草《そう》

庶民のあいだの噂《うわさ》というのは、ときに、つむじ風よりも疾《はや》い。江戸時代のニュースといっても、米相場の情報や街道筋を突っ走る風説《うわさ》は、昭和のわれわれが想像するより遥《はる》かに迅《はや》かった。

それがいかに理解を超えた速さであったかというのは、近い時代、大正十二年九月の関東大震災のニュースを〝官〟の通信よりも先に大阪船場の商人たちがキャッチしていたという事実をみてもわかる。

そんな「噂」を、大坂の近松門左衛門が耳にしたのは事件の翌日。つまり、宝永七年春三月のことだ。

「なんやてえ？　高野山女人堂で心中！」

噂に、〝おどりあがった門左衛門はカゴを呼び、そのカゴに乗って、事件記者かテレビのレポーターさながら、まっしぐらに高野山へむかっている。

男は、南谷吉祥院の寺小姓で成田久米之介、十九歳。女は高野山の中腹にある神谷の宿、雑賀屋与治右衛門の娘、お梅、十八歳。ふたりは女人堂の背後の藪《やぶ》かげで、たがいに相抱いてこと切れていた。門左衛門は、恋に命を絶った若いふたりのために、筆をはしらせた。

〽女嫌《き》らやる高野の山に
なぜに女松が生ゆるぞや
なぜに女松が生えまいならば
夜這星《よばいぼし》（流れ星）でも飛ぶまいか

播州《ばんしゅう》（兵庫県）飾磨《しかま》の成田武右衛門のせがれ久米之介は、ふとしたことから友を斬《き》り殺して高野山に逃げ、ゆかりを頼って吉祥院の寺小姓になる。そんな久米之介に恋人ができた。おなじ寺小姓の花之丞の妹で、神谷の宿のお梅。ふたりはいつか、人目を忍ぶ仲になっていく。

ところが、ゆくすえを誓いあった二人の前に、思わぬ邪魔がはいる。京都の紙問屋の作右衛門である。お梅の父は、中年男の作右衛門が出した結納金がわりの四百両に目がくらんで、お梅を嫁にやることにきめてしまう。その祝言《しゅうげん》の日、思いあまったお梅は高野山の久米之介に手紙を書く。が、人生は皮肉である。久米之介へのその手紙が、どうしたことか吉祥院の僧正に届いてしまう。

お梅とのただならぬ仲が発覚した久米之介は、激怒した師の僧から足蹴《あしげ》にされ、下僧や寺男たちから袋叩《ふくろだた》きにされ、高野山から追放されていく。よろめく足で神谷の宿にくだってきた久米之介の、髪もみだれ着物も引き裂かれた無惨《むざん》な姿に、お梅は唇をふるわせる。ふたりは抱きあって泣いた。だが、泣いてどうなるものでもない。やがて二人は、おぼろ夜の山みちを女人堂へと登っていく。その女人堂で久米之介は、思いがけず「人の生き死にをしめすという高野の万年草を、水にひたしたら枯れてしもうた。もしや、弟の身に……」と案じて高野山に登ってきたという姉に逢《あ》う。が、女人堂の闇《やみ》は、弟の姿を姉に気づかせない。心のなかで姉に詫《わ》びた久米之介は、女人堂の裏手にまわり、脇《わき》差《ざし》を抜き、「お前さまと一緒に死ぬるのが嬉《うれ》しい……」そういうお梅を引き寄せ、南無《なむ》！とばかり胸乳《むなち》をえぐり、返す刀をわが咽喉《のど》に突き立てた。

日本のシェークスピアともいわれる劇詩人、近松門左衛門が描きだした愛と死のドラマ、世話浄瑠璃《じょうるり》「心中万年草」が、大坂道頓堀《どうとんぼり》の竹本座で上演され、浪花女《なにわおんな》の紅涙をしぼったのは、事件があった翌月の四月八日のことであった。この間一カ月たらず。現代のテレビドラマの製作よりも、早い。

〈六十五〉高野山厠房《かわや》考

のっけから尾籠《びろう》な話で恐縮だが、大阪の方言のひとつに〝高野山〟というのがある。わが和歌山にもある。

「わい、ちょっと高野山へまいってくるわ」

そういってもべつに南海高野線に乗り込むわけではない。用をたしに便所へ行く、といった意味なのである。

いったい、いつの時代から聖地、高野山が便所の代名詞に堕《お》ちてしまったのであろう。カワヤ（厠）とコオヤ（高野）と、その音が似ているところから出たという説もある。

カワヤは川屋のことで、「古事記」にみえる厠の記録では、古代は川の上に足場を設けて用をたしていたので川屋の名称が生まれたという。

川屋といえば、昭和初年まで高野山の便所がその〝川屋〟であったことを知る人も、いまはすくなくなった。高野山は空海の開創いらい千余年のあいだ、寺院僧坊はもとより民家まで、転軸山《てんじくさん》から四十八谷を流れる用水を山内にひき、各戸にカワヤを設けて排《はい》泄物《せつぶつ》を流していた。

谷から流れてくる清水を竹の筒で便所に引き入れ、後架《こうか》の下の凹型にくりぬいた石の溝の上に落ちる排泄物をどんどん流していく。汚物をふくんだこの水は道端の下水をとおって陰所川《おぞのがわ》となり、山峡の田畑をうるおしながら流れくだり、奥の院一ノ橋から南へ一里、約四十メートルの大滝となって下流の有田川《ありだ》本流にそそぐ。大滝、土俗に糞滝《くそだき》といい、岩壁に〝清めの不動〟が刻まれ、祀《まつ》られている。高野山では、この不動尊の霊験によって、

「もろもろの汚穢《おわい》も清浄と化《な》る……」

というが、川下の住民こそ災難であった。

水量のある雨の日はまだいい。が、三尺流れれば清いという水も、真夏の日照りつづきになると川が干からび、汚物は流れず惨憺《さんたん》たるものであった。こんな川柳がある。

旱魃《かんばつ》に高野の奥は糞の山

この、天然のウォーター・クロゼット（W・C）にも、やがて最後の日がやってくる。昭和九年、山内でのチフスの発生と、全国からどっと参詣人《さんけいにん》が集まってくる弘法大師千百年御遠忌《おんき》に備えて町当局は、西ドイツから最新式の処理浄化装置をとり寄せ、設置した。工費五十万円。こうして高野の町に、大都市と肩を並べた水洗便所が誕生する。ところが、町当局はうかつであった。高野山上の寒冷を計算にいれていなかった。自慢の

西洋式水洗の水が凍って流れないのだ。従来の天然のカワヤの、つねに流れ動いている水は凍らないが、水槽にたまっている水は凍ってしまう……ということに気づいていなかったのである。

――ともあれ、全国屈指の水洗便所の歴史をもつ高野町は、近年、三十億円の巨費を投じて最新式の下水処理場を完成させている。弘法大師千百五十年御遠忌に備えてのことかどうか、それは聞き洩《も》らしたのだが。

〈六十六〉 高野竜神《りゅうじん》街道

紀北の霊場高野山と、紀南の山峡の湯、竜神温泉を結ぶ高野竜神スカイラインは、紀伊半島内陸縦貫道の一環として昭和五十五年七月に開通した。和歌山県道路公社が七年間の歳月と百七十二億五千万円を投入して設けたもので、紀州の屋根といわれる最高峰、海抜千三百七十二メートルの護摩壇《ごまだんざん》山の山頂ちかくを走りぬけ、竜神村大熊までの総延長四十二キロ余の観光産業道路である。

この道ができるまで、高野山から竜神への道がないわけではなかったが、それは想像を絶した険阻な、はるかな山の道であった。

江戸時代の高野山への七つの登山口のうち湯川口、竜神街道がそれで「竜神口　大門ノ左ニ通ズ。竜神ヨリ十三里余リ」である。そのころ、竜神へ湯治に行こうとしめしあわせた坊さんたち数人が、山歩きの仕度をして夜明け前に大門を発《た》った。いずれも健脚が自慢の坊さんたちである。ところが、尾根を走り谷をくだり、また這《は》いあがりという山道の連続に、さすがの坊さんたちも、夕暮れちかくなると足が動かず、背の荷物も投げだしてぐったりしていると、おりから通りかかった炭焼きが、はるか眼下の谷あいの、山と山に囲まれた薬研《やげん》の底のような里の灯明かりを指して「あれが竜神じゃ」といった。坊さんたちは仰天し、が、いまさら引くにもひけず、泣くような声をあげ、這うようにして行き着いたという。

奥の院中ノ橋からスカイライン高野山料金所にむかう。料金所をぬけた車は水ケ峰(千百二十八メートル)を越え、ひたすら和歌山・奈良の県境の尾根道を走りつづける。山嶺《さんれい》の道は爽快《そうかい》であった。早春の光が天に満ちて、車窓に山の風が捲《ま》きあがってくる。際限もなくひろがる山なみに、ときおりカメラをむけて、箕峠《みのとうげ》から白口峰を縦走して笹《ささ》の茶屋へ。

高野山を出て約四十分。護摩壇山につく。ここからの眺望はすばらしい。一点の散り雲もない天の下に、蒼茫《そうぼう》と果無《はてなし》山脈や十津川《とつかわ》山塊がつらなり、熊野三千六百峰の山脈《やまなみ》が波がしらのようにたたなずいているのがみえる。

この護摩壇山の名は、寿永の春、屋島の戦いから逃れて高野山にのぼった平維盛《たいらのこれもり》が、竜神の小森谷(籠《こも》り谷?)に住んでいたが、あるとき、平家の運命を占ってこの山頂でゴマをたいたという伝承による。占いは凶であった。平家再興の夢やぶれた失意の維盛は山をくだり、熊野の海に入水《じゅすい》して果てる。このとき、維盛の愛人お万は、別離をなげいて山中の滝壺《たきつぼ》に白粉《おしろい》を捨て紅をすて、自身もまた淵《ふち》に身をしずめていく。

その伝説の白壺、紅壺、お万ケ淵はいまものこる。護摩壇山の休憩所からスカイラインの終点、竜神料金所まで約二十分。海抜五百メートルの竜神温泉までなお二十分の道程である。

——紀伊半島の屋根を美しい林相と眺めをほしいままに疾走するスカイラインは快適だが、地上の会計事情はあまり快調とはいえないようだ。新聞報道によると「赤字に悩む高野竜神スカイライン　利用少なく赤字十数億円」という。風光の美しさは、銭とはつながらないものらしい。

〈六十七〉　果《はて》無《なし》山脈

径《みち》をのぼりつめると、にわかに視界がひらけた。径の両側は山脚をそぎおとして、ばくばくと雲の湧《わ》く断崖《だんがい》や原生林の樹海が見え、そのむこう、一点の散り雲もない天の下に蒼茫《そうぼう》と熊野の山塊がつらなり、果無の山脈《やまなみ》が波がしらのようにたたなずいている。

熊野の大山塊を走るこの径は、これほど山の中にありながら、また、これほど諸国の人が往来した路《みち》はない。古くから蟻《あり》の熊野詣《くまのもうで》といわれたくらい、多くの人がこの山みちを通りすぎている。かつての熊野街道であり、熊野の三大難路の一つといわれたこの果無越えは、高野山《こうやさん》から本宮まで、

〈峰高う山けわしくつづら折りなるつたい道〉（「醒睡笑《せいすいしょう》」）

と語られた十七里におよぶ果無街道、小辺路《こへち》である。

高野山の大門から、大滝を経て奈良・和歌山県境の水ケ峰を越え、吉野野迫《のせ》川大股に出、伯母子峠《おばことうげ》を通り十津川《とつかわ》村五百瀬《いもせ》、三浦峠をすぎ、重里《しげさと》から果無山脈を越えて和歌山県側の切畑、八鬼（木）尾、そして三軒茶屋で西からの中辺路《なかへち》に合流し、熊野本宮に通

じている。この追分《おいわけ》（分岐点）から本宮まで十一丁。

果無の名は、連山つらなり嶺《みね》遠くその涯《はて》を知らずというところからでたのであろう。熊野の屋根ともいう果無山脈は、北から南へ高野山陣《じん》ガ峰《みね》、護摩壇山や伯母子岳、千丈山と千メートルを超える山々からなり、千丈山でその方向を東に転じ、奈良県との境をなしている。

〈六十八〉　春を知らせる寺

関西地方の春の訪れは、紀三井寺《きみいでら》の桜からはじまる。早咲きで知られているこの寺の桜が、ちらほらほころびはじめるころ、近畿《きんき》の新聞はそろって〝花だより〟をのせはじめる。

この〝花だより〟の舞台裏を一手にひきうけているのが和歌山気象台で、毎年、担当の技官が紀三井寺を訪ねて本堂前の桜の芽を幾つか摘んで帰ってくる。そしてそれをハカリにかけ、さまざまに分析してその年の開花予想をたて、発表する。

まばゆい南海の陽ざしを名草山《なぐさやま》いっぱいに浴びるせいか、紀三井寺のこの桜は、桜まつりのはじまる三月下旬になると、山内いちめん花のカスミにつつまれ、カスミのなかに堂塔をうかびあがらせる。バスをつらねてやってくる観光客や、地元の花見客で参道から境内がごった返すのもこのころだ。

観光客の人波にまじって、その紀三井寺門前のみやげもの屋の店先をひやかしながら歩いていく。西国三十三カ所観音霊場の門前町らしく、みやげものも古風なものが多い。

ご詠歌を染めぬいた日本てぬぐい。集印帖《しゅういんじょう》、木の根っこをみがきたてた床の間の置物、甘ざけ、きびだんご、有田《ありだ》みかん。春光柑《しゅんこうかん》から戦前、夜店や駄菓子屋でよくみかけたニッキ（肉桂）の細い根を赤い帯紙で束ねたものまである。

「石段がきついですよって、お荷物お預かりいたしまひょ」

みやげもの屋の店先で口ぐちに呼びかけている声にひかされてニッキを一つ買った。ニッキには、少年の日の遠いかおりがある。その細い根っこをかみながら雑踏のなかを楼門のほうへ歩いていく。

紀三井寺――。

正確にいうと、ひどく長ったらしい寺号で「救世《ぐぜ》観音宗総本山紀三井山護国院金剛宝寺」。西国第二番の札所で、年間百万人もの観光客が訪れる。

この寺の歴史は古い。いまから千二百年まえの宝亀《ほうき》元年（七七〇）唐（中国）からきた為光上人《いこうしょうにん》の開基いらい、天皇や法皇の祈願所となり、戦国の武将たちが堂塔を寄進し、徳川時代には紀州徳川家の藩主代々の祈願所にもなっている。紀三井寺の名は、紀伊国の三つの井戸、清浄水、楊柳《ようりゅう》水、吉祥水の霊泉をもつ寺といった意味で、近江《おうみ》の三井寺とまぎらわしいため、上に〝紀〟の字をつけたのだという。

朱ぬりの楼門をくぐると、目の前に鼻さきをすりあげるほど高い表坂がそそりたっている。二百三十一段。石段のけわしさに悲鳴をあげている観光客のうしろから、よたよたと踏みのぼっていくと、石段の中間に三つの井戸の一つ清浄水が湧《わ》いている。汗をぬぐい、息つぎするにはよい水場である。この崖清水《がけしみず》をかこんで《見上ぐれば桜しまふて紀三井寺》の芭蕉《ばしよう》や、江戸時代の俳人たちの句碑が多い。

石段をのぼりつめて、ふり返ると、目の下に和歌ノ浦が見えた。そのむこうに、遠く淡路や四国の島かげがかすんでいる。

古郷《ふるさと》を　はるばるここに紀三井寺
花の都も　近くなるらん　　第二番詠歌

人の世は旅であるという。その人生の巡礼行をつづけていかねばならぬ庶民にとって、紀三井寺はしたしみぶかい寺である。

〈六十九〉漆と和傘の町

和歌ノ浦から南、紀三井寺門前をすぎて毛見街道から海南市《かいなん》へ。

海南市は、和傘と漆器の町であった。和傘、漆器、いずれもその来歴は古い。和傘は、紀州藩祖、徳川頼宣《よりのぶ》が駿河《するが》から入国するときに連れてきた職人を、この地に住まわせて以来であり、漆器のほうは、秀吉の根来《ねごろ》攻めに大伝法院（根来寺）を焼かれて四散した僧たちがここに逃れて住みついたのが、この黒江（海南市黒江）漆器の始まりだという。が、いやそうではなくて、それ以前からすでにあったのだという説もある。そういえば近江国《おうみのくに》小椋《おぐら》ノ庄《しょう》、筒井八幡宮《はちまんぐう》に今も残る天文年間（一五三二—五五）の古文献に〝黒江の木地師〟の名が記されている。それをみると、秀吉の焼き打ちで逃げてきたウルシ塗りに長じた者がここに隠れ住み、従来からあった技術に根来塗りの手法を加え、さらに発展させていったのかもしれない。

黒江漆器の繁栄ぶりは、貝原益軒の「南遊紀行」にも、正徳《しょうとく》三年（一七一三）の「和漢三才図会《わかんさんさいずえ》」にも紀州みやげとして紀州椀《わん》、黒江の椀が記されているのをみてもわかる。

黒江漆器は庶民たちのための漆器であった。その大衆性に活路を見出《みいだ》した黒江漆器は、紀州徳川家の保護政策のもとに江戸、大坂といった大消費地から四国、九州にと積仲間《つみなかま》や売りさばき人といった流通機構にのって飛躍的に販路を拡張し、全国有数の漆器産地にのしあがっていく。

天保《てんぽう》十年（一八三九）の記録では諸国津々浦々にその製品が出まわったという。当時、戸数千三百戸、人口四千五百人、出かせぎ職人二千人をかぞえた。

時の流れは冷酷である。かつては岐阜に次いで全国第二位を誇っていたこの町の和傘も、いまは需要激減して消え去り、すでにその姿はない。

いっぽう、紀州藩の保護をうけ全国三、四位をくだらなかった黒江漆器も、徳川三百年の終末とともにその歩みをとめて転落する。明治以後の窮状をハンダ物（安物）で切りぬけようとはかったが、そこで得たものは信用の失墜だけであった。

しかし、昭和三十年にはじまったプラスチック素材の登場が「安くて見ばえがよくて、使いやすい漆器」としてこの黒江の町を不死鳥のごとく甦《よみがえ》らせる。木製漆器からプラスチック漆器へ、大量生産の奔流は町の表情を大きく変えていく。プラスチック漆器工芸は九割。庶民の日用品として昔からなじまれてきた黒江漆器の大衆性の伝統が、全国一の漆器生産地黒江の風土のなかに息づいていたのであろう。もちろん、独自の漆芸に誇りをもって取り組んでいる塗師、蒔絵師《まきえし》、沈金師《ちんきんし》といった人びともいる。

黒牛潟《くろうしがた》潮干の浦を紅《くれなゐ》の
玉裳《たまも》裾《すそ》ひき行くは誰《た》が妻　万葉集巻九

と万葉びとが詠《よ》んだ黒江湾を前にひかえ、三方を山に囲まれた黒江の町は、山すそに家々がひしめく漆器職人の町でもある。

海南市黒江……。昔ながらに入り組んだ小路《こみち》を歩いて気づくのは、のこぎりの歯を並べたような奇妙な家並みであろう。家が、道に平行していないのだ。どの家も三十度ほどの角度をもって建てられている。だから、道と家のあいだに三角形の空間がある。その空間は、漆器の材料を乾すための空間であった。ここでは、町も人も漆とともに生きている。

〈七十〉万葉の悲歌

JR、紀勢本線海南《かいなん》駅で下車して南へ十分、藤白《ふじしろ》神社に向かう。斉明《さいめい》女帝が牟婁《むろ》の温泉（白浜湯崎）に行幸のとき、社殿が営まれたというこの古社は、熊野三山の一ノ鳥居のあったところで、いってみればここが聖地熊野への第一の門にあたる。境内に高さ三メートルほどの自然石の辻書《つじがき》（道標）がある。

熊野一之鳥居

自是（これより）熊野街道

その藤白神社の境内を右にぬけて、旧熊野街道をすこしのぼっていくと、土地の老人たちが椿《つばき》の地蔵さんとよんでいる平処《ひらみ》が見え、石碑が見える。ここが藤白坂である。

〈庚寅《かのえとらのひ》に、丹比小沢連国襲《たぢひのをざはのむらじくにそ》を遣《つかは》して、有間皇子《ありまのみこ》を藤白坂に絞《くび》らしむ〉

いまから千三百三十五年まえ、皇位継承をめぐる陰謀の犠牲となり謀叛《むほん》の名のもとに捕えられた有間皇子が、坂をくだってきたこの付近で絞殺され、十九歳の薄幸な生涯をとじたと「日本書紀」はいう。

道の右手にある石碑は、有間皇子の絶唱を刻んだ歌碑で、この歌碑の背後に、ひっそりと肩を寄せあうような数個の小さな墓塔、石仏がある。有間皇子の墓だという。

家にあれば笥《け》に盛る飯《いひ》を草まくら
旅にしあれば椎《しひ》の葉に盛る　　万葉集巻二

この地が藤白とよばれるのは、むかし、ここに高さ七丈五尺の老松があって、いつの頃からかそれに藤がまつわりつき、三十三年目ごとに白い花を咲かせた。村びとたちはその藤を、非命に斃《たお》れた有間皇子の霊魂がこもるものとして畏敬《いけい》をささげてきた。で、この村郷の地名も、その藤の花の白さからでたのだという。

ひさしぶりで、藤白の古道を歩いてみた。遠い時代、万葉びとや熊野詣の往還としてにぎわったこの道も、いまや路傍の石ぼとけや石標だけがしずかにたたずんでいる。都に送還されてゆく有間皇子は、どのような思いでこの道を踏んできたのであろう。護送される途中、磐代《いわしろ》（南部町岩代）浜の丘で一夜を明かした有間皇子は《ミヅカラ傷《かな》シミテ》と詞書《ことばがき》して歌を詠《よ》んでいる。

磐代の浜松が枝《え》を引き結び
真幸《まさき》くあらば亦《また》かへりみむ　　万葉集巻二

上古、旅の往来に草根《かやね》を結び、松の枝を結んで身の幸いを神に祈る習俗があったというが、わが運命を磐代の松にすがりつかせた皇子の心情はかなしい。が、皇子の運命はすでにきまっている。狼《おおかみ》が羊を喰おうとする場合、どんないいわけがあろうとも、結局、狼は羊を喰うものだ。孤立無援の十九歳の若者を抹殺《まっさつ》するぐらい、なんでもないことだ。

藤白神社から古道を歩いて、藤白坂の頂上まで三キロ。標高は東京タワーと同じ三百三十三メートル。それにしても険しい坂の道である。草むぐらにおおわれた、あるかなきかの小石まじりの径《みち》を、足踏みするような、一足ひとあし踏みつけるような重い足はこびで登っていく。藤白坂のその幽暗のなかには、万葉の〝古代〟がなお息づいている。

藤白のみ坂を越ゆと白妙《しろたへ》の
わが衣手は　濡《ぬ》れにけるかも　　万葉集巻九

〈七十一〉鈴木さん

わが国でもっとも多い姓氏は「鈴木」で、二百万人。全国に散乱するこの鈴木さんを、鈴木姓の発祥地である紀州熊野《くまの》三山に大集合させようとする「鈴木さんいらっしゃい」のキャンペーンが昭和五十七年新春からくりひろげられた。仕掛人は国鉄（当時）と和歌山県。

鈴木といえばその頃の総理大臣も鈴木、ボクシングのガッツ石松さんも女優の故高峰三枝子さんも、それに喜劇俳優の故伴淳三郎さんも本姓は鈴木だが、この鈴木姓の総本家が和歌山、海南市藤白にあるということはあまり知られていないようだ。

鈴木の来歴は古い。もともと鈴木姓のいわれは、ジンム（神武天皇）が大和に入るとき稲穂を献じて賜った「穂積《ほつみ》」からきている。紀州語では穂積の束をスキという。また一説によると、鈴木の名は熊野権現《ごんげん》の神木ナギ（竹柏）の枝に鈴をつけてジンム軍の先導をしたことからだともいう。ともあれ、鈴木家はそのジンム伝承いらい百二十二代連綿とつづいてきた世にもまれな旧家で、熊野三党（榎本・宇井・鈴木）の一の名族である。

この鈴木の名が日本全土にひろがったのは、諸国に熊野権現の末社を祠《まつ》り、教団の布教に活躍した熊野三党のなかで鈴木氏の勢力がいちばん活発だったからだ。はるか後年、明治になって苗字《みょうじ》をゆるされた村むらの庶民たちが、真っ先に思いうかべたのは村のエリートである神官〝鈴木〟さんの名であった。人びとはためらうことなく、あこがれの〝鈴木〟にとびつき、わが姓にした。

――で、その鈴木屋敷をたずねていく。JR海南駅から藤白神社まで約一キロ。平安時代からの文献にあらわれてくる藤白神社は、七世紀の中頃、斉明天皇の白浜行幸のとき社殿がいとなまれたという古社で、鈴木氏が代々宮司として奉仕した熊野王子社である。境内の前の旧熊野街道を北東に二、三分あるくと、左に鈴木屋敷が見えてくる。

鈴木家は昭和十年代に当主が亡《な》くなり、屋敷は無人のまま藤白神社が管理しているという。

この鈴木邸には、室町時代の面影をのこした屋敷と、平安時代の様式をもった庭園、曲水泉《ごくすいせん》がある。平安貴族たちのあいだで流行した唐風（中国風）の曲水の宴は三月三日、泉水のほとりに座って盃《さかずき》をうかべ、その盃が自分の前に流れてくるまでに歌一首を詠《よ》むという優雅な遊びである。

かつて熊野詣《もうで》の天皇や貴族や女官たちがこの街道を通りすぎ、鈴木屋敷にもさまざまな武人や文人たちがたずねてきた。源義経、新宮十郎行家……そしてまた、この鈴木屋敷からは、あるじの鈴木次郎重行が木曾義仲追討の軍をひきいて出陣し、甥《おい》の鈴木三郎、その弟の亀井《かめい》六郎が義経に随従し、奥州《おうしゆう》衣川で壮烈な討死をとげている。そのころの義経ゆかりを物語る、何代目かの〝義経弓立の松〟がいまも邸内にある。

雉《きじ》鳴くや　鈴木が藪《やぶ》の一かまえ　　其角《きかく》

〈七十二〉下津《しもつ》港の盛衰

JR海南駅から右手の車窓に和歌浦湾のまばゆい海景を眺めてきた列車は、塩津の漁港を眼下にトンネルをくぐると、その先に展《ひろ》がるのは見渡すかぎりの蜜柑山《みかんやま》である。中紀への旅が冬なら、山いちめん黄金に照りかがやく蜜柑畑を、初夏なら、車窓から流れこんでくるむせるような蜜柑の甘ずっぱい花のかおりに〝旅〟を感じさせられる。

下津……という町は、そんな蜜柑山に三方をかこまれた港町である。

〽沖の暗いのに 白帆がみえる

あれは紀ノ国 みかん船

一代の豪商、紀伊国屋文左衛門が命知らずの船乗りたちと幽霊丸に乗りこみ、嵐《あらし》をついて船出したのがこの港であったと伝えられている。

紀州下津港――。

和歌山県下第一の良港である。大正の初年、日本屈指の木材輸入港として栄え、戦後はわが国きっての原油輸入港、オイルの港として特定重要港湾になる。が、この海港にも、さまざまな転々盛衰があった。

大正七年（一九一八）この寒村の天然の良港に着眼し、塩田跡と付近の水域を埋め立て、《二万四千坪の工場、六万二千坪におよぶ広大な貯木場をつくり、東洋一を誇る木材工場、竜王木材工業株式会社を創立したのは箕島《みのしま》（有田市《ありだ》）の木材業者、中西進重郎であった》と「和歌山木材史」「大崎村誌」「下津町史」はいう。

この中西の計画によって、港の表情は一変する。いままで蜜柑の積み出し、または船舶の寄港地としてしか利用されなかったこの港も《北洋材の第一船、呉山丸（四千二百トン）が旧樺太《からふと》材およそ六千石を満載して下津港に入港した。これが本県における北洋材の移入のはじまりである……つづいて第二船、海久丸が樺太材二万石を積んで——（「和歌山木材史」）》。

こうして下津港は、和歌山県唯一《ゆいいつ》の国際港湾として脚光をあびる。おりからの好況で、製材工場は《全能力を発揮し、昼夜兼行、其《そ》の大煙突の煙は、四六時中絶える時はなかった》。

この、東洋一の竜王木材はのち妙力木材と社名を改め……さらに東洋木材となるが、やがてそれは日本帝国海軍からの強引な要請によって、おなじ港内にあった三重県尾鷲《おわせ》の富豪土井八郎兵衛の土井石油（貯油所）と共に、丸善鉱油株式会社に売却させられることになっていく。竜王木材の中西は筆者の実家である。こうして丸善鉱油は、日本政府の国策、海軍軍備のなかで丸善石油株式会社となる。

そして戦中、敗戦。二度にわたるアメリカ空軍の空襲によって壊滅していた丸善製油所は、戦後日本の巨大なエネルギー基地として不死鳥のような甦《よみがえ》りをみせ、大型タンカー船の間断ない出、入港にわが国有数の石油港としての栄光をみせる。

が、その港風景もながくはなかった。やがて、石油パニック。下津港は、丸善石油の再建にからむ〝下津製油所の全面撤退、跡地売却問題〟のなかで大きく揺れた。

みかん……木材……石油……そして次にこの港の歴史の舞台に姿を現すのは何であろう……。

〈七十三〉　殿様たちの寺

徳川家御三家の一、紀州徳川家代々の廟所《びょうしょ》のある長保寺《ちょうほうじ》は、和歌山城から南へ約二十キロ。JR下津駅から二キロの山ふところにある。

長保寺のその名は、一条天皇の勅願で長保二年（一〇〇〇）二品《にほん》親王沙弥性空上人《しゃみしょうくうしょうにん》が創建し、年号を賜わって寺号とした。が、それにしても、三百年の栄華をきわめた紀州家の菩提所《ぼだいしょ》として藩の庇護《ひご》のもとに威厳をたたえていたこの寺も、いまは訪ねる人かげもなく、十五人の藩主たちの墓塔を抱いたまま、ひっそりとしずまっている。

慶徳山長保寺――。

海を前に、三方を山に囲まれたこの長保寺を藩祖、頼宣《よりのぶ》が、

《山林蒼々《そうそう》と城下をはなれること五、六里……たとえ永代に至って乱劇兵火のおよぶところにあらず、吾《わ》れ滅をとってのち墳墓の地とならん》

といって、戦略的な地形をもつこの寺域を、紀州徳川家の菩提所に選び定めたという。

紀州に入国して四十七年目の寛文六年（一六六六）のことである。当時、徳川家の政治

はまだ固まっていなかった。平穏にみえる藩政のかげにも、なお一抹の不安があった。その備えが必要であった。兵乱がおこり、和歌山が落城した場合、いちはやく秘密路から城を脱け出て、和歌ノ浦から海路を下津港へ、そして長保寺の要害を最後の砦《とりで》として戦う……つもりであったという説もある。

そしてまた、それを裏付けるように、長保寺を囲む背後の山には明治のころまで見張所のようなものが幾つかあったともいう。

ともあれ、その長保寺参道をゆく。

行く手の大門は室町初期の代表的な楼門で、国宝。両脇《りょうわき》にかかえた金剛力士像は力量感あふれる室町初期の傑作。傑作といえば、和様唐様を折衷した鎌倉末の入母屋《いりもや》造りの本堂、純和様の多宝塔（ともに国の重文）のゆるやかな屋根勾配《こうばい》と豊かな構えは安定感があっていい。

本堂、多宝塔……御霊殿の前から急な石段をのぼると、にわかに視界がひらける。そこに藩祖、南竜公頼宣の巨大な墓がある。高さ三メートルにおよぶその墓塔に、刻まれた文字はない。無刻の墓石は頼宣ばかりではなかった。二代光貞《みつさだ》、三代綱教《つなのり》、四代頼職《よりもと》、六代宗直……。いずれも、のっぺらぼうの無名の墓碑である。これはいったい、どうしたことなのか。敵の襲撃をうけて、墓所をあばかれるのを恥辱としたため、という話もある。

藩主たちの墓に文字が刻まれるのは七代宗将《むねのぶ》以下である。世が泰平になったのであろう。昭和十年までは庶民の立ち入りがゆるされなかったという廟所の静寂のなかを、ときおり、海からの春の風が松の梢《こずえ》をかすめて吹きわたっていく。

長保寺参道脇の、山内の桜が開花すれば、ことしもまたその平処《ひらみ》で町の人びとの花見の宴がくりひろげられるのであろう。誰が建てたのかひとつの句碑があった。

ささやかな　春の奢《おごり》は　花を踏む　　寛一

〈七十四〉なれずし

なれずしは鯖《さば》ずしの一種で、近江《おうみ》の鮒《ふな》ずしとおなじように鮨魚《すしな》をながくねかせるので〝腐りずし〟特有の異臭をおびている。

秋のころ、紀州有田《ありだ》や日高地方の知人宅を訪ねた人がなれずしをすすめられて、その強烈なにおいに辟易《へきえき》したという話はよく耳にする。ところがふしぎなもので、いったんこの味を舌になじませた人にとってはたまらない秋の味覚になる。

目の下一尺ほどの大鯖を背開きにし、米一合の飯を棒にぎりにして詰め、それをアセ（暖竹）の葉にくるんだなれずしを大きな桶《おけ》に重ねならべ、沢庵石《たくあんいし》ほどの重石をかける。秋まつりの日がきてすし桶がひらかれると、家じゅうに青くさいアセのにおいがただよう。

そのにおいのなかで生《なま》の土しょうがをそえて食うなれずしは、紀伊半島中央部の秋まつり最大の馳走《ちそう》である。男たちはこのなれずしを肴《さかな》に、茶碗酒《ちゃわんざけ》をくみかわす。このすしには冷酒がよくあうのだ。誰の歌であったか、こんなのがある。

わがために友の捧《ささ》げるうまし酒
　なれずし添えてしたたかに酌《く》む

原始的なにおいを残すなれずしは、自然醗酵《はっこう》を利用して魚を保存する一種の魚の漬け物で、紀州にはこの系統のすしが多い。すし研究家の篠田統氏によると、なれずしの魚は淡水魚が主で、その発生は東南アジアや中国の山地民であって、米作と大いに関係があるとしている。とするとなれずしは鮎《あゆ》や鮒の川魚の保存が主流で、海の魚はそのバリエーションということらしい。

ともあれ、このなれずしの日本での起源は鎌倉時代とも江戸時代ともいわれているが、わが紀州有田地方に伝えられている伝承では、元亀《げんき》・天正《てんしょう》の戦国争乱のなかから生まれたということになっている。それによると、

〈天正五年（一五七七）織田信長が十五カ国、十万余の軍団をひきいて紀州に攻めこんできたときのことである。信長の先軍が、現在の海南《かいなん》市日方《ひかた》あたりで雑賀孫市《さいかまごいち》の鉄砲衆と凄絶《せいぜつ》な戦闘をくりひろげた。おどろいたのは村びとである。うっかりしていて巻きぞえをくってはたまらない。で、とるものもとりあえず逃げだしたが、そのなかに弥助《やすけ》という無類の食いしん坊がいた。逃げるとき手元にあった飯櫃《めしびつ》の中に塩鯖をぶちこみ、それを引っ抱えたまま走りだした。山を越え有田川ぞいの糸我《いとが》の里の縁者のもとに逃げのびた弥助は、数日して、ふと飯櫃のことを思いだして「もう、腐っとるじゃろ」そう思

いながらも食い意地のはった弥助は、飯櫃のフタをとって飯をつまんで口にいれた。その途端、弥助は目をかがやかした。腐敗していると思った飯と魚が飯櫃の中で醱酵して、なんともいえない味をおびていたのである。

この弥助、よくよく商才にたけていたとみえ、合戦がおわってのち、これにヒントを得て〝なれずし〟をつくり、弥助ずしとよんで売りさばいた〉

もっとも、このなれずし縁起は、米を常食としている日本人なら、なにかのはずみでふと思いつく製法であろうし、この種の話にとりたてて弥助の名をもちだすほどのこともないのだが、すしの縁起に雑賀孫市の名が出てくるところがおもしろい。

〈七十五〉有田川《ありだ》のほとり

材木問屋と有田川流域の筏師《いかだし》の元締《もとじめ》を稼業《かぎょう》とする家に育ったせいか、故郷への思いのなかには、いつもなだらかな山に囲まれた青磁色の有田川の流れがある。

わたしがこの有田川河口の町、箕島《みのしま》について語ろうとするとき、真っ先に泛《うか》んでくるのは遠い少年の日の、白く乾いた往還と、陽気な二人の男ヤタケタ（めちゃくちゃ）の弥太ンと八百屋の弥蔵さんの姿である。

いつかこの弥太ンが喧嘩《けんか》を吹っかけている場を目撃したことがある。弥太ンは喧嘩相手である筋向かいの八百屋の店先に突っ立ったまま、さかんに、

「やろうのやろう、出てこい！」

と喚《わめ》き散らしているのである。この奇天烈《きてれつ》な弥太ンのタンカをきいて、わたしは噴きだしてしまった。舌まわりの悪い弥太ンは、どうやら八百屋の弥蔵さんを罵倒《ばとう》して、

「弥蔵の野郎、出て来い！」

といってるつもりらしいのだ。が、そんな弥太ンの悪態に頓着《とんちゃく》する八百屋の弥蔵さん

ではない。野菜を並べる手を休めて、ときどき思いだしたように、

「阿呆《あほ》よ、早よ帰《い》んでオカイ（茶がゆ）でも食うて寝さらせ」

などといい返している。だから、弥太ンの怒りはますます燃えあがり、身ぶるいして、

「や、や、やろうのやろう！」

をくり返している。もっとも、ところがおかしなことに弥太ンは、喧嘩っ早いくせに暴力をふるったことはない。弥太ン自身、五尺たらずの小男で（それを気にして、いつも板前のような高下駄《たかげた》をはいている）取っ組みあいになれば一たまりもないことを誰よりもよく承知している。で、往来から八百屋の店先にむかって、やたら声はりあげるばかりである。


いっぽう、幼馴染《おさななじみ》の弥蔵さんにしても、そこは心得たもので、いつでも弥太ンの引っこみがつくように計算して、ほどほどに減らず口をたたいている。


かつて弥太ンは、背中に大きな鯉《こい》のホリモノのある町の親分に喧嘩を吹っかけ、顔がひんまがるほど殴りとばされたことがある。からだは小さくても人いちばい負けん気のつよい弥太ンは、口惜《くや》しさのあまり復讐《ふくしゅう》を決心した。考えたすえ弥太ンは、親分の寝込みを襲ってどんどん雨戸を叩《たた》き、

「やろう、勝負だぁ！　出てこい！」

と隣り近所まで起きてくるような大声を張りあげた。血相を変えて親分が飛びだして

きたところ、弥太ンの姿はもうない(山本周五郎の小説にもこんなシーンがあったが、弥太ンのほうは戦前の実話である)。こうして親分を睡眠不足におとしいれた弥太ンは、ついに親分と兄弟分の盃《さかずき》をかわしたという。

そんな弥太ンの華麗な喧嘩伝説を、町内で知らない人はいない。ヤタケタの弥太ンの異名も、ここからきている。

……八百屋の弥蔵さんは一昨年亡《な》くなったと風のたよりに聞いたが、弥太ン老人はどうしているのだろうか。健在なら齢《よわい》すでに八十を超えている筈《はず》である。少年の日をすごした、あの有田川河口の箕島の町。紀文が船出したという、蜜柑《みかん》山に囲まれた町。高校野球の町。紀伊半島でいちばん夕陽のうつくしい町……。

〈七十六〉白い除虫菊の花

有田川の河口都市、有田市は、両岸の山々をうずめつくす壮大な蜜柑《みかん》畑に囲まれた町である。

川に沿って国道四十二号線を東進すると、町並みのきれたあたり左手に市役所の建物がみえ、やがて堤防のむこうに高校野球で全国に名をひびかせた箕島《みのしま》高校が見えてくる。その校舎の周辺も、まばゆい陽光を浴びて黄金《こがね》いろにかがやく蜜柑畑だ。

このあたりは除虫菊発祥の地で、戦前まで、初夏になると雪のように白い花におおわれた除虫菊の一大栽培地であった。そのせいか、いまも全国有数の蚊取線香製造工場が多い。

この除虫菊の、白い可憐《かれん》な花にふくまれている強力な殺虫成分に着眼したのは山田原（有田市）の上山英一郎であった。有田地方で一、二といわれる豪農の家に生まれた英一郎は、上京して慶応義塾に学ぶが病を得て帰郷、家業の蜜柑農に励む。そんな英一郎の蜜柑園に福沢諭吉の紹介状をもったアメリカ人、植物輸出入会社のH・E・アーチス社長がやってくる。英一郎がアーチスからもらった一つまみの除虫菊の種子を山田原の地に蒔《ま》くのは、明治十九年のことである。

この除虫菊が、やがて全国に広がっていくのだが、その陰には除虫菊が国家事業として有力なことを、全国を巡回して力説し、希望者には無料で種子を配って播種《はしゅ》栽培を奨励し、奔走した英一郎の不断の努力がある。

「除虫菊は、農家の裏作として麦よりも有利で、山畑や荒蕪地《こうぶち》にも簡単に栽培できる」と、英一郎は熱っぽく説いてまわった。後年、この英一郎のひたむきな指導に感謝した岡山、広島、香川、愛媛など除虫菊の主産地の人びとは、尾道千光寺公園に頌徳碑《しょうとくひ》を建て、向島《むかいしま》に除虫菊神社（祭神・上山英一郎）を建立《こんりゅう》して、英一郎を神として祀《まつ》っている。

ともあれ、除虫菊の栽培に成功した英一郎であったが、現在の渦巻き式蚊取線香の型式に定着するまで、かなりの辛酸があった。カイロ灰式から仏壇線香にヒントを得た棒状蚊取線香の工夫、それらが全国に普及し軌道にのるまでにはなお数多くの曲折があった。渦巻き式蚊取線香が開発（考案者不明）され、輸送中の破損が減少したという大正期から、昭和十年代までが蚊取線香の黄金期であった。昭和十年の除虫菊干花三百三十九万九千貫、わが国除虫菊生産の最高記録である。

英一郎が、一本の白い除虫菊の花に託した夢は、戦後、大輪の花を咲かせる。時代とともに可憐な白い花の姿は有田の風物詩のなかから姿を消していったが、有田市を中心とする同業十数社の蚊取線香製造工場は、他県産の除虫菊や合成化学薬剤を使用して新しい家庭用殺虫剤、農薬、除草剤、各種防疫剤《ぼうえきざい》などを開発し、かつての〝除虫菊王国〟としての表情をただよわせながら生産をつづけている。

殺虫剤開発に生涯を賭《か》けた情熱の人、上山英一郎、昭和十八年天寿を全うして逝《ゆ》く。八十歳であった。

〈七十七〉紀州みかん伝来

国道四十二号線を南下して、有田市にむかう。このあたり有田川流域が紀州蜜柑《みかん》のなかの紀州蜜柑、有田蜜柑の本場である。なだらかな山の斜面地はすべて蜜柑畑で、西は紀伊水道に面して、山なみは南をうけているので黒潮が運んできた暖かい風がいつも吹きわたって蜜柑をそだてる。

春がすぎ、五月に入ると、川沿いの山々をおおうように純白の蜜柑の花が咲きさかる。蜜柑の花の匂《にお》いは、その清楚《せいそ》な花の姿からは想像できないほどの濃厚さをもっている。成熟した女性を思わせるような、甘ずっぱく噎《む》せかえるような花の匂いは有田川を流れて海峡をわたり、淡路島にまで流れただよっていくという。有田の人びとの五月は、花の匂いに酔ったように心が浮き立つ季節である。

国道を南下して有田川をわたると、やがて行く手に雲雀《ひばり》山が見えてくる。山すそのこの丘の上に紀州蜜柑発祥の記念碑がある。

紀州蜜柑の歴史は古い。「元亨釈書《げんこうしゃくしょ》」という仏教書をみると、紀伊国有田の僧、高弁

（明恵上人《みょうえしょうにん》）の伝記に柑子《こうじ》蜜柑のことがでてくる。気候の温暖で多雨な有田地方には、古来から各種の蜜柑系の果物はあったようだ。が、蜜《みつ》のようにあまい柑子という意味で「蜜柑」という文字が使われたのは今から五百年ほど前。

しかし、実際にはその文字ほどに甘くなかったらしい。ほんとうの意味での蜜柑は、それからさらにあとの戦国騒乱の天正二年（一五七四）に絲鹿庄《いとがのしょう》（有田市糸我《いとが》）の伊藤孫《まご》右衛《え》門《もん》が肥後八代《やつしろ》（熊本県八代市）から二株の蜜柑苗を秘《ひそ》かに持ち帰ってからだという。「紀州蜜柑伝来記」には、この二株の苗木を持ち帰るについての苦心ぶりが、産業スパイもどきに記されている。当時は他国との物品交流、通商貿易が禁じられていた時代で、苗木を持ち出すのは容易ではなかった。で、一計を案じた孫右衛門は二鉢の盆栽をつくり「この花をたのしみたいゆえ」と役人に乞《こ》い、ようやく持ち帰ったのだという。しかし、長旅に苗木はやつれ、国元にたどりつくなり一株は枯れてしまった。孫右衛門は、のこる一株の苗木を祈る思いで育てあげた。この蜜柑苗が、のち、幾多の風雪をくぐりぬけて有田川の両岸の山々をうずめつくす壮大な蜜柑畑になった……のだという。

もっとも、この蜜柑伝来に異説がないわけではない。が、それはともあれ、四百五十年ほど前のこの地、絲鹿庄中番《なかばん》地蔵堂のあたりに自生していた蜜柑の原木に、孫右衛門が持ち帰った優良種の苗を接木《つぎき》し挿木《さしき》し、改良に改良を加えて拡《ひろ》げていったのであろう。《孫右衛門、百方苦心繁殖をはかり培養接木、術を尽したれば十有余年を経、慶長元年の頃には近村近郷に増殖、その結実は大坂、伏見まで》輸出するようになったと紀州徳川家の史書にいう。

こうして孫右衛門の開発した有田蜜柑が、その名を天下にひろげるのは寛永十一年(一六三四)滝川原の藤兵衛、人よんで蜜柑藤兵衛が四百貫の蜜柑を江戸に出荷して以来のことである。紀伊国屋文左衛門の船出は、これよりはるか後年である。孫右衛門の持ち帰った蜜柑苗によって貧困から脱けだした村びとは、のち天保《てんぽう》年間、謝恩のため伊藤家に蜜柑税を献じたいと申し出た。が伊藤家では「わが祖の遺志にそむくゆえ」と辞退したという。

天正のむかし、孫右衛門が植えた蜜柑樹の五代目が、いまもその伊藤家の裏山の蜜柑園にある。

〈七十八〉有田川《ありだ》の鵜匠《うしょう》

有田川鵜飼の歴史は古い。往昔《むかし》はこの鵜飼の鮎《あゆ》を朝廷に献上したと紀州徳川家の史書にも記し、また一説には後年、室町時代初期の応永年間、この地の城主であった石垣伊《い》予守《よのかみ》の子、左京大夫《さきょうのだいぶ》が木曾《きそ》川の上流、尾張犬山《おわりいぬやま》である夜、鵜をあやつって鮎を獲《と》っている男をみて興をおぼえ、故郷の石垣城につれ帰って鵜飼をさせたのが始まりだともいう。その濫觴《らんしょう》はともあれ、徳川時代になると有田川は紀州藩御用の川となり、鮎以外の漁は禁じられる。こうして藩の〝川狩〟の場として保護をうけた有田川鵜匠は、徳川初期の元禄《げんろく》年間（一六八八—一七〇四）石垣の荘《しょう》四十カ村で四十八人を数えたという。

鵜飼といえば長良《ながら》川だと世間に知られているが、有田川の鵜飼はそれらの漁法よりも更に古い。それはかつてヤマト遠征軍をひきいて旅に発《た》ったジンム（神武天皇）がその途中、空腹のあまり〝鵜養《うかい》が徒《とも》〟に早く魚を獲ってわが飢を救えと叫び、古事記に《神、鵜と化《な》りて海の底に入りて》と描かれた当時そのままの、鵜飼の原点ともいう「獲鵜の徒使《かち》い」なのだ。

この徒鵜《かちう》は、川に入った鵜匠が右手にタイマツを持ち左手で手綱《たなお》をさばき、一人で一羽の鵜をあやつるという一種、原始的な捕魚法である。

有田川の鵜飼の季節は、鮎の成長した六月一日から九月三十日まで、満月と雨の夜、それに川水の濁りの多い夜をのぞいて日没から夜ふけまでおこなわれる。夏の陽が海にしずむと、鵜匠たちは紺色木綿の川襦袢《じゅばん》に猿股《さるまた》、その上から腹に白いサラシ木綿を巻き地下足袋をはき、一羽の鵜をいれた竹製の鵜籠《かご》をかついで川にむかう。

鵜匠たちが飼育した鵜は、毎年三月十日ごろ、日高海岸の由良《ゆら》から南部《みなべ》にかけての岬や小島の岩壁で捕獲し馴養《じゅんよう》したものである。その鵜と鵜匠との別れは、秋。鵜飼最後の九月三十日、鮎供養《くよう》をすませると鵜匠たちは、春、鵜を捕えてきた海岸へ鵜を放ちに行く。この日からまた来年の三月まで、鵜との別れである。だが、鵜籠から出して海へ放ってやっても、半年余も鵜匠になじんだ鵜は、なかなか飛び立とうとはしない。鵜匠たちは、そんな鵜の姿を見ないように、背を向け、逃げるように帰ってくるのだという。

有田川〝鵜飼〟を世襲の技として受け継いできた鵜匠たちは、いま、寺杣《てらそま》兄弟、東、張道、星田、大江、岩上、峯、そして私の九人です、と鵜匠のひとり高垣重夫さん（吉《き》備《び》町徳田）はいう。いずれも四代、五代とつづいた鵜匠の家系の人たちである。

有田川鵜飼には、長良川に浮かべた鵜舟の舳《みよし》にいる鵜匠が、十二羽の鵜を篝火《かがりび》の下で見事にさばきながら鮎をとらせるあの華やかさはない。が、ここにはすでに消え去った遠い時代の、古事記や万葉集の世界にみる古風で素朴な技法が、なお脈々と息づいている。

〈七十九〉 スサノオの祭り

紀州蜜柑の本場、有田《ありだ》川の流域に古くから、

〽嫁見するなら糸我《いとが》の会式《えしき》 そこで逢《あ》わねば千田《ちだ》まつり

と唄《うた》われた二大祭りがある。有田市糸我の中将姫の寺、雲雀山《ひばり》得生寺《とくしょうじ》の〝女〟の祭りと、有田市千田の須佐神社、海の守護神スサノオを祀《まつ》る勇壮な〝男〟たちの喧嘩《けんか》祭りである。

――須佐神社。祭神、須佐之男命《すさのおのみこと》。和銅六年（七一三）従一位《じゅいちい》須佐大神とよばれ、「延喜式神名帳」にも記された蒼古《そうこ》たる社で、元明《げんめい》天皇、後醍醐《ごだいご》天皇の勅願所。建武二年（一三三五）後醍醐帝から〝須佐大神宮〟の宸筆《しんぴつ》勅額、兵杖《へいじょう》四本を賜り、楠木正成から保田ノ庄《しょう》一帯を寄進されて栄えたが、天正七年（一五七九）豊臣秀吉の紀州南征に社殿は炎上する。のち紀州に入国した藩祖、徳川頼宣が〝武運の神〟として奉祭、参拝すること数度。いらい歴代の藩主たちの祈願所となる。

なかでも五代藩主、吉宗が武運長久を祈って献じた景長の太刀は明治四十二年、国宝

に。寛政六年（一七九四）須佐神社十八代、時倚《ときより》の招きでこの社を訪れた本居宣長は、夜を徹して古学を語り、歌道を談じる。

はしきやし在（有）田の山は冬枯に
青葉しげりて黄金花咲く　　　　宣長（「鈴屋集」巻ノ四）

そのときの宣長の紀行文は、いまも宮司の小賀家に保存されている。
ま、それらの来歴はともあれ、須佐神社の祭礼は荒ぶる神スサノオの祭りだけに豪快である。紀州でも名高いこの大祭りに、航海の安全と大漁を祈って遠くは岸和田、淡路島、加太《かだ》、和歌山、南は串本、勝浦あたりから船をつらねて漁夫たちが群がり集まってくる。

祭りも以前は、太刀を帯び母衣《ほろ》を背負った若者の甲冑《かっちゅう》武装の騎馬武者の供奉《ぐぶ》や流鏑馬《やぶさめ》、五、六十頭から百頭ちかい馬馳《うまか》けもあった。馬の行事は今は姿を消したが、喧嘩祭りの主役〝鯛《たい》投げ神事〟は健在で、スサノオの神に捧《ささ》げた目の下一尺の鯛六尾の争奪に漁夫たちは命がけの大乱闘をくりひろげる。この鯛の一片《ひとかけら》でも取れば、一年の豊漁と幸運が約束されているという。だから、漁夫たちはいずれも必死の形相である。

衣冠束帯姿の神官が、浜辺に組みあげられた高い櫓《やぐら》の上で白木の櫃《ひつ》に納められた鯛をとりだし、一尾ずつ空高く投げる。と、あたらしい褌《ふんどし》をしめ、裸で待ちかまえていた若者たちが、

《わっと上る喚声。一尾の鯛に十数人の漁夫が殺到し、魚に組みつく者、組みついた者の上に倒れかかる者、下からもぐって魚を摑《つか》もうとする者、それを押しのける者。誰も例外なく陽灼《ひや》けした健康な肌と、逞《たくま》しい筋肉を持っているのであった。白砂の上で、肉体がぶつかりあい、跳ね飛び、組合い、もつれあう。（中略）忽《たちま》ち鯛の身が四、五人の手で引裂かれる。

凄《すき》まじい闘いが、櫓の下から、次第に海に向い半数はもう海に入って、鯛の背鰭《せびれ》を持って自分を待つ船に向い、泳ぎ出す者もあれば、抜手を切ってそれを追う者、奪い返す者……》（「有田川」有吉佐和子）

この勇壮きわまりない鯛投げがおわるころ、西の海を染めて夕陽がしずみ、大漁旗をひるがえした漁船群はエンジンの音を響かせて帰路につく。

荒ぶる神スサノオのこの祭りも、戦後は人の心がいやに平和になり、若者たちの〝あばれ神輿《みこし》〟が子供みこしになり、昔日《せきじつ》の面影を失っているのは、なんといってもさびしい。

〈八十〉中将姫

有田《ありだ》地方の二大祭りとして知られる須佐神社の勇壮な喧嘩《けんか》祭りは、若い漁夫たちの力の見せ場だが、蜜柑《みかん》の花の匂《にお》う季節にくりひろげられる得生寺《とくしょうじ》の中将姫会式《えしき》は〝女〟の祭りらしく、晴れ着で飾った娘たちがひしめく華やいだ祭礼である。

雲雀《ひばり》山得生寺。この寺はひとりの少女のかなしみに満ちた運命から発した寺である。

〽中将姫と申ししは　ようがんいともうるわしく　十三歳の花の春……なれし屋形を
出《い》でたまい　はるばる紀の路に送られて　三とせ有田のひばり山　中将姫和讃《わさん》

いまから千二百年前の天平のころ、幼くして琴の名手であった右大臣藤原豊成《とよなり》の娘は、ある日宮廷に召されて琴を弾き、天皇から三位、中将に叙せられる。このため継母の照《てる》夜《よ》ノ前の憎しみをうけた十三歳の中将姫は、継母の命をうけた従者、伊藤春時のために殺害されようとする。
が、春時は、継母を恨もうともせず静かに死に赴こうとする姫の姿にうたれ、姫とともに都を脱け出て紀州にむかい、熊野街道の絲鹿《いとが》（有田市糸我《いとが》）の里、ひばり山の麓《ふもと》に草庵《そうあん》を結んで住み、ひたすら仏を念じる幼い姫に仕える。春時、出家して法名を得生。都からひそかに呼びよせた妻も尼となり妙生と名乗った。こうして中将姫は、蓮《はす》の糸で三尊の御姿を織り、称讃浄土経一千巻を書写する。

そして三年……都から狩りにきた父の豊成は、死んだと思っていた中将姫と逢《あ》い、後妻の照夜ノ前のたくらみを知る。こうして父とともに奈良の都に帰った中将姫は、罪を悔い毒をあおって死んだ継母のため、当麻寺《たいまでら》に入ってその菩提《ぼだい》をとむらう。以来十余年、二十五菩薩《ぼさつ》に迎えられ中将姫没す。二十九歳。宝亀《ほうき》六年（七七五）四月十四日のことであった……というところで中将姫伝説はおわる。

絲鹿の里でおこったこの中将姫の物語は、やがて謡曲の「雲雀山」「当麻」浄瑠璃《じょうるり》「鶊山姫捨松《ひばりやまひめすてまつ》」歌舞伎《かぶき》「中将姫古蹟松《こせき》」となって諸国の善男善女たちの涙をさそった。

得生寺の開山堂には、いまも寺の開基の得生（伊藤春時）とその妻、妙生の木像が、中将姫十五歳の像という可憐《かれん》な木像を左右から守るように安置されている。寺宝には姫が蓮糸で織りあげたという蓮糸刺繡《れんししゅう》三尊、称讃浄土経、紺地金泥《きんでい》三部経や当麻曼荼羅《まんだら》図、そしてこの得生寺にほど近い吉備《きび》町下津野に生まれたという室町時代の連歌の第一人者、飯尾宗祇《いいおそうぎ》（宗祇法邸跡・県の史蹟）の中将姫山居の語の一幅もある。

二十五菩薩に迎えられたという中将姫の故事に由来する〝二十五菩薩の来迎《らいごう》会式〟（県の無形文化財）は、毎年、古式ゆかしく行われている。この練供養《ねりくよう》で二十五菩薩の仮面をつけて渡御《とぎょ》にくわわるのは、すべて小学校低学年の童男童女で、全国でも珍しい会式だという。奈良当麻寺の二十五菩薩は、姫が成人してから入ったためか稚児《ちご》ではなく大人が扮《ふん》している。

得生寺を出ると旧熊野街道である。国道四十二号線の騒音が信じられないほどの静けさに満ちた門前の南角に、江戸初期の面影をのこした一里塚が、まばゆい陽ざしのなかにたたずんでいるのが見えた。

足代《あて》（有田）過ぎて絲鹿の山の桜花
散らずあらなむ還《かへ》り来るまで　　万葉集巻七

II

熊野路を往《ゆ》く

〈八十一〉藤白《ふじしろ》坂から湯浅へ

国道四十二号線も、JR紀勢本線も海南《かいなん》市をぬけた辺りから海岸線を南へ走っているが、往時の熊野《くまの》街道は、市街を出ると真っすぐに山にむかっている。道はここから、鼻先をすりあげるような険しい藤白坂になる。その山すそにある藤白神社の入り口に「熊野一之鳥居　自是（これより）熊野街道」と刻まれた高さ三メートルほどの碑がある。ここは中世、熊野詣《もうで》が盛んであったころ藤白王子とよばれ、熊野街道に点々とする熊野九十九王子《くじゅうくおうじ》のなかでも別格の五体王子として崇敬された社であった。

王子とは、熊野大権現《だいごんげん》の末社のことで、上皇や女院や随従の人びとはここで休息し、そしてまた熊野への道をたどっていった。境内から三分ほど行った藤白坂への路傍に、有間皇子《ありまのみこ》の小さな墓石がみえる。斉明《さいめい》天皇のころ、皇位継承の政争に謀叛《むほん》の疑いをうけた皇子が、この地で絞殺されたと「日本書紀」は伝える。

　家にあれば笥《け》に盛る飯《いひ》を草まくら

旅にしあれば椎《しひ》の葉に盛る　万葉集巻二　有間皇子

熊野詣の往還としてにぎわったという藤白坂のこの古道も、いまは梢《こずえ》を鳴らす風の音だけで、ほの暗い山道には人かげもない。藤白坂を越え白馬山脈を蕪坂《かぶら》へと、ほとんど一直線に北から南へと横切《よぎ》って有田《ありだ》市宮原への細い坂を山口王子にくだっていくと、有田川は目の前にある。熊野詣の人びとは、ここから川を越え対岸の糸我《いとが》にむかった。

足代《あて》すぎて絲鹿《いとが》の山の桜花
散らずあらなむ還《かへ》りくるまで　万葉集巻七　読み人知らず

紀勢本線紀伊宮原駅から有田川の宮原橋を渡ると「糸我」バス停はすぐで、この堤防をおりたところに雲雀《ひばり》山得生寺《とくしょうじ》がある。中将姫伝説にちなむ寺で、この寺の前をすぎ、蜜柑《みかん》畑のあいだを峠へと曲折している。白河上皇の熊野詣に供奉《ぐぶ》した平忠盛が、上皇に路傍のヌカゴ（むかご）を取って献上したと「平家物語」にあるのは、この古道である。

糸我峠からの、湯浅湾の眺望はすばらしい。黄金色《こがねいろ》の蜜柑の群がりのなかから、波おだやかな光る海が見え、鷹《たか》島、苅藻《かるも》島、毛無《けなし》島といった小島が逆光のなかに幻のように泛《うか》びあがっている。峠をくだると、半農半漁の栖原《すはら》の集落にでる。栖原海岸……霧崎……田村海岸。景勝に満ちた紀伊半島のなかでも、有田市宮崎ノ鼻からこの湯浅湾にかけての海景のすばらしさは、もっと語られてもよい。この海はまた、かつて修行中の明《みょう》恵上人《えしょうにん》が愛した景観であり、天下の海商、栖原（北村）角兵衛が蝦夷《えぞ》（北海道）、樺太《からふと》

（サハリン）、択捉島《えとろふ》へ船団をすすめた海でもあった。

糸我山越えをした熊野古道は、逆川《さかさま》を渡り、方寸峠《ほうず》を越えて熊野街道屈指の宿駅、湯浅につく。湯浅は、日本の醤油《しょうゆ》発祥の町であり、平安末期の湯浅権守《ごんのかみ》宗重の出現いらい鎌倉、南北朝と勢威をふるった豪族、湯浅党の本拠である。また、紀伊半島最古の商業都市でもあった。が、いまはその面影はない。せまい町なかを歩いていくと、辻《つじ》にたっている道標や、くずれかけた土蔵や醤油倉などが、この町のひとつの時代の栄を、かすかに浮かびあがらせているだけである。

〈八十二〉 文左衛門出世

山はみな蜜柑《みかん》の色の黄になりて　　芭蕉

みかん船の大冒険で有名な紀伊国屋《きのくにや》文左衛門は謎《なぞ》の男である。その生まれにしても、紀州というばかりで、それが紀州の何処《どこ》の地なのか、はっきりと書き残された史料は何一つない。江戸の頃の「墨水消夏録」や「近世奇跡考」によれば、生まれは熊野浦だとも、あるいは加太《かだ》浦ともされているが、いや、そうではなくて和歌山城下の青物商の次男坊だとする説もある。

また、ある文献によると江戸に出ていた父の、初代、紀伊国屋文左衛門が江戸でもうけた子、ともなっている。が、いずれも出身地や、家系、ともに確証はない。

「名人忌辰録《きしんろく》」では「紀国屋文左衛門、号を千山、五十嵐《いがらし》氏。父は紀州の人、初名文平。享保《きょうほう》十九年歿《ぼつ》、歳《とし》六十六。深川霊岸寺塔頭《たっちゅう》浄等院に葬《ほうむ》る（本姓は別所を真《まこと》とす）」だという。

この別所というのは地名でもある。おそらく紀文は、生まれ在所の地名を姓に名乗ったのであろう。当時の別所の地は、熊野街道に面した賑《にぎ》わしいところで、紀州のど真ん中の有田郡（有田郡湯浅町別所）にある。

史書によると、この辺りは「此《こ》の郡は昔より紀州一円の本府として畠山《はたけやま》歴代の管領地たるが故《ゆえ》、人の気質も自然と高くなり、黙して専《もっぱ》ら智恵《ちえ》を好む癖あり」という。この地で生まれた紀文は、おそらく紀州人の持つ冒険心と独創性をふくらませながら成長していったのであろう。

その第一回目のチャンスが、世に〝紀文の蜜柑船〟といわれる幽霊丸の出帆である。もっとも、実録本「紀文大尽」にいうところの売上代金十五万両余というのは多額にすぎて（みかん籠《かご》一籠半で一両という相場と船積みの量を考えても）いささか嘘《うそ》くさいが、この船出が後に江戸随一の豪商にのしあがる紀伊国屋の基礎になったのかもしれない。

青雲の志に燃えた紀文が、江戸の街で目ざしたのは材木屋になることであった。みかんを満載した幽霊丸で嵐《あらし》の海を江戸に乗り込みをしたところで、儲《もう》けのタカはしれている。当時、紀州藩蜜柑方の江戸送りのみかんは年間千五百両ぐらいだ。講談師や実録本がいうような十万両だの十五万両だのという法外な額ではない。利をかせぐのなら材木商のほうが余程いい。そのよい手本が、文左衛門にはいくらでもあった。

文左衛門の出身地、有田別所から一キロほどの栖原《すはら》村（有田郡湯浅町栖原）の出で、江戸きっての木材界の巨商になっている栖角《すかく》こと北村角兵衛や、機智に満ちた一攫《いっかく》千金ぶりで後年、紀文の行状とよく混同されて語られる紀州藩領、伊勢鵜倉《うくら》村の河村十右衛門瑞賢《ずいけん》などの場合である。

この二つの手本のうち、紀文はことに、素裸の世界から出発して材木商となり、明暦の大火で数万両をつかみ、江戸幕府の土木官僚からデベロッパー(開発事業家)にのしあがった瑞賢の行動にあこがれていた。

「よっしゃ、いっちょやるか!」

こうして文左衛門は、栖角や瑞賢の後を慕って大江戸木材界に第一歩を踏みだすのである。

紀伊国屋文左衛門が登場したころの江戸は、天下の一大消費都市として「銭は水の如《ごと》く流れ白銀は雪の如く」と諸国の物資が集散し、貨幣経済、商品流通の展開によって新興勢力の豪商を中心に、庶民の経済生活が活発になった時代であった。家康が江戸を開いて以来、米(農村)に向いていた幕府政治の基本政策が大きく曲がり角にむかい、黄金インフレーションに元禄《げんろく》文化が絢爛《けんらん》と花ひらいた「町人の時代」でもあった。そしてまた、

「武士とても貴からず、町人とても賤《いや》しからず」

「昔は百姓より下座にいた町人たち、いつの頃にか天下の金銀財宝みな町人の方へ（略）……諸大名はみな首をたれて町人に無心をいい、武士道をすて町人のタイコ持をすることとはなれり」

といわれた時代であった。

元禄の、この巨大なインフレの波にのって登場した文左衛門は、持ち前の機略と才幹を縦横に稼動《かどう》し、財をふくらませていった。

が、元禄の材木商は一発屋だ。ヤマ（思惑）が当れば大成金に、ヤマ（投機）がはずれれば首くくりに……。

材木の思惑に血を騒がせ足を踏み入れた紀文は、やがて、そんな危険な投機よりも、もっと確実な、そしてぼろ儲けの方法はないかと考えた。

「ある！」

不当な利益は、いつの世にもそうであるように、権力（幕府）の息のかかった仕事の中にある。高官と御用商人と賄賂《わいろ》、という三者を結んだ関係は、極めて緊密なようだ。ここには、世間では目をみはるようなぼろ儲けの種がごろごろころがっている。

「わいは、公儀御用達《ごようたし》になっちゃるぜぇ！」

おりから江戸は、官営工事のラッシュであった。江戸城をはじめ寺社堂塔の作事、普《ふ》請《しん》が夜を昼《ひ》についでおこなわれていた。そのため木材は高騰《こうとう》し、その値段は前代未聞《みもん》の高値になった。三センチ角の檜材《ひのきざい》が、その重さの倍の黄金を積まねば買えなかった（「折たく柴《しば》の記」新井白石）という大インフレの真っ只中《ただなか》であった。

材木御用達として野望に燃えた紀文が、四代将軍家綱、五代将軍綱吉の側近にある杉山検校《けんぎょう》の口ききで、幕府の高官連中に取り入り、ワイロにつぐワイロ作戦の結果、念願の幕府材木御用達になる。元禄十年（一六九七）紀文、寛永寺の大造営にて五十万両を得る。紀文、その寛永寺の残材をもって永代橋《えいたいばし》架橋、その利、三万両。さらに紀文は〝黒い霧〟さながらに二十四万坪もの土地の払下げをうけ……と、富に富をかさねていく。天下一の政商にのしあがった紀文の懐中に、黄金のほうからころげこんできた。

――この成金、日本史上ナンバー・ワンの風雲児紀文大尽にも、やがて終末がやってくる。が、世に伝えられるその没落ぶりも末路も異説まちまちで、多くの謎につつまれている。

先年、湯浅町別所の勝楽寺から紀文の戒名「帰性融相信士」が発見され、境内には記念碑が建ち、国道四十二号線沿いに紀文堂がたち紀文茶屋が出現して大さわぎになった。が、それもしばらくであった。名物の紀文爺《じい》さんもいまは亡《な》く、爺さんが建てた碑石だけが冬の風の中に立ちつくしている。

〈八十三〉天下の栖《す》角《かく》

人の世の〝栄〟などというのは、はかないものだ。かつて野望に燃えた紀伊国屋文左衛門を羨望《せんぼう》させ、その財は海の百万石といわれた豪商銭屋五兵衛をはるかに超えたという海商「天下の栖角」こと栖原（本姓、北村）角兵衛の名も、いまではその故郷の地、湯浅町栖原でも忘れ去られている。

栖原角兵衛――その家系は、八幡太郎《はちまんたろう》義家十五代の孫で、摂津国《せっつのくに》北村郷（伊丹市）を領した小柴掃部介《かもんのすけ》信弘にはじまる。極楽寺過去帳によると、その子孫は兵乱を逃れて高野山にいたり、さらに在田郡吉川村に移り住んだ北村信茂の孫、茂俊が栖原に居をかまえて北村角兵衛を名乗ったのが栖原家初代だという。ときに元和《げんな》五年（一六一九）。

この初代角兵衛のころ、農から漁業に転じ一族郎党で船団を組み、千葉県の房総半島へ進出。のち家をあげて房総、萩生《はぎゅう》の地に移り、近郷一円の漁場を開拓し、後世の「天下の栖角」の基礎を築く。この初代をスプリングボードにして豪商への跳躍をはかったのが二代目であった。江戸深川で材木商を営んだ二代目は、さらに東北から北海道へと支店をひろげ、大商人の道をまっしぐらに突き進んでいく。以来、北海漁業の先覚者としての栖原家代々の活躍は目ざましい。

幕府の御用商人として宗谷《そうや》から樺太《からふと》の大泊《おおどまり》までの定期航路をもうけ、松前藩から天塩《てしお》、天売《てうり》の漁場を請け負うなど、蝦夷《えぞ》松前、石狩、樺太全島の漁場権を得て、開発する漁場六十有余。

天保《てんぽう》十二年（一八四一）幕府、八代目角兵衛に択捉《えとろふ》島の漁場の開発を命じる。

この頃から、北洋漁場に侵入してきたロシアと日本の雲行きがあやしくなってきたのである。この後、栖原家代々が北海の風浪のなかで血と涙で切り拓《ひら》いてきた漁場が、栖原家の意志とはかかわりなく、日・露の〝政治〟のなかで、はげしい争奪戦がくりひろげられることになる。

安政元年（一八五四）下田で日露和親条約調印。樺太、両国の共有となる。

そして、やがて運命の明治八年（一八七五）がやってくる。千島樺太交換条約締結。この乱暴な条約によって栖原家は、一瞬のうちに樺太島に築いた五十八ヵ所の漁場と資産を失うことになる。十代、角兵衛寧幹のときであった。

〽偉いもんじゃよ
栖原の角兵衛
井戸の井筒は唐金《からかね》じゃ

と唄《うた》われた栖原家の屋敷跡は、いまも崩れかけた土塀のむこうにその姿をみせている。

〈八十四〉施《せ》無《む》畏《い》寺《じ》

Ｊ R紀勢本線湯浅駅で下車して、中紀バス箕島《みのしま》行きで十五分。栖原《すはら》坂を越えると、かがやかな陽ざしをはねた海が見え、栖原の家並みがみえてくる。この栖原に、京都栂尾《とがのお》高山寺《こうざんじ》の高僧、明恵上人《みょうえしょうにん》が開基した施無畏寺がある。施無畏とは、鳥獣虫魚すべての生き物がおそれもなくこの世に住めるための願いを罩《こ》めるという意味である。

明恵が生まれたのは、承安《じょうあん》三年（一一七三）、石垣庄吉原（有田郡金屋町）である。父は高倉院の武者所に仕える平重国で、母は湯浅党の湯浅宗重の第四女。が、明恵と父母の縁は薄い。八歳で父母を失った明恵は、京の高雄山神護寺にいる母方の伯父、上覚上人のもとに身を寄せて仏門に入る。幼くして父母を失った悲しみが、明恵の心につよい無常の影をおとしたようであった。こうして仏弟子としての第一歩を踏みだした明恵は、十六歳で得度をうけて出家し、のち奈良、東大寺に入り、ひたすら修行をつづける。

この当時、平安末期から鎌倉初期にかけて新仏教の浄土宗や禅宗などが台頭し、旧仏教は混乱の渦中《かちゅう》にあった。ある者は戯論《けろん》を唱え、ある者は名利栄達を求めて奔走するという有様であった。

〈これが仏弟子の行状か〉

失望した明恵は、東大寺を去って故郷に帰った。そして栖原の海を見おろす白上《しらかみ》の峰に登った明恵は、岩上に草庵《そうあん》をむすんだ。いらい明恵は、樹下に坐《ざ》し石上に禅して昼夜の別なく修行をかさねた。明恵の行《ぎょう》は酷烈であった。郡内八カ所をはじめ湯浅湾に浮かぶ鷹《たか》島、苅藻《かるも》島などを転々とし、欲念をすて論をすて、迷いを断つためにわが耳を切り落としてまで聖道門への実践をつづけたという。こうして十余年、行をおえたとき明恵三十五歳であった。

建永元年（一二〇六）後鳥羽《ごとば》上皇から京、栂尾山《とがのおさん》を与えられた明恵は、翌年、東大寺尊勝院学頭となり、後鳥羽院はじめ建礼門院、九条兼実、北条泰時らの尊信を得て栂尾高山寺に華厳宗《けごんしゅう》の中心道場をひらく。

旧仏教の代表者として立った明恵は、「欲望のままに暮らしていても、南無阿弥陀仏《なむあみだぶつ》さえ唱えれば誰でも浄土へ行ける」という新興仏教の浄土宗開祖法然《ほうねん》に、「僧なら僧としてあるべきように欲望を断ち、菩提心《ぼだいしん》を求めてこそ往生できるのではないか」と反撃し、法然に峻烈《しゅんれつ》な批判を浴せかけている。

清《すず》しげな容貌《ようぼう》に似ず厳しく勁《つよ》い明恵だが、その心根はやさしい。かつて苦行した鷹島で拾った小石を愛して、わが死後の小石の行く末を思いやっては歌を詠《よ》み、またあるときは、湯浅湾上に浮かぶ苅藻島に宛《あ》てた恋々《れんれん》の思いを手紙に書き、弟子の僧をうろたえさせている。施無畏寺の落慶式をすませた後、貞永《じょうえい》元年（一二三二）生涯不犯《ふぼん》の清僧、明恵上人、高山寺に逝《ゆ》く。

あかあかや　あかあかあかや　あかあかや
あかあかあかや　あかあかあかや月

明恵は歌道にもすぐれていた。その歌はいかにも、一輪の野の花、一塊の石、自然のすべてと語りあい融《と》けあい、そのなかに仏（真理）を感じようとした明恵らしい。

〈八十五〉醬油《しょうゆ》発祥の町

同じようにみえるインスタント・ラーメンの味でさえ画一ではないのだという話を、このあいだどこかで聞いた。同一商品名の品であっても、出荷する先の府県によって濃いのやら甘いのやら微妙に味をかえて送り分けているというのだ。そうかもしれない。味にも県民性がある。

ところが東京という巨大なムラは、ちょっとちがう。濃い醬油でなんでもかんでも一色に煮込んでしまい、材料の味を消してしまうのが東京文化の特質であろう。中央集権ということは、うどんでもダボハゼでもチクワでもコンニャクでも（人間でも）みな一様に染めあげ、一元化してしまうことらしい。関西のように、わざわざ淡口《うすくち》醬油をつかって材料個々のもつ個性的な味を生かそう、などと考えてはいないようだ。

――その〝醬油〟のふるさと、日本での発祥の地、湯浅の狭い町なかを歩いていく。潮のかおりがただよう辻《つじ》に立っている熊野街道の石標や、古びた麹《こうじ》屋の看板、くずれかけた土蔵や醬油蔵などがこの町のひとつの時代の栄をうかびあがらせている。

いまから七百年ほど前、となり町の由良《ゆら》、興国寺の開山、法燈《ほっとう》国師が宋《そう》（中国）の径《きん》山《ざん》興聖万寿寺の典座寮《てんぞりょう》（台所）で学んで帰った径山寺みそをつくるとき、
《径山寺味噌《みそ》ヲ醸造セルニ其《そ》ノ槽底ニ沈澱《ちんでん》セル液ノ食物ヲ煮ルニ適セルヲ発見シ、種々工夫ノ末、ツイニ醤油ナル物ヲ醸造スルニ至ル、是《こ》レ日本ノ醤油ノ起源ナリ》
この醸造技術がのちに湯浅の町に伝えられる。戦国のころ、この町に赤桐という古い醤油屋があった。天文四年（一五三五）当主の右馬太郎は、百石余の醤油を漁船に託して大坂に輸送して販売をはじめる。天正《てんしょう》十九年（一五九一）赤桐三郎五郎、小田原陣の秀吉に兵糧米《ひょうろうまい》を献上し、その恩賞として秀吉から感状と、醤油専用の大船一隻《せき》の建造を許される。以来、赤桐家の醤油は大坂、江戸に向かって積み出されるようになった。
江戸時代は、この湯浅醤油の黄金期であった。醸造業者百数十軒。紀州徳川家の〝御仕入醤油〟として特別の庇護《ひご》をうけた湯浅醤油は、紀州をあらわす丸にキの字の旗を海風にひらめかせた御用船によって各地に販路をひろげていった。江戸の中期になると、豪商たち浜口儀兵衛《ぎへえ》や吉兵衛の両家、岩橋や古田といった醸造家の関東進出がはじまり、いずれも銚子や野田で醸造し、江戸に店をかまえた。これが現代もなお、全国的な販路を摑《つか》んで活躍するヤマサ、ヒゲタなどといった銚子醤油の前身になる。
が、これだけの繁栄をみせた湯浅醤油も、紀州徳川家の後楯《うしろだて》を失うと一たまりもなかった。明治維新後にわかに斜陽化し、衰弱をつづけていく。太平洋戦争そして戦後、や

がて化学醬油全盛。この醬油の町湯浅も大資本の波に押され、現在、醸醬家わずか三、四軒。それでも、いまなお昔ながらの手づくりの湯浅醬油の伝統を守り、かたくなに孤塁を守りつづけている醸造元もある。

醬油のしみこんだ柱、古びた大きな桶《おけ》や樽《たる》、赤く燃えるカマドに松の割木を投げこんでいる老人……七百年まえの古い醬油づくりのにおいは、まだこの町の片隅に残っている。

〈八十六〉生きている神

と、人々はさけんだ。その巨大な、ふくれあがった海は、山々をとどろかすほどの重さで、海岸にぶつかった。光りきらめく、いなずまのようなシブキをたてて、ぶつかった。どんなカミナリよりも重い、いいあらわせないほどの衝撃をあたえられた。どんな叫び声も、どんな音もきこえなかった。それから、水けむりのあらしが、雲のように、坂の上を突進してきた。水けむりのほか、なにもみえなかった》(「ア・リビング・ゴッド」ラフカディオ・ハーン)

《「津波だあ！」

このあと主人公の浜口儀兵衛は松明《たいまつ》をもって家から飛びだし、稲むらに火を放って村びとたちを大津波から救った。儀兵衛のこの行為は、日本に帰化した英人のハーン(小泉八雲)を感動させた。ハーンはそれを〝生ける神〟として著述し、その作品は世界中に紹介され、感動の波紋をひろげた。

戦前、文部省の「小学国語読本」(五年生用)に掲載された「稲むらの火」の話は、一八ーンのこの原作を逆輸入して、この地の小学教員、中井常蔵が日本語訳したものである。文中で儀兵衛の名を五兵衛としたのも、ハーンの原作どおりである。

浜口儀兵衛。文政三年広村（有田郡広川町）に生まれる。通称を儀兵衛、号を梧陵《ごりょう》。浜口家は前にふれたように代々湯浅醬油の醸造元で、元禄《げんろく》の頃から千葉、銚子に進出するほどの豪家であった。嘉永《かえい》六年、江戸に出た儀兵衛は勤王の士として佐久間象山、勝海舟、福沢諭吉らと交遊、開国論を主張、のち郷土の広村に帰り、若者たちの教育に心を傾け、慶応二年（一八六六）耐久舎（県立耐久高校の前身）を創立。明治元年、和歌山藩勘定奉行、学習館知事などを歴任し、明治新政府の駅逓頭《えきていのかみ》（逓信大臣）。和歌山県大参事。明治十七年海外巡歴の途中、ニューヨークで客死。六十五歳。

浜口梧陵の生涯で、もっとも印象ぶかいのはマグニチュード八・四（「理科年表」）という、関東大震災（七・九）よりも強烈な安政大地震の大津波のあと、被災した村びとを飢えから救うため私財をなげうって高さ四・五メートル、根幅二十メートル、全長六百七十三メートルに及ぶ大防潮堤（国史蹟《しせき》）を築きあげたことであろう。この工事のため、日々食を得るもの四百余人。堤防は四年の歳月と三百貫を超える銀を費やして完成した。

竣工《しゅんこう》したのち村びとたちは、梧陵のその〝こころ〟を神と見、生きている神、梧陵の魂をあがめるため「浜口大明神」として祀《まつ》ろうとした。もっともこれは、「わしは神にも仏にもなりとうない」という梧陵から制《と》められ、実現をみなかった。

この大防潮堤は、昭和二十一年の南海大地震で押し寄せてきた津波をくいとめ、町をまもった。現在はこの大堤防を守るようにテトラポッド群が並べ据えられている。広川町の鎮守の八幡社の境内北隅には、勝海舟が友のために撰文《せんぶん》した「浜口梧陵顕彰碑」が建てられている。墓は、大堤防の南端から五百メートルの山かげにある。

〈八十七〉興国寺

鎌倉のころ、三代将軍、源実朝の菩提《ぼだい》をとむらうために建てられた興国寺《こうこくじ》の開山、法燈国師は、さまざまなものを日本にもたらした。径山寺味噌《きんざんじみそ》と醤油《しょうゆ》と、尺八と普化宗《ふけしゅう》である。

諸国行脚《あんぎゃ》の普化僧のことを世俗に虚無僧《こむそう》と呼ぶようになったのは、南北朝の動乱に敗れてこの寺に孤身を託していた楠木正成の裔《すえ》正勝が、この宗門に入り〝虚無〟と号し、一管の尺八を抱いて諸国漂泊の旅に出たところからだという。

臨済宗法燈派根本道場鷲峰山興国寺。

JR紀勢本線紀伊由良《きいゆら》駅をおりて、国道をすこし北へ、衣奈《えな》海岸への道を歩いて十五分。左手の田畑のなかの一筋にのびた道に、異風の山門が立っている。興国寺は、そのむこうの深い木立につつまれた山ふところにある。

老杉《ろうさん》に囲まれた鎌倉積みのほの暗い参道をのぼって境内に入ると、宋《そう》(中国)の時代の面影をただよわせた本堂や開山堂、書院、方丈など、いかにも禅の寺らしい重量感をみせて、静寂のなかにうかびあがってくる。

関南第一の禅林として栄えたこの禅の道場はまた、悲劇の将軍、実朝を葬《ほうむ》った寺であり、諸国遊行の虚無僧たちが印可《いんか》をうけるために訪れる総本山でもある。方丈の、ほの暗い玄関に置かれた衝立《ついたて》に墨書した〝関〟の一字は、他国からの雲水や虚無僧たちが入門を乞《こ》う庭詰のきびしさをしのばせるように、いまもひっそりとたたずんでいる。

興国寺はかなしい寺である。

その創建は鎌倉三代将軍、実朝の横死から発している。実朝が、別当公暁《くぎょう》のため鶴岡《つるがおか》八幡宮《はちまんぐう》で斬殺《ざんさつ》されたとき、実朝の寵臣《ちょうしん》、葛山《かつらやま》五郎は宋に渡るため由良の港にいた。渡宋の計画は、かねてから宋につよい憧憬《どうけい》を抱いていたあるじ実朝の命であった。

実朝斃《たお》る！の兇報《きょうほう》を耳にした葛山は「南無《なむ》三《さん》！」とばかり髪を切り放ち、その菩提をとむらうため高野山にのぼる。世を捨て、故主実朝へのひたすらな供養《くよう》ぶりを聞いた鎌倉の尼将軍政子は、葛山に供養料として紀伊国由良庄を与え一寺を建てさせた。西方寺（のち興国寺）である。

葛山（法名を願生《がんしょう》）は高野山いらい奉持してきた実朝の遺骨の半分を境内の西に埋め五輪塔をたてた。が、葛山になお悲願がある。それは実朝が〝前生は彼《か》の国の生まれ〟と強く信じ、終生あこがれつづけていた宋の国、雁蕩山《がんとうざん》に残る半分の遺骨を納めることであった。老いた葛山のこの宿願をはたしたのは、高野山禅定院の覚心（法燈国師）であった。

建長元年（一二四九）葛山の資助を得た覚心は、心を躍らせて高野山をくだり、鷲峰山西方寺に入り、実朝の遺骨を抱いて由良の湊《みなと》から筑前《ちくぜん》にむかった。当時の宋への渡海は、博多《はかた》から春の東北風を利用して海路一カ月余。

宋にあること五年。実朝の遺骨を広利禅寺に納め、径山興聖万寿寺《きんざんこうしょうまんじゅじ》をはじめ浙江省《せっこうしょう》の寺院を転々した覚心は、やがて味噌の製法と普化の宗義と共に四人の宋人たちを連れ由良西方寺に帰ってくる。正嘉《しょうか》二年（一二五八）覚心、葛山から乞われて西方寺開山となる。

覚心にともなわれた宋人四人の居士《こじ》たちは寺の裏山に庵《いおり》をたてて住み、浴司《よくす》（風呂《ふろ》係）をつとめ、月の冴《さ》えた夜など、故国から携えてきた尺八をよく吹いた。覚心が、味噌醸造の過程で〝醤油〟を発見したと伝えられるのは、その後のことである。

〈八十八〉不臥《ふが》の行者

このあいだ街で、建設会社A組の役員をしている友人に出会ったが、どうにも元気がない。訊《き》いてみると、いま流行のナントカ研究所の特訓をうけ、合宿から帰ったところだという。

「ほりゃもう地獄じゃったぜぇ」

社の幹部連中と一緒に合宿したのだが、そこに待ちうけていたのは猛烈訓練の連続で、アメリカ映画の鬼軍曹みたいなのが入れかわり立ちかわりやってきて、咽喉《のど》が破れるほどの発声練習。かと思うと、衆人環視の駅前広場で情け無用の演歌レッスン。夜は夜で郊外をどんどん、どんどん夜っぴて歩かせるというシゴキぶりで、一週間だか十日だか、訓練終了の日、合格の認定をうけた途端、中年、初老の男どもが思わず、おいおいと声を叫《あ》げて泣いたという。

それにしても面妖《みょう》な教育法が現れてきたものだ。このシゴキ教室にどのような効果があるのかは知らないが、特訓といえば歴史のなかの猛烈なお坊さまを、ひとり知っている。稀代《きたい》の念仏行者、徳本上人《とくほんしょうにん》である。

紀伊国日高郡志賀谷（日高町）に生まれた徳本が、世の無常を感じたのは四歳の秋、遊び仲間の虎《とら》の急死であった。

「虎は何処《どこ》へ行ってしもうたのじゃ？」

そう母にたずねた徳本は〝死〟というものを教えられる。この、幼な心にうけた〝死〟が徳本の生涯を決める。

「なまみだぶ……なもあみだ、なもあみだ」

いらい徳本は、つねに懐中に数珠《じゅず》をしのばせ、ひたすら念仏を唱えつづける。こうして成人し念願の得度式を大月和尚《おしょう》からうけ〝徳本〟の名を与えられた彼は、更に烈《はげ》しい念仏行にわが身を燃焼させていく。それは、〝狂〟とよんでよいほどの荒行の連続であった。

徳本の心は無垢《むく》であった。仏を求め、行道の純一を願うあまり徳本は、塵俗《じんぞく》を避け山野を道場とし「昼夜無限」の念仏行にはいる。裸身に袈裟《けさ》一つをまとい、一合の炒麦《いりむぎ》を一日の食にあて、眠りを断ち渓流に垢離《こり》すること昼夜七度、高声念仏して五体を地に投げうつこと日に五千……というのだから、その荒行ぶりは鬼気迫るものがある。

こうして八年目、徳本は天神山（有田市須谷）の断崖《だんがい》に苦行すること一千日、隠棲《いんせい》すること七年。灼熱《しゃくねつ》の岩頭で、塞風肌を刺す水行で、徳本の満身はヒビ割れ、松皮のごとくであったという。このような徳本の修行ぶりは、出家とは名ばかり、寺に居座り世俗化して安逸をむさぼりつづけていた当時の宗教界の中では〝異端〟ともいえよう。が、純乎《じゆんこ》として純な徳本は、この異端（？）の道に挑んで不臥の行者、上人とうたわれ、やがては紀州徳川家、御三卿《さんきよう》の一橋、清水、田安家をはじめ帰依《きえ》する大名は百人を超えた。一所不住の徳本は、京、日光、伊豆、相模《さがみ》、下総《しもうさ》、信濃《しなの》、飛騨《ひだ》、加賀、越中《えつちゆう》、越後《えちご》へと足をのばし、なおも酷烈な念仏行をかさねていく。

徳本の死は凄絶《せいぜつ》であった。紀州侯にまねかれて江戸、小石川一行院に入っていた徳本は、文政元年（一八一八）十月六日酉《とり》ノ中刻、死をむかえる。死にのぞんで徳本は、念仏を高唱しながら筆をとり辞世をしたため、からりと筆をすてた。と同時に、門外、往還にまで響いていた声が、にわかに断《き》れたという。いま流行の特訓合宿がいかにモーレツでも、この徳本上人の荒行とは比較にならないだろう。

〈八十九〉アメリカ村

日高川河口から海岸線に沿って、帯のようにひらけている美浜町は、その名のとおり、入り組んだ海辺と岬の美しい町である。

JR御坊《ごぼう》駅前からでた日の岬パーク行きのバスは、やがて煙樹《えんじゅ》ケ浜《はま》の大松林にむかう。

日高平野を潮害から守るために紀州藩祖、徳川頼宣《よりのぶ》が植林させたこの大松林は、長さ延々六キロ、幅五百メートル。植林以来、いっさい斧《おの》を入れることを禁じられてきた松林のなかは真昼もほの暗く、森のように深い。日本一と折り紙をつけられた大松林をぬけると、光る海が見えた。ひろびろとした白い砂浜で地引網を曳《ひ》く漁夫たちの姿が遠く、逆光のなかで影絵のように浮かびあがっている。

ゆるい弧をえがいてつらなる煙樹海岸のながい砂浜は、旅行者が声をのむほど美しい。が、ここは人間の感傷や甘えなど通用しない海である。海底は、沖にむかって急激に下降し遊泳する人を呑《の》む。やさしい海景の下にひそんでいる自然の厳しさは、つねに人を拒んで寄せつけない。景観のすばらしさは、また、住む人びとの貧しさにつながるのであろうか。これから訪ねようとするアメリカ村も、その例外ではない。

煙樹ケ浜をぬけ、山が迫る荒磯海岸沿いの県道を西へ走ると、四キロほどでアメリカ村（日高郡美浜町三尾《みお》）――。

風早の三穂の浦廻《うらみ》を漕《こ》ぐ舟の
　舟人さわぐ波立つらしも　　万葉集巻七

〝風早の三穂の浦〟と万葉に詠《うた》われた三尾は、太平洋の激浪がまともにぶつかってくる荒海に面した半農半漁の村である。風速、県内第一。村の三方から山が海に迫り、土地は狭い。耕地は三尾全域の十パーセント、その貧しさをおぎなうためには、荒れる海に目を向けるしかなかった。が、その海も明治の近海の漁場争いに敗れ、沖合漁業に壊滅的な打撃をうけた三尾は貧窮のどん底に落ちる。当時の村びとの窮迫ぶりは、

「家らしい家は一軒もなく、夏は女でさえほとんど裸に近かったと聞いています」

と、古老の小山茂春さん（七十一歳）はいう。

こうして漁場を失い、海に生きる道を絶たれた三尾の男たちは、やがて、海の彼方《かなた》の世界三大漁場の一つカナダにむかう。カナダの漁場で働くための出かせぎ移民である。

〽（私を）おいて行くかよ
　気づよい人よ　あとに心を
　残さぬか

当時の三尾の移民は、まだ妻子を呼びよせてはいない。三尾の人たちが新天地を求めてカナダへ移民したその渡航の理由に、よく耕地面積のすくないことがあげられる。が、それだけで移民理由の解釈がつくわけではない。全国の山村には、まだまだ耕地の乏しいところがいくらでもあるからだ。もちろんその耕地の少なさも原因の一つにはちがいないのだが、海に生きてきた彼らの心を強くゆすぶりつづけたのは、群青《ぐんじょう》の海の向うにある未知なる異境への〝海流の誘い〟であったのだろう。

「うち（私）ゃカナダへ行きたかったのィ、清姫みたいに（夫の後を追って）太平洋泳いでもよォ……」（橋本エイさん・八十一歳）

＊

村をあげてカナダへ、というほど大量の移民をおくりだした美浜町三尾が、アメリカ村の俗称でよばれだしたのは戦後の、アメリカブームの昭和二十五年。JR天王寺管理局が〝煙樹ケ浜から三尾、日の岬へ〟の「アメリカ村ウェルカムコース」を推薦し、それに応じて南海バスが停留所「三尾」を「アメリカ村」と改称して以来のことである。もっともアメリカ村とはいえ、ここはカナダのバンクーバーを中心とする漁業移民の故郷である。

三尾の人口八百九十人。世帯数三百七十六戸、このうちカナダやU・S・Aに移民して不在空家四十戸。カナダほか海外にいるもの、二世、三世を含めて五千人。

この三尾カナダ移民の歴史は、村の大工、工野《くの》儀兵衛にはじまる。儀兵衛が、アビシニア号の船乗りをしていた従兄《いとこ》の山本文之助をたよって、カナダ密航をくわだてたのは明治二十年、三十四歳の時であった。懐中わずか十五銭。働きながら横浜についた儀兵衛は、密航者として辛酸の末ようやく新天地カナダにたどり着く。日本の二十七倍という広大なカナダの、未開の荒野バンクーバーにむかった儀兵衛は、フレーザー河にひしめく鮭《さけ》の大群をみて声をのんだ。

以来、儀兵衛はこの地で働き、夜も昼《ひ》もなく働きぬいた。働きながら儀兵衛は、貧しさに喘《あえ》ぐ三尾の人びとに手紙を書いた。

「みんな来い。ここのリバーではサラン（さけ）の上にサランが重なって泳いどる」

儀兵衛は村びとたちを呼び、親身も及ばぬ世話をした。明治二十二年、吉田亀吉ほか数名カナダへ……明治二十三年、十二名渡航……明治三十三年、スティブストンに加奈《カナ》陀《ダ》三尾村人会結成、会員百五十人。……大正三年、バンクーバー「カナダ大陸日報」所載の三尾村人、千五百人――。

自分の稼ぎをはたいて村人の世話に奔走した儀兵衛は、明治末年、躰《からだ》一つで三尾に帰ってくる。すでに両親は亡《な》く、帰りを待ちきれなかった妻は子を残して他家へ再婚していた。やむなく儀兵衛は二人の子を連れ、ふたたびカナダにむかう。が、事成らず大正二年、失意の儀兵衛は帰郷、やがて病む。病臥《びょうが》する無一文の儀兵衛を見舞う村人は誰もない。わずかに隣家の老婆《ろうば》だけが、時折、御菜《おかず》などを運んでいたという。大正六年夏八月、カナダ移民の先覚者工野儀兵衛、孤独のうちに死す。

儀兵衛の死から十四年後の昭和六年、加奈陀三尾村人会が翁《おう》の恩情をしのび遺徳をたたえ〝発祥致福〟の碑を建てた。

《工野儀兵衛翁は三尾村の先覚者にして海外発展の大先輩なり明治二十年翁年三十四歳始めて晩香波（バンクーバー）に渡るや単身赤手辛苦備に至る而《しか》も僅《わずか》に曙光《しょこう》を認むるや頻《しきり》に近親隣保を招き己を忘れて指導誘掖《ゆうえき》に努め保護奨励懇切を極む翁在米二十五年遂《つい》に自ら産を成すに致らずと雖《いえど》も後進の翁に依《よ》りて志を達せる者其《その》数を知らず今や三尾の村民過半は彼地に居《お》り民戸の殷富《いんぷ》近郷に比なし茲《ここ》に在米の有志碑を郷村に建てて其功徳《くどく》を永遠に記念せんと欲す乃《すなわち》其梗概《こうがい》を叙す》

それにしても碑文にある〝在米二十五年遂に自ら産（財産）を成すに致らず〟の一行は、儀兵衛の〝無私〟の人生を語って強烈である。

＊

アメリカ村では、若者も娘も海を越えてカナダにいく。だから村にはお年寄りの姿が多い。老人たちはよく槐《えんじゆ》の樹《き》の下のベンチや、防潮堤にもたれて海を眺めている。カナダで暮らした若い日をしずかに思い泛《うか》べているのだろうか。

カナダまで届けと草矢飛ばしけり　小山翠静

三尾には、そんな望郷の句や句碑が多い。カナダに働く人びとは海の彼方《かなた》の三尾への郷愁をうたい、三尾の老人たちは第二の故郷カナダへの〝望郷〟の思いを十七音字に罩《こ》めてうたう。

腰掛けて畳恋しき浴衣《ゆかた》縫ふ　在バンクーバー　中野いわ
火桶《ひをけ》抱く夜はトロントの灯を憶《おも》ふ　武内花笑

三尾とカナダのあいだでこの俳句の往来がはじまったのは昭和七年。三尾集落の台地にある法善寺の住職、岡本鳳堂師の月刊俳句誌「藻《も》の花」がきっかけであった。以来、半世紀。通巻二百四十号、三尾とカナダを結んだ句誌は欠けることなくえんえんと刊行されつづけている。鳳堂師は多忙である。月に一度寺で開かれる句会。バンクーバー、トロント、リッチモンドと、カナダ各地の同人からの投稿、添削批評。毎号十四ページ前後とはいえ、手づくり句誌のガリ版きり、製本、発送……と大奮闘をつづける。

菊枯るるばかりアメリカ村は留守　　無漏子

無漏子は〝花蜜柑《はなみかん》〟同人でもある鳳堂師の俳号である。

ロビン高く鳴いてロッキー雲置かず　在スティブストン　田中河童子

秋の灯の洩《も》るる父母の家憶《おも》ひをり　在スティブストン　川端美津代

話まだ残るおぼろの別れかな　無量子

鹿尾菜《ひじき》採る女しかゐず移民村　山本薪水

夕焼の彼方にアッツ合掌す　長一郎

アッツは、第二次世界大戦での玉砕の島アッツ島だ。その近くで操業していて「あれがアッツ島」と教えられた漁夫の祈りが、燃える夕陽の海が、泛《うか》びあがってくる。

法善寺の本堂の廊下に、そんな移民たちの寄進札や貼紙《はりがみ》があった。「加奈陀ユクレット」……「スティブストン」……「バンクーバー」……「トロント」。そしてその寄進の金額が、いかにも移民たちの寺らしく百弗（ドル）……壱阡《せん》弗と、ドル建てで記されている。

鳳堂師を訪ねての帰りぎわ、郵便があった。「藻の花」同人たちの、カナダからの投稿句であった。

浜木綿《はまゆふ》に古里の海荒るるころ　在バンクーバー　水田タネ

次の一句は、ちちろ虫（こおろぎ）が鳴きはじめましたという三尾からの便りにこたえての句であった。

鳴く虫の住まぬ異国に日本恋ふ　在リッチモンド　松尾シズエ

ブレド（ぱん）とカヒー（コーヒー）のカナダでは、虫さえも鳴かないのであろうか。

〈九十〉かなしい岬

《ひろびろとした海は、静かに光に戯《たわむ》れている。黒潮がこのあたりまで差しているのか、影は、驚くほどに色が濃い。やがて、また、日《ひ》ノ御崎《みさき》の灯台が、前とは違う白い形をして、くっきりと、青空を背に見えて来た》（「旅路」大佛次郎）

愛する青年津川の不誠実に裏切られたヒロイン妙子が、津川に別れを告げ、再出発しようとする場所が、この日の岬である。小説の終章は〝アメリカ村〟と小題され、JR紀勢本線御坊《ごぼう》駅からバスに乗る妙子が、終点の三尾《みお》で降りることになっているが、いまは岬の突端までバスが行く。

日の岬とよばれるこのあたり、国民宿舎や休憩所がたてられ、すっかり観光地化して、いささか騒がしい。が、灯台をまわると人かげもなく、びょうびょうと風だけが鳴っている。ここからの眺望はすばらしい。ひろびろとした海原に黒潮分流が縞模様《しまもよう》を描き、そのむこうに淡路島や六甲の山々、四国の島かげが遠くかすんでいる。

日の岬は、かなしみに満ちた岬である。昭和三十二年二月の夜、この岬の沖で火災を発した機帆船を発見したデンマークの貨物船エレン・マークス号は、日本船員を救助すべく救命ボートをおろした。が、暗夜の、風速二十メートルの風雨のなかである。ボートはたちまち逆巻く海に消えた。と、そのとき、救命胴衣をつけて激浪のなかに身をおどらせた男がいる。機関長クヌッセンであった。けれど、その姿も数分後には暗い海にのみこまれていく。ヨハネス・クヌッセン、四十歳。この航海を最後に郷里で念願の農園生活に入る予定であった。

人間愛に満ちたクヌッセンの行動は、人びとを激しく感動させた。その、海の男クヌッセンのブロンズの胸像が、日の岬パークの小高い丘の上にある。除幕式に招かれて来日したクヌッセンの兄ダビットが泣きくずれたのも、ここだ。クヌッセンの遺体が打ちあげられた田杭《たぐい》海岸(日高町)にもクヌッセンを悼《いた》む碑が建てられている。いつ訪ねても、かれんな野の花が供えられている。

――岬の白い灯台から、すこし離れた平処《ひらみ》に青石の句碑がある。

第二次世界大戦中から戦後にかけて、この灯台をまもりつづけてきた内田十二灯台長は、わずか三日のあいだに妻、長女、三女を赤痢のため失った。敗戦後の医薬品も乏しい頃である。空襲で焼かれた灯台をただ一人で再建しおえた灯台長は、海によびかける思いで句を詠《よ》んだ。

妻長女三女の千鳥飛んで来よ　　　稲人

内田灯台長は、稲人を号するホトトギス派の俳人であった。内田稲人は昭和二十四年、転勤のため日の岬を去っていった。この千鳥の句碑は、友人である地元の俳人たちが建てた。

〈九十一〉道《どう》成《じよう》寺《じ》

道成寺は、はなやかな寺である。それは寺伝にある説話の主人公が、宮子姫（髪長姫）、清姫と、いずれも女だというせいと、歌舞伎《かぶき》や能、舞踊といった一連の〝道成寺もの〟で世間に知られているからであろう。

道成寺ものといえば、道成寺仁王門につづく六十二段の石段は、能楽の〝道成寺〟で鐘入り前に演じられる狂乱の清姫がこの石段をのぼる所作を表現したものだという。江戸のころ、能役者がきて拍子をとりながら登ったところ、どうにも拍子があわない。で、寺男に石段の下を掘らせたところ、もう一段あらわれ六十二段になったという話もある。

道成寺を訪ねたなら、ぜひ聞いてほしいのは名物和尚《おしよう》の絵解き説法だ。絵解きというのは、霊験あらたかな仏の利益《りやく》や寺の由来などを描いた掛軸や絵巻物をひろげて、わかりやすく善男善女に説いてきかせる語り芸の一種である。

内陣を拝観した観光客は、和尚から裏手の一部屋に案内される。和尚は、六尺腰掛に観光客を居坐《いすわ》らせると、一段たかい壇上で「道成寺縁起（絵詞《えことば》は後小松《ごこまつ》天皇、絵は土佐光重、足利義昭の花押《かきはん》。重要文化財）を模写した絵巻物をくりひろげながら、漫談でも聞かせるような軽妙な調子で語りかける。ときにはユーモラスな質問を発して観光客をどぎまぎさせ、あるときはどっと爆笑させながら、熊野権現《ごんげん》や観世音菩薩《ぼさつ》の利生を説く。

「……安珍さんのハンサムな姿を見た清姫さんはうっとりした。そのときのシーンをこの絵巻には〈なんのゆえということを妖《あや》しきまでにおぼえけり〉と書いてある。いま（現代）のことばでいうと「イカス！」。……そういうわけで清姫さん、夜中に安珍さんの寝間へしのんでいった。いさましいことですねぇ！（爆笑）……ほれ、そこのお婆《ばあ》さん（と、和尚は指をさし）若いときのことを思いだして喜んでる（観光客、また爆笑）……」

かつて熊野の御師《おし》や比丘尼《びくに》たちも、こういう絵解きをしながら熊野権現のPRをして諸国をまわったのであろう。そんなことを思いながら聞いていると、熊野への旅が愉《たの》しくなってくる。

安珍と清姫の、無理心中事件の物語のパターン（原型）は、平安中期に書かれた「大日本国法華経験記《ほけきょうげんき》」に《紀伊国牟婁郡悪女《むろ》》と記されたのをはじめ、平安末期の宇治大納言《だいなごん》隆国の作と伝えられる「今昔物語」の《紀伊国道成寺ノ僧、法華ヲ写シ蛇ヲ救フ語《こと》》や「日高川双紙」「名屋浦奇譚《きたん》」として鎌倉時代に、また日本最初の仏教通史といわれる「元亨釈書《げんこうしゃくしょ》」に《鞍馬《くらま》寺ノ僧、安珍と牟婁ノ寡婦《かふ》》と記され、やがて室町期の

「道成寺縁起」になって《奥州《おうしゅう》白河の若い修験僧、安珍》と、ようやく民衆のあいだに定着する。

――狂恋の清姫の無理心中事件で黒焼きになった安珍の屍《かばね》は、鐘と一緒に境内に葬《ほうむ》られた。いまも残る安珍塚がその場所だと伝えられる。ともあれ、この清姫ばなしが、千年の歳月をくぐりぬけて今なお語りつづけられているのは、女の愛の本質を、なまなましいまでに描きあげた物語だからであろう。

物語の中の清姫の恋はすさまじい。われからすすんで男に身を投げかけ、男を愛し、憎み、果ては《両ノ眼ヨリ血ノ涙ヲ流シ》ながら愛憎の炎で恋人を焼きつくし、わが身もまた日高川に身を投げて滅びていく。そんな女の哀《かな》しさをみごとに描いているからであろう。

〈九十二〉 もう一つの道成寺《どうじょうじ》

紀州を代表する伝説、安珍と清姫の物語で有名な道成寺は、日高郡川辺町鐘巻にある。

JR紀勢本線道成寺駅を下車して北に歩いて五分。駅から田んぼの中の一本道をまっすぐに行くと、六十二段の石段の参道が鼻さきをすりあげるように丘にのぼっている。その上に、文明十三年（一四八一）に再建された朱ぬりの仁王門がみえる。能楽の「道成寺」で鐘入りの前に演じられる狂乱の清姫の乱拍子は、この石段を駆けのぼる貌《すがた》を象徴したものだといわれている。

が、道成寺説話といえば、この安珍・清姫の原色的な愛欲の物語だけが色濃く伝えられていて、かんじんの道成寺開創にまつわる〝髪長姫〟の日本版シンデレラ物語を知るひとは意外にすくない。

その、シンデレラ譚《たん》というのは、こうである。安珍・清姫の説話よりもはるかな昔、この九海士《くあま》の浦に漁師と海女《あま》の夫婦がいた。子に恵まれなかったので氏神の八幡宮《はちまんぐう》に祈り、やがて玉のような女の子を得る。八幡宮からの授かり子というので〝宮子〟と名づけた。宮子は、やがてかがやくばかりの美少女になるのだが、奇妙なことにその頭には一筋の髪の毛もなかった。それが漁師一家の悩みであった。

ところがある日、海底で光りを放っている一寸八分の純金の観音像を母が見つけ、宮子はそれをまつり、ひたすら祈念した。と、ふしぎなことに、にわかに髪毛が生えだしたのである。髪はずんずんのびて、やがては里の人びとが〝髪長姫〟と噂《うわさ》するほどの長い、七尺あまり（二メートル以上）のみごとな黒髪にめぐまれたのである。

にんげんの運などというのは、わからないものだ。この黒髪をすいている宮子の傍に飛んできた雀《すずめ》が、その抜け毛を一本くわえて飛び去り、その髪の毛がやがて権勢並びない右大臣、藤原不比等《ふひと》の目にとまる。不比等から見せられた一すじの髪毛に目をかがやかせた持統天皇は、諸国に命令してその〝美しい黒髪をもつ娘〟を探し求めた。

こうして勅使、栗原真人につれられ都にのぼった宮子は、右大臣の養女となり藤原宮子姫として皇太子の妻に迎えられる。

もちろん、これは寺の縁起にある話なのだが、天音山千手院道成寺は、この長い黒髪の美女、宮子姫の望郷の思いをなぐさめるため、夫の文武天皇が紀伊国の国司、紀ノ道成に命じて建てさせた寺とされている。

この寺には本尊が二体ある。本堂正面の南向きの一丈二尺（三・六メートル）の本尊、千手観音。そしてその観音と背中合わせに高僧、義淵《ぎえん》僧上が勅命をうけてつくった秘仏本尊、一丈二尺の千手観音である。義淵僧上はその胎内に、宮子姫の守護仏である海中出現の一寸八分の観音仏を封じこめ、宮子姫のいる奈良の都に向け〝北向き〟にまつった。

一つの寺に本尊を二体すえ、その一つを北に向けさせたのは、宮子姫への天皇の〝愛〟である。この日本版シンデレラ、宮子姫は、のち奈良の大仏を造った聖武天皇を産み、国母となった。

〈九十三〉 女形《おやま》芸の始祖

テレビの仕事で和歌山出身の寺島純子、太地喜和子さんを仕事場に訪ねた。そのとき「近松心中物語」に出ていた太地さんから、雪の道行の、出を待っているあいだ、氷の塊りを握っているという話をうかがった。

雪の冷えをわが身に感じ相手役の手にも伝えるためであろう。それを耳にしたとき、ふと、紀州出自の芳沢《よしざわ》あやめを思った。俳人芭蕉が、その婉然《えんぜん》たる舞台姿を、

郭公《ほととぎす》　鳴くや五尺の　菖草《あやめぐさ》

と詠《よ》んだ元禄歌舞伎《げんろくかぶき》の名女形、芳沢あやめもまた、舞台の袖《そで》で出を待つあいだ〝女〟の手の冷たさをつたえるため、水をはった桶《おけ》に手を浸しつづけていたのである。

芳沢あやめ。日高川上流の船着村長滝（日高郡中津村）の農夫の子として生まれ、五歳のとき父を失い橘屋《たちばなや》五郎左衛門を頼って大坂に出る。これが歌舞伎の世界へ入るきっかけになる。のち初代嵐三右衛門《あらしさんえもん》の取りたてで若衆方《わかしゅがた》、綾之助《あやのすけ》の名で道頓堀《どうとんぼり》の舞台を踏む。

だが、いつの時代にもスターへの道はけわしい。数年のち若衆方から女方に移り、若女形芳沢あやめとして再出発する。

当時は歌舞伎の第一次完成期で、大きな曲り角にさしかかっていた。従来の遊女たちによる女歌舞伎が風俗壊乱の故《ゆえ》に禁止され、男が女を演じる野郎歌舞伎に移っていたが、それは、たんに女装して踊るという歌と踊り中心の〃所作事〃から、セリフやシグサの多い写実的な〃地芸〃が求められる時代であった。歌舞から芝居へ、そして新しい演劇としての元禄歌舞伎が生まれ出ようとする陣痛期でもあった。そのなかで、あやめは女形芸にむかって懸命な模索をつづけた。

〈女《おなご》になろう〉

いままでの女形が観客から飽きられたのは男が女装して女に似たしぐさをするだけにすぎなかったからだ。女の形よりも女の心を求めたあやめは、なによりもまず〃女〃そのものになりきろうとした。そう感じたあやめは、楽屋入りをしても、相手役に自分の〃男〃を感じさせぬよう部屋の隅につつましやかに坐《すわ》り、相手役の女房さながらに振舞った。後年、あやめはその不朽の芸談「あやめ草」のなかで、

《女形の根本は色気、それも意識して殊更《ことさら》しとやかにしようとすれば嫌味になる。だから常日頃から〃おなご〃になって暮していなければ、さて舞台に出てここが女芸の見せどころなどと思えば思うほど、かえって〃男〃がちらつくものだ。女形は常が大事》

と語っている。女形芸へのひたすらな精進をつづけるあやめの〝女〟は、観客たちの目に新鮮であった。あやめの舞台には、いつも男たちが理想とした女の姿があった。しおらしげな物言い、女の微妙な心のうごき……あやめは、女たちが常に心の中に抱いているあこがれの女を、いきいきとこぼれるような色気で演じてみせた。

《物腰しほらしく、見るに心だまをとばし、うつつをぬかす上手芸。名人とも上手とも言語に絶えむ……三国無双》《これほど（女形を）こなさん人、京・江戸にもなく、まづもつてそのままの女なり》（「役者評判記」「役者芸宗論」）

この、歌舞伎史の第一次完成期である元禄時代に、現代までひきつがれている女形芸に〝女〟の心を吹きこんだといわれる女形の開祖芳沢あやめの三男が、江戸中村座で「京鹿子娘道成寺《きょうがのこむすめどうじょうじ》」を演じた初代中村富十郎である。

〈九十四〉日本最小の鉄道

土地の古老たちが〝一里の棒が振りまわさるる〟と自慢する日高平野を横切って、日高川はゆっくり海に流れこんでいる。このあたりは野も空もひろく、明るい。この日高川からJR紀勢本線御坊《ごぼう》駅まで日本最小のミニ鉄道が走っている。

紀州鉄道というその名は大きいが、なんのことはない。走行するディーゼルカーわずか二台。全路線三・四キロ。一日二十二往復、乗客平均千名未満。従業員二十余人。たまにはこんな鉄道でのんびりと旅のひとときを味わうのもよい。そのミニ鉄道に乗りにゆく――。

JR御坊駅のゼロ番ホームから走りだした車両は、大きく左にカーブし、のどかな足どりで田圃《たんぼ》のなかを走りぬけていく。「急がず、あわてず、できるだけゆっくりと走れ」というのが会社の命令であり、経営方針でもある。だいいち、急いで走らねばならぬほどの道のりでもないし、のんびり走れば事故防止にもなる。

「ま、ぼちぼち行こか」

空は青く陽はうららかで、日本にまだこんなのどかな鉄道があったのかと思うほどの速度で車両は、やがて御坊市内へ入っていく。市の中心地「紀伊御坊」駅。ここの駅舎は数年前改築されるまで、明治か大正時代を描くテレビドラマにでも出てきそうな姿を見せていたものだ。

和歌山県御坊市——。「ごぼう」とは奇妙な地名だが、かつて戦国のころ、ここに本願寺の日高御坊が建てられ、それを中心に形成された門前町で、日本でもめずらしい寺院都市といわれる町である。御坊という名も、ここからきている。

「紀伊御坊」を出た車両は、御坊市の市電といった恰好《かっこう》でよたよたと町なかを走り、やがて「西御坊」に着く。この駅の近く、歩いて七分ほどのところに西本願寺別院、総けやき造りの日高御坊があり、紀州藩祖、徳川頼宣《よりのぶ》が植林を命じた日本一の大松原、白砂青松の煙樹《えんじゅ》ケ浜《はま》も近い。

「西御坊」を出たと思うと、もう終着駅の「日高川」。かつて日高川を筏《いかだ》で下って来た木材の集積地であったここも、いまはその面影はない。安珍にその愛を裏切られた清姫が、蛇身に化《な》って泣きながら渡ったという日高川天田《あまだ》の渡しが、眼前に豊かなひろがりを見せているばかりである。

この日本最小のミニ鉄道、残念ながら鉄道もミニなら収益もミニ。年々累積《るいせき》していく赤字だけは旧国鉄並みという有様であった。その赤字つづきの紀州鉄道に、近年、明るいニュースがあった。創立五十周年の記念事業に道成寺《どうじょうじ》と組んで売り出した記念乗車券「喜集《きしゅう》幸運」は、日本最小のミニ鉄道ということや収集ブームも手伝って、国内の鉄道ファンはもちろん海外のマニアたちの注目を浴び、あっという間に一万数千組が売り切れた。人の乗らない乗車券が赤字解消の切り札になったというのは愉快である。

ともあれ、紀州鉄道なお健在。今日も、ねむくなるような汽笛をあげて日高平野を、マイペースで走りつづけている。

〈九十五〉　親子丼の話

御坊は古くから熊野街道に沿った町として、また江戸と大坂を結んだ日高廻船の基地として日高川河口に栄えた町であった。

野村家も、そんな廻船問屋の一つであった。熊野水軍の船将の末裔《まつえい》と伝えられる野村家が、薗浦《そのうら》の堀川べりに住み堀河屋を称したのは、初代野村与八郎の孫、儀太夫の頃からである。

元禄《げんろく》年間（一六八八―一七〇四）儀太夫の四男、太兵衛は中央の情勢にも敏感であった。山形に三つ星の船印をあげた堀河屋の船団は、幕末の頃には海濤《かいとう》はるかな蝦夷《えぞ》（北海道）択捉《えとろふ》の彼方《かなた》にも見られたという。この頃が海商、堀河屋の全盛期であった。その廻船業も、やがて六代目万次郎のときに突然、廃業する。原因は持船数隻《せき》の難破である。

《ナイホ（エトロフ島）よりずっと南のモヨロという浜に、銹《さ》びてぼろぼろになった古《ふる》碇《いかり》が三つも砂浜にころがっているという……紀州薗村の廻船問屋堀川屋の船の遺物であるという》（司馬遼太郎「菜の花の沖」）

こうして海にわかれ、陸にあがった堀河屋が営んだのは、いままで廻船の乗組員のための食物として積みこみ、また船の行く先々の得意先へ盆・暮れに贈っていた副業の径《きん》山寺味噌《ざんじみそ》や濃口醬油《しょうゆ》の醸造、販売であった。

この、いわば「旦那衆《だんなし》の余技」から始まった醬油はやがて明治二十八年、内国勧業博に出品して褒状《ほうじょう》をうけ、四斗入り（七十二リットル）百樽《たる》をアメリカに輸出するまでに成長する。が、堀河屋代々は頑《かた》くなである。防腐剤入り醬油全盛の現在もなお、家に伝わる〝味〟に固執して旧式なカマを頼りに手づくりの孤塁を守りつづけている。もっとも、そんな具合だから「巷《ちまた》に氾濫《はんらん》するオートメ化醬油に斬《き》りこむ」どころか、押されっぱなしである。が、世の中すてたものではない。南紀の旅の途中、この味をたずねて立ち寄る人びとも多い。

食通の映画監督で、親子丼の創始者を父にもつ故山本嘉次郎は、その随筆の中で書いている。《知人の家に成城大学へ通っている青年が下宿している……彼の家は紀州の御坊で味噌屋、といって、味噌汁にする味噌ではなく、〝なめみそ〟の径山寺を造っているのである。一千年もの昔、中国大陸の径山寺から渡日した坊主《ぼうず》が製法を伝えたそのままの手法を、いまだに踏襲している馬鹿《ばか》正直な店である。径山寺味噌のかたわら醬油も造っているが、これがほんものなのだ》

その山本監督がテレビ番組でホンモノの親子丼を再現するため、伊丹十三に材料の調達を依頼した。そのとき御坊にやってきた伊丹や演出の恩地日出夫らスタッフ連名の筆記が、いまも堀河屋の奥座敷にある。

〈山本嘉次郎先生が昔どおりの「親子丼」を召し上りたいというので、われわれは材料を探しに西日本の旅に出ました。鶏と卵は名古屋、お米は九州の菊池米、海苔《のり》は有明海の海苔、三つ葉は東京近郊の丹沢です。そして……最後になりましたが、調味料の醬油はもちろん、御坊の堀河屋さんです……伊丹十三〉

〈九十六〉　田渕豊吉のこと

和歌山県御坊市。「ごぼう」とは奇妙な地名だが、かつて戦国騒乱のころ、ここに本願寺の日高御坊が建てられ、これを中心に形成された門前町で、日本でもめずらしい寺院都市といわれる町である。御坊という名も、ここからきている。

明治十五年二月、この御坊村の素封家、酒造業、田渕善兵衛の家で四男坊が生まれた。後の日本政界きっての快男子、田渕豊吉である。彼の人生は天衣無縫、痛快無類の生涯であった。田辺中学の頃、すでに後年の傍若無人でモノに動じない豊吉の性格が芽生えている。

身なりに頓着《とんちゃく》しない豊吉は、よく下駄《げた》と靴を片方ずつはいて歩きまわっていたという。四年生のとき、寄宿舎の待遇改善を叫んで校長をボイコットし、ストライキ決行の首謀者となって奔走。かくして豊吉、放校。上京した豊吉は、政治につよい関心を抱いて早稲田《わせだ》大学に入学。弁論部にはいって、持ちまえの爽《さわ》やかな弁舌で、やがて永井柳太郎、中野正剛とともに学生弁論界のスター、早稲田の三羽ガラスとうたわれるようになる。

豊吉は慷慨家《こうがい》であった。弁論術をみがくため東海道戸塚の松並木の、樹上から政府を罵倒《ばとう》し、腐敗した政党政治の打倒を叫んで通行人に訴えた。愉快なことに、この演説が評判になって、戸塚村の人びとから推された田渕は、戸塚村村会議員に最高点で当選する。

早稲田を卒業した翌年の明治四十二年、米、英、独、仏に自費留学し政治、経済、哲学を学んで帰国。大正九年、総選挙に出馬、当選。いらい昭和十二年まで当選五度。国会議員(無所属)としての田渕の硬骨ぶりは、いくつかのエピソードを残している。

大正十二年、競馬法案をめぐって国会で激論「庶民の遊びの一文ばくちでさえ禁止しておるのに国会が国の名、法の名をもって馬ばくちの賭場《とば》を開こうというのか」と反対するが、多勢に無勢、競馬法ついに通過。そんな田渕のところへ競馬振興会から入場優待パスを送ってくる。「馬鹿《ばか》もん、こんなものを平気で貰《もら》う代議士がおるから政治が堕落するのじゃ」憤慨した田渕は受け取りを拒否し郵便法違反で罰金二十円。それでもなお受け取りを拒絶したという。

これらの純乎《じゅんこ》として純なる田渕の言動は、時として他の代議士たちを悚然《しょうぜん》とさせた。なかでも第二次世界大戦が勃発《ぼっぱつ》して、日本全土が大勝利の報に浮きあがっていたとき、「いま、世界に大馬鹿者が三人いる。南にムッソリーニ、西にヒットラー、東に東条英機。世界の情勢も知らずアメリカと戦争をするくらいなら、カキマゼ（五目飯の紀州弁）でも喰うて昼寝でもしていたほうがましじゃ」

と論断したのは有名である。

だが、この言動は遂《つい》に政府の忌憚《きたん》するところとなり、官憲の圧迫をうけて落選。故郷の御坊町に帰ってきた田渕に、ある人が「町長にならぬか」とすすめた。田渕はにやりと笑って、

「鯨が泉水で泳げるかよ」

と、いったという。

田渕豊吉、国会での異名は〝仙人〟。その超俗ともみえる在野意識と叛骨《はんこつ》ぶりは、大逆事件のドクトル大石誠之助や在野無援の学者、南方熊楠《みなかたくまぐす》、自由人西村伊作、画家の川《かわ》端龍子《ばたりゅうし》……といった紀州人に共通するところである。それにしてもこの田渕豊吉を知る人が少なくなったことは、さびしい限りだ。

〈九十七〉 エンドウ王国

日高の冬は暖かい。由良《ゆら》の長いトンネルを走りでた列車の前に、海べりの丘陵地の、蔬菜《そさい》を栽培する施設園芸のビニールハウスが、いちめんの展《ひろ》がりをみせる。かつて熊野を旅する柳田国男を、

「……やがて新年というのに草紅葉が残っている。里中には梅も菜の花も咲いている。早豆といって、既に蚕豆《そらまめ》が花盛りである」

と、おどろかせたように、日照時間全国第一位の無霜地帯のこのあたりから印南《いなみ》、切目《きりめ》、岩代《いわしろ》にかけての海岸の段丘地帯は、同じ土地を三度利用している。

たとえば、秋十月ごろ莢《さや》エンドウや白菜、レタスを植えつけ、年末から一、二月ごろ収穫、出荷。二月下旬から三月にかけては、南瓜《かぼちゃ》や西瓜《すいか》などの促成にかかり六月上旬まで。六月中旬に稲の田植をして九月下旬から十月上旬にかけて収穫……というスピード輪作である。霜のおりない土地だから露地栽培でも十分なのだが、施設栽培をしているのは出荷量を安定させるためだと、日高農業改良普及所の仮家さんはいう。

「日高は全国的にみても豆王国です。『オランダ』『紀州ウスイ』など五種類の良質のエンドウがとれます……」

さやエンドウの生産高は六千五百トンで全国第二位だが、

「生産量第一位の鹿児島ものとは、市場での値段がちがいます。紀州ウスイが市場に顔をみせると、鹿児島ものはがたんと値が落ちて、日高ものの六割になってしまいます」

日高農事試験場が在来種を改良した紀州ウスイは病気に強くて、サヤの表面がカサブタにならず、ハウス栽培のような空気の流通が悪いところにも強く、だいいち、サヤは軽く実は重い、つまり皮に比して実（剝《む》き身）の分止まりがよいのだ。土地が狭く丘陵に石垣を階段状に積みあげた畑地も、結果的にはよかった。石垣が陽光の輻射熱《ふくしゃねつ》をふくんで、低温性の作物でありながら寒波、霜に弱い豆をすくすくと育てるのだという。

御坊市名田地区は、オランダエンドウの発祥の地でもある。そのネーミングの由来もまた愉《たの》しい。

戦後、カナダのバンクーバーから帰ってきた人が、持ちかえった種子をまいた。それが大サヤの早生《わせ》エンドウで、バターでいためたところ実に美味《うま》い。で早速「バター豆」と名づけて大阪に出荷したところ、品質はよいのだが名前が悪い、と鼻の先であしらわれた。腹をたてた宮下組合長が、フランスの大さやエンドウに対抗するという意味でオランダと命名。これが好評をよんで、品種の名前がそのまま品目名になった。これらの良質な日高産の豆の種子は、鹿児島をはじめ種子島、台湾にまで出荷されている。

出荷といえば、信州名物の野沢菜もそうだ。長野県へ旅行する友人があると、わたしは冗談まじりに、よく「野沢菜のおみやげなら要らないよ」という。年末から春にかけて、長野県の漬物会社へ出荷する日高産野沢菜は五百トン。その菜っ葉をもういちど、えっちらおっちら持ち帰ってくることはないではないか。

〈九十八〉鰹節《かつおぶし》のふるさと

熊野にむかう街道は、御坊市名田から海辺の道を通って印南《いなみ》にでる。かつて印南浦は、沖を走る海の国道一号線をひかえて、廻船問屋や漁船の基地として世に知られた港町であった。日本を代表する紀州漁法のなかでも、印南の漁夫たちの鰹釣りの技術は、薩摩《さつま》、土佐、伊豆、房総などの漁夫に比して、はるかにずばぬけていた。

〈土佐の一本釣り〉

として世に有名な鰹釣りの漁法も、その技を伝えたのは印南の角屋《かどや》の祖である甚太郎であった。

慶長年間のことである。印南浦をでて九州日向《ひゅうが》、五島《ごとう》に出漁した漁船団はその帰途、土佐、足摺《あしずり》岬、臼嶝《うすばえ》の沖にさしかかったとき、突然、大波をくらって船が傾き、積んでいた帆綱が海中に転落した。あわてて引きあげてみると、その綱の先のウバメ樫《がし》でつくった鉤《かぎ》に鰹が食いついていた。これは！　と思って船をとめて試し釣りをしたところ、次から次へとおびただしい鰹が食いついてきた。以来、この臼嶝が印南漁民たちの新漁

場になった。角屋甚太郎が土佐沖に姿をみせるのは、このののちの元和《げんな》の頃であろう。土佐の史料「嶺滄誌《れいそうし》」には、

《越浦（土佐清水）に甚太郎と云《い》う者あり、これ土佐国鰹釣りの祖也《なり》。紀の熊野の甚太郎と云う者土佐の沖へ流されし時此《こ》の海にて鰹食うべしとて釣れる故《ゆえ》、年々通漁せしに此《こ》の甚太郎紀州にて、しかとせる者ゆえ、土佐にて（現地妻との間に）生まれし一子甚太郎と名付けるを残し置き、其《そ》の身は紀州に帰り、其の子孫いまも血脈絶えざる由《よし》》

だという。

この土佐生まれの、のちに「土佐（鰹）節の祖」といわれる二代目甚太郎が、宇佐浦に移住しておこなった改良土佐節の技法は、従来からあった幼稚な軟節ではなく、藁火《わらび》でいぶし、一番火、二番火と火を入れ、冷やし、冷やしてはあぶり、いぶすことによって鰹節特有の風味を与える燻乾《くんかん》法であった。こうして二代目甚太郎は、鰹を生切りし、籠立《かごだて》、煮熟、バラ抜き、水切り、削り、焙乾、カビ付け等の製造工程のもとに改良土佐節をつくりあげ、永く保存に耐える固乾品の鰹節を完成させた。

当時、土佐清水七浦をはじめ播南地方を根拠地にしていた旅漁の印南漁夫たちは、春の彼岸に集団できて足摺半島西岸の浦々に住み、十二月になると紀州へ帰るのが常であった。

先ごろ、定住をゆるされなかったのである。教育映画（毎日映画社）の製作を依頼され、鰹節のルーツを求めて土佐清水

や浦々にある印南漁民の墓を訪ねた。中ノ浜、伊佐、大浜、下ノ加江、松尾、清水……。そこで見たのは、「紀州印南浦×××」と刻まれたおびただしい墓の群れであった。松林の中で傾いていた、熊野さまの墓。山かげで肩を並べるように並んでいた墓列。松尾浦を見おろす山腹に、いまも村びとたちが香華《こうげ》をささげ〝旦那《だんな》の墓（豊漁の神・角屋与三郎墓）〟とよんでいる豪壮な墓塔。いずれも鰹を追ってふたたび故郷に帰ることのなかった漁夫や船主の墓である。

松尾浦は、明治以前は松魚《まつお》と書いたのだと古老はいう。松魚《かつお》の意味である。

〈九十九〉印《い》南《なみ》浦《うら》心中

印南の港を眺めていると、かつて鰹《かつお》の一本釣りや鰹節の発祥地として栄えたここから、いつ鰹船が姿を消してしまったのだろう、という疑問が湧《わ》いてくる。印南の港には、いまも鰹船はないのである。

その理由の一つに、若者と娘の死がある。

印南片荷か、角屋《かどや》片荷か……と称《い》われたほどの豪家で、鰹節で世にきこえた角屋の六代目甚三郎が、一人息子与市の死後、突然、家産を整理し土佐へ移住してしまったのである。

与市の死は、角屋に仕える女中オサナとの結婚をつよく反対されたからだ。与市はオサナと相抱いて印南浦の西、ハタノの磯《いそ》の高岩から月明の海に身を投じたのである。

明和八年（一七七一）十月十日、ヤマゼ（北西の風）が沖から吹きつける夜であった。

オサナは、角屋にほどちかい桶屋《おけや》の一人娘で、印南小町と噂《うわさ》されるほどの美しい娘であった。

角屋の菩提寺《ぼだいじ》、印定寺《いんじょうじ》過去帳をみると、オサナの命日は十三日で、与市の死の三日後である。おそらくオサナは、海から救《たす》けあげられて三日目に息をひきとったのであろう。オサナの両親、石橋重兵衛夫婦は娘の死後、人目を忍んで西国巡礼の旅に出たまま帰らなかったという。与市の父、角屋甚三郎もまた明和九年永代供養《くよう》料として金子二百両と田畑を印定寺に寄進し、鰹船団もろとも土佐へ去っていった。ともにあわれである。

その後、印定寺では毎年、心中事件のあった十月十日に角屋の施餓鬼《せがき》を営んでいるが、きまってその夜はヤマゼが吹くという。寺にあつまってくる村の人たちは、二人のすすり泣くような風が吹いてくる暗い沖を見ながら、二百年前の若者と娘の悲しい恋をしのぶのだという。

天誉了然信士

清顔明好信女

印定寺の薄ぐらい本堂には、高さ六十四センチ、幅十一センチの黒漆地に金文字で戒名を併記した大きな位牌《いはい》がある。その大きな位牌にも一人息子を失った父の悲しみと、角屋の豪勢な有様をみることができる。

夜を照らせ　月も十夜の　道明り　　孤生　生年二十有七

与市の辞世の句である。女中のオサナは、いとしい若旦那与市に抱かれて、ひっそりと死んでいったのであろう。書き残されたものもなく、その年齢さえも不明である。

ふたりの死から二百年ばかりたった昭和三十年、印南の町びとは印定寺境内に二人の比翼塚を建ててやった。塚の石は町の若者たちが、心中した高岩の浜辺から運んできたのだという。

〈百〉土佐の与市

海の上にも栄枯があり、歴史の変遷《へんせん》がある。戦国のころ、印南浦で捕鯨業をおこした豪族、石橋一族も秀吉の紀州攻め以来にわかに衰え、次いで鰹《かつお》の船団、鰹節製造技術をひっさげて登場した中村屋、角屋、戎屋《えびすや》、石橋屋も、それぞれの〝栄〟をみせて歴史の霧のなかに消え去っていく。

去っていくといえば、後年、安房節《あわぶし》、伊豆節とよばれる関東鰹節の祖となる与市（俗に土佐与市）が飄然《ひょうぜん》と印南浦をでたのは天明（一七八〇年代）のこと。印南の甚太郎が新しい鰹漁法を〝開発〟したときから約百八十年のちである。

与市、本名、善五郎。鰹節づくりの名人で、性、磊落《らいらく》、酒を好み、放浪癖がある。

その与市が、流浪《るろう》の旅の途中、安房国（千葉県）の南端、南朝夷《あさい》の渡辺久右衛門家に姿をみせる。旅に疲れた、みすぼらしい恰好《かっこう》であったという。久右衛門はそんな与市を憐《あわれ》み、食を与えて泊らせた。いらい与市は、十数人いる男衆と共に立ち働くことになるが、あるとき、ふと洩《も》らした与市の鰹節ばなしに心を魅《ひ》かれた久右衛門は、実際につくらせてみた。これが安房節のはじまりである。

〈……渡辺氏その法を与市に請《こ》ふ。与市その蘊奥《うんあう》を尽くして愛惜する所なく……而《しか》して其《そ》れをして大いに其の業を営ましむ。遠近伝聞し、各々来《おのおのきた》りて其の指令を請ひ、競ひてこれを作る者、また其のいくばく人なるかを知らざるなり。じらい安房の鱧脯《れいほ》（鰹節）を江都《かうと》に漕発すること始めて盛んなり……〉

つまり、こうだ。久右衛門の恩義に感じた与市は、鰹節製法の秘伝のすべてを惜しみなく伝え、鰹節製造所を設けた。その与市の鰹節の評判が世に拡《ひろ》がり、やがて各地から教えを乞《こ》う人びとが押し寄せ、その技法を学んで次々に工場をたてた。以来、これらの工場で生産された安房節は続々と江戸に輸出され、ついに土佐の鰹節と肩を並べるほどになった。

が、当時の紀州の掟《おきて》では、製法を他国に伝えた者は帰国を許さぬということになっていた。そのため与市は、ふたたび故郷印南の地を踏むことなく文政十二年（一八二九）安房の土となった——と〝鱧脯工与市之碑〟にいう。

そののち与市は、またしても旅にでる。江戸に流れていった与市は、ある日、泥酔《でいすい》して浅草の鰹節問屋、山田屋に入り、店先の鰹節をみて「これが鰹節のつもりか」と嗤《わら》う。むっとした主人の辰五郎は「お前のいう鰹節とは、どんなものだ」そうきくと与市は、製法をえんえんと語りだした。……まず、海からあがった鰹を生切りにし、籠立《かごだて》、煮熟、バラ抜き、水切り、焙乾、削り……日干し五度……カビ付け五度……。与市の話におどろいた辰五郎は、与市に路銀を握らせ、伊豆に住む兄、五郎右衛門に紹介状を書いた。

こうして与市は、伊豆国安良里《あらり》へ。

〈日当は金二分（半両）に酒一升〉

その契約で与市は、安良里の五郎右衛門家に迎えられる。伊豆節のはじまりである。

晩年、与市はまた朝夷の渡辺家に帰っている。よほど居心地がよかったのであろう。

「与市さんは男前で、村むすめたちは大さわぎじゃった」

と久右衛門の孫、よし女の懐旧談にある。与市は、この渡辺家で没している。五十八歳。俗称の土佐与市は、当時、鰹節の代名詞であった〝土佐節〟からきている。

〈百一〉　変わった神さん

健康本が街にあふれている。よく売れるのだろう。が、それにしてもその書名は猛烈である。

「治る治るきっと治る」（碩文社）

と新興宗教そこのけみたいなのから、

「歯がバリバリ強くなる」（KKロングセラーズ）

といった凄《すご》いもの、お医者さんも真っ青の、

「歯は一日で治る」（光文社）、

「一分快便でぢは楽になる」（リヨン社）

そうかと思うと、

「あなたは肝臓病人＝日本人の8割は慢性肝炎」（実業之日本社）

と、きめつけ脅迫する一方で、

「酒飲みよろこべ＝飲みながら肝臓を強くする」（青春出版社）

こんな本が並んでいるのを見ると、思わず微笑《わら》ってしまう。

――ともあれ、書店にデパートの健康食品コーナーにと、都会人の〝健康〟花ざかりの最近だが、田園風景のなかの〝健康〟への願いは素朴である。祈る、しかない。

腰神さん（印南《いなみ》町崎《さき》の原《はら》）

ぎっくり腰に悩む人たちに人気のある、風変わりな神様で、いまから六百六十年ほど前の南北朝のころ、熊野へ落ちのびてきた大塔宮護良親王《おおとうのみやもりなが》の一行が、切目川沿いの険しい道を崎の原（印南町）まできたとき、親王の乗馬が腰を痛めて倒れてしまった。愛馬を葬《ほうむ》った親王は、随従の者たちと一緒に徒歩で山越えをしていった。後にそのことを知った村びとは、

「せめて宮様のお馬でもおまつりして、その霊をなぐさめよう」

と、近くにあった馬に似た石を御神体にして祠《ほこら》をつくったのがはじまりである。

一説によると、親王の馬がぎっくり腰になったので、馬を乗り替えて行ってしまった。残された乗馬は親王を慕うあまり石に化《な》ってしまった。その馬の霊が、同じ苦しみで悩む人を救ってくれるのだともいう。いつの頃からか、この馬ノ谷の腰神さんに、細い青竹を曲げて作った竹の馬を供えて祈願すると、腰痛が癒《なお》るといわれるようになった。

イボ薬師さん（印南町宮の前）

昔、羽六《はろく》の水野家に美しい娘がいた。おりょうは容姿だけではなく、立居振舞も心根

も優しい娘であった。だが、この娘にも悲しみがあった。額にある、大豆ほどのイボである。悩みはおりょうだけではない、両親にしても同じ思いであった。そんなある夜、両親の夢まくらに上角(印南町宮の前)の薬師が現れ「われに信心するならイボをとってやろう」という。喜んだ両親と娘は、朝夕、薬師に詣《まい》り信仰をつづけていた。と不思議や、額のイボは拭《ぬぐ》ったように消えたという。

以来、霊験あらたかなイボ薬師の噂《うわさ》は国じゅうにひろがった。おかしなことに、この薬師に願をかける場合、やさしいことばで「イボをとって下さい」などというと駄目で、強く「イボをとれ！」と命じなければ効き目がないのだそうだ。

＊

腰神さん、イボ薬師、につづいて印南川沿いにはさまざまな〝健康〟祈願の神や仏がある。小川のほとりや畑の隅にある神仏たちはひどく気さくで、気どりがない。

咳《せき》の地蔵さん……目ェの観音さん……ホロシ(湿疹《しっしん》)神さん……歯痛の神さん……乳の地蔵さん……。

足神さん(印南町島田)

というのもある。ずいぶん昔のこと、熊野詣《もうで》の山伏が島田(印南町島田字名杭《なぐい》)までできたとき、急に足を痛めた。やっとのことで谷の入り口までたどりついたが、そこで力つきて死んだ。村びとは山伏をあわれみ、ねんごろに埋葬してやった。ところが埋めた山伏の頭の上に大きな石がでてきた。不思議を感じた村びとはその石を〝やまっこ（山伏）〟さんとよんで祀《まつ》った。以来、ここにワラジや草履を供えて祈ると、足の病が治るという。

足神さんは、明治の神社合祀《ごうし》のとき、熊野九十九王子《くじゅうくおうじ》の一つ「中山王子」に合祀され〝足の宮さん〟と称《い》われたが、御神体はもとの名杭の〝足神さん〟にある。

亀《かめ》の地蔵さん（印南町元村）

印南の元村の漁師が、あるとき海亀をたすけた。それから何年かたって、漁師は大病にかかった。村の医者も途方にくれるような原因不明の病気であった。と、その夜の夢にあの海亀があらわれ、病気の治療法を教えてくれた。漁師がその通りにすると、またたくあいだに全快した。海亀に感謝した漁師はお礼に地蔵堂をたてた。この亀の地蔵さんは、その漁師だけでなく、村びとの願いも一つだけならきいてくれるという。

結びの観音さん（印南町古井）

四百四病の外の恋の病を癒してくれる粋《いき》な結縁《けちえん》観音で、昔、在所の娘おいちは、相愛の若者清吉との恋を両親に反対され、思いあまって観音堂の下の淵《ふち》に相抱いて身を投げた。翌朝、滝壺《たきつぼ》に浮かんでいる二人を発見した村びとは懸命の介抱をつづけ、両親は泣きながら観音にすがった。こうして蘇生《そせい》した二人は、回復した後めでたく結ばれたという。いまも、結縁を願う若い男女の参詣《さんけい》が多い。

——こうして印南川流域に総合病院さながらに散在する祠《ほこら》神や仏に共通するのは、南紀独得の陽気な頑固さである。それぞれ足・腰・目・歯・咳《せき》・湿疹など専門分野に〝固執〟して、担当外の病人など死のうが目をまわそうが「そがなこと、儂《わし》が知っちょるか」といわんばかりの姿がなんとも愉快である。

イワシの頭も信心から、と世間ではよくいう。もっとも近ごろの都会では、信心するより食べるほうのイワシが脚光を浴びている。〝行革〟で明治生まれの気骨をみせたあの土光敏夫さんの大好物のメザシ以来、土光さんのその迫力にあやかろうとするのか、イワシにふくまれている脂肪が注目されたためか、イワシの売れ行きは急上昇。イワシが原料の錠剤製品も売り出されたりして、ちょっとしたイワシブームをよんでいるという。ま、それもこれも、ひとつの〝信心〟にはかわりはないのだが——。

〈百二〉かなしい旅びと

はるかな紀伊の山塊を踏み分け踏み分け、海のない京の都からやってきた熊野御幸《ごこう》の上皇や女院《にょういん》や随従の人びとは、熊野路唯一《ゆいいつ》の千里《せんり》ケ浜《はま》の白砂を踏み、きらきらと光る波にたわむれ、歓声をあげたにちがいない。

万代をかぞへんものは紀の国の
千ひろの浜のまさごなりけり　　拾遺集　清原元輔《きよはらのもとすけ》（清少納言の父）

だが、昔も今も旅する人の心を魅《ひ》きつけてやまないこのかがやかな海景をみても、愁苦なお晴れぬ旅びとがいる。

第六十五代、花山《かざん》天皇――。

その生涯は数奇をきわめている。在位わずかに一年十カ月。最愛の女御《にょうご》を失い、陰謀家の右大臣藤原兼家《かねいえ》にあざむかれ、皇居を追われて出家した花山院は、わずかな供の者と熊野三千六百峰の山谷《さんこく》をたどっていく。岩代王子から海べりの道を通り千里ケ浜まできたとき、花山院は一つの歌を詠《よ》んでいる。

旅の空夜半《よは》の煙りとのぼりなば
　あまの藻《も》塩火《しほび》たくかとやみむ

いま、もし自分がこの地で果て、その死骸《しがい》が火葬されたとしても、その煙りを誰が前《さき》の天皇であった花山法皇の遺骸を焼く煙りだと思うであろう。おそらく、漁夫が海草でも焼いているのだとしか思わぬにちがいない……そんな歌意であろう。千里王子の海にひらけた境内にその歌碑が建っている。花山院の熊野御幸は、御幸というにはあまりにもわびしい旅であった。

——その海辺の道を、憂悶《うれい》を抱いた旅びとがもう一人歩いている。万葉に絶唱をのこした孝徳天皇の皇子《みこ》、有間《ありま》。皇位継承の有力な候補であったゆえに、その王統をめぐる陰謀の犠牲となり、謀叛《むほん》の名のもとに捕えられた有間皇子は、裁きをうけるため都から牟婁《むろ》の行宮《あんぐう》（白浜湯崎温泉の仮御所）まで行程百六十キロに及ぶ道を連行されていく。都から斉明天皇のいる行宮までわずか四日。すさまじい旅である。十九歳の非運の皇子がどのような扱いをうけたのか、この旅程の短さが物語っている。

苦しい旅の途中、皇子を護送した一行は千里海岸の手前の磐代《いわしろ》（南部《みなべ》町岩代）で一夜を明かした。皇子はここでわが祈りを歌に詠んだ。万葉集巻二に〝有間皇子ミヅカラ傷《かな》シミテ松ケ枝《え》ヲ結ブ歌〟と詞書《ことばがき》がある。

磐代の浜松が枝を引き結び

真幸《まさき》くあらば亦《また》かへりみむ

上古、旅の往来に草の根を結び、松の枝を結んで身の幸いを神に祈る習俗があったというが、審判の日を明日にひかえ、磐代の松に一すじの願いをすがりつかせた皇子の心情は傷《かな》しい。が、皇子の運命はすでにきまっている。裁きをうけた皇子は再び都へ護送され、途中の藤白坂で絞殺され短い生涯をとじる。

岩代村の若者たちは、薄幸の皇子の死を悼《いた》みその霊を慰めるため、皇子が一夜を明かし〝松の枝を結んだ〟という結《むすび》（西岩代小字結）の丘に一基の碑を建てた。千年のちの昭和初年のことである。

〈百三〉 御坊《ごぼう》から千里まで

JR紀勢本線御坊駅から山手にむかった列車が、ふたたび海にめぐりあうのは四つ先の、古い港まち印南の駅を出てからである。

ここからあとは熊野の玄関口である田辺市まで列車は海べりを走り、国道四十二号線の熊野街道に沿って走りつづける。切目川《きりめ》をすぎると、やがて切目崎。この切目の名は、潮の流れが内海と外洋との切れ目にあるところからでている。

熊野街道随一の景観を謳《うた》われたこの往還を多くの人が通りすぎていった。熊野御幸《ごこう》の上皇や女院や公卿《くぎよう》たちが……万葉集に絶唱をのこして斃《たお》れた十九歳の有間皇子が……おなじ十九歳で皇居を追われた花山院が、ひと足ひと足歩いていった道である。

そしてまた「太平記」の道行きの一節で有名な、山伏姿になって熊野に落ちのびてきた後醍醐《ごだいご》天皇の第一皇子、大塔宮が、

《長汀曲浦《ちようていきよくほ》の旅の路《みち》、心を砕く習なるに、雨を含める孤村の樹《き》、夕《ゆうべ》を送る遠寺の鐘、哀れを催す時しもあれ、切目の王子に着き給《たま》う》と辿《たど》りついた地でもある。

切目駅を下車して北西約一・五キロ、国道を西へ、切目川を渡り豆坂を越えると森がみえる。切目王子（切目神社）の森である（正確にいうと切目神社の王子跡は後代のもので、旧址《きゅうし》は神社の後方、山手の高所にある・神坂註）。ここは熊野九十九王子のなかでも別格の、藤白王子につぐ五体王子の一つで、熊野詣の帰途、人びとは神木の梛《なぎ》の小枝を折って笠《かさ》にさして健康のまじないとし、故郷へのみやげとしたという。

《……印南いかるが切目の山恵みもしげき梛の葉、王子王子の馴子《なれこ》舞《まい》……南無《なむ》日本第一霊験《りようげん》熊野参詣《さんけい》》（「宴曲抄《えんきよくしよう》」）

熊野参詣の途上、この切目の宿までできた平清盛が都での源義朝らの叛乱《はんらん》の早馬をうけ（「平治物語」）切目王子の社前に、

《こたびの合戦《いくさ》、つつがなく打ち勝たせ給え》

と祈ったのもここだ。

岩代から千里海岸にむかう。近世の熊野街道が開かれるまで、岩代王子から千里王子までの古熊野の道は浜づたいにのびていた。海岸段丘をくだってくると、雑木にかこまれた道を歩いてきた目に、光る海と、いちめんの砂浜のひろがりがなだれこんでくる。まばゆい陽光をはねた紀伊水道のむこうに、遠く四国の島かげがみえる。熊野へのながい旅のなかで砂浜づたいの道はここだけである。それだけに千里王子をたずねた旅びとの印象は強烈である。「伊勢物語」や「枕草子」「大鏡」「拾遺集」なども、みなみなそ

の景観のすばらしさをうたいあげている。

千里王子跡まえの砂浜は、アカウミガメの産卵地で（県指定・名勝天然記念物）、毎年六月から八月にかけて三百〜四百のウミガメが上陸してくる。カメの数からいえば徳島県の日和佐《ひわさ》海岸のウミガメにひけはとらないのだが、あまり世間に知られていない。もっとも、愛すべきカメたちのためにはそのほうがよいのかもしれない。県のほうでもそれを考えてか、産卵期間中は夜間のキャンプ、遊泳を禁止している。

〈百四〉幸福を生む梅

紀州路の春に先がけて、白魚の群れが川をのぼりはじめる。河口に脚立《きゃたつ》をすえて、この白魚を四つ手網ですくいあげると、まばゆい陽ざしのなかで、透きとおった、骨がみえるほどのあえかな小魚が躍るころ、紀州路の春はもうそこまできている。

日本一の梅林といわれる南部《みなべ》（日高郡南部川村）梅林三十万本の梅の花が、そしてまた石神《いしがみ》（田辺市）梅林も、春がすみにつつまれたように馥郁《ふくいく》とした香りをただよわせるのもこの頃である。

〈梅の名所〉

などというと、つい、水戸の梅林や賀名生《あのう》、月が瀬などの古くからある一かたまりの梅林を思い泛《うか》べてしまうのだが、南部の梅林はちょっとちがう。一目三十万本、香り十里……なにしろ、豪快なのである。秘境竜神を背後に、虎《とら》が峯《みね》を源流にもつ南部川を中心に東本庄《ひがしほんじょう》から晩稲《おしね》、熊岡にいたる丘陵地帯いちめん四百五十ヘクタールにわたって植えられた三十万本の大梅林が、満開期の二月半ばすぎから、いっせいに花ひらき、丘も谷も野も村もうずめつくして芳香を放つのである。

もっとも、この南部の梅林の当初の目的は花よりも実にあった。現在、梅の生産高一万五千トン、日本第一位。

ところが、いっぽうの花のほうも、満開を待ちかね香雲丘(晩稲)をめぐる一周三・五キロの観梅コースへ、京阪神や近郷からどっとくりだしてくる梅見の客でひしめいている。

だが、この花も実も脚光を浴びた日本一の南部の梅が咲きほこるまでには、ながく貧しい歳月があった。

〽平山から山田をみれば
はだか馬かよ鞍《くら》(倉)がない
と近隣の町村から嘲笑《ちょうしょう》された村なかには、土蔵を持つ家は一軒もなかった。百姓仕事で喰えない村の男たちは、駄馬をひいて木炭や薪などを運び、その駄賃で生計をたてていたという。

そんな村の貧しさを救うのは、明治初期、内本徳松が山の中で発見した良質の梅がきっかけであった。のち、内本・内中の二人によって三反ほどの梅畑がひらかれる。おりから国内に伝染病が蔓延《まんえん》、そしてまた日清《にっしん》・日露の大戦争で軍事食としての梅干の需要が激増する。

「梅じゃ。これからは梅じゃ。みんな梅を植えよそらィ！」

以来、南部川村の人びとは脇目《わきめ》もふらず山林を、丘を開墾し、梅苗を植えつづけた。

こうして爆発的に増加した南部の梅産業は、幾度かの凶作、不況と辛酸をなめ品質の改良を重ねながら明治……大正……昭和と、村をあげての〝梅づくり日本一〟の目標にむかって驀進《ばくしん》する。戦後、製品加工の多様化と販路の拡張にも成功。

むかしから紀州では「梅は福を生む」といわれている。南部の人びとはそのコトバを実証してみせたのであろう。そのせいか、この村では八十歳を超えてなお矍鑠《かくしゃく》とした長寿老人が、他町村に比してはるかに多いのだ。

〈百五〉　弁慶のふるさと

南部川の鉄橋をこえた列車は、熊野の玄関口である田辺市まで海べりを走り、国道四十二号線の熊野街道に沿って走りつづける。このあたりの海岸は、いかにも南国らしい明るい風光で、車窓からみる白砂の浜と防潮林の磯馴松《そなれまつ》のむこうの海は、熊野のいろをたたえている。

口熊野とよばれた田辺は、むかし、熊野の別当（長官）湛快《たんかい》が熊野三山への拠点として熊野三所権現《ごんげん》を勧請《かんじょう》し、その子の湛増《たんぞう》が腰をすえ、天然の良港と大辺路《おおへち》、中辺路の熊野街道、海陸の交通の要衝を抑えて勢威大いにふるった地だ。いらい田辺は、熊野の中心となり、徳川時代には紀州藩の御付家老、安藤氏三万八千石の城下町として栄えた。

田辺は、弁慶のふるさとでもある。熊野別当湛増の子が武蔵坊《むさしぼう》弁慶だという伝承《つたえ》があるせいか、この町には古くから弁慶ゆかりのものが多い。

JR田辺駅前に建っている豪快な弁慶像の前から五分ほど行くと左手に、源平の合戦で有名な新熊野《いま》権現、闘雞《とうけい》神社がある。寿永《じゅえい》の昔（一一八二年）源平いずれに味方すべきか去就に迷った湛増が、この社前で白い鶏《とり》七羽、赤い鶏七羽を蹴合《けあ》わせて神意を占い、「白き鶏勝ちたるは源氏へ」と熊野水軍二百余艘《そう》、二千余人をひきつれ壇ノ浦に出陣したと「平家物語」（壇浦合戦）はいう。この故事によって新熊野雞合《とりあわせ》権現とよばれ、明治以降は闘雞神社の名でよばれた。

その闘雞神社のすぐ近く大福院の境内に、弁慶出生の碑が立っている。その出生のとき産湯《うぶゆ》をわかしたという〝弁慶産湯の釜《かま》〟は、ここにあったが、いまは闘雞神社に移されている。

大福院から福路町《ふくろまち》にむかう。右手の祇園社《ぎおんしゃ》には、幼いころの弁慶が腰かけて遊んだと伝える、中央でごぼりとくぼんだ腰掛石があり、道に面したところに、浪速《なにわ》の俳人で芭蕉の門人、榎並舎羅《えなみしゃら》の句碑がある。

幟《のぼり》たつ　弁慶松の　右ひだり

この碑は、すぐ目の先の弁慶松のところにあったのだが、いつか此処《ここ》に移されたという。句にある弁慶松も、残念なことに松食虫のため先年枯死し、この近くの小学校の校庭にあった弁慶産湯の井戸は、その上にプールが造られ、いまは跡形もない。

旧街道にある蟻通《ありどおし》神社の裏の海蔵寺に、湛増が壇ノ浦海戦に奉持したという観音像がある。別名、弁慶観音。観世音の夢告《むごう》によって湛増が作らせ、念持仏にした。と、ちょうどそのころ弁慶が生まれたので、この名がつけられたのだという。

武蔵坊弁慶——

異説、巷説《こうせつ》の多い男である。その出自も謎《なぞ》につつまれ、生地と伝えられるところも全国に数十カ所。が、熊野びとは陽気である。そのような雑音には頓着《とんちゃく》なく、わが町の〝弁慶〟を育ててきた。……銘菓弁慶の釜……弁慶通り……弁慶の薙刀《なぎなた》ずし……そして十月十日の弁慶まつりには、弁慶にあやかって、強くたくましく、ちびっこ弁慶たちが町にくりだす。いかにも南海の城下町らしく、明るく、ほほえましい光景である。

〈百六〉 軍艦行進曲

ひさしぶりで田辺の町を歩いてみた。

田辺は城下町の道筋をそのままのこしている。どの道もT字形になっていて、折れ曲ったかと思うとすぐに突きあたる。近道をとろうとしてちがう道を行くと、たちまち迷路に踏みこんでしまう。方向オンチのわたしなどは、幾度きても道に迷う。迷いながら海明りのする町を南に直進して、ようやく市役所の近くにでる。

海沿いの道路を横切ると、扇ケ浜公園である。

松林のなかに「熊野水軍出陣之地」と刻んだ自然石の碑《せき》が立っている。八百年まえ、この浜辺から源氏に加担した熊野別当湛増《たんぞう》が平氏討滅のため、

《一門を集めて、二千余人が二百隻あまりの船に乗って、壇ノ浦へと出発したのである。先頭を進む船のへさきには熊野権現《ごんげん》の守り神である金剛童子を描いた旗をなびかせ、若王子《にゃくおうじ》の御正体を乗せての出陣》

であったと「平家物語」の巻十一にいう。

湛増のひきいる熊野水軍がひるがえした源氏の白旗をみて、平氏軍はたちまち意気沮《そ》喪《そう》し、西海に散乱する。

櫓《ろ》声《ごえ》と海風のはためきのなか扇ケ浜を出航していった熊野の軍船は、そんな歴史の一ページを、まじろぎもせずに凝視《みつ》めていたにちがいない。

歴史といえば、海にまつわる碑が、この扇ケ浜にもう一つある。

〈軍艦〉

という歌詞、といってもわかる人はすくないであろう。巷《ちまた》のパチンコ屋などでよく耳にする音楽……そういえばすこしはわかるかもしれない。その歌詞を書いてみる。

守るも攻むるも　くろがね（鉄）の
うかべる城ぞ　たのみなる
うかべるその城　日の本の
み国のよも（四方）を　守るべし
まがね（鉄）のその船　日の本に
あだ（仇）なす国を　攻めよかし

この軍艦マーチ「守るも攻むるも」は「小学唱歌」巻六（明治二十六年発行）のなかに収められていて、後に「軍艦」と改題し瀬戸口藤吉《せとぐちとうきち》が行進曲に作曲し、明治三十三年、連合艦隊の旗艦「富士」の軍楽隊が初めて神戸沖で吹奏した。

軍艦マーチの作詞者、鳥山啓《ひらく》。天保《てんぽう》八年（一八三七）、田辺大庄屋、田所《たどころ》家に生まれ、藩士鳥山家を継ぐ。国学者、本居内遠《もとおりうちとお》の門に入り、幕末の動乱に際し脱藩、奔走。維新後、和歌山師範学校教員となり理化学、博物、生理学を教え、のち東京華族女学校（学習院大学の前々身）教授に招かれ上京。

和歌山師範学校時代、併置されていた和歌山中学で学んだ南方熊楠《みなかたくまぐす》が、生涯、ただ一人〝先生〟とよんだのはこの異色の博物学者、鳥山啓だけであった。これをみてもどれだけの〝師〟であったかがわかる。昭和五十二年、扇ケ浜に軍艦・鳥山啓翁《おう》顕彰碑建つ。

〈百七〉 世界を駈《か》けた男

田辺市の中屋敷町に、異色の博物学者、南方熊楠《みなかたくまぐす》の旧邸がある。

熊楠、幼少から記憶力抜群、英、仏、独、スペイン、ラテン、ギリシャなど十八カ国語に通じ、生物、民俗、鉱物、文学、宗教、天文学など、どの分野をとってもノーベル賞に値するほどの学識であったが、それよりも熊楠の名を世にひろげたのは、その行動の奇矯《ききょう》さであろう。

慶応三年（一八六七）四月、熊楠、和歌山城下の金物商、南方弥兵衛《やへえ》の次男に生まれる。熊楠の名は、熊野三山の一ノ鳥居があった藤白王子（海南市藤白神社）の境内にそびえる楠《くすのき》の老樹からきている。この老樹にこもる熊野神の精霊を祀《まつ》った楠神社は、近郷の人びとの信仰が厚い。紀州の古老たちの名に藤・熊・楠の字のつく人を多くみかけるのは藤白王子の熊野神のこもる楠にあやかり、その一字を神から貰《もら》ってわが子の名につけると生涯すこやかである、という信仰からきたものだ。

熊楠は少年のころ、近所の医者、佐竹家に通って床の間にある「和漢三才図会《わかんさんさいずえ》」を読ませて貰《もら》い、そして帰ってくると、暗記してきた数ページ分をそっくり筆写した。そして驚いたことに、わが国最初の百科事典ともいうべき膨大な辞書「和漢三才図会」百五巻や、明《みん》（中国）の薬物・博物を集大成した「本草綱目《ほんぞうこうもく》」五十二巻などの写本をつくりあげている。

この少年の日に筆録したおびただしいこれらの著作は後年「博識無限、百科大事典に足が生えて動きだしたような男」といわれた熊楠の血となり肉となっている。現在、白浜町番所山の「南方熊楠記念館」に保存されている熊楠少年の、豆粒ほどな字で丹念に書きこまれたその文字のひしめきと、うずたかい書物の山を見ると、それだけでもう圧倒されてしまう。

熊楠は、和歌山中学のころタイラーの人類学やウィダアスハイムの解剖学、フレィザーの「金枝編《きんしへん》」の原書を読みふけり、私淑する菌学の父、イギリスの植物学者バークレーの菌類六千種を集めた標本集に挑戦、

「男と生まれたからには、バークレーたちを超える七千種の菌類を集め、日本国の名を天下にあげてみせちゃる！」

と志をたてて上京、大学予備門（第一高等学校の前身）に入学するが、

「人生は短いのだ。わが身の役にも立たぬものなど辛抱して習うて、なにが学問か」

と、平均的な秀才教育に反抗、退学届を叩《たた》きつけてアメリカに渡る。だが、入学した

パシフィック商科大学もミシガンの州立農業大学もまた、熊楠の学問への渇きを癒《いや》してはくれなかった。講義をきいているうちにバカらしくなった熊楠は、《アメリカという若い国の学問は、ドイツやイギリスに及ばぬこと万々、日本の学問に劣ること数等。このような学校へ三年や四年通ったところで、所詮《しょせん》は無益なことなり》

そう吐きすてるようにいうと退学し、いらい独学で世界を駈けまわり、暮らしをたててみたり、かと思うとピストルを腰にキューバ革命戦のなかを走りまわり、窮迫をきわめた暮らしのなかでミシガン州……フロリダ半島……シカゴ……アメリカ最南端のキーウエスト……そして地衣・菌類の宝庫スペイン領キューバの荒涼とした原野を転々し、未発見の隠花植物や粘菌《ねんきん》を求めて放浪をつづけていく。

＊

南方熊楠は未開の島キューバ放浪の間に、新種の地衣《ちい》を発見する。グァレクタ・クバーナ。この地衣新種は〈白人領土内でアジア人によって発見された生物学上の世界最初〉としてたちまち学界の話題となり、発見者の熊楠の名は全世界にひろがった。

こうして熊楠は、学問への渇く思いを抱いて世界の文化の中心地、ロンドンにむかう。

《わが思うこと涯《きわま》りなく、命に涯《かぎ》りあり、見たき書物は多く、手許《てもと》にカネは薄し……》

ロンドンで劇場の下足番をしながら飢をしのいでいた熊楠は、やがて美術商、片岡プリンスの紹介で英国学士会の長老、大英博物館考古・民俗学部長のフランクス卿《きょう》を訪ねていく。

〈上は天文地理から下は飛潜動植物、アリ、ハエ、せっちん虫にいたるまでの知識をふまえた奇妙な日本人南方熊楠を紹介します。熊楠の研究のなかでも蘚苔《せんたい》、藻《も》、地衣、粘菌は殊《こと》にすぐれ、かつて科学雑誌「ネーチュア」に、発見した新種を発表したことあり〉

片岡プリンスの紹介状を握って大英博物館に現れた熊楠をみて、フランクスは仰天した。それはそうだ。貧乏の底にある熊楠は、ぼろ靴に、そばに寄るとぷんと臭《にお》うようなツギのあたったフロックコートを着用していたのである。

熊楠の天文学の論文「東洋の星座」が世界第一流の「ネーチュア」に掲載され、「タイムス」紙やその他の新聞紙上に大きくとりあげられて反響をよんだのもこの頃である。やがて熊楠は、ヴィクトリア女王の奨学金を貰《もら》って大英博物館の嘱託となり、東洋部図書部のダグラス部長の仕事を手伝う。

この部屋で熊楠は、中国革命の闘士スンワン（孫文）と出逢《であ》って意気投合する。熊楠と孫文の友情は、学問と政治と、生きる道はちがっても、ともに祖国を愛し「新しい東洋」への熱い思いを抱いていたことへの共感からであろうか。いらい二人は毎日のように互いの下宿を訪ねあい、貧しい食事を共にし、わずかな時間を惜しむかのように語りつづけている。こうして交遊三カ月、孫文は机の上の熊楠の日記帳に〈海外遥知音　南方学長属　香山孫文拝書〉と書いて、革命のためロンドンを去っていく。

熊楠はまた、ひとりぼっちになった。だが、そんな熊楠のイギリス暮らしもながくはなかった。日本を軽蔑《けいべつ》するイギリス人ダニエルズに激昂《げっこう》した熊楠は、博物館図書室で殴《おう》打《だ》すること二度。熊楠、大英博物館から追放。明治三十三年秋、熊楠は友人の〝なんともならぬ喧嘩《けんか》好きでロンドンきっての無頼漢〟――高橋謹一が掻《か》き集めてきた日本への旅費を懐中に、降りしぶく雨のなかをロンドン駅にむかった。リバプール港行きの汽車に乗りこんだ熊楠を見送るのは、街の極道、高橋ただ一人であった。

突然帰ってきた熊楠の姿に肝をつぶしたのは弟の常楠夫婦である。そうであろう。十四年まえ最新流行の身なりでステッキをついて意気高らかにアメリカに向かった熊楠が「蚊《か》帳《や》のごとき洋服」を着て両手に破れトランク、背中に粘菌類を入れた大風《おおぶ》呂《ろ》敷《しき》を背負って帰ってきたのだ。「なんちゅうヤタケタ（無茶苦茶）な」この超俗の兄の処遇に苦慮した常楠は、熊楠を支店のある南紀勝浦へ追い払ってしまう。

そんな行きどころのない熊楠に手を差しのべたのは、和歌山中学の同窓で田辺の町に住む喜《き》多《た》幅《はば》医師であった。喜多幅の紹介で熊楠は、田辺の中屋敷町に腰をすえることになった。

＊

南方熊楠のこの熊野落ちは、彼が生涯の目的とした隠花植物や粘菌の研究に大収穫があった。熊野の大山塊は、無限の生物・植物学の宝の山であった。勝浦から田辺に居を移した熊楠は、那智《なち》山をはじめ原生林におおわれた熊野三千六百峰をくまなく踏査し、憑《つ》かれたように採集に奔走している。

それよりも何よりも、この田辺の町が熊楠を喜ばせたのは、年来の友、喜多幅が住む町だということであった。田辺に移ってからの熊楠は、じつによく酒を飲んでいる。むりもなかった。二十歳で渡米して以来、放浪をつづけてきた熊楠が、ようやく永住の地を見出《みいだ》したのである。

熊楠はこの黒潮の海明りのする町で熊楠を敬愛する多くの友を得た。町の侠客《きょうかく》で熊楠の一の子分と自称する石工の親方。陸の上を歩くより海もぐりのほうが得意な生物採集の助手、気のいい洋服の仕立職人。猪《いのしし》狩りの名人で喧嘩っ早い画家、古物商……紋描き屋……陶器商……漁夫……小学校長……芸達者で勇み肌のお栄姐《ねえ》さんや桃太郎、小金、お幾。

こうして町びとたちとの交遊のなかで熊楠は、やがて喜多幅の仲だちで結婚する。新妻の松枝は闘雞《とうけい》神社（新《いま》熊野権現《ごんげん》）の宮司の四女であった。新郎の熊楠四十歳。田辺に定住してからの熊楠の研究は、魚が水を得たようにいきいきと生命力をみなぎらせている。睡眠時間四時間。太陽のあるうちは微生物の検鏡と採集と菌学の観察……執筆や読書は深夜から夜明けまで。

研究に熱が入ってくると、躰《からだ》じゅうが燃えてきて汗がしたたり落ち、そのため着物を脱ぎ肌着をとり、しまいには一糸まとわぬ姿で机に向かっているということもしばしばであった。ある時などは素っ裸で山に登って植物・鉱物の採集にでかけたが、両手に金づちと採集網を持ってまっしぐらに山をかけおりてくる熊楠の姿をみて、おりから田植にでていた女たちはテングとまちがえ、泣き叫びながら逃げ散ったという。

そんな熊楠が、事件を起こして警察署に留置されるのである。政府の一町村一社の悪法「神社合祀令《ごうしれい》」を利用しボロ儲《もう》けをたくらむ悪徳役人や神官が、神社の森や神木を伐採し手あたり次第に自然を破壊しはじめたのである。

生物学や民俗学の立場からもこの神社統廃合政策の非を鳴らした熊楠は「鎮守の森を守れ」と立ちあがった。が、熊楠の〝自然保護運動〟を冷笑した県庁役人は、神社合祀推進会議を田辺で開いた。怒りを爆発させた熊楠は会議場に躍り込み、制止する警官を蹴《け》り倒し警察署長に椅子《いす》を投げつけ「家宅侵入罪」によって拘留十八日。もっとも、こんなことで驚く熊楠ではない。家から顕微鏡をとり寄せ、留置場のなかで深紅の新種の粘菌ステモニチス・フスカを発見している。

熊楠はこの田辺の町で、約四千五百種六千点にのぼる世界一の菌種標本を整理し「日本菌譜」（未刊）の草稿一万五千枚をつくりあげている。すばらしい理解者である友人、柳田国男を得たのも、この町であった。

昭和四年六月一日、熊楠は田辺湾に入港した御召艦「長門《ながと》」の一室でロンドン時代の古フロックコートを着て昭和天皇に拝謁《はいえつ》し御進講。そのとき熊楠はキャラメルの箱に入れた標本を献上して、天皇を微笑させている。戦後の三十七年五月、南紀白浜に行幸した天皇は、御宿所の屋上から、三十三年まえ熊楠の案内で訪れた神島《かしま》を眺め、熊楠を追懐して、

雨にけふる神島を見て紀伊の国の
　生みし南方熊楠を思ふ

と御製《ぎょせい》を詠《よ》まれた。無位無冠、役職も肩書もない在野の老学者のため、にである。

〈百八〉島を貰《もら》う話

天神崎の磯場《いそば》で「天神崎の自然を大切にする会」の外山八郎さんとお逢《あ》いした帰り、岬をぐるりと一周して田辺湾に浮かぶ島や磯の景観を眺めながら、目良《めら》から田辺市街にむかった。

途中、目良の海面にぽっかり浮かんでいる田所島《たどころじま》がみえた。どことなくユーモラスでとぼけた、海の出ベソみたいな恰好《かっこう》のかわいい島である。

その、田所島のはなしを書く。いったい、いつの時代のことであったのか、そこのところがよくわかっていないのが残念なのだが、ともあれ江戸時代、この田辺藩の何代目かの殿様に、ひどく茶目っけのある殿様がいた。

あるとき、退屈のあまり家老たちをよんで、

「わが家の老臣《おとな》たちの出精恪勤《かっきん》、常づね嬉《うれ》しゅう思うておる……ついては、そちらの精勤ぶりを賞《め》で、予がよい名をつかわそうと思うが、どうじゃ」

という。殿様のことばである。どうだもこうだもない。

「まこと、ありがたきお言葉……」

老臣たちは平伏した。

「よし……では、まず佐藤」

「ははっ」

「そちの名は佐藤……なめ太」

「へ？」

家老の佐藤は一瞬、ぽかんとした。それはそうだ。いやしくも一藩の家老とあろうものの名が「砂糖舐《な》めた」だなどと、人前で名乗れもしない。佐藤家老は頭をかかえた。が、殿様のほうはそんなことに頓着《とんちゃく》しない。次々に老臣たちの名をよびあげ、

「つぎは可児《かに》であるな。よし、よし、そちの名は本日より、可児はさん太。……それから田所……そちは田所ころん太」

いいながら殿様は、その次に坐《すわ》って困惑の表情をうかべている典医の目良《めら》の顔をながめ、

「目良は……そうだの……目良みはっ太」

「ま、まことかたじけなき……」

殿様は、奇天烈《きてれつ》な名を押しつけられ面くらっている老臣たちをみて、笑いをかみ殺した。

殿様というのは、罪ないたずらをするものである。このとき、珍妙な名を拝領した四人のうち、田所ころん太こと田所家老だけが、その名を返上し、そのかわりに、目良の海に浮かぶ小さな島を貰ったという。江戸時代の殿様などというと、なんだか厳《いか》めしくて四角四面に突っ張った生活をしていたような感じをうけるのだが、実際はそんな時ばかりではなかった。ときには暢《のん》びりとお気に入りの家臣たち相手にくつろぎ、他愛もない話に打ち興じる、といった場合もあったようだ。

このエピソードを、ずいぶん以前、田辺出身の政治家、片山哲（社会党首班内閣の宰相・昭和五十三年没）先生に伺って以来、目良の海の田所島をみるたびに、笑いがこみあげる。

〈百九〉天神崎を守る

日本のナショナル・トラスト運動の先駆けとして知られる田辺市民たちの「天神崎の自然を大切にする会」の買取り運動がはじまったのは、昭和四十九年の初冬。岬の東南部の県立自然公園内の天神崎の丘陵地を買い占めた不動産業者が、高級別荘地としての開発計画を県に提出したことがきっかけであった。

田辺湾に突き出たこの天神崎は、広さ約十五ヘクタール。干潮時にはテーブル状の海《かい》蝕台《しょくだい》（岩礁《がんしょう》）が八ヘクタールにわたってひろがる。黒潮の影響で、亜熱帯性の生物が国内でもずば抜けて多く、カスミサンショウウオ、ナガウニ、南方系の蝶《ちょう》のヤクシマルリシジミ、後背地の丘陵地にはトベラ、ウバメガシが自生し、岩礁と陸上の動植物は七百五十余種、南海のサンゴ礁にも匹敵する岬である。

「磯《いそ》の自然は、海だけで生きているのではないのです。海岸段丘の森林や川の流れと密接に深くつながっているのです」

と「……大切にする会」の外山八郎事務局長（七十歳）はいう。磯の生物は、陸から流れこんでくる適量の有機物と豊富な二酸化炭素をうけて生育した海藻《かいそう》や珪藻《けいそう》などを食べて生き、海岸の植物もまた、川が運んでくる養分で生長していく。自然の生物は互いに助け合い、かばい合いながら生きている。その大自然の仕組みを、いのちの尊さを小、中学生たちが観察するための、かっこうの場、天神崎の自然は最もすぐれた、完成された教科書です……と県自然環境研究会の後藤伸、玉井済夫氏は語る。

だが、「天神崎の自然を大切にする会」(世話人・多屋好一郎)の活動は辛酸をきわめたものであった。開発阻止の署名運動を展開し、その署名をもって市・県へ陳情を重ねたが、徒労であった。そして若い教員たちの提案による、日本では例のない〝市民たちの手による自然買上げ〞という「熱意表明募金」運動が始まる。

「あなたも、一口千円で〇・二平方メートルの精神的地主になってください」

そして五十一年、第一次買上げ三百五十万円。五十三年、「……大切にする会」は「天神崎保全市民協議会」(三十一団体と市民百四十一人)となり、第二次買上げ五千万円。が、スムーズに運んだわけではない。援助してくれるはずであった銀行は尻《しり》ごみし、会の役員たちの名でどうにか三千万円の融資をうけ、事務局長の外山さんは高校教師を辞めた時の退職金全《すべ》てをつぎ込み、仲間の先生たちはボーナスを持ち寄るという状態であった。

この熱意に動かされて県・市は自然保護基金として三千万円をおくり、全国の第一回森林賞、山本有三記念郷土文化賞が贈られ、運動に共鳴した全国各地の人びとや、児童たちからも支援の基金が寄せられるようになった。しかし、目標達成のためには、あとまだ一億円余が必要なのである。

「やりぬかねばなりません。天神崎の〝自然〟という教師を子供たちに残すためにも。これが教育の原点です」

別れぎわに外山さんは、磯場のアラレタマキビ貝を教えてくださった。それはいじらしいほど小さな三、四ミリほどの貝であった。真夏になるとこの貝は、灼《や》けつく磯に直立して熱を避ける。酷暑の磯場にはそんなおびただしいアラレタマキビ貝の群れが直立し、その小さな貝の上に肩車でも組むように仲間の貝が乗り、その上にまた貝が乗って、まるでスクラムでも組むように直立するのだという。

「この貝が、わたしたちの会のシンボルマークです」

〈百十〉難読地名

紀州和歌山の地名には、難読難解なのが多くて、旅行者や赴任してきたサラリーマンたちをまどわせることが多い。
雑賀《さいか》、学文路《かむろ》、朝来《あっそ》、周参見《すさみ》、砂羅《じゃら》、夏山《なつさ》……
などといった文字を一目で読めるひとは、よほど博学なかたにちがいない。が、そんな人でも、たとえば新宮市の
〈日日〉
や、古座川町の
〈一雨〉
となると、もうお手あげにちがいない。そんな奇天烈《きてれつ》な地名のなかから、ユーモラスなものをいくつかとりあげてみたい。
☆日日《ぬかづか》（新宮市）
新宮城主の水野土佐守忠央《ただなか》は、文学に造詣《ぞうけい》のふかい殿様であった。あるとき、城下は

ずれの市田川右岸の村に「この塚に糠《ぬか》を供えて祈ると流行病からのがれる」という伝えのある糠塚に興味をおぼえ、いたずら心をかきたてられ、暮夜ひそかに筆をとってつくりあげたのがこの「日日」の地名である。ヌカヅカのヌカとツカは（どうにもややこしいが）「七日《なぬか》」のヌカと「二十日《はつか》」のツカを合わせたものだ。それにしても殿様というのは罪ないたずらをするものだ。

☆朝来帰《あさらぎ》（白浜町椿《つばき》）

このあたりの海岸は岩礁《がんしょう》が多くて、浅い海という意味からアサラカと称《よ》んでいた。それがいつのまにかこう転訛《てんか》したようだ。朝来帰は富田《とんだ》ノ庄《しょう》、椿の旧名である。

☆辞職峠（熊野川町）

山また山の彼方《かなた》にある畝畑《うねばたけ》への山道は嶮《けわ》しくて苦しい道であった。瀞《どろ》八丁に近いこの地に赴任してきた町そだちの教員や警官には、この山中の道は気の遠くなりそうな絶望の道でもあった。フイゴのような息を刻みあげながら、汗みどろになって畝畑の里を眼下に見おろす峠にたどりついた赴任者たちは、

「うわぁ、もう辞表を書いて帰ろう」

と誰もが、遥《はる》か彼方にかすんでみえる村の姿にそう思ったという。峠の名も、そんな心境からでたようだ。

☆一雨《いちぶり》（古座川町）

この地名も新宮市の日日みたいに、いささかクイズめいていて、ばかばかしいところが愉快である。

いちぶり……つまり、古座川の激流が岩を嚙《か》んで流れるさまを形容して石触《いしぶれ》……それがいつか訛《なま》ってイチブレ……そのブレが澄んでフレとなり、フレがまたフルに。フルといえば、天から降るのは雨……で、ここでまた濁点がついて転訛して……いちぶり（一雨）。おわかりになりましたでしょうか。

捕鯨で有名な熊野太地浦《たいじうら》から下里へぬける途中の峠に、びっくり川というのがある。あまりにへんてこな川の名前に吃驚《びっくり》して調べてみると、なんのことはない。むかし、この峠の小川のほとりで追剝《おいはぎ》に襲われた尼さんが殺された。で、その尼さん、つまり比丘《びく》尼《に》の川が時代とともにびっくり川に転じていったものらしい。

取材などであちこち歩いていると、なかにはそんな、

「ほんま、かィな？」

と思うような地名に出くわすことがある。

☆矢底《やそこ》（印南《いなみ》町）

印南川の河口から三、四キロほどさかのぼった左岸の安川地区。いまから六百年ほど以前の南北朝時代、村の端にそそり立つ高城《たかき》城と、その向い側の山上に播磨国《はりまのくに》（兵庫県）から攻めこんできた赤松則村《のりむら》が城を築いて、その城と城とで激しい矢合戦がはじまった。

来る日もくる日も、城から城へびゅんびゅんと矢が飛びかった。

「うわぁ」

山あいにすんでいる村びとたちは肝をつぶした。頭上から矢が、連日、雨のようにふりそいでくるのだ。そんなところから、この地区を後年〝矢底〟とよんだ。いってみれば〝戦災第一号〟といった地名である。
☆田杭《たぐい》（日高町）
字づらだけみれば別にどうということもない地名だが、昔、この日の岬の裾《すそ》にある海べりの地区に磯《いそ》釣りにきた男がいて、釣りのおもしろさに心をうばわれ滞在をつづけ、ついには先祖伝来の田んぼまで手ばなしてしまった。で、田食《たぐい》。それが後に田杭の文字に化《な》った。
☆論争《ろんそ》（美浜町）
この付近の海岸は潮流の関係からか、昔から海難にあった死体がよく流れついた。と、そのたびに役所に届け出、身元不明の死体は村の費用で始末しなければならなかった。だから、海が荒れる季節になると、そんな死体処理の費用もばかにならない。頭をかかえた村びとは、交代で死体が漂着する地点を見まわり、そんな死体をそっと隣り浦の磯場に押しやって、

「やぁ、お前のほうの磯に流れついたぞ」

「なにを、最初に流れついたのはおんしのほうじゃ」

と、たがいに目を吊《つ》りあげ、押しつけあい、論争したのが地名になった。

☆茶免《ちゃめん》（御坊《ごぼう》市）

税金ということばを耳にしただけで、誰でも渋い顔つきになってしまうのだが、御坊市の旧国道沿いの中町の茶免地区に伝わる税金ばなしは、ちょっとちがう。江戸時代、このあたりは茶を栽培していたが、課税に苦しむ村びとのために庄屋《しょうや》の栗本《くりもと》新三郎は一計を案じ、茶好きの役人に茶をもてなし、茶飲み話のうちに免税を約束させてしまったという。よき時代のよきエピソードである。ここを流れる川に、いまも茶免橋が架かっている。

以上は難読、難解地名のほんの一部。紀州路になぜこんな地名が多いのか、という点については、まだなんの定説もないが、あるいは熊野道という〝文化の幹線〟のおかげで、古くから土地の人びとが、文字や都ことばに慣れ親しんでいたせいかも知れない。

〈百十一〉紀州流・恋の作法

紀州おんな……といえば他府県の男性たちはすぐに、恋しい安珍を焼き殺して死んだ清姫の〝無理心中事件〟を思いうかべて、紀州おんなは多情多恨で、などと思ってしまうようだ。

この安珍・清姫の物語は平安中期に書かれた「大日本国法華経験記《ほけきようげんき》」という、やたらむずかしそうな本の中の「紀伊国牟婁《むろ》郡悪女」の部分を原型にしたもので、のちに「今昔物語」や鎌倉時代の「元亨釈書《げんこうしやくしよ》」から室町期の「道成寺縁起絵巻」にと語りつがれて定着するが、さらにくだって江戸時代の「山家鳥虫歌」の紀伊国の部にまで、このキヨヒメばなしがわざわざ書き加えられているところをみると、これはよほど諸国のプレイボーイの肝をひやした物語であったらしい。

先に書いた「悪女」の「悪」というのは、当時のことばでいえば「強い」という意味がある。とすると、さしずめ紀州おんなは日本でいちばんはやくウーマン・リブの旗じるしをひるがえしたといえるだろう。この清姫ばなしが、千年の歳月をくぐりぬけて今なお語りつがれているのは、女の愛の本質を、原色的なまでの〝愛〟の凄絶《せいぜつ》さを、なまなましいまでに描きあげた物語だからである。

物語のなかの清姫の恋はすさまじい。われからすすんで男に身を投げかけ、男を愛し、憎み、果ては「両ノ眼《まなこ》ヨリ血ノ涙ヲ流シ」ながら愛憎の炎で恋人を焼きつくし、わが身もまた日高川に身を投じて滅びていく。そんな女の哀《かな》しさを見事に描いているからであろう。

だが、そうはいっても別に紀伊半島全土がキヨヒメのようなモーレツ女でうずまっているわけではないが、もともとが南海そだちである。娘たちは早熟でポジティブで、行動的である。

キヨヒメが生まれたその熊野の富田《とんだ》川上流の山ふかい村々の娘は、都会の男女が思いのたけを恋文につづるように、草や小石に恋慕の情を託して、自分の舌にかえて恋の思いを語らせる。

熊野地方の代官をしていた仁井田源一郎の記録のなかにも、こういうのがある。

「熊野山中の男女は、わが思いを草に託している。草の名には、それぞれのことばがある。その草を紅絹《もみ》の糸で束ねて、思う相手におくる。これを草文という。もらった者はそれを判読して相手のこころを知る……」

そんな優雅な風習が、明治のおわり頃までこの地方に残っていた。

で、その草や小石をどうするかというと、村の若者に恋ごころを寄せている娘は……
思葉（おもいぐさ・なんばんぎせる）に、ねずみもち（たまつばき）それに、松の葉に小石
——を添えて紅糸でたばね、若者がやってくる前の路上に（さりげなく）投げだすのだ。
これは、
おもえば　恋しや　寝ずに　待つ（思葉　小石　ねずみもち　松）
の意味で、若者が娘を嫌っていなければ、その草の束をひろって娘の恋をうけいれ、
その夜、娘の部屋に忍んでいく……ということになる。が、逆に娘が気に入らぬ場合は、
相手の娘ごころを傷つけぬよう、投げだされている草文に気づかないふりをして、黙って通りすぎていけばよい。この草文・石文のほかにも、ススキとヨメナを束ねて若者の前に投げる娘もいる。「あなたがスキ（すすき）よ、おヨメ（嫁菜）にしてちょうだい」
である。

*

中辺路《なかへち》の〝恋の作法〟には、そのほかにも、藁《わら》すべを二本、むこうからやってくる若者の前に置いておく方法がある。若者が娘の恋を了解すれば、路上の二本の藁をひろいあげて一つに結んでおく。不承知なら、そのまま立ちどまらずに、歩いていく……そんな藁のラブレターもある。

いっぽう若者のほうも積極的な娘たちに負けてはいない。村の道で、心をよせる娘にであったとき、彼女の袂《たもと》にそっと小石を二つ入れる。

「お前を恋し（小石）恋し（小石）と思っているよ」

である。もし娘が、その小石をその場で捨てなければ、若者の思いをうけいれたことになる。若者のなかでも勇敢なのは、恋の手段も大胆で、田舎道ですれちがうとき、心を寄せている娘の手首をかるく握る。これは、

「おまえが、好きなんだ」

のサインで、娘が、にぎられたその手首をそっと振りはなせば、残念ながら「イヤよ」という返事だし、握られたまま数秒もじっとしていればＯＫ！「いいわよ」である。

これらの草や小石や、手首への〝愛のシグナル（信号）〟は、すべて「無言」。それが村のルールである。片言《かたこと》でも、ことばを洩《も》らしてはいけないのだ。あくまでも第三者に感づかれず、沈黙のうちにことを運ばねばならないのである。それに、もし声にだしてしまうと、その恋が成立しなかった場合、相手を傷つけることになる。せまい村なかで住み暮らしていくためには、その心くばりが必要だったのであろう。

こうして〝愛〟が結ばれた恋人たちは、村びとや親たちの目をぬすんでデートの合図をかわす。野良《のら》仕事のあいだに、親たちと働いている相手に、ひそかに指でサインをお

くる。

人さし指と中指を立てると、それは、

「今夜は家の中で逢《あ》おう。場所は、いつもの部屋……」

すると、娘のほうも親、兄弟たちの目をしのんで、

「いいわよ」

と、こだまするように同じ合図を返してくる。まんいち、都合がわるいときは、人さし指と薬指を合わせて、

「ごめん……駄目なのよ、今夜は」

そういうことになる。

熊野での恋の作法は〝無言〟が原則だと書いたが、おなじ熊野でも陽光まばゆい海辺になると、若者たちの求愛の表情は直截《ちょくさい》になる。草文や石文など、めんどうくさい。思う娘に出逢った場合、すれちがいざま、

「牛か、馬か」

と、その耳もとでささやく。すると、声をかけられた娘のほうも快活なもので、すぐさま「牛じゃ！」とか「馬じゃ！」と応《こた》えかえす。憎からぬ相手なら〝馬〟で、いけすかない若者なら〝牛〟。つまり、馬というのはヒヅメが一つだから、

「いいわ、あたし、いまひとりなの」の意味。

牛の場合だと、ヒヅメが二つに割れているから、娘も一人ではない。「残念だけど、恋人がいるのよ」ということになる。ほんとうに残念だが、この愉快な風習もまた、遠い明治とともに、消えてしまった。

〈百十二〉備《びん》長《ちょう》炭《たん》発祥

雨の田辺市街を走りぬけて車で北へ三十分。秋津川をさかのぼっていくと、行く手に奇絶峡が見えてくる。この峡谷は、春は桜、夏は河鹿《かじか》、秋は紅葉と田辺の人びとの行楽地で、左右に迫った断崖《だんがい》の附近は、昔は熊野行者の行場のあったところ。ここから熊野本宮、高野山に通じる行者道もあった。

奇絶峡の景観を後に上流へ二キロ、小雨にけむる秋津川の丘に桃源山万福寺がみえる。ここが、天下の名炭「備長炭」のふるさと、発祥地なのだ。寺の境内に備長炭の名になった、田辺城下の炭問屋、備中屋長左衛門の徳をたたえる〈備長炭頌徳碑《しょうとくひ》〉が建つ。

備長炭といっても、火鉢がなくなったいま、知る人は少ないが、高級料亭やうなぎ屋、ヤキ鳥屋などでは欠かせない炭だ。銀白色をおび、ひきしまった炭相をもつ堅炭で、両手にもって軽く叩《たた》き合わせると、ちぃーんと澄んだ金属性の音をたてる。ノコギリでひいても切れないほどの堅炭は、世界にもその例がない。

《田辺炭　最上品、銘びんてう（備長）と伝ふ。炭堅実なること鉄石の如《ごと》し、諸国に輸《おく》り商ふ》（「南紀徳川史」）

この名炭を江戸におくり、みずからも江戸に出て販路を開拓したのがこの、田辺の町大年寄、備中屋長左衛門である。長左衛門奮迅の結果、江戸の街では〝紀州といえばミカンや木材よりもまず先に木炭を思いうかべるくらい〟になったという。この備中屋長左衛門を備長炭の創始者だとする説がある。が、わたしはその説はとらない。

ここに一つの盆おどり歌がある。備長炭創造の辛酸を唄《うた》いこんだ秋津川地方の歌である。

〽一つとサーヨノエーノエー
ひとつ熊野のおんれまち（御出町）
炭屋の娘でおるりとて
コーノジョウカイナ

元禄《げんろく》のころ、田辺の炭問屋の娘おるりと秋津の炭焼きの若者吉三郎との、愛と苦心の名炭誕生を読みこんだこの「おるり音頭《おんど》」の創始説話の真偽は別として、独得の炭焼窯《すみやきがま》をつくり、ウバメ樫《がし》を原料に「炭焼き百仕事」といわれるほどの手間をかけ天下一の堅炭を完成させたのは、この秋津の山間に住む無名の炭焼き衆であったにちがいない。

備長炭の名声を聞いて鹿児島藩からも、熊本、土佐からも製法を学びにやってくる。かれらが帰郷したのち書き上げて藩に提出した「紀州熊野炭焼法一条」は、いまも各地に残っている。
万福寺に参詣《さんけい》した帰途、秋津川峡谷をくだりながら、ふと、この山あいで炭を焼き暮らしている坂口延市老の詩を思い泛《うか》べた。素樸《そぼく》で、すばらしい詩である。

炭焼の詩

朝は朝星　夜は夜星
昔は一度火をつけたら
親の死に目に会えぬと
いわれたな
色・煙り・におい
すべてカンだな
どんなに　くたくたに
なっても　神経だけは
起きてんとな

〈百十三〉田辺から中辺路《なかへち》へ

都を発《た》って十余日、はるかな山谷を踏み分けて田辺にたどりついた上皇や随行の公卿《くぎよう》たちは、行く手に連なる熊野のくろぐろとした山脈《やまなみ》をみて心ひきしまる思いをしたにちがいない。

国道四十二号線を南に約二キロ、会津川の北側、上野山にある田辺第三小学校へ登る坂の道の途中に、その出立《でたち》王子跡（県の史蹟）がある。

わが背子が　使来むかと　出立の
　この松原を　今日か過ぎなむ
　　　　　　　　　　　　　　万葉集巻九

熊野御幸《ごこう》の一行は、ここから熊野三千六百峰の山また山を分け入っていく旅の平安を祈って、出立の浜におりて潮を浴び身を潔《きよ》めたと「熊野縁起」（京都、仁和寺所蔵）にいう。その浜辺もいまは埋立てられ、漁師の家々が建ち並んだ児童公園のなかに「潮垢離《しおごりの》浜《はま》旧跡」の碑だけがたち、当時をしのぶすべもない。

古熊野への道は、この出立から会津川に沿って真っ直《ます》ぐに秋津王子……万呂《まろ》王子……

ミスズ王子……そして山越しに八上《やがみ》王子にむかっている。漂泊の詩人西行が、熊野詣の途中この社前で《熊野へまゐりけるに、八上の王子の花おもしろかりければ、やしろに書きつけける》と歌を詠《よ》んでいる。

まちきつる　やかみのさくら　さきにけり
あらくおろすな　三栖《みす》の山かぜ　山家集

が、この秋津から万呂、ミスズ王子の旧跡はすでに水田と化し畑地となっていて、いまは原形をとどめていない。

——現在の熊野への道は、田辺から国道四十二号線を南下して朝来《あっそ》に出る。熊野街道は、ここで南の海べりの道を通って那智《なち》勝浦から新宮へ行く大辺路《おおへち》（国道四十二号線）と、東の山間を縫って本宮《ほんぐう》に向かう中辺路《なかへち》（国道三百十一号線）に分かれている。その分岐点に「熊野道　右大辺路　左中へち」の道標がある。ヘチとは縁《へり》といった意味の紀州語である。海のへりを通っていく大辺路、山のへりを通っていく中辺路。

分岐点を左へ、中辺路街道に車を走らせる。しばらく行くと右手に富田《とんだ》川がみえ、道路の左手にこんもりした稲葉根王子の森が見えてくる。先ほどの八上王子から山越えをした熊野古道は、この王子谷の稲葉根王子に辿《たど》りつく。稲葉根王子から上流の富田川は、当時は岩田川とよばれ熊野詣の垢離場として「平家物語」「義経記」「源平盛衰記」「一遍聖絵《ひじりえ》」にもみえ、この聖なる川の流れに身を潔めれば、もろもろの煩悩《ぼんのう》や悪業《あくごう》、罪障が消えるとつよく信じられていた。熊野御幸の上皇や随従の公卿たちは、ずぶ濡《ぬ》れになって川を渡り、女院は、二反の白布をつないだ結び目につかまり、大勢の女官たちにつき添われて渡河していったという。

いはた（岩田）川　渡る心の　ふかければ
神もあはれと　思はざらめや　　花山院「続《しょく》拾遺集」

稲葉根王子をすぎれば、いとしい安珍に恋を裏切られた清姫が、錯乱して日高川道成寺まで六十キロのこの道を、泣きながら走りすぎていった清姫のふるさと真砂《まなご》の里は、その先である。

〈百十四〉清姫ばなし

富田《とんだ》川に沿った中辺路《なかへち》街道を、鮎川《あいかわ》温泉からすこしのぼったところに、安珍と清姫の舞台になった真砂《まなご》の里がある。
このあたりは清姫の生地だけに、清姫にまつわる遺跡が多い。清姫の衣掛松、清姫の捻じ木の杉、清姫のぞき橋、清姫の鏡岩。ＪＲバス「清姫」停留所の近く、富田川に突き出た高処《たかみ》に清姫の墓という板碑もある。この板碑はもうすこし上手の清姫屋敷跡にあったのだが、いつの頃からかこの地に移されたと古老たちは語る。高処の下の淵《ふち》は、裸身の清姫がよく泳いでいたという清姫が淵だ。

花の影は川瀬に明るく灯《とも》り
影はいつから濡《ぬ》れていったのだろう
逃げない花のあとには
裾《すそ》を引きずるようにした清姫の
伝説の裸身が

なしは「道成寺説話《どうじょうじ》」のほかに、異説も多い。「お熊野さんへ参る若い坊ンさんに惚《ほ》れた清姫さんは、ご飯をよそうてやったンよし……」

と、村の老婆《ろうば》は、まるでその場を目撃してきたような妖《あや》しさで語る。

「その御飯があんまり美しゅう（綺麗《きれい》に）よそってるンで、ふしぎに思うて坊ンさんが次の間を覗《のぞ》いてみると、障子のむこうで清姫さんが青い舌だして、ペロペロと御飯をねぶって（舐《な》めて）いたンやて……」

かと思うと、

「安珍は道成寺で焼け死んだのではのうて……じつは」

いったん故郷の奥州《おうしゅう》に落ちのび、そこで死んだという説もあるし、安珍の生地と伝えられる奥州街道と会津街道、国道四号線白河バイパスの交叉《こうさ》する女石の近くに、それを裏打ちするような安珍屋敷や安珍塚、安珍嘆きの藤《ふじ》といった遺跡も残っている。そして軽快なリズムの「安珍歌念仏」が、

〽安珍僧と申せしは

千年ものあいだ、人びとの口から耳へ、耳から口へと語りつがれてきた安珍・清姫ば

渡り切れなかった川明りの蛇姫よ

さびしい　ひとまたぎの川を

波間へ紅《くれない》を解いていた

（「ロマンス」三井葉子）

二十二歳の御修験《しゅげん》（山伏）で
　梅と桜の花つぼみ
　恋にはたして紀の国の
　草のゆかりも色ふかく……

と、いまも唄《うた》われ踊りつづけられている。
また、陸中（岩手県）の農民俚譚《りたん》によると、
「紫波《しわ》郡の豪家の娘清女が、修験僧安珍にあざむかれて雫石《しずくいし》の石川まで追って行ったが絶望し、近くの沼に身を投げて死ぬ。幾年かののち、熊野詣《もうで》にむかった安珍が道成寺に泊ったところ、にわかに現われた清姫の怨霊《おんりょう》のため狂い死にをする」
という伝承になっている。

――が、真砂の里の人びとの語る清姫ばなしは哀れである。旅の僧にだまされ、もてあそばれた清姫は、大蛇にも化《な》らず、恋人を焼き殺しもせず、ひっそりと富田川の流れに身を投げて死んだという。

　清姫の　大蛇となりし　所とて
　ぬたくり歩く　旅のくたびれ　　熊野中辺路にて　十返舎一九

＊

安珍・清姫の異説というと、日高郡竜神村の殿原に、こういうのがある。

「むかし……奥州の伊達《だて》家の家来に村上某というサムライがいたンやて……夫婦は仲むつまじゅうて、ふたりのあいだに男の子ォひとりあったンやとい……」

で、このままいけば何ということもなかったのだが、世の中は寸善尺魔。一寸の幸福の尻《しり》っぽには必ず一尺の不幸がくっついている。ふとしたことから業病《ごうびょう》におかされた女房は、愛する夫と子を残してひそかに熊野にむかう。数年後、熊野権現《ごんげん》への信仰の霊験のおかげで快癒した女房は、いつか中辺路街道真砂の庄司清次《きよつぐ》(清重とも)の思われ妻となって清姫を産む。

しかし、その満ちたりた生活もながくはなかった。にわかに病が悪化した女房は、幼ない清姫を枕辺《まくらべ》によんで「じつは……」そなたには一人の兄がいる、そういって一ふりの刀を渡して息絶える。

——それから時がすぎ、日が流れていく。

いっぽう、奥州で成長した兄は、母の面影を慕うあまり武士をすてて修験者《しゅげんじゃ》となり、母との再会を祈って熊野路を往来する。母の姿を見かけた人がいる、と風のたよりを耳にしたからだ。修験者(山伏)安珍の中辺路での定宿は、真砂の庄司の屋敷であった。あでやかな娘になった清姫は、そんな安珍に恋し、安珍もまた清姫を愛し、ある夜ふたりは夢に夢みる思いでちぎりをかわしてしまう。

だが、ふたりの恋の破綻《はたん》はすぐにやってくる。安珍の故郷が奥州ときいて「もしや伊達さまの御家中で村上というお武家をご存知ないか」という清姫のことばに、安珍は愕《がく》然《ぜん》とする。母の形見だといって清姫が見せた刀は、安珍が幼ない頃から父に聞かされていた村上家伝来の名刀、則光《のりみつ》であった。

「ええっ！」

安珍は声をのんだ。なんという宿縁のあさましさであろう。二世をちぎった愛《いと》しい清姫が、血を分けた異父兄妹であったとは。しかし、いまさら悔いても呻《うめ》いても、すでに道ならぬ道に堕《お》ちたふたりなのである。その夜、安珍は罪の恐ろしさに怯《おび》えて庄司屋敷を脱けだし、西にむかって走った。

「安珍さまが逃げていく」

泣きながら清姫は、安珍を追って走った。あの夜のことばは、もてあそぶためのいつわりであったのか。そんな安珍さまのこころが憎い。清姫ははだしで、気が狂ったように走りつづけた。

安珍が、泣きながら追いすがってくる清姫のか細い声を聞いたのは、潮見峠をのぼりつめたときであったという。息も絶えだえな清姫の姿を見たとき、安珍の心はくじけた。安珍は峠をかけくだって、清姫を掻《か》き抱いた。

「ああ、清姫」

その安珍の腕のなかで清姫は、ふたりの身の上をうち明けられた。それなら安珍さまは、兄さまか！　清姫は、身をもんで泣いた。

道成寺に近い日高川の入江に、若い男女の心中死体が流れついたのは、その翌日のことであった。

〈百十五〉狼《おおかみ》と赤ん坊

バス停「清姫」から富田《とんだ》川をさかのぼって二キロあまり、石船《いしぶり》川と合流する滝尻《たきじり》橋のむこうに、滝尻王子の森が見えてくる。

滝尻王子（中辺路《なかへち》町栗栖《くるす》川）は、熊野九十九《くじゅうくおうじ》王子のなかでも藤白《ふじしろ》王子（海南市）、切目《きりめ》王子（印南《いなみ》町）などとともに五体王子の一つとして都の法皇や上皇、貴族たちの崇敬あつかった王子社である。

熊野三山（本宮《ほんぐう》、新宮《しんぐう》、那智《なち》権現《ごんげん》）の霊域への道は、ここから熊野三千六百峰の山また山の、けわしく苦しい山中徒行の道である。その道が苦しければ苦しいほど、険しければ険しいほど、わが身にまつわるもろもろの穢《けが》れが、罪がぬぐわれ、来世での苦しみがすくなくなると信じた熊野御幸の一行は、滝尻王子に奉幣し、鈴を鳴らし鼓《つづみ》をうって御《お》神楽《かぐら》を捧《ささ》げて、王子社の右手にそびえる急傾斜の剣ノ山を「おのれが掌《てのひら》を立てたる如《ごと》し、まことに身力尽きをはんぬ」（「中右記《ちゅうゆうき》」）と、喘《あえ》ぎ喘ぎよじのぼっていった。ここから熊野本宮まで三百町。

険しい坂の道を三百メートルほど登ったところに、奥州平泉《おうしゅう》の藤原秀衡《ひでひら》の伝承で有名な〝乳岩〟がある。

少年の日の源義経を奥州平泉の地に迎えて、扶《たす》けた秀衡は、強烈な熊野信者であった。熊野三山にも幾度か参詣《さんけい》を重ねている。この秀衡のただ一つの悩みは、四十路《よそじ》をすぎても子宝に恵まれないことであった。で、十七日間こころに熊野大権現を念じ不乱の祈りを捧げ、その霊験によってようやく子を授かる。

喜んだ秀衡は、お礼まいりのため懐妊七カ月の妻と一緒に熊野にむかった。ところが、この辺りまできたとき妻がにわかに産気づいた。みると、山中にくろぐろと岩穴をみせた、奥行き六メートル、横幅四メートルほどの洞窟《どうくつ》がある。洞窟に運びこまれた妻は、やがて玉のような男子を産む。が、その夜の夢に五体王子があらわれ「道中足手まといになる赤子を岩屋に置き、疾《と》く熊野へ詣《もう》でよ」という。その夢告《むごう》を信じた秀衡は、岩屋の中に赤ん坊を寝かせて熊野へ急いだ。

そして、つつがなく三山参拝をすませた秀衡が、飛ぶような足どりでこの岩屋まで来てみると、岩の間からしたたり落ちる白い乳を飲んで丸々と育った赤ん坊が、狼に抱かれてすやすやと寝息をたてていた。この赤子がのちの、泉ノ三郎忠衡《ただひら》だという。中辺路の女たちのあいだでは、豊かな母乳を祈願するため、乳岩に布製の乳形をそなえて祈る風習が最近まで残っていた。

この山中の道に、秀衡伝説がもう一つある。生まれ落ちた赤ん坊を、岩屋に残して熊野三山へ向かった秀衡は、その子の成長を占って、手にしていた桜の杖《つえ》を、「産所（岩屋）の子死すべくはこの桜の木も枯るべし、熊野権現の御加護ありてもし生命あらば桜も枯れまじ」と路傍に突き立てた。熊野三山からの帰途、秀衡がその地にきてみると、みごとに根づいた桜の杖は、らんまんの花を咲きほこらせていたという。

春になると、ぬけるように蒼《あお》い熊野の天に、その四代目、樹齢百余年という秀衡桜が花ふぶきを撒《ま》き散らす。桜の老樹の傍に、句碑がある。

鶯《うぐいす》や　御幸の輿《こし》も　ゆるめけん　　虚子

〈百十六〉 峠の牛馬童子

田辺から中辺路《なかへち》にむかった熊野詣《もうで》の人びとは、滝尻《たきじり》王子をすぎそこから山中の道をたどり不寝《ねじ》王子……焼地蔵……大門王子……十丈王子……そして悪四郎山の中腹を通り、草むぐらにおおわれた大坂本王子への道を、湯玉のような汗の粒をしたたらせながら一足ひと足踏みしめていった。

「南無《なむ》、日本第一霊験《りょうげん》熊野三所権現《ごんげん》……六根清浄《ろっこんしょうじょう》!」

熊野への道は、さまざまな時代、さまざまな人びとが、それぞれの思いを抱いて歩いた道である。第六十五代の天皇で、陰謀家の右大臣のため在位わずか一年十カ月で皇位を奪われるという悲劇の人、花山院《かざんいん》もまたそのひとりである。

この、十九歳の若者の熊野への旅はわびしい。天皇の地位を追われた花山院のすすむ道は仏門以外にはなかった。花山院は自分と共に出家した中納言《ちゅうなごん》藤原義懐《よしちか》・惟成《これしげ》などわずかな者を従えて播磨国書写山《はりまのくにしょしゃざん》に赴いた。比叡山《ひえいざん》にものぼった。けれど、いずれも傷心の花山院に安心立命を与える場ではなかった。かつて師の坊と仰いだ厳久が花山院を裏切ったように、高僧たちは互いに栄達を競いあい、権謀術数にあけくれる俗臭に満ちた地であった。

〈熊野へ行こう〉

まことの仏法を求める者の辿《たど》るべきは、そんな腐臭のただよう仏門ではなかった。そこから更に遁世《とんぜ》し、熊野三千六百峰の彼方《かなた》にある十方浄土の熊野の聖域に〝仏〟を勤求《ごんぐ》すべきであった。

〈熊野へ行こう〉

大坂本王子の山ふかい道をぬけた花山院の一行は、柏《かしわ》峠で昼食をとった。その時になって随従の者は、箸《はし》を忘れたことに気づいた。やむなく傍の茅《かや》を折って花山院に捧《ささ》げた。花山院はそのカヤの茎から血のような、赤い露のようなものがしたたり落ちるのをみて「これは血か、露か」とたずねた。以来、熊野の山びとたちはこの峠を〝箸折峠〟とよび、眼下にみえる村里を〝血か露〟（近露）とよぶようになったという。

その近露の里を見おろす箸折峠に、花山院が法《ほ》華経《けきよう》と法衣を埋納したという宝篋印塔《ほうきよういんとう》がある。塔はすでに相輪を失い、四仏梵字《ぼんじ》も磨滅し、木立ちの静寂のなかにひっそりとうずくまっている。

宝篋印塔のむこうに、一基の異形の石像がある。僧形の童子が牛と馬にまたがった可《か》憐《れん》な石仏である。土地の古老たちは、この石仏を、悲劇の若者、花山院の熊野行の姿を刻んだものと伝承《つたえ》ている。そういわれてみると、童顔のその石仏は、人跡絶えた山中の孤独をじっと耐えているような、かなしい表情をうかべている。

山中の道を往来する熊野の山びとたちは、そんな童子の寂しさを慰めるために、いつのころからか一基の〝友だち〟の石仏を並びすえてやった。可愛《かわい》い表情をした役《えん》の行者《ぎょうじゃ》像である。

〈百十七〉 逢坂《おうさか》峠から野中へ

国道三百十一号線の逢坂峠のトンネルをぬけ出て坂をくだり、右手に百メートルほど入った津毛川のほとり、杉の樹林のなかに大坂本王子の跡がある。初夏のころならあふれでるように咲く淡黄色の椎《しい》の花や、エビネやシャガの花に彩《いろど》られたこの古道も、真夏は草むぐらの茂りたつ径《みち》で、辿《たど》っていくのはむずかしい。

延長五百五十三メートルの逢坂トンネルが開通するまで、熊野街道はこのトンネルの上を通っていた。トンネルの近くに住む近藤愛次郎さん夫婦に、わたしが出合ってからもう二十年あまりになる。

土木屋としてトンネル工事専門に全国を転々としていた近藤さんが、この逢坂トンネル現場にやってきたのは、昭和十五年であった。着工以来、戦争中は作業員を戦場に駆り出され、戦後は作業員の食糧を確保するため、工事担当者としての近藤さんの苦労はつづく。その、遅々としてはかどらぬ手掘りのトンネルも、やがて二十五年二月に開通。「トンネル掘りのあいだ事故も多かった。ヤマ（岩盤崩壊）がきて死者がでると、戸板にのせたそのナキガラを仲間が担《かつ》いで、チィーン、チィーンって、ノミと玄能を叩《たた》きながらアナ（隧道《ずいどう》）から出てくンのよ。あの音は、ほりゃもう、いまも耳の底に残ってるよォ」

トンネル工事が終っても、近藤さん夫婦はここから離れなかった。よほどこのトンネルに愛着があったのだろうか。死ぬまで此処《ここ》で暮らす気ィよ。近藤さんはいった。二十年前のあのとき、近藤さんは七十八歳であった。

大坂の王子を過ぎて行前も
はや近露《ちかつゆ》にやなりぬらん　　宴曲抄

峠をくだると、行く手に日置《ひき》川の流れにのぞんだ近露王子の森がうかびあがってくる。近露も熊野街道の要所、さきの滝尻などの五体王子に次いで重要視された王子社で「近露の水は現世の不浄を祓《はら》う……しかれば、この河の水を秘事とす」といわれ、熊野御幸の上皇や貴族たちは、この河に浴して身を潔《きよ》めたという。

田辺市から本宮町をむすぶ中辺路街道の、ちょうど真ん中のあたりにある近露は、むかしは熊野参詣道《さんけいどう》の宿駅としてひらけたところで、仄暗《ほのぐら》い山中の道を走りぬけてきた目には別天地のように明るい。近露の往還二百メートルの間は〝道中〟とよばれ、建ち並んでいる民家のほとんどがかつての宿屋である。この近露道中から野中の里にかけての街道は、熊野詣の当時の表情をまだ色濃くとどめている。

橋の左手にある近露王子跡に行く。社殿はないが、高い杉木立に囲まれて建つ「近露王子」の出口王仁三郎《でぐちおにさぶろう》の筆蹟《ひっせき》はみごとである。

近露王子から継桜《つぎざくら》王子へ。ここでの奇観は〝野中の一方杉〟。樹齢数百年、周囲八メートルの巨樹の群れが、どうしたことか、いずれもその大きな枝を熊野権現《ごんげん》のいます南にむかってのばしているのだ。

古道から山肌の急坂を二十メートルほどくだって国道三百十一号線にでると、熊野を旅する人びとの咽喉《のど》をうるおした〝野中の清水〟が、いまも清冽《せいれつ》な山清水をこんこんと湧《わ》きたたせている。清水のかたわらに宝永二年（一七〇五）この地を訪れた芭蕉門下の服部嵐雪《はっとりらんせつ》の句碑がある。

すみかねて　道まで出るか　山しみず

〈百十八〉 魂の入れ替わり

いくら科学が発達した現在だといっても、その科学で解明できない不可思議な精神領域が世の中にはある。千里眼（透視）、テレパシイ（精神感応現象）、念力運動、ポストコグニション（過去の事実の感知）といった特別能力の世界である。

こうした特別感受能力をもった男のひとりに、ソートン博士がいる。一九五五年四月八日、アメリカ、テネシー州の二十九歳の医師ソートンは、次の五月二日に開催されるケンタッキー・ダービーの勝馬を見事に予見したり、飛行機事故の予知などもして世間をおどろかせている。

——以下の話は、そんな超心理現象でもないのだが、それ以上に面妖《みょう》な、二人の男の魂が天空をふっ飛んでいくといった出来事なので、筆者の手元にある紀州徳川家本「野竹の弥七郎奇怪のこと」から引用してみる。

近露……野中……から本宮に向かって右手にそびえる狼屹《ろうきつ》山、三日森山、コンニャク山、野竹法師山、の山また山の彼方《かなた》の野竹の里に、弥七郎という男がいた。元文年間というから、いまから二百数十年も前のことだ。ある日、この弥七郎が突然もだえ苦しんで気を失ってしまった。家族たちは必死になって、弥七郎をゆさぶり、

「やぁい、弥七郎！」

「弥七郎しっかりせぇよ！」

と大声で名を呼んだ。すると、その声がとどいたのか、しばらくすると弥七郎はほっかり目をあけた。そして、アゴのはずれるほどの大あくびをすると、けろりとした顔つきで、

「ああ、よう寝た」

と起きあがった。ところが、その弥七郎の様子がどうにも妙なのである。心配して枕《まくら》元《もと》に集まった親類や村の人の顔はもちろん、女房の顔や熊野ことばまで忘れてしまい、へんてこな喋《しゃべ》りかたをする。その妙なことばが、近江《おうみ》の国の木地師が使うことばだとわかったのは、それから、だいぶん日がたってからのことであった。

——弥七郎が気をとり戻したのと同じころ、野竹の里から山をまだ二つ三つ越した山奥に、弥七郎という木地師がいた。大酒呑《の》みで、その日も酒をのんでイロリの傍で高いびきをかいて眠りこんでいた。その弥七郎が突然、

「ああ、よう寝た」

そういって起きあがった。ところが家の中の様子がどうにも変なのである。弥七郎は

土間を掃いている女の顔をみて、薄気味悪そうな顔をした。

「あ、あんたは誰じゃ……いったい、ここはどこですかィの？」

弥七郎はそう、熊野ことばでいった。

これはきっと、気を失った野竹の弥七郎の躰《からだ》から魂が脱けだしたのと同じ頃、酒を呑んで眠りこんだ木地師の弥七郎の躰から、ふわふわと脱けだした魂が「やぁい、弥七郎！」と叫んだ村びとの声に仰天して、寝呆《ねぼ》けて野竹の弥七郎のなかにとびこみ、入れ替わったにちがいない、と村びとは噂《うわさ》した。

それかあらぬか、その風説《うわさ》どおり、それからの野竹の弥七郎はとんでもない大酒呑みになり、いっぽう、木地師の弥七郎は、女房の前では「うっ」とも「すっ」ともいえぬような気の弱い男になってしまった……という。野竹の村はずれに弥七郎の墓と伝えられる〝お花地蔵〟がある。弥七郎が何故《なぜ》お花なのか、それは村の古老も知らない。

〈百十九〉熊野貴《き》賤《せん》笠《がさ》

奥熊野の入り口にある吼比《こび》狼《ろ》峠は、昭和の初めごろまでは昼なお暗い樹林におおわれた道で、頭上から蛭《ひる》が落ちてきて人びとの血を吸ったところから蛭降峠ともよばれる薄気味悪いところであった。吼比狼というのも、ススキの穂一本あれば身をかくすといわれた熊野の千匹狼《おおかみ》が、この峠の周辺の山々で夜ふけ一斉に吼《ほ》えたてることからでた名だという。

昭和八年の真夏、植物学の小川由一、蘚類《せんるい》研究の植村利夫、歌人の松尾ぬまを氏らと共に熊野古道走破を試みた西瀬英一氏の〝熊野紀行〟によると、《熊野往還時代の名残をとどめた杉檜《すぎひのき》の密林に、果てしもなくじめじめした道を進んでいくと、松尾氏が「蛭!」と叫ぶ。一行スハ出たとばかり身体《からだ》を調べて驚いた。いつの間にやらゲートルからパンツにまで身ぶるいするばかり不気味な枯葉色のヤマビルが盛んにシャクトリ運動をつづけてわれ〳〵の生血を吸わんものと這《は》いのぼってきている。「(ヤマビルは)樹《き》の上から落ちてくる」とばかり聞いていたので頭や肩ばかり警戒していたのが、足元から無数の血に餓《う》えたヤマビル軍が首をうねらせ襲来しつつあった》が、現在はその蛭も狼も姿を消して、明るくひらけた小広峠をのどかにバスが走りすぎていく。この小広峠で古道と分かれて国道三百十一号線を熊野川の支流四村《よむら》川沿いにくだっていくと十キロあまりで野竹の里にでる。熊野詣の道者たちがかぶった貴賤笠の発祥地、皆地《みなち》はここからまだ二キロ先である。奈良県境に近い奥熊野の山村、皆地ではコサメ女郎（あめのうお）がよく釣れる。

熊野貴賤笠は、むかし、熊野三山に詣《もう》でる上皇、貴族から庶民まで、または田畑に働く者たちが、身分や職業にかかわりなく使ったところからこの名がつけられたという説がある。が、また一説では暦応《りゃくおう》元年（一三三八）熊野に参詣《さんけい》した京、聖護院《しょうごいん》の大峯行者の奇仙が、檜の生木を薄く削り、それを四、五分（約一・二～一・五センチ）幅にした経《きょう》木《ぎ》をつくり、継ぎ目なく編んで竹で縁《ふち》をとり糸でつづった笠の製法を皆地の里に伝えたことから、奇仙笠とよんだのだともいう。

ともあれ、この熊野貴賤笠が諸国に拡《ひろ》がっていくのは徳川吉宗の時代。網屋八右衛門が農山漁村に普及して以来隆盛をきわめ、一時は大和五条や桜井地方にも製法が伝えられるほどであった。

だが、時代がかわるにつれてこの熊野ヒノキ笠もすたれはじめる。昭和二十年ごろ、皆地の五、六戸で数万個も生産していたものが、やがて二戸になり、生産も五、六千個

となり、現在では、

「材料になるフシのないヒノキの直材が不足して、他に代用木がないため製品化しても採算がとれない」

と、五、六人もいた熊野笠つくりもほとんど山仕事に転業、いまは芝安男さん唯《ただ》ひとりが細々と、失われゆく熊野貴賤笠の伝統をまもりつづけている。

〈百二十〉　女たちの熊野詣《くまのもうで》

都を発《た》ってから十余日、熊野御幸《ごこう》の上皇や随従の公卿《くぎょう》たちは、ついに熊野の聖地を目の前に見た。

ふかい谷が足もとにひらけ、その谷の重なりのはるか彼方《かなた》に熊野本宮の、白く光る音無川の大斎原《おおゆのはら》の砂洲《さす》が、森厳な樹叢《こむら》が、夢幻のように浮かんでみえる。

はるばると　さかしき峯を　分けすぎて
音無川を　今日見つるかな
後鳥羽《ごとば》上皇

ながく苦しい旅であった。険阻な山道を踏んで喘《あえ》ぎ喘ぎ、水呑《みずのみ》王子から尾根の果ての伏拝《ふしおがみ》王子にたどりついた人びとは、ここではじめて熊野三山のひとつ、熊野本宮の証誠殿《しょうじょうでん》の神域を遠望し、思わず土下座し〈感涙禁ジガタシ〉と、伏し拝んだという。伏拝の地名もそこからでたのだと「紀伊続《しょく》風土記」はいう。

その伏拝王子の石祠の傍に、平安時代中期の恋多き女流歌人、和泉式部の供養塔《くようとう》が並べ置かれている。

その昔、熊野詣の旅にでた和泉式部が伏拝まできたとき、にわかに月のものがはじまった。不浄の身で熊野詣もならぬとあきらめた式部は、ここから熊野権現《ごんげん》を伏し拝み、

晴れやらぬ　身の浮き雲の　たなびきて
月のさはりと　なるぞ悲しき

と詠《よ》んだ。するとその夜、熊野神が夢まくらに立って、

もろともに　塵《ちり》にまじはる　神なれば
月のさはりも　なにかくるしき

と返歌した。で、式部はそのまま熊野詣をつづけたという。

——伏拝から本宮まで約四キロ。峰づたいの下り道を降りきると、現在の熊野本宮大社のすぐ裏手、道の右側にこんもり茂った小さな森がある。祓殿《はらいど》王子である。熊野三山の中心である本宮（熊野坐神社《くまのにますじんじゃ》）は、明治二十二年の大水害で流失し、本宮の里の北はずれの地に再建されているが、もとは熊野川と音無川が合流する広大な中洲《なかす》（旧社地）の森にあった。祓殿王子は、その本宮の神域に入る最も近い王子社で、熊野御幸の上皇たちがここで旅装を解き、旅の汚れを清める祓所《はらいどころ》、潔斎所でもあった。

祓殿王子から三百歩ほどくだると、国道百六十八号線にでる。本宮旧社地は「ささやき橋」を渡った左手、音無川のむこうにある。熊野詣の人びとは、いずれも、

《河の深き処《ところ》は股に及ぶも袴《はかま》をかかげず》（「後鳥羽院熊野御幸記」藤原定家）

音無川を徒歩《かち》渡りして熊野本宮の宝前にぬかずいたという。音無川を歩き渡り「ぬれワラジの入堂」をすることが、ひとつの禊《みそぎ》でもあったのだ。

君恋ふと　人知れねばや　紀の国の
音無川の　音だにもせぬ　　紀貫之

音無川を詠んだ古歌は数多い。が、そのなかで気にかかる歌がひとつある。清少納言の父、清原元輔《きよはらのもとすけ》の、

《熊野へまゐりける女、おとなし川よりかへされたてまつりて、なく〳〵詠みはべりける

音なしの　川のながれは　浅けれど
つみの深きに　得こそわたらね》

それにしても、か弱い女の足ではるかな山谷《さんこく》を踏み越えて辿《たど》りついた熊野本宮を目前に、泣きながら都へ追いかえされていったというのは、どんな女人であったのだろうか。

〈百二十一〉三つの月

熊野三山の一つで熊野信仰の中心、熊野本宮《ほんぐう》大社の社殿は明治二十二年の大洪水に遭うまで、熊野川、音無川が合流する中洲《なかす》、大斎原《おおゆのはら》にあった。

熊野本宮。正しくは熊野坐《くまのにます》（熊野にいます神の）社。主神は家都御子大神《けつみこのおおかみ》。本地仏は阿弥陀如来《あみだにょらい》で人びとの死後の往生を証明する仏というところから本殿を証誠殿《しょうじょうでん》という。

中世、熊野詣の人びとはここで二本の杖《つえ》を求め、一本を熊野川に流して後世を祈り、あとの一本をついて帰れば現世に富貴長命が得られると信じていた。つまり、熊野本宮に参詣《さんけい》すれば現世も後世もまもってくれるというのだ。

「熊野三巻ノ書」の語るところによれば、むかし天竺《てんじく》（インド）のマガダ国から飛来した熊野神が大湯原（大斎原）のイチイの樹《き》の梢《こずえ》に三枚の月となって天くだった。それを、巨大な猪《いのしし》を射とめてその樹の下で一夜を明かした石多河《とんだ》（富田川）の猟師、熊野部千代定《くまのべのせんのよじょう》が見て不思議に思い、

「月よ、あなたはなぜ天をはなれて、そんな木の枝にいるのですか」

と訊《き》いたところ、月は「われは熊野三所権現である。一枚を証誠大菩薩《だいぼさつ》と申す。いま二枚の月を両所権現と申す」そういったので千代定は驚いて合掌し、樹の下に三つの宝殿を造って遷座《せんざ》した……という。

千代定が見たという三つの月の説話は興味ぶかい。有り得ぬハナシではない。ずいぶん以前、大阪や兵庫で七色の虹《にじ》の暈《かさ》に包まれて出現した三つの太陽の〝幻日現象〟をカメラがとらえたことがあった。ともあれ、これが熊野三山の神々の誕生である。

その本宮旧社地から国道百六十八号線のすぐ近くの丘にある本宮大社にむかう。玉砂利を踏みながら大鳥居をくぐり、急な石段をのぼりきると神門、その左手に拝殿、奥に十二社の熊野造りの社殿がみえる。熊野三山の首座として仰がれた、といわれるだけあって古色をたたえたその姿には一種、荘厳《そうごん》さがある。主祭神の家都御子大神が本宮に祀《まつ》られたのは今から約千七百年前の第十代崇神《すじん》天皇の六十五年（『水鏡』）だというから、気が遠くなるほど古い話だ。

本宮大社の傍に、玉置縫殿の墓がある。本宮の社家であった玉置は「熊野三山貸付業」を一手に引きうけて活躍した人物である。この三山金貸業というのは、日本の〝銀行〟のはしりみたいなもので、紀州出身の八代将軍吉宗が熊野三山に寄進した三千両や、幕府や大商人たちから集めた勧化《かんげ》金、預金、富くじ興行の収益金など元本十万両を基金にして、江戸をはじめ京、大坂、堺、奈良、大津などで「熊野三山維持のため」の名目のもとに開いた金貸業である。

貸出し先はふところの苦しい大名小名、旗本や大商人たちだが、三山金貸しの背後には幕府、寺社奉行がついていて、いざという時は取り立てに奔走してくれるから貸出金のコゲ付きの心配など微塵《みじん》もない。利息は年間十パーセント。いっぽう、借りる方にしても、抵当も不要で証文一枚で手軽に借りられるので三山金貸しは大いに当たり、莫大《ばくだい》な利益がころげこんできた。

が、この笑いのとまらない金貸し商売も、やがては倒産する。明治維新、かんじんの幕府も、回収すべき相手の諸大名も忽然《こつぜん》と消えてしまったのである。かくして回収不能金、六十五万両――。

〈百二十二〉ある愛の物語

熊野路の往還には、熊野詣の道者たちにまじって、さまざまな〝おんな〟たちの姿が刻みこまれている。和泉《いずみ》の国の葛《くず》の葉狐《ぎつね》が……狂恋の清姫が……恋多き情熱の歌人、和泉式部が、そして殉愛の照手姫が……。

熊野へのながい道中の各地に撒《ま》きひろげられたこれらの説話は、旅の苦しさを忘れさせ、聖地熊野へのあこがれをかきたてた。中世の幽暗をただよわせた古熊野の道には、そんな説話のなかの女主人公たちが、いまもなお生きいきとした表情をみせつづけている。

小栗判官《おぐりはんがん》と照手姫の〝愛〟の物語も、苦難ただならぬ熊野行のなかで、人びとの口から耳へ、耳から口へとささやかれ、語り伝えられていった。

……永享《えいきよう》六年（一四三四）のこと、というから今からざっと五百六十年まえ、京都、三条高倉の大納言《だいな》兼家《ごんかねいえ》の嫡男《ちやくなん》、小栗判官兼重は、ふとしたことから父の怒りにふれて常陸《ひたち》の国（茨城県）に流される。その常陸で失意の日をおくるうちに小栗は、土地の豪族の娘で絶世の美女、照手姫と契《ちぎ》りをかわす仲になる。が、このため姫の父の恨みをかった小栗は、毒酒を盛られて殺されてしまう。照手姫もまた、父の目を盗んで不義をはたらいた罪で檻《おり》に閉じこめられたまま相模《さがみ》川の入海に流されてしまう。

毒殺された小栗の屍《かばね》は土葬され、その魂は地獄に堕《お》ちてゆく。が、小栗の非業《ひごう》の死をあわれんだエンマ大王は、小栗の胸に木札をつけて人間界に送り返してやる。小栗が死んで三年目のことである。

ちょうどそのとき、小栗が埋められている塚の近くを通りかかった藤沢の明堂上人《しょうにん》は、目の前の塚がぽっかり割れて、その土中から這《は》いでてきた小栗の姿をみておどろいた。それはそうだ。髪毛はのび、毒酒のため顔の肉はくずれ両眼はつぶれ、やせ枯れて糸のように細長い手足をうごめかして地べたを這いまわっているのである。それは人間というより、人のかたちをした蜘蛛《くも》にちかい。明堂上人は、その異妖《いよう》な生きものの胸にかかっている一枚の木札をのぞきこんだ。

《この者を藤沢の明堂上人の仏弟子として渡し申す。熊野本宮、湯《ゆ》の峯《みね》の霊湯に入れてたまわれ》

そうわが名が書かれ、エンマ大王の手判《はん》がおされている。それを一目見るなり明堂上人は「あら、ありがたのおン事や」と念仏をあげ、足も腰も萎《な》えはてた小栗を土車《つちぐるま》に乗せ、

「この土車をひくもの、一引きひけば千僧供養《くよう》、二引きひけば万僧供養」とエンマ大王の胸札の脇《わき》に書き添え、みずからこの車の手綱をとって引いた。千僧供養というのは、千人の僧をまねいて供養するほどの功徳《くどく》があるということである。

こうして業病に病みくずれた小栗をのせた車は、熊野権現《ごんげん》の利生をねがう善男善女たちの手から手に引かれ、熊野への道をたどっていく。

＊

小栗判官の悲劇もさることながら、檻に入れられ、海に流された照手姫の行く手もまた苦難に満ちたものであった。

武蔵《むさし》の国、六ガ浦に流れついた照手姫は、強欲な猟師の女房の手で人買いに売り渡され、越後《えちご》に売られ、越中《えっちゅう》から能登に売られ、加賀、近江《おうみ》へと転々と人買いの手にわたり、生きながら人間界の魔道を踏み迷っていく。ときには〝流れの姫（遊女）〟の境涯に堕ち、遊客の枕辺《まくらべ》にはべれという宿のあるじの言葉を、契りをかわした亡《な》き夫小栗のためにこばんだ照手姫は、

〈わたしが、かの国この国と転々と売られていくのは体に悪い毒があるゆえ。わが身が殿御の肌にふれれば、その毒たちまち九万九千の毛穴からふき出《い》でて……〉

といつわって、難をのがれる。

こうして三年――。いまは美濃《みの》の国、青墓《おうはか》の宿（大垣市）で水汲《みずく》み女となっている照手姫の前に、道ゆく人の手にひかれた小栗の土車がやってくる。おりから水汲みに出た照手姫は、その小栗をみるが、皮も肉もくずれたその男が夫の小栗だと気づくはずもない。けれど照手姫は、

〈たとえあのような体であっても、わが夫《つま》さえこの世に生きておわそうものなら、どのような辛苦もいとわぬものを〉

そう思いながら照手姫は、小栗の胸札の「この者を一引きひけば千僧供養……」と書かれた文字をみて、「せめて亡き夫への供養に」と心をきめ、はだしのまま往還に走りでて土車の手綱にすがりつき「えいさらえい」と、か細い手に力をこめ、よろめく足を踏みしめ踏みしめ、土車をひいた。照手姫はそれが恋しい小栗とは知らず、盲目の小栗もまた愛《いと》しい照手姫とは気づかず曳《ひ》かれていくのである。

小栗をのせた土車は、こののちも道ゆく人の手から手に曳かれ、運ばれ、けわしい熊野の山坂を越えて本宮にたどり着き、ここで小栗は、熊野山伏に姿を仮《か》りて現われた熊野権現に介添えされて、念願の湯の峯薬師の霊湯、壺《つぼ》の湯に身を浸す。すると、権現の霊験もあらたかに、七日目には両眼があき、十四日目には両耳が、そして三七、二十一日目にはふたたびもとの美丈夫の小栗にもどったのである。

こうして全快した小栗は、京にのぼって父の大納言と対面し、熊野での〝奇蹟《きせき》〟を耳

にした天皇から常陸、駿河《するが》の両国を与えられ、美濃の国も与えられ、いとしい照手姫と結ばれる……というところで、この数奇をきわめた中世の恋物語はおわっている。

大阪府の堺から以南の熊野街道が、いまもなお、小栗街道の別名でよばれていることをみても、この説話がどれだけ庶民に愛され、熊野へのあこがれをかきたてたかがわかる。

(徳川時代にできた熊野街道は、現在の国道とだいたい同じ道だが、熊野詣がさかんだったころの熊野道とはかなり違っている。小栗街道と呼ばれる熊野街道は、その古いほうの熊野参詣道《さんけいどう》なのだ)

〽小栗判官　照手の姫は
夫《つま》のためよと車ひく
夫のためよと車をひけば
もとの小栗に二度添える

熊野路の俚謡《りよう》

〈百二十三〉湯の峯の湯

　JRバス熊野本宮から十分。小さな峠を越すと、行く手の谷間から湯けむりがたちのぼっているのが見える。湯の峯温泉は、ひなびた山峡の湯である。まるで掌《てのひら》のくぼみほどの谷底の、その中央を流れる湯の峯川の渓流にそって、いかにも山の湯といった風情《ふぜい》の家が並んでいる。

　端から端まで歩いても、ものの五分とはかからないくらい小ぢんまりしたここは、まだ山の湯の野趣を失ってはいない。湯けむりと硫黄泉のにおいがただようなかで、村の女たちがコンクリートで囲った湯筒《ゆづつ》から炊事の湯をくみ、その湯筒に金あみのザルを浸《つ》けて野菜や卵をゆでているのがみえる。そんなのどかな光景は、わたしたちが都会の喧《けん》騒《そう》のなかで見失ってしまった、にんげんの暮らしといったものをしみじみと思い出させてくれる。

　湯の峯の歴史は古い。なにしろ成務《せいむ》天皇（千六百年前）のころに発見された湯で日本最古の温泉のうちに入るというのだから、神話のなかの湯である。その伝承はとにかく、熊野本宮の斎屋《ゆや》（湯屋）であるこの里は、上古は熊野湯原郷といい、小栗街道に沿って古くからひらけた熊野詣の人びとの湯垢離《ゆごり》の場であり、湯治宿でもあった。この里が湯の峯とよばれるようになったのは慶長の頃からである。

湯の峯川のほとりにある東光寺は、鳥羽天皇の勅願所で、本尊は二丈あまりの硫黄泉の湯の花の化石でできた薬師如来《にょらい》の座像。胸のところに穴があり、昔はここから温泉が噴きだしていたという。湯の峯のことを熊野の老人たちが「湯のムネ」といっているのは、こんなところからきているのかもしれない。東光寺脇《わき》から裏山へすこし登ったところに湯の峯王子跡がある。

このあたりは小栗伝説の舞台だけに、小栗判官と照手姫にまつわる遺跡が多い。毒酒を盛られて全身マヒした小栗が身を浸した、一日に七度色を変えるという〝壺湯《つぼゆ》〟は、いまも湯の峯川の谷あいでこんこんと湯をあふれさせている。杉皮ぶきの小さな建物の中にあるこの湯は、人ひとりがやっと入れるくらいに岩をくりぬいた湯壺である。

このほかにも本宮からの国道、湯の峯トンネルをぬけて坂をくだったところにある、病が癒《い》えた小栗の土車を埋めたという「車塚」。小栗が持ちあげたという「力石」。髪を結んでいたワラを捨てたところに稲がみのったという「蒔《ま》かずの稲」。そしてこの小栗伝説を諸国にひろめた時宗《じしゅう》、一遍上人《いっぺんしょうにん》が熊野参詣《さんけい》の途中、国道沿いの右手岩肌に南無《なむ》阿《あ》弥陀仏《みだぶつ》と爪書《つまがき》したという「一遍上人爪書名号碑」などがある。

湯の峯の里のたたずまいは、滑稽本《こつけいぼん》作家、十返舎一九が旅した江戸の頃とすこしも変っていない。

《本宮より湯の峯へは、左へ行く。（小栗判官の）車峠を下り、川岸伝いに行く。右に遊行《ゆぎょう》上人の名号を彫りたる岩あり、そこを過ぎて湯の峯に至る……湯の峯、町の入口に橋あり。川の中に湯の湧《わ》く処《ところ》あり。樋《とい》にて湯風呂《ゆぶろ》へとりて湯治するなり》（「金草鞋《かねのわらじ》」十返舎一九）

江戸時代の名残といえば「あづまや」の、槙《まき》材をつかった広い湯舟のむこうにある蒸風呂もいい。ここに坐《すわ》りこんでスノコの下から猛烈に噴きあげてくる湯気を怺《こら》えていると、いかにも旅の湯宿にいるといった感がふかい。

い。

〈百二十四〉瀞《どろ》八《はっ》丁《ちょう》

和歌山県東牟婁《ひがしむろ》郡北山村——。奈良県と三重県にすっぽり包まれた全国でも珍しい飛び地村である。人口六百十九人。典型的な山村で村域のほとんどが山地、耕地は乏しい。

村びとは山林業と、戦前まではその北山材を熊野新宮《しんぐう》まで運ぶ筏《いかだ》流しで生業《なりわい》をたてていた。北山の筏師たちは、北山川の急流をくだる筏流しの技術を買われて、遠く鴨緑江《おうりょっこう》にまで出稼ぎに行き、筏流しに従事したという。村の老人たちの筏流し唄《うた》が、どうしても鴨緑江節になってしまうのはそのためである。

この北山川の玉置口（熊野川町の飛び地）にある大峡谷は〝瀞八丁〟とよばれ、和歌山・奈良・三重の三県にまたがるこの一帯は吉野熊野国立公園・国の特別名勝・天然記念物に指定され、日本一の渓谷美を誇っている。

《……この処《ところ》八丁の間、河水緩流の所、土俗これを八丁の泥といふ》（「紀伊続《しょく》風土記」）

瀞……河水の静かにたまりたる義で国訓ではトロ。土地の人びとがドロと訛称《かしょう》しているのは誤りだという学者もいる。が、地名の読み方はその土地の呼びかたに従うのが正しい。

この瀞峡へは、新宮からバスで四十五分、志古乗船場からウォータージェットで熊野川をさかのぼる。熊野川は川底が浅くてスクリューのある舟は使えないので、ながいあいだ、初期の郵便飛行機のプロペラを川舟の尻《しり》にくっつけたプロペラ船で、〽おらが自慢の文化船……と唄にまでうたわれ、新宮の対岸鮒田から航行していたが、その爆音のすさまじさとスピードアップのため昭和四十年に姿を消して、ジェットの噴射で進むジェット船にかわっている。

ジェット船だと瀞八丁まで二時間。熊野川の急流を一時間ほど上ると、やがて宮井。この宮井は水合《みあい》の意であろう。川はここから二筋に分かれる。左へ行けば十津《とつ》川。右に遡《そ》行《こう》すれば北山川の流れで、瀞は一時間ばかりのところにある。

船が進むにつれて、いままで左右に広く拡《ひろ》がっていた石河原が狭まり、両岸に岩肌がそそり立ち、青磁いろの流れが穏やかなよどみをみせはじめ、瀞に近づいていく。瀞の峡谷は、太古、大瀑布《だいばくふ》が水流の浸食作用によって滝壺《たきつぼ》が後退し、その滝壺の連続でできたのだといわれている。そしてそのように、よどんだ蒼《あお》い淵《ふち》や、柱状節理もあらわに風化して黝《くろ》ずんだ岩塊、巨大な絶壁にも、蒼然《そうぜん》とした太古をただよわせている。

「皆様、お待ちかねの瀞八丁、名は八丁でございますが、下瀞十六丁、上瀞二十丁、さらに奥瀞七里の間を瀞峡と申します……」

行く手にめまぐるしくあらわれてくる奇岩怪石をジェット船のガイド嬢は洞天門、竜《りゅう》潜窟《せんくつ》、仙遊洞などと絶え間なく、説明をつづけてくれるのだが、ときに、その声がわずらわしくなるほど瀞の静寂はふかい。やがて左手の、見あげるばかりの断崖《だんがい》に架かっている吊橋《つりばし》と旅館がみえてくる。ジェット船はこの下の中洲《なかす》(田戸)で小休止する。瀞峡の絶壁はここで三断していて、奈良・和歌山・三重と三県が川をへだてて対《むか》いあっている。だから、この懸崖《けんがい》にある旅館も本館は奈良、奥の別館は和歌山、対岸は三重県という具合になっている。

瀞峡は、太古の神秘をたたえたまま永いあいだ熊野山塊の奥深くかくれ隠《こも》っていた。すぐ近くまで来ながら熊野御幸《ごこう》の上皇や公卿《くぎよう》たちも、西行や芭蕉も、この峡谷に気づいてはいない。瀞八丁の景勝が全国に知られるようになったのは、明治も半ばをすぎてからである。

〈百二十五〉「平家物語」の里

熊野川をのぼるジェット船が宮井にかかる手前の九里峡右岸に、音川《おとが》（熊野川町）の里がある。

「平家物語」に登場する、平忠盛の七男で清盛の異母弟にあたる薩摩守《さつまのかみ》平《たいらの》忠度《ただのり》が生まれた地だ。母は鳥羽上皇の御所に仕えていた熊野別当（熊野三山の長官）湛快《たんかい》の娘、浜ノ女房で、忠盛と結ばれたのち熊野にかえって忠度を生んだというロマンスがある。

《薩摩守は聞ゆる熊野そだち、はやわざの大力にておはしければ》（「平家物語」）

と、うたわれた忠度は、武勇にすぐれていたばかりではなく、笙《しょう》にたくみで歌道に長じていた。一ノ谷合戦の一年前の寿永《じゅえい》二年（一一八三）七月、平氏一門とともに都落ちした忠度は、淀《よど》の川尻《かわじり》から単騎京に引き返し、五条に住む歌道の師、藤原俊成の門を叩《たた》いて、訣別《けつべつ》を告げ、一巻の遺詠《いえい》を渡して京を去っていく。

　さざ波や　志賀の都は　荒れにしを
昔ながらの　山ざくらかな

師の俊成は、忠度討死後の文治三年「千載集」を編纂《へんさん》するとき〝詠《よ》み人知らず〟として忠度の歌を一首いれている。詠み人知らずとしたのは、朝敵になった平氏ゆえ、はばかったのである。

平氏一門の滅びは、西海に没していく落陽にも似た華やかさがある。なかでも薩摩守忠度の最期《さいご》は、爽《さわ》やかさを感じさせる。

寿永三年二月七日卯《う》ノ刻（午前六時）からはじまった一ノ谷の合戦は、巳《み》ノ刻（午前十時）には終わっていた。敗走する平氏軍のなかに、紺地の錦《にしき》の直垂《ひたたれ》に黒糸おどしの鎧《よろい》をつけ、たくましき黒馬に乗った一ノ谷の主将、忠度がいた。黒つなみのように追撃する源氏軍は、須磨の浦づたいに落ちていく忠度主従の右手から、どっと声をあげて襲いかかった。

「やぁ、よきおン大将と見たてまつる」

忠度は群がり立ってくる源氏武者に一太刀、二太刀浴せかけると、岡部六弥太と組み合って、どうとばかり鞍《くら》あいに落ちた。忠度は六弥太を組み伏せ、その首を掻《か》こうとした。が、そのとき背後に殺到した六弥太の郎党が、忠度の右腕を斬《き》り落とした。もはや、これまでか。忠度は組み敷いていた六弥太を投げ飛ばすと、どっかと砂上にすわり、声をあげた。

「やよ、首打て」

忠度の首を打った岡部六弥太は、晩年、忠度の従容《しょうよう》とした最期を語るたびに、はらはらと涙をこぼしたという。六弥太に討たれたときも忠度は箙《えびら》（矢を入れる道具）に一首の歌がたみを結びつけていた。

ゆき暮れて　木の下かげを　宿とせば
花や今宵《こよひ》の　あるじならまし

忠度の死は、ながく都の語《かた》り種《ぐさ》になった。

〈百二十六〉熊野川舟唄《ふなうた》

《春の熊野川は美しかった。日本では私は此処《ここ》を推したいと思う。いかにしても谷が深い。山が深い。それに熊野川はその両岸を高い高い絶壁で覆《おお》われているので、とても他の峡谷に見ることのできないような深い気分に満されている。水も飽くまで綺麗《きれい》で、耶馬渓《やばけい》、富士川、玖磨《くま》川、多摩川、すべてこれに及ばない》

と、明治のころ熊野を旅した作家・田山花袋《たやまかたい》が絶讃《ぜっさん》した堂々たる大河の風貌《ふうぼう》をもった熊野川も、上流にダムができて以来、水が濁り、川も涸《か》れたと土地の人びとは嘆く。

この、新宮から本宮までの九里八丁（約三十六キロ）の熊野川峡谷を九里峡《くりきょう》という。田山花袋が訪れたその明治はもちろん、船尾に飛行機のプロペラをくっつけたプロペラ船が就航する大正九年まで、本宮や十津川への旅は川べりの険しい径《みち》を喘《あえ》ぎ喘ぎ辿《たど》り歩くか、熊野川を下ってくる名物の三反帆の川舟か筏《いかだ》に便乗するしかなかった。

その川舟も、下りはよいが、上りはどうしたのであろう。熊野川は川床が浅くて舟を漕《こ》いで上るわけにも、スクリューをつけた動力船をつかうわけにもいかなかった。そのうえ流れが速いので、棹《さお》もほとんど役に立たない。で、人間が舟を引っぱって上るより方法はなかった。新宮から本宮までの全行程の八割までを、こうして引っぱり上った。

なにしろ、水勢のはげしい熊野川である。出発したが最後、途中で休むわけにはいかないのだ。二、三人の曳《ひ》き方(舟夫)が帆布でつくった帯を体に掛けてその先に十メートルほどの綱をつけ、河原のごろた石を踏んで泣くような声をあげて舟を曳いていったという。

「ほりゃもう、流れが激《きつ》うてきつうて、三度の飯も、舟を曳いて上りながらニギリ飯を口の中へ放りこみ、しょんべ(小便)も歩きながらしたもンよ」

老船頭、脇川幸治さんが語ったその熊野川を、いま、瀞峡《どろきょう》にむかうウォータージェット船が、のどかな響きをあげながらさかのぼっていく。

雲取や　志古の山路は　さておきて
小口河原の　さびしからぬか　山家集　西行

瀞峡観光に向かうジェット船の乗船場、志古の対岸にひろがる石河原の彼方《かなた》に、楊枝《ようじ》薬師の森がみえる。三重県南牟婁《みなみむろ》郡紀和町楊枝。ここから伊勢へ出る伊勢街道がのびている。昔、この地に〝青竜ノ天ヨリ降ルガ如《ごと》キ六十余丈ノ柳〟があったという。が、後白河法皇が京都、蓮華《れんげ》王院《おういん》三十三間堂を創建するとき、棟木に使うため切られたという。

この柳の巨樹にまつわる〝草木成仏《じょうぶつ》〟の悲話が、江戸時代に浄瑠璃《じょうるり》「三十三間堂棟木の由来」として物語られ、熊野詣《もうで》の善男善女の涙をしぼった。話というのは、こうである。

〈母と共に熊野へ流れてきていた都の武士、横曾根平太郎に危うい命を救われた柳樹の精の美女お柳は、女の姿に化《な》って平太郎と契《ちぎ》りを結び、かわいい緑丸をもうけたものの、やがては後白河院の発願によって建てられる三十三間堂の棟木として切り倒される。新宮の浜まで運ばれる柳の巨樹は、母の姿を求めて泣く緑丸の前でぴたりと止まってしまう。「緑丸よ、母者《ははじゃ》と一緒に京へのぼるか」平太郎は緑丸を柳樹にまたがらせてやった。と柳樹は、緑丸をのせて辷《すべ》るように進んでいったという〉

憂《う》キヲ御山ヤ三熊野ノ柳ノ棟ノ由来トテ、今モナホ云《い》ヒ伝ヘタル物語……だと「楊枝薬師縁起」は説《い》う。

〈百二十七〉消えた町

熊野本宮の参詣《さんけい》をすませた熊野御幸《ごこう》の一行が、早朝、川舟に乗って熊野川九里八丁（約三十六キロ）の流れをくだると、昼にはもう河口の、新宮、熊野権現速玉《ごんげんはやたま》大社の横の河洲《かわす》に着く。

四十年ほど前まで、この広大な権現川原に町があった。新宮川原町《かわらまち》。この磧《かわら》の町が栄えたのは近世以来、上流の奥熊野から、おびただしい木材や木炭が運び出されるようになってからである。

河口の池田港（新宮港）まで下ってきた熊野材や熊野炭は、ここから帆船で江戸に運ばれていった。藩政当時、港には何十万俵もの炭が山積みにされ、百艘《そう》を超える帆船がイカリをおろしていた。新宮から海の新幹線、黒潮に乗って江戸までわずか一週間余。

川原町はそんな熊野川を往来する筏師《いかだ》や川舟の船頭、舟夫、対岸への渡船客たちの休息、宿泊所として恰好《かっこう》の場であった。回船の出入り、川舟の発着が頻繁になるにつれ、やがて川原に飲食店ができ船宿ができ、イカダの金具などを造る鍛冶《かじ》屋や床屋や、駄菓子店から銭湯まで、さまざまな店が建ち並び、その数は二百軒におよんだ。

川原町の船宿は、やがて宿だけではなく、山から下ってきた物資を、そしてまた町方の商品を奥地へ仲介する問屋の役割りをかねるようになっていく。この川原町の繁栄のなかで財をつかみ、陸にあがって、新宮有数のお大尽になったものもいる。

〽川原よいとこ　三年三月
　出水さえなきゃ　蔵がたつ

川原町の商人たちは、出水さえなきゃと唄《うた》われた熊野川名物の増水をちゃんと計算に入れている。

《広い河原に丁度震災後（関東大震災）のバラックのやうな小屋が幾条も立ち並んで町をなして居《ゐ》る……出水の折にはその住者はみな家ぐるみ家財を畳んで高地に避けるのだといふ》（新宮に客となって・戸川秋骨《とがわしゅうこつ》）

つまり、この町の建物は、洪水から逃げるため現代でいうプレハブ形式。組み立て家屋になっていたのだ。

「あの川原には、新宮の町方とも何かちがった、一種の開放感がありました」

と子供の頃よく遊びに行ったという、元新宮市立図書館長の木田泰夫さんは、大正のころの川原町を語ってくれる。

「まわりに青竹をたて、荒むしろを張った芝居小屋や相撲の興行、それに曲馬団などもきましてね」

その川原町の栄も昭和十年までであった。熊野大橋が完成すると、まず渡し舟が消えた。戦後、新宮川右岸の国道百六十八号線（五条―新宮線）が拡幅、改修されると、奥熊野からの木材や物資はトラックになり、新宮ばかりではなく奈良県の五条へもどんどん陸送されるようになった。それに追い打ちをかけたのが吉野・熊野総合開発によるダムの出現であった。十津川、北山川にいくつもダムが建設されると、川の道を失った筏や川舟はついに姿をひそめる。こうして新宮名所の川原町も、時の流れに押し流され、消えていった。

〈百二十八〉 熊野速玉《はやたま》の神

　JR新宮駅から歩いて十五分。新宮の市街をぬけ、熊野川の流れを背にして千穂が峯の山すそに、朱色も鮮やかな大鳥居が見える。ここが本宮。那智とともに熊野三山の一つに数えられる熊野権現速玉大社。かつては「日本第一霊験所、根本熊野三所権現」として巨大な宗教王国を構成していた速玉大神のしずまる地である。

　遠いむかし、黒潮に乗り舳《へ》先《さき》で怒濤《どとう》を切り裂き飛沫《しぶき》をあげてこの地にやってきた人びとは、船と速さを競った聖なる飛沫を、速玉と呼んだのかもしれない。また、速玉の語には〝魂の急速な生成〟の意味もあるし、古代のまじないに禍《わざわい》や罪穢《ざいえ》を払う〝唾《つば》〟の力を速玉男之神として神格を与えたという説もある。

　この地を俗に新宮とよんだのは、もと神倉山《かんのくらやま》に鎮座した神を現在の社地に遷《うつ》したことによる。新宮とはいっても、熊野本宮に対しての〝新宮〟ではない。江戸期に書かれた「紀伊国名所図会《ずえ》」の〝本宮に対しての新宮〟説は誤りである。

　〽お燈《とう》まつりは男のまつり

セノヨイヤサノセ
山は火の滝　下り竜
サッサエッサレヤレコノサ
ヒーヤーリ　ハリハリセ

旧社の、二月六日の夜くりひろげられる壮絶な火の祭典、千二百五十年昔から行われている御燈《おとう》まつりで有名なこの神倉神社（速玉社の摂社）は「日本書紀」神代紀に熊野神邑《かんのむら》の天ノ磐盾《いわだて》とよんだ千穂が峯の南端の絶壁の上にあるゴトビキ（ひきがえる）の形をした巨岩を神のやどる磐坐《いわくら》と仰ぐ社だ。そして、この巨岩は、熊野における原始信仰（本宮の〝水〟、那智の〝滝〟）の母胎であり、古代信仰の原点であろう。

速玉大社の神事では、この火まつりとともに十月十六日の勇壮な水の祭典、九隻《せき》の早船による競漕、神輿《みこし》を乗せた朱塗りの華麗な神幸《みゆき》船が二隻の熊野諸手《もろた》船《ぶね》にひかれ熊野川をさかのぼっていく古式ゆかしい光景は壮観である。

速玉大社の神門をくぐると、朱色の熊野造りと流《ながれ》造りの社三棟、鈴門六カ所……切れ味のいい一群の神殿が背景の楠《くすのき》と杉の茂る神域に明るさをただよわせている。速玉大社は、あるときは熊野皇大神宮とよばれた時代もあったという。

この速玉社を参詣《さんけい》して見落としてならないのは、境内にある「熊野神宝館」であろう。ここには上野元《はじめ》宮司が苦心をかさねて蒐《あつ》めた縄文遺跡出土の考古資料から、皇室や院、将軍家などから寄進された古神宝（国宝）三百十二点、付属品をふくめると九百六十七点。

なかでも中世では数すくない蒔絵《まきえ》手箱（化粧道具の櫛《くし》、紅皿、眉筆《まゆふで》、ハサミなど五百二十四点の完全セット）などや、室町時代奉納の武具で国宝の薄貝の螺鈿《らでん》をまじえた金蒔絵の胡簶《やなぐい》（矢を入れる具）など、武具というより「神の御用品」といった美意識がつよい。館内を一巡すれば、熊野の文化を原始・古代から近代にいたるまで見ることができる。

〈百二十九〉　東京の中の〝熊野〟

熊野川が黒潮の海にそそぐ河口にひらけた新宮市は、三つの顔をもった町である。古代、神の棲《す》む国とよばれ、中世はその熊野への信仰の拠点、熊野権現速玉《ごんげんはやたま》神社を中心に構成された一大宗教王国……江戸時代には紀州徳川家の家老、水野氏三万五千石の城下町……そして熊野川流域の大森林地帯を背景とした木材の町。

この三つの顔は、すべて「江戸」を向いている。熊野教団の江戸へのひろがりは後述するが、紀州徳川家の御付家老としての水野氏は代々が江戸常住であったし、黒潮の海を越えて江戸に運ばれていったおびただしい熊野材は、江戸の木材需要の三割までまかない、年間十万俵もの江戸発送の熊野炭は、江戸の炭相場を左右したとまでいわれている。

この〝東向きの顔〟はいまも残像となって新宮人の心に灼《や》きついている。東京のファッションがいち早くこの街に流れてくるし、若者や娘たちの熱っぽい視線のむこうにあるのは、隣りの大阪ではなく東京である。

その「江戸」の地に熊野権現への信仰が落とした影は濃い。「江戸名所図会《ずえ》」にあらわれてくる熊野権現だけでも十四社。なかでも大きいのは、全国に散在する鈴木姓発祥の地、藤白《ふじしろ》王子（海南市藤白）から武蔵《むさし》の国に移住して中野（東京都）、本郷の地に根を張りひろげ、新宿十二社《じゅうにそう》、淀橋、角筈《つのはず》あたりまでの地をつかんで中野長者とよばれた鈴木九郎。かれが故郷の熊野十二社権現の神を勧請《かんじょう》し、応永十年（一四〇三）に再興したのがこの新宿十二社である。

この他にも、六百五十年まえ関東の武将で強烈な熊野信者であった豊島氏からまねかれ、豊島領の神官となって王子村に住んだ鈴木権頭《ごんのかみ》光景。この〝王子〟を中心に、この地には花見で高名な飛鳥《あすか》山や音無川など熊野由縁《ゆかり》の地名が多い。

鈴木権頭をまねいた豊島氏は、まず、領内を流れる石神井《しゃくじい》川を音無川、川の南側にある丘に若一王子を祀《まつ》り飛鳥山と改めた。

つまり豊島氏は、この一帯を熊野権現のしずまる神域にみたてたのである。音無川の名は熊野本宮から、飛鳥は速玉神社の摂社で熊野三所権現をまつる飛鳥社（現・阿須賀神社）から、そして那智からは、熊野神の社前で演じる田楽（平安時代から始まった舞楽）が伝えられた。

豊島氏が熊野から熊野権現を勧請したこの王子社は、徳川家康が江戸乗込みをしたころまでは江戸最大の神社であったという。

王子社の北に王子稲荷《いなり》がある。ここは王子神社の別当として祀られた社であったが、古典落語の「王子の狐《きつね》」のタイコ持ちと狐の話のほうが、かんじんの王子神社より今では有名になってしまった。

狐といえば、王子稲荷のお使いも、新宮の飛鳥神社のお使いもまた狐であった。

「以前、飛鳥山には仰山な狐が棲《す》みついておって、町の人から大事にされていました」と速玉大社の上野宮司はいう。その明治の頃まで、東京の王子町と同じ町名をもつ新宮河口の王子町の〝浜の王子〟も飛鳥神社も、速玉大社の境内であった。

〈百三十〉蛇の話

JR新宮駅から歩いて七分。新宮市街の中央にある浮島は、メタンガスのため島全体が沼に浮いて、足踏みすれば地が揺れる。島の長さ八十五メートル、幅六十メートル。島には暖、寒性の、四百をこえる植物がうっそうとした森をつくっている。昔、この藺沢《いのぞ》（浮島）に棲《す》む大蛇に魅入られた美少女オイノが森の奥に誘いこまれ、底なしの〝蛇の穴〟に呑《の》みこまれたという伝説がある。

非現実の怪奇、幻想の世界を描いてわが国の怪奇小説の最高峰をなす上田秋成（一七三四—一八〇九）は、この浮島の森の伝説を知っていたのであろうか。

《いつの時代なりけん、紀の国三輪が崎（新宮市三輪崎）に、大宅《おおや》の竹助といふ人ありけり》

と、秋成は「蛇性《じゃせい》の淫《いん》」にいう。

その竹助の三男の豊雄という若者が、速玉神社の神官のもとに勉強に行った帰り、大雨に降られて雨やどりした軒下で、召使いの少女をつれて走りこんできた美しい女と知りあう。その日いらい、美女、真女児《まなご》の面影が忘れられぬようになった豊雄は、女の家を訪ねる。御殿のような豪壮な邸《やしき》で歓待された豊雄は、真女児から夫婦になってほしいといわれ、金銀づくりの太刀をおくられ、夢うつつに帰っていく。

ところが、この太刀は熊野権現《ごんげん》の神宝であったため豊雄は盗賊詮議《せんぎ》の役人に捕えられ、美女の屋敷へ案内する。が、豊雄がそこで見たのは荒れ朽ちた屋形だけであった。

調べをうけた結果、妖怪《ようかい》のしわざとわかり、豊雄は入牢《じゆろう》百日。やがて牢から出た豊雄は、姉の嫁ぎ先にしばらく身をよせることになった。そこへまた、かれを探し求めて真女児がやってくる。涙ながらに詫《わ》びる真女児の真情にうたれた豊雄は、ついに結婚する。

やがて春になった。姉夫婦と豊雄は、しぶる真女児をさそって皆で吉野へ花見にでかける。その途中、すれちがった乱髪の老人が、真女児と召使いの少女をかっ！と睨《にら》みつけ、

「おのれ！　この邪神《よこしまがみ》め、なにゆえ若者を魅《まど》わすか！」

と凄《すさ》まじい声を浴びせかけた。一瞬、蒼白《そうはく》になった真女児と召使いの少女は身をひるがえして滝に飛びこんだ。女たちは大蛇と青い小蛇の化身であった。

真女児の正体が大蛇であったと知った豊雄は、恐怖して三輪崎に逃げ帰った。豊雄の身を案じた両親は、芝ノ里（中辺路町《なかへち》）の庄司の娘、富子と結婚させた。が、結婚して二日目の夜、妻となった富子の正体が、またあの大蛇であったことを知った豊雄は悲鳴をあげて逃げだし、やがて小松原（御坊市《ごぼう》）道成寺《どうじようじ》の法海和尚《おしよう》に救《たす》けをもとめる。和尚

の法力によって鉄鉢《てつぱつ》の中に封じられた真女児は、永遠に世に出ることのないよう土中に埋められた。いまも道成寺にのこる蛇塚がそれだという。

——というところで、この「蛇性の淫」の怪異な物語はおわっている。

もっとも、この話は秋成の創作ではなく、中国南宋《なんそう》のころ、浙江省杭州《せつこうしようこうしゆう》にある西湖の伝説を集めた「西湖佳話《かわ》」のなかの「雷峰怪蹟《らいほうかいせき》」がその原話だが、話のなかに速玉大社……三輪崎……中辺路……道成寺と、熊野路の地名が次つぎに出てきたり、女主人公の名が清姫のふるさと真砂《まなご》と似ているのも、愉《たの》しい。

〈百三十一〉不老不死の国

ＪＲ新宮駅前から東へ二百メートルのところに、いまからざっと二千二百年のむかし（歴史の推算年でいえば紀元前二百十九年、考古学でいうと弥生《やよい》前期）。秦《しん》の始皇帝から不老不死の霊薬を求められて船出し、熊野にたどりついたと伝えられる方士（神仙思想の行者）徐福の墓がある。

〈秦徐福之墓〉

当時、中国では不死の霊薬は蓬莱山《ほうらいさん》など三つの神山にあると考えられ、その神山はいずれも東方の海上に浮かんでいて、ひとたび俗人が近づくと蜃気楼《しんきろう》のごとく掻《か》き消えてしまうと信じられていた。

そんなある時、神山の一つで、一羽の鴉《からす》が木の葉をくわえて飛んできて息も絶えだえに倒れている仲間の鴉にかぶせた。と、ふしぎなことにその瀕死《ひんし》の鴉がにわかに生気を甦《よみがえ》らせ、友の鴉と連れだって飛んでいったという。この話をきいた始皇帝は、早速、徐福にその神仙の島、蓬莱山へ出発を命じた。始皇帝は以前、徐福がいちどその蓬莱山へ行ったという噂《うわさ》を耳にしていたのである。

こうして徐福は、おのれが語ったホラ話の島にむかって、船団を組んで出航する。以来、だれも徐福の姿をみたものはない。

東方の海にむかった徐福の行く方について後世、諸書さまざまな注釈がくわえられている。が、古くから世人に知られている「徐福が目指した蓬萊山」というのは紀州熊野川の河口にある蓬萊山（阿須賀神社の裏山）とする説がつよい。

中国の元の呉萊《ごらい》もまた、徐福が熊野に赴いたと信じて「徐福仙を求めて古紀州に来り」と詩作し、その元の国から戦乱を逃れて日本に来、鎌倉円覚寺の開山になった仏光国師も、そしてまた明《みん》の太祖、洪武帝《こうぶてい》も「昔時、仙薬を求めて熊野にむかった徐福、ただ今に致るも竟《つい》に帰らず」と熊野説を信じている。

だが、これらはすべて日本から中国に渡った日本人僧から聞いた〝徐福伝説〟の上に自分の感懐を重ね写したものにすぎない。もともと蓬萊山そのものが、山東の海にたつ蜃気楼をみて思い描いた中国人一流の虚構なのだ。蓬はヨモギで萊はアカザ、つまり雑草の生い茂る未開の島……といった意味でしかなかったのかもしれない。

――とはいえ、熊野びとが〝徐福〟に抱いた想《おも》いは熱い。熊野では捕鯨も農耕も独得のほねぎり煙草《たばこ》も医薬も紙漉《かみす》き（徐福紙）も、これらの技術を伝えたのも、すべて〝徐福〟なのである。熊野の海岸には古くから、海の彼方《かなた》からやってきた異邦人や漂着人が多かった。かれらは熊野の地にさまざまな技術や知識をもたらした。ひょっとすると〝徐福〟というのは、そんな男たちを併《あわ》せた名であったのかもしれない。

紀州藩祖、南竜公頼宣《よりのぶ》が朝鮮人の学者、李梅渓《りばいけい》に書かせた自然石の墓の前には、いつも香華《こうげ》が供えられている。新宮の町びとの胸のなかにある徐福は、生半可《なまはんか》な歴史などよりも更に勁《つよ》い真実としていまも息づいているのだ。

〈百三十二〉大石誠《せい》之《の》助《すけ》

「病人をなおすために医者がある。医者のゼイタクのために患者があるのではない」

そういった正義感のつよい医師が、明治のころ新宮の町にいた。

大石誠之助。慶応三年（一八六七）新宮城下、下舟町に生まれ、同志社大学を卒業後、医学を志してアメリカに渡る。明治二十八年オレゴン大学を終えて帰国。郷里の新宮で「ドクトル大石」の看板をかかげて開業し、町の貧乏人たちから〝毒取る〟の敬称で親しまれた。貧しい者からカネをとらず、金持ちの家へはどんなに近くても人力車で乗りつけ、がっぽりと往診料をせしめてくるからである。

医院の待合室には診察料や治療料金表が貼《は》りつけられていたが、その脇《わき》に「右、なるべく実行のこと」と書き添えられていて、診療がすむと大石は、薬局の障子を軽く叩《たた》いて合図をおくる。トンと一つなら有料だが、トントンと二つ叩くと無料。その二つのほうが、いつも多かった。

ヒューマニスト大石は、この時期まだ社会主義思想を抱いてはいない。かれが社会主義に傾斜するのは、後年、伝染病研究のためインド、ボンベイ大学に留学してからである。そのインドで大石は、階級制度にしいたげられる多くの民衆をみた。想像以上にひどいインドの階級制度を見てきた大石は、開業医のかたわら本格的に社会主義の研究を始めると同時に地元紙の熊野新報、田辺の牟婁《むろ》新報などに、日本の初期資本主義の不合理な封建制を諷刺《ふうし》した論評を発表する。

《政府、これは邦国と号する土塊《つちくれ》の上に坐《すわ》り居《お》る無用不可思議の団体なり。官吏、これは税を食い租税を衣《き》て別に人民にあいさつをするを要せず、報酬を払わぬ珍無類の動物なり》

当時、進歩的社会主義者といわれた幸徳秋水や堺利彦《さかいとしひこ》、森近運平《もりちかうんぺい》らと知りあったのも、この頃からである。

明治三十九年、大石誠之助はキリスト教牧師で作家の紀州人、沖野岩三郎と雑誌サンセットを刊行。このサンセット誌で大石は、独得の軽妙な文章で資本主義の不合理と封建性を論じ、翌、明治四十年、クロポトキンの「法律と強権」を翻訳して、秘密出版をするが、政府の忌諱《きい》に触れて発禁。ついで京都の日ノ出新聞に寄稿した「家庭破壊論」は、《封建的な家族制度の枠《わく》や道徳の殻を打破して、にんげんの個性と自由をひろげよう》

と呼びかけ、その新しい思想は当時の青年たちの心を強くとらえた。だが、この大石の論は社会秩序を乱すものとして新聞は発禁処分になる。

土佐の幸徳秋水が、上京の途中、新宮に立ち寄り大石家に足をとめたのは、この前年の七月であった。滞在すること二週間。大石は、おりから訪ねてきていた森近運平らをさそって同志数人で暑気払いに涼をもとめて熊野川に舟をうかべ、エビとりに興じ（当時十九歳であった船頭、天野日出吉翁《おう》の談）川中の島、御船島で歓談した。この御船島での歓談が、のちに大石が〝明治天皇暗殺〟という大逆事件に連座する口実を政府に与えることになる。

＊

明治天皇を暗殺しようという幸徳秋水門下の宮下太吉、新村忠雄《にいむらただお》、管野スガ、古河力作ら四人の計画が発覚したのは明治四十三年五月であった。明治政府はこれを好機として無政府主義者たちの弾圧にのりだす。そのため全国各地で検挙されるもの五百八十人。

新宮では大石誠之助はじめ、かれと親交のあった成石平四郎、成石勘三郎、高木顕明、峯尾節堂《みねおせつどう》、崎久保誓一《さきくぼせいいち》の六人が一味として逮捕された。理由は、三年前大石邸に滞在していた幸徳らと熊野川の舟遊びにことよせて御船島にあがって、ひそかに、「天皇暗殺用の爆弾の製法など、打ち合わせをした」ことによる。

もちろん、これは口実である。尋問はきわめて一方的であった。大審院の非公開の審理の結果、幸徳秋水、管野スガ、大石誠之助、成石平四郎ら十二人は死刑。新宮からは他の四人が無期懲役。処刑される前、大石は典獄（教誨師《きょうかいし》）に「瓢箪《ひょうたん》から駒《こま》が出たよ」と笑いながら話したという。身に覚えのない罪で殺されるが、それも宿命というべきか。そんな思いで大石は絞首台《こうしゅだい》を登っていったのであろう。しずかな死であったという。死の数時間前、辞世を詠《よ》んでいる。

何ものの　大いなる手か　つかみけん
　五尺のをのこ　みじろぎもせず

史上悪名高いこの〝暗黒裁判〟で死刑の宣告をうけた翌日、大石は妻への訣別《けつべつ》の手紙を書いた。

「ある人の言葉に〝どんなに辛《つら》いことがあろふとも、其《そ》の日かおそくとも次の日には、物を食べなさい。それがなぐさめを得る第一歩です〟といふ事がある。お前も此《こ》の際、くよくよと思うて、うちに引きこんでばかり居ずと、髪も結ひ、着物も着替へて、親類や知人の家へ遊びに行つて、世間の物事を見聞するがよい。さうすればおのづと気も落ちついていて安らかになるだらう。そして家（の中）を片付ける事など、どうせ遅なりついでだから、当分は親類にまかせておいて、今はまあ自分のからだを休め、こころを養ふ事を第一にしておくれ……

一月十九日　　　　　　誠之助

栄子どの」

死を目前にして、ヒューマニスト大石はなお平静さを失ってはいない。わが死には一言も触れず、妻へのいたわりをさりげなく書きつづっている。

大石ら処刑者の葬儀は世間の目をしのぶように、まだ町が寝しずまっている早朝、ひっそりと営まれた。が、遺族たちのその後は悲惨であった。逆徒の家族と罵倒《ばとう》され、遺児たちは学校にも行けず泣き暮らしたという。それが、大石が愛した町びとの表情であった。

南谷墓地にある大石の墓は雑草が茂り、苔《こけ》におおわれ、その孤独な墓をおとずれる者もなかった。

処刑後、友人の堺利彦が碑銘を書き、与謝野鉄幹は「誠之助の死」を、佐藤春夫は「愚者の死」を詠み、石川啄木は「国家の権威をかりて十二人の虐殺《ぎゃくさつ》を断行した……時の政府とその手先の裁判官どもこそ、真の大逆罪とぼくは信じている」と痛憤し、その死をとむらった。

わがむくろ　煙となりて　はてしなき
かの大空に　通ひゆくかな　　誠之助

〈百三十三〉　水野土佐守忠央《とさのかみただなか》

熊野川の河口にひらけた新宮《しんぐう》の地は、古くから海上、陸路の要衝であった。海の道、川の道、陸路では熊野街道、伊勢《いせ》街道。それに高野山から伯母子岳《おばこだけ》、五百瀬《いもせ》をたどる高野街道。吉野から北山道をぬけて木ノ本（熊野市）で伊勢街道に合する東熊野街道。大和の五条への十津川街道と、さまざまな道をあつめている新宮は、紀州徳川家の新宮藩水野家三万五千石の城下町であった。

新宮駅から北へ七百メートル、歩いて約十五分。佐藤春夫が幼い日を過ごした旧熊野病院前からゆるやかな登坂をのぼりつめると丹鶴《たんかく》城跡。丹鶴という名は、かつてこの地に熊野別当の妻であった丹鶴姫が建立《こんりゅう》した東仙寺があったところからでた名である。

新宮藩主水野家初代の重仲は、徳川家康と従弟《いとこ》の間柄であったが、御三家のひとつ紀州徳川家が創設されたとき、田辺の安藤氏と共に御付家老（家康が特に御三家に付けた家老）となる。以来、水野氏は江戸屋敷にあって紀州徳川家を補佐するが、水野氏十代二百五十年のなかで、歴史の舞台に躍りあがってくるのは九代藩主、水野土佐守忠央である。

《水野奸《かん》にして才あり、世すこぶるこれを畏《おそ》る……また一時の豪なり》

と吉田松陰もその著「幽室文稿」のなかで嘆息する。忠央、水戸の「大日本史」塙保《はなわほ》己一《きいち》の「群書類従」と並んで徳川期の三大名著と称せられた「丹鶴叢書《そうしょ》」(百五十二巻)を刊行し、博学多才、洋式軍隊を編成し軍艦丹鶴丸を建造し、幕末の動乱に乗じて井伊《いい》直弼《なおすけ》を大老に担《かつ》ぎあげ、みずからはその背後にあって暗躍し、紀州徳川家の幼君を将軍職にすえ、勤王党からは稀代《きたい》の奸物と敵視されたほどの男である。

水野忠啓の五男として江戸藩邸に生まれた忠央は、天保《てんぽう》五年(一八三四)四人の兄を差しおいて新宮藩を嗣《つ》いだ。忠央の胸奥にくすぶっていた野心が燃えあがるのはこの頃だ。野心とは、紀州徳川家の御付家老から譜代大名への跳躍であった。そのためにはまず紀州本藩の権力をつかみ、幼君慶福《よしとみ》を将軍に、そしてわが身もまた徳川宗家の姻戚《いんせき》の大名として幕政に参画し、縦横に才腕をふるうことであった。

その夢にむかって、忠央は突進する。まず、幕府お膝元《ひざもと》の江戸常住を利とした忠央の〝江戸派〟と紀州本藩の実権を握る隠居治宝《はるとみ》(十代藩主)と寵臣《ちょうしん》の山中筑後守《ちくごのかみ》ら〝国元派〟の激突である。が、忠央は幸運であった。この紀州藩五十五万五千石を真二つに割り裂くほどの抗争は、国元派の首領である山中の急死と、それにつづく隠居治宝の逝去によって、江戸派の勝利におわる。

こうして紀州徳川家を摑《つか》んだ忠央は、将軍継嗣《けいし》の選定に強い影響をもつ大奥への工作に拍車をかけた。すでに忠央は、三人の妹を大奥へおくりこんでいる。そして、その一人は十二代将軍家慶の側室となって長吉郎君を生み、また一人は十三代家定の側室になっている。

このほかに幕営の要人に嫁がせた妹二人。大奥や幕閣への要路に接近した忠央は、惜しみもなく金銀を撒《ま》いた。政治権力に接近するには、黄金がものをいうのは今も昔もかわりはない。が、それにしても忠央のその贈賄《ぞうわい》戦術は豪快であった。

＊

忠央の、幕閣や大奥への贈賄作戦の派手やかさは、江戸の人びとを仰天させた。それはそうであろう。幕営の要路にある大名や、大奥の老女から女中にいたるまで、四季の音問《おんもん》にことよせ、事あるごとにおびただしい金品を贈りつけるのである。

あるときなどは、熊野新宮から運びよせた熊野炭（備長炭《びんちようたん》）を要職にある大名たちの邸内に山のごとく積みあげ、その家中の者まで使うにまかせたという。また、あるときなどは、地震で倒壊した大名の邸《やしき》の普請《ふしん》をひきうけ、その豪壮な邸宅を贈りものにしたともいわれている。

新宮藩わずか三万五千石だが、その内情は裕福で「十万石に匹敵」（「経済録」太宰春《だざいしゆん》台《だい》)する藩であり、おまけに忠央の掌《てのひら》の裡《なか》には〝年間収入五十万両〟という幕府公認の日本一の金融機関「熊野三山貸付業」というドル箱がある。

幕末のこの時代、いずれの大名家も財政窮迫して台所は火の車で、五両の金を調達できなかった大名や、大藩のあるじでありながら天文学的数字の借財をかかえて苦しみ、藩主自身二分金が必要になったが、わずか二分の金が江戸の七つの藩邸のどこを探してもなかった……という時代の五十万両である。

こうして忠央は、前水戸藩主、徳川斉昭《なりあき》の第七子で一橋家を継いでいる一橋慶喜《よしのぶ》を将軍のあとがまにしようと画策する一橋派の薩摩《さつま》藩主、島津斉彬《なりあきら》らに対抗して、

「紀州藩主、徳川慶福こそ……」

と叫び、先に水戸斉昭のために失脚させられた松平忠周《ただちか》を老中に再任させ、彦根藩主、井伊直弼《なおすけ》と結び、南紀派の旗じるしをひるがえした。

この井伊直弼を忠央に結びつけたのは、のちに世間から〝影の大老〟と異名された直弼の腹心、長野主膳《しゅぜん》である。主膳は直弼に仕える以前、伊勢国滝野村に住み郷士の娘を妻にし、近江国《おうみのくに》伊吹山麓《さんろく》志賀谷村で国学を教えていた。この滝野村も志賀谷村も、ともに新宮藩水野家の知行地である。ひょっとすると、こんなところに忠央と主膳との目に見えぬつながりがあったのかもしれない。

ともあれ、この時期の、主膳を走らせての忠央の暗躍、裏面工作ぶりはすさまじい。

井伊直弼を推挙して強引に大老職に就かせ、十三歳の紀州慶福は、やがて徳川宗家に迎えられ十四代将軍家茂《いえもち》となる。

だが、慶福が将軍継嗣に内定したあとの忠央と直弼の交情は急激に薄れていく。政治というものは、そうしたものであろう。忠央と直弼、いずれも剛腹で権勢欲がつよい。それだけに直弼には忠央の野心が読める。忠央を譜代大名とし幕閣に登用すれば、やがて直弼の行く手をさまたげ、滅びに向かわせるであろう。直弼は忠央に心をゆるさず、幕営に迎えることをしなかった。こうして時代は忠央を置き去りにして、急流のように変わっていく。……一橋派の処断……安政の大獄……そしてやがて万延元年（一八六〇）三月、桜田門外の変。

直弼の死と共に忠央は、幕府から隠居謹慎を命ぜられ、江戸市ケ谷浄瑠璃《じょうるり》坂の藩邸をあとに熊野新宮にむかう。権力にあこがれ、天下を摑もうとして終《つい》に遂げることのなかった野望を抱いたまま、新宮に退隠した忠央は、どのような思いで日を過したのであろうか。

晩年、幕勢の挽回《ばんかい》をはかった幕府は、忠央の〝政治〟を必要として江戸に呼び戻そうとした。が、江戸へくだる日を目前に忠央は病み、丹鶴城内に没した。慶応元年（一八六五）二月、五十歳。

〈百三十四〉ポタラカ漂流

那智《なち》駅から国道をこえたところに、浜ノ宮王子の守護寺、補陀洛山寺《ふだらくさん》がある。昔は、この浜ノ宮王子は本宮から新宮、そして那智山に参拝する登山口であり、田辺から新宮に通じる熊野大辺路《おおへち》の往還になっていた。が、いまは那智山行きの観光バスのコースからはずれているせいか、広い境内はひっそりとしずまりかえっている。かつてここは、はるか南海の涯《はて》にあると信じられた補陀洛世界への〝死〟の出発地点であった。

補陀洛信仰は、孝昭天皇の頃、この浜辺に漂着したインドの裸形上人《らぎょうしょうにん》が那智の滝にこもって修行し、滝壺《たきつぼ》から黄金の観音仏をつかみだし、七百二十年生きたのち、ふたたび浜辺から船出して海の彼方《かなた》にある理想郷「ふだらく島」に行ったという夢幻的な伝説からはじまっている。

そうしてこれが生き身の人間を《外カラ釘付《くぎづ》ケニシタル渡海舟ニノセ、日月ノ光ヲ見ルコトモデキズ、三十日分ノ食物ト水ヲ積ミ》(「吾妻鏡《あずまかがみ》」)那智の沖に押し流すようになるのは貞観《じょうがん》十年(八六八)十一月、補陀洛山寺の慶竜上人からである。以来、この戦慄《せんりつ》すべき習慣は補陀洛渡海として一種の制度となり、ながく続いた。「熊野那智山参詣《さんけい》まんだら」には、その渡海の光景が描かれている。

浜辺には渡海する上人を見送りにきた僧や人びとが別れを惜しんで合掌し、波間に二隻《せき》の供舟をしたがえ、四方に鳥居、瑞垣《みずがき》を設けた渡海舟が浮かんでいる。こうして渡海舟は西風の吹く十一月、供舟に曳《ひ》かれて海に出ていく。半里ほど沖にいくと、帆立島がみえる。この近くまでくると供舟は渡海舟の帆をあげてやり、ここからさらに半里ほど沖合の綱切島にさしかかると、いままで曳行《えいこう》していた綱を断ち切る。と、帆に風をはらんだ渡海舟は、はてしない蒼海《そうかい》の彼方にあるポタラカ（ふだらく）という幻影の島にむかって南へ南へ流れていくのだという。こうして那智の海にでた多くの渡海上人たちは、行き着くことのない、帰ることもない、死の旅路を辿《たど》っていったのである。

海の見える補陀洛山寺の裏山にある、渡海上人たちの墓はわびしい。熊野年代記に記録されているこの渡海行は、慶竜上人から享保《きょうほう》七年（一七二二）の宥照《ゆうしょう》上人まで八百五十余年。渡海僧の数は二十一人。同行する者七十二人。このなかに十八歳の少年僧、善光上人の名もある。その渡海上人たちの墓石は、ながい歳月に風化し、すでに形を失ったものや、台石だけのものも多い。いま、ここに立ちつくしている墓塔の列は、わたしたちに何を語ろうとしているのであろう。まぼろしの観音の浄土か、それとも柩《ひつぎ》のような渡海舟のなかでみた孤独か、飢渇か、荒れ狂う黒潮の海の地獄をであろうか。

墓地の高処《たかみ》から那智の海がみえる。右手の沖合に浮かんで見えるのが綱切島、その左手が帆立島、そして浜辺にいちばん近い、赤茶けた岩ばかりのが土地の老人たちがいうコンコブ島。渡海におびえ、釘付けにされた渡海舟の舟板を破って逃げだした金光坊《こんこうぼう》という老僧が漂着し、それを発見され、海の中に押し込まれて死んだという金光坊の島という意味だ。非業《ひごう》の死をとげた金光坊の怨霊《おんりょう》は、いまもヨロリ魚に化《な》って那智の海を泳いでいる。

〈百三十五〉　火と水のまつり

海べりの駅、JR紀勢本線の那智《なち》駅で下車して、駅前からバスで二十分。那智山の飛《ひ》滝権現《ろうごんげん》（熊野権現那智大社別宮飛滝神社）お滝前停留所につく。

この那智の大滝に着くまでの途中、まっすぐ谷をのぼってくる旧熊野街道ぞいに市野々王子跡や多富気《たふけ》王子跡、老杉《ろうさん》に囲まれた鎌倉積みの石段の苔《こけ》も美しい大門坂、と史跡が多い。なかでも、大門坂道の入り口に門のようにそびえている夫婦杉の老樹は、目どおし八メートルを超えるみごとな巨木だ。人かげもない旧参道は、ほの暗く、ひんやりとした山の冷気をただよわせている。大門坂のこの苔むした石だたみの石段の道ほど熊野詣《もうで》の歴史を美しくのこした道はない。

熊野那智大社は、滝（百三十三メートル）を神とする原始信仰からおこった社で、社殿はもと滝の傍にあった。ここでは熊野十二社権現に大滝の神、飛滝権現をあわせて十三社権現とよんでいる。もともと熊野の神は〝大自然〟であった。本宮の〝水〟、新宮速《はや》玉《たま》の〝巨岩〟、そして那智の滝と、熊野三山の信仰は、古代人が大自然に抱いた素朴な畏怖心《いふしん》から発している。

熊野を旅するなら、時には車をすて歴史の径《こみち》に分け入り祖霊が棲《す》むとみた山精《やま》や水伯《みず》や巨岩や飛滝を仰ぎ見、その悠々たる大自然のなかにあっては現代人の傲慢《ごうまん》も、所詮《しょせん》は微塵《みじん》にすぎないことを思い泛《うか》べてみるのもよいではないか。でなければ、荒々しい熊野大山塊の大自然を神とみた古代人の畏怖も、山塊の奥処《おくど》から発した水が、天空に巨大な〃白い神〃となって出現する大滝の神秘も素直に伝わってこないだろう。

古代人といえば、熊野神の使者は三本足のカラスである。いつか那智の火祭り（七月十四日）でみた異形の、八尺の黒布でクチバシをつくり烏《からす》の頭を象《かたど》った八咫烏《やたがらす》帽をかぶった神官の姿が、いまも記憶の底にある。火祭りがはじまるまえ神官は、手にした扇で空に呪文《じゅもん》をかいた。そのとき神官は、一羽の熊野烏に化《な》る、古代の再現である。

火祭りは夜が多いが、那智の火まつりは真夏の真昼にはじまる。那智大社の社前を出た朱と金に飾られた十二体の扇みこしの行列と、那智の滝の前から若者たちに担《かつ》がれた四十キロの大たいまつ群が、老杉に囲まれた滝参道でぶつかり、滝の音のなかで壮大な炎の乱舞をくりひろげる。火と水（滝）の祭典である。夜の火祭りは鮮やかだが、昼の炎は不可視である。思わず触れて、傷つく。目にみえぬその聖なる炎こそ、古代人たちの〃神〃であった。

「神域に八咫烏石があります。拝観なさいますか」

旧知の朝日権宮司からお祓《はら》いをうけ、案内されて、普段は立ち入れない熊野造り、権現造りの古式を完全に残している、社殿の間《あい》にある八咫烏石のそばまでいく。それは白い玉砂利に埋もれた、黒い、人の背丈《せたけ》ほどの石であった。その霊異の石は、烏たちがよくする恰好《かっこう》で、羽根と羽根のあいだに顔をうずめて眠っているような、そんな姿に見えた。

〈百三十六〉烏《からす》文字の神符

熊野三山の神符に牛王宝印《ごおうほういん》というのがある。

熊野烏と宝珠を組みあわせ、怪異なカラス文字で刷られた起請文《きしょうもん》、つまり〝神〟を立会人にした誓約書、誓詞である。にんげんの心などというのは弱いものだ。その時は本心から強く互いに誓いかわした約束でも、すぐに破ってしまう。そのために人びとは、その約束を神符の裏に書いて神の〝みたま〟に誓った。この誓約を破ったときは、神から罰を与えてもらおうというのだ。

誓約の神符は、世の秩序が乱れて、他人が信用できなくなった戦国時代以降よく使われ、近世では遊女が客との誓いをたてることにまで使われた。それには熊野の牛王宝印が多かった。この熊野の牛王は、三山それぞれカラスの数がちがう。新宮の速玉大社は四十八、那智大社は七十二、本宮大社は九十二羽である。熊野神へのこの誓約を破ると、神と人間のあいだの使いをしたカラスが、熊野で三羽死ぬ。もちろん本人も、

《血ヘドヲ吐キ、死シテハ無間《むげん》地獄へ……》

堕《お》ちるというのだからおそろしい。が、江戸の頃になると、遊女たちはそんな起請文の神罰などに頓着《とんちゃく》しない。熊野でカラスが三羽死のうが目をまわそうが、客へのマコトなどと違約を気にしていては色里の稼業《かぎよう》はなりたたない。

起請書く（客の）うしろに立って　舌を出し　　明和年間の江戸川柳

熊野では　今日も（カラスが）落ちたと　埋めてやり　　江戸川柳

で、客への真実をみせるため起請文の数が三枚起請になり、それが次第にエスカレートしていき、七枚……九枚、そしてやがてはなんと三十一枚の起請文を書かねば客もそのマコトを信じなくなっていった。三十一枚起請の遊女が嘘《うそ》をつくと、熊野では九十三羽のカラスが死ぬ勘定になるのだから、熊野カラスもたまったものではない。江戸期の柳暗花明《りゆうあんかめい》の巷《ちまた》では、よほど起請文が乱発されたとみえ、筆者の手許《てもと》にある「恋文集」にも、遊女が客に（熊野牛王の裏に書いて）渡すための起請文のサンプルが載《の》せられている。好奇心のつよいひとのために、引用してみると〈妓《おんな》より男へおくる起請文〉として、

《ふとしたる御事より、深くも御なじみ申し、つねづね御志の程も忘れやらず、かねがね御かたらひにも末は女夫《めをと》となり候《さうらふ》お約束、こなたことも其《そ》の心に少しもかはり御座なく候。たとへ親兄弟のうち何と申し候とも、この御約束決してたがへ申すまじく、もしまた外に心を通はす誓ひをもどき候御事御座候はば、いかやうとも思《おぼ》し召し次第になされたく候、この誓ひにそむき、不実なることいたし候はば、熊野をはじめ、日の本の

神々の御罰をうけ申し候。かしこ。（女名）》

こうして、牛王宝印の裏に書いた文面の、女の名の下と、文章の中の〝誓ひをもどき（解約）〟とか〝罰をうけ〟という所へ女は小刀で右の薬指の腹を刺してしぼった血で血判を捺《お》し、男におくるのである。騒がしくせめぎあっている現代からみると、ばかばかしい気もしないではないが、ここには、ふるきよき時代の捨てがたいロマンがある。

〈百三十七〉 死者の行く寺

那智山バス停から六・三キロ、熊野交通の専用道路の急坂を車で二十分。曲りくねった山腹の道を這《は》うようにして妙法スカイラインを登っていく。那智山中第一の峰、妙法山（七百四十九メートル）からの眺望はすばらしい。眼下に勝浦の海が見え、晴れた日には新宮から遠く潮岬《しおのみさき》におよぶ海景が一望できる。視線を返すと果無《はてなし》・大雲取など俗に熊野三千六百峰とよばれる山また山の重畳とした山脈が、波がしらのような稜線《りようせん》をみせ、際涯もないひろがりをみせている。

スカイラインの終点、妙法山阿弥陀《あみだ》寺近くの駐車場で車をおり、鬱蒼《うつそう》とした老杉《ろうさん》に囲まれた参道をすこし行くと山門がみえる。かつてここは、死者の行く寺であった。

紀州では古くから、死者の亡魂は枕飯《まくらめし》三合を炊《た》くあいだに、枕元に手向けられた樒《しきみ》の枝を杖《つえ》に、この寺を詣《もう》でるのだといわれている。そのとき死者の亡魂は、阿弥陀寺奥ノ院、十方浄土堂に樒の枝を供え、阿弥陀堂の吊鐘《つりがね》を一つ撞《つ》いて、大雲取越えの山路をとぼとぼ歩いていく。奥ノ院の樒山は、その死者たちが捧《ささ》げた樒が生い茂り、阿弥陀寺の鐘は、いまも人影も見えぬのに幽《かす》かな音をたてて鳴るという。

《亡者ノ熊野詣トイフ事ヲ伝ヘテ、人死スル時ハ幽魂カナラズ当山ニ参詣《さんけい》スト云《い》フ、イト佐《あや》シキ事ナド眼前ニ見シ人モアリ……》

と「紀伊続《しょく》風土記」もこの怪異を記している。

境内から五十メートルほど離れた樹林のなかに、苔《こけ》むした二メートル四方ほどの石囲いがある。その昔、この寺に住んでいた唐の僧、応照上人《しょうにん》が火焼三昧《ざんまい》、つまり焚身往生《ふんじんおうじょう》（焼身自殺）をとげた炉の跡である。平安時代の「大日本国法華経験記《ほけきょうげんき》」によると《是《これ》すなはち日本国最初の焼身なり》という。

仏のすむ理想世界をもとめて身をなげうち、往《ゆ》いて生くるという酷烈な死の方法に、こういうのもある。

《熊野の村の永興禅師のところに、ある時ひとりの修行僧がやってきた……》

と、嵯峨《さが》天皇のころ奈良薬師寺の僧、景戒が録した「日本霊異記」は記す。

その修行僧は「これから山に籠《こも》ろうと思う」と禅師に告げて何処《いずこ》へともなく去って行った。それから二年して、村の男が木《き》を伐りに山ふかく入っていくと、山中どこからともなく法華経を読む声がきこえた。半年ほど後、また山中で読経《どきょう》する声をきいた村の男は、それを禅師に語った。いぶかしく思った禅師が山に分け入って声のゆくえを探し、ようやく発見した。それは白骨であった。白骨は二十尋《ひろ》ほどの麻縄で両足をくくり、縄の端を岩にくくりつけ断崖《だんがい》から身を投げていた。断崖に逆吊《さかさづ》りになったその白骨が山風にゆれ髑髏《どくろ》の赤い舌だけがひらひらとうごいて経文を読んでいる。捨身往生《しゃしんおうじょう》をした白骨の主は、崖《がけ》ぎわに置かれていた水瓶《みずがめ》からあの修行僧だとわかった。永興禅師は白骨を供《く》養《よう》して帰ったが、この白骨は三年後もなお、さながら生けるもののように法華経を誦《ず》しつづけていたという。

妙法山阿弥陀寺山門前を右に行けば、熊野古道第一の嶮路《けんろ》大雲取越えへの道、死者の亡魂が〝あの世〟にむかって歩いていったという鬼気迫る「死出の山路」である。

〽くまの路を　もの憂《う》き旅と　おもふなよ
死出の山路で　おもひ知らせん
阿弥陀寺奥ノ院　詠歌

〈百三十八〉　大雲取のダル神

熊野詣《もうで》の最大の難所、大雲取越えの登り口は、青岸渡寺《せいがんとじ》の右手にある。登りはじめるとすぐに、鼻先をすりあげるような苔《こけ》むした石段道が迫ってくる。大雲取越えのこの苦しさは、七百六十年前、後鳥羽院《ごとばいん》に随従して熊野にきた歌人、藤原定家がその日記「後鳥羽院熊野御幸記」のなかで、
《終日嶮岨《けんそ》ヲ超ス、心中夢ノ如《ごと》シ、イマダカクノ如キ（苦しき）事ニ遇《あ》ハズ、雲トリ紫金ノ峯《みね》ハ掌《てのひら》ヲ立ツガ如シ》
と声をうわずらせ、悲鳴をあげている。
天下の大歌人、定家が苦しさのあまりついに一首の歌も詠《よ》まなかったという大雲取越えは、那智《なち》から本宮まで三十五キロの山中の径《みち》である。雲取というのは、手をのばせば頭上の雲がつかみとれるほどの高処《たかみ》の意味だ。
青岸渡寺の登り口から、妙法山まで二十五町、妙法山道の分岐点から大雲取かけぬけ道の上り坂茶屋跡……仙右衛門坂の石だたみ道……そこから胴切坂……熊野山中随一の

眺望だという舟見峠（八百八十四メートル）。が、のんびりと景色など眺めている余裕はない。この先、掻餅《かきもち》茶屋跡から下り八丁の〝亡者《もうじゃ》の出合い〟地点を経て、定家が〝道崔《さい》嵬《かい》ホトンドオソレアリ〟と形容した大雲取山が待ちうけている。

妙法山阿弥陀《あみだ》寺から死者たちの亡魂がとぼとぼ辿《たど》っていったという「死出の山路」や「亡者の出合い」への径は、ひときわ不気味である。雑草の群がりたつ道のところどころに、山路の苦しさに行き倒れた熊野詣の人びとの小さな墓がある。雲取越えの往還では、そんな一にぎりほどの墓石によく出あった。下界並みの墓石など到底運びあげられない嶮路なのである。

大雲取山中で行き倒れたこれらの人びとは、みなダル神に憑《つ》かれたのだと土地の古老たちはいう。

「山道を歩いてると、いきなり気ィが狂いそうになるほど腹がへってくるんや。飯を食うてまだ間ァがないのによ……ほいで、なっとしても足が進まんで倒れてしまうンよ」

ダル神は、山道で餓死したムゲンボトケ（無縁仏）の亡霊がさまよっていて、通りかかった人にとり憑くのだという。

「山ン中で、ダルにとりつかれた……と思うたら、ナマの米粒でも、弁当の残りの何粒でもええ、それを喰うとすぐに治る」

と村びとはいう。だから熊野の山びとたちは、弁当を食うとき飯粒を三粒だけは残しておく。ダルというのは、饑《ひだる》いとダルイ（怠い・懈い）の転じたものであろう。
おもしろいことに、熊野詣にやってきた歌人の斎藤茂吉は、足達者であった父から「山を越す前に麓《ふもと》で飯を食い、頂上でまた飯を食い、食い物だけは余分に持っていけ」と教えられ、那智の登山口でも舟見峠でも、飯を食っている。雲取山中でダル神にとりつかれた体験者に、南方熊楠《みなかたくまぐす》がいる。熊楠は二年半ばかり那智に住んでいたが、あるとき、〈予、雲取にてガキ（ダル神）にとり付かれたことあり……以来、後は里人の教えにしたがい（山に入る時は）必ず握り飯と香の物を携え、そのキザシある時は少し食うてその防ぎとした〉
とあるのも興味ぶかい。それにしても熊野山中の仄暗《ほのぐら》みの裡《なか》にはいまも、なにかが、慥《たし》かにある……。

〈百三十九〉海の温泉《いでゆ》

紀伊勝浦の駅をおりると、駅前の小さな広場に佐藤春夫の「秋刀魚《さんま》の歌」の碑が建っている。その詩碑の前から、広い駅前通りを海にむかって歩いていく。数分で鮪《まぐろ》の水揚げ日本一を誇る遠洋漁業基地勝浦港にでる。

歌人の若山牧水が勝浦を訪れたのは大正七年六月、当時はまだ鉄道がなく、牧水は和歌山から船で潮岬をまわってここに上陸している。その紀行文をみると牧水は、勝浦に温泉があるのを知らなかったらしい。

《(勝浦港が) 熊野一の港だと聞いたがなるほど道理《もつとも》だと思ひながら、(中略) 汽船から降りた。……鰹《かつを》の大漁と見え、到《いた》るところ眼の活《い》きた青紫の鮮かなのが転がしてある。(中略) 茶店に寄つて、そこにも店先に投《はふ》つてある鰹を切つて貰《もら》ひ、一杯飲み始めた》

旅の歌人牧水をよろこばせたのは温泉よりも、その鰹と地酒であったようだ。

したたかにわれに喰《くは》せよ名にし負ふ
熊野が浦はいま鰹時

そして牧水は、また詠《うた》う。

むさぼりて腹な破りそ大ぎりの
これの鰹をうましく〳〵と

春夫の秋刀魚、牧水の鰹、日本一の鮪船団の遠洋漁業基地の〝魚〟の町勝浦はまた、白浜につぐ温泉の町でもある。が、ここは他の温泉町とちがって一つにまとまった旅館街が町なかにない。ほとんどの観光客の足は勝浦港の桟橋に直行するので、町通りの両側に並んでいる土産物店や喫茶店など、客の姿もなく閑散としている。

桟橋では大型旅館のランチがずらりと並んで客を迎え、波しずかな海上を、入江や岬や湾内に浮かぶ島にある豪華な観光旅館にはこんで行くのがみえる。

海にのぞんだ岬や島に湧《わ》く温泉の湯量は、白浜とちがって豊富である。なかでも広さ三百坪、高さ二十一メートルもの大洞窟《だいどうくつ》に湧きでる忘帰洞は有名だ。熊野灘《なだ》にむかって大きく口をあけているこの天然の巨大な浴槽で、眼下の岩礁《がんしょう》に打ち寄せる黒潮を眺めながらの湯浴《ゆあ》みは豪快である。

この勝浦から車で五分、佐藤春夫がこよなく愛し、訪れたという湯川温泉に着く。湯川は山の湖をおもわせるしずかな温泉郷で、まわりの山の緑がせまり、海がふかく山峡に入りこんでできた入江では、よくボラが釣れる。勝浦の湯も湯川の湯も、熊野詣の湯《ゆ》垢離《ごり》場として大辺路《おおへち》往還にひらけた温泉郷である。

佐藤春夫は晩年、この湯川温泉に隠棲《いんせい》しようと思いこの地を「ゆかし潟《がた》」と名づけている。

なかなかに　名告げざるこそ　ゆかしけれ
ゆかし潟とも　呼ばば呼ばまし

春夫が〝わがための私設の養老院を建てよう〟と思ったという予定地は、村の古老が不喚坂（よばずの坂）といった地である。明治のころ、村にやってくる郵便配達が坂をおりていく手間をはぶいて、坂の上から呼んで村人に郵便物を取りにこさせた。で、郵便とまちがわないように、この辺では大声をあげてはならぬというのが村のオキテであった。

〝呼ばず〟といえば、入江の中に岬のように突きでたところを〝呼ばずの鼻〟という。ここも対岸の人びとへの、庄屋《しょうや》からの伝令の場所であった……というから、いかにものどかな時代の話である。その湯川ののどかさは、いまもかわっていない。湯川は閑静な、湯質のいい温泉である。

〈百四十〉鯨の町

太地《たいじ》駅で下車した。太地の港も町も、下里の浜から東へ突きでている小半島の湾入部にひらけているので、十分ほどバスに乗らなければならない。

港の左手に鷲ノ巣崎、右に燈明崎《とうめ》が突きだしている。太地は中世から鯨を捕ってきたところだが、それというのも東から流れてきた黒潮反流がこの太地沖でぶつかり、反流にのってやってきた大鯨がそこで停滞することになるからだ。ときには、海流の進路に出っ張っている燈明崎にぶちあたって湾内にまぎれこんでくるイカや鰯《いわし》を追ってゴンドウ鯨らの群れが泳ぎこんでくる。太地の人びとが地球上最大の生き物である鯨をおそれず、それを追うようになったのもこの地勢とのかかわりが大きい。

太地の捕鯨の歴史は古い。慶長十一年（一六〇六）、和田忠兵衛頼元が銛《もり》打ちによる鯨とりを組織した。日本捕鯨の幕開けである。以来、子孫の頼治が〝クモの巣にかかった蜂《はち》〟をみて網とり捕鯨を考案し、大庄屋《しょうや》の和田、分家の太地家を宰領とした太地鯨方がつくられ、村ぐるみ鯨を追って生きてきた。

森浦湾を左に見ながら走っていくバスの行く手に、やがて、くじら浜公園が見えてくる。敷地二十二万平方メートルの公園で目につくのは、壁面に鯨を描いたくじら博物館の建物だ。

太地は小さな港町だが、小さな町に大きな夢があった。父祖からうけついだ鯨漁の歴史を後世に伝え残そうというのである。そして昭和四十四年、町をあげての念願であった世界一の「くじら博物館」が完成する。館内には巨大な鯨の骨格が展示され、初期の銛打ち捕鯨の用具から捕鯨砲、古文書、絵巻物などさまざまな捕鯨資料が納められて、常渡半島の入江を利用した一万二千平方メートルの天然プールには、放し飼いにされたゴンドウ鯨やイルカが泳ぎたわむれている。

公園にはキャッチャーボートも置かれている。捕鯨船「第十一京丸」。二十一年間北氷洋、南氷洋で活躍し、国際捕鯨オリンピックにも優勝してきた船だ。が、五十二年のIWC（国際捕鯨委員会）によって船団が縮小されたため廃船、熊野灘《なだ》で活躍した最後の鯨舟・小型キャッチャーボートの「勝丸」と共に展示、近代捕鯨史を語る貴重な資料として保存されている。

「勝丸」といえば三十数年前、この船上の捕鯨砲の前で夜巨頭鯨（夜ゴンド）の射ちかたを私に教えてくれた清水船長も、いまは亡《な》い。国際捕鯨オリンピックの金メダル保持者やベテラン砲手たちを輩出した太地捕鯨も、すでに〝歴史〟の領域に足を踏み入れたのであろうか。

くじら公園から熱帯植物園の前を通り、トンネルをくぐりぬけると太地港。海べりのしずかな町なかを走りぬけ燈明崎に向かう。その坂道の途中に漂流記念碑がある。明治十一年暮、太地の捕鯨船団が巨大なセミ鯨を追って黒潮に流され、百十一人が遭難するという大惨事をおこした。碑は、それらの人びとの霊を悼《いた》んで建てられたものだ。

燈明崎から南端、梶取崎《かんどりざき》への海景は豪快である。燈明崎は古名を牟漏《むろ》崎といい、暴風にあった遣唐使、吉備真備《きびのまきび》が漂着したところである。この牟漏の名が燈明にかわったのは寛永十三年（一六三六）ここに日本最初の灯台が設けられて以来のことである。岬の突端の海桐花（トベラ）や椿《つばき》の茂みの中に古式捕鯨の頃の狼煙《のろし》場跡がある。

十六夜《いざよい》や　鯨来そめし　熊野浦　　蕪村

〈百四十一〉モグラ水道

太地《たいじ》港からの帰途、十余年ぶりで森浦の向井さんの工場を訪ねてみた。向井さんは太地鯨方のころ、納屋《なや》のあった向島を持っていた家系のひとで、ずいぶん以前、狼《おおかみ》と交配して生まれるという太地犬の話に興じて、ついに夜を徹して酒を酌《く》みかわしたという思い出がある。向井さんの工場は、碁石によく似た黒糖の飴《あめ》、熊野那智《なち》の名物「那智黒《ぐろ》」を製造している。この那智みやげの飴に、ひとつの伝承があるのだ。

「むかし、えらい坊ンさんが日本一の那智の滝で修行しようと思うて、熊野へ来たンやと……」

と古老たちはいう。その坊さまこと文覚上人《もんがくしょうにん》は、途中の浜辺でシャチに追われている鯨をみて、手にした金剛杖《こんごうづえ》を投げて救《たす》けてやる。しばらく行くと、子どもたちが土の中から迷いでたモグラをいじめているのをみて、これも助けてやる。それからずんずん歩いて、やがて那智の滝の見えるところまできた。那智の山は深くて道はけわしい。文覚は老杉《ろうさん》に囲まれたほの暗い山道を、汗を流しながら登っていった。すると、どこからか

可愛《かわい》い子どもがあらわれ、

「お坊さま、どこへ行きなさる」

「修行のため、那智のお滝まで参りますのじゃ」

「あの滝の近くには恐ろしい天狗《てんぐ》が棲《す》んでいて、いじわるをする……でも、その時はこれを舐《な》めさせてやればよい」

そういうと子どもは、飴の入った壺《つぼ》を文覚にわたして何処《どこ》かに消えてしまった。壺を持ったまま文覚が滝のそばまでくると、突然、気味の悪い風が吹いてきて、その風のむこうから燃えるような赤い髪を逆だてた天狗が現れ、「やい、此処《ここ》から先へ行けば掴《つか》み殺してしまうぞ」と睨《にら》みつける。そのおそろしさに、さすがの文覚も思わず二、三歩後ずさったくらいであったが、気をとり直して、

「この飴は、お天狗さまへのみやげでござる。どうぞ召し上ってくだされ」

天狗が飴に気をとられている隙《すき》に文覚は、滝壺のほうへ通りぬけた。だが、なんといっても日本一の大滝である。風を巻いて落ちてくる滝水は、ごうごうと岩場にひびき、滝壺のあたりに青い淵《ふち》をつくっている。とても滝までは近寄れそうもない。せっかく此処までできたものの、あと一歩で……と、文覚はがっかりした。と、その目の前の土がにわかにもくもくとふくれあがり、一匹のモグラが顔をだした。

「お坊さま、ご心配ご無用でンさ」

いうとモグラは、日本国中から集まってきた仲間たちと一緒に、滝壺の水を海に流しこむための穴を掘りはじめた。それを聞いた鯨も、穴掘りをしているモグラが、流れてくる水で溺《おぼ》れ死なぬように仲間の鯨を呼んで水を吸いこんでやった。鯨の潮吹きはその名残だという。こうしてモグラとクジラのおかげで、滝壺の水はみるみる減り、文覚上人は無事に修行することができた。

「那智の山中で坊ンさんに飴をくれた子ォは、じつは那智の観音さんの化身で、その飴ちゅうのは、那智黒のことじゃと……」

その時、モグラたちが掘ったという二里のトンネルは、「モグラ水道」とよばれ、実際に勝浦の海まで通じていて、海中からこんこんと真水をふきだしていた。が、舟びとたちから飲料水として重宝されていたそれも、いまは埋めたてられ、魚市場の一部になっている。

〈百四十二〉熊野水軍の船まつり

　ＪＲ紀勢本線紀伊姫駅から古座《こざ》駅まで、鈍行列車で六分。古座川の河口にある古座の町は、木材と漁業と、そして清流の町でもある。この清らかな古座川の流れを舞台に、毎年七月二十四日、二十五日に御船《みふね》まつり（国指定・芸能民俗文化財）が行われる。

　御船まつりは、源平合戦のとき熊野水軍に属したこの地の海の男たちが、源氏に味方して屋島、壇ノ浦の海戦に参加し、その勝利の興奮と凱旋《がいせん》を河内《かわち》神社（古座川町宇津木）で祝ったのがはじまりだと伝えられている。

　古座川の河口をさかのぼって約二キロ、清く澄んだ川面《かわも》に影をうつしている清暑島（河内島）を土地の人たちは〝こったい（河内）さま〟と称《よ》んでいる。この島が熊野海賊古座衆の御神体だ。

　宵宮《よいみや》は二十四日。古座の家々はノボリをたてて御神灯をかかげ、町には子供みこしや屋台がにぎやかにくりだす。午後四時、美しく飾られた三隻《せき》の御船が川をのぼり、しめ縄がかけられた清暑島で夜ごもりをする。

祭りの本番は二十五日。ひろびろと熊野灘《なだ》に向かってひらいた古座川の船着場のあたりに、色とりどりの大漁旗やノボリに飾りたてられた漁船がひしめき、真っ黒に陽やけした肌をみせた白装束の若者や少年たちの群れが、岩壁や漁業組合の建物の前のそここに、しゃがんだり腕組みして立ったりして、川面を見おろしている。午前八時。神官や巫女《みこ》、それに祭典に奉仕する御上﨟様《おじょうろうさま》（十歳ぐらいの少女）を乗せた当船《とうぶね》が、河内大明神のノボリを立てて碧《あお》い川面をゆるやかにのぼりはじめる。この船を先頭に、若者たちの獅子《しし》舞《ま》い船や祭り見物の屋形船など、さまざまの船があとにつづいていく。しんがりは少年たちの櫂伝馬《かいてんま》である。

〝こったい様〟の船まつりは、源平の船いくさで討死した祖霊をとむらうためだともいわれている。船べりに赤い友禅模様の幕を張りめぐらし、旗やノボリ、槍《やり》、長刀《なぎなた》や弓などを立てた軍船づくりの御船が、船唄《ふなうた》をゆるがせながらすすんでいく。その船唄の主《ぬし》も漕《こ》ぎ手の姿も見えない。ただ、華麗な御船だけが、碧くよどんだ川面をすべるようにすすんでいくのだ。それは厳粛を超えて、一種、幻想的でさえある。

古座御船まつりのメーンイベントは、上・中・下の三町内の少年たちによる黄・青・赤の三隻の櫂伝馬の競漕《きようそう》「戦合」だ。ピストルの合図とともに、猛烈な水しぶきをあげ、櫂伝馬はすすむ。河内島三周レース。リーダーのほか、一隻の漕ぎ手十人、太鼓一人、計十二人。この競漕に出場する少年たちは、その年の若衆頭から指名され祭り以前の五十日間、若衆宿で共同生活して鍛えつづけてきた少年たちである。

「そーらい！　そーらい！」

少年たちの激しい掛け声は、平家の軍船に殺到する熊野海賊たち、海に生きた遠い先祖たちの姿をうかびあがらせる。

〈百四十三〉〝姫恋し〟の海辺

マイカーや特急列車ですっ飛ばして行く旅行もよいが、たまには眠くなるような鈍行列車に乗るのもいい。本州最南端の町、JR串本《くしもと》駅から、がら空きの各駅停車で次の駅、紀伊姫で降りる。ここは紀南唯一《ゆいいつ》の無人駅で、列車から飛びだしてきた車掌が切符をうけとる。

姫駅は駅舎も最小で、駅前の大通りもバス停もない。おまけに民家に隣接して建っているので、うっかりすると地区の公民館か何かと見まちがえてしまう。姫駅から街道をこえると、すぐに姫海岸。南紀の奇景といわれる串本の橋杭岩《はしぐいいわ》は、ここから見るのが一番すばらしい。土地の人たちも、姫から見る橋杭岩こそ表の眺めで、串本の人はかわいそうに裏側ばかりみている、と自慢する。

それにしても橋杭岩の、大小四十三個の柱状の石英粗面岩が串本から海を渡って大島の方に延びている姿は奇観である。が、延長七百メートルの橋杭岩の眺めはあまりに大きすぎて遠望するしかない。近づけば大きすぎるし、磯《いそ》が露呈して橋杭という感じがしない。これはやはり姫の海岸から眺めるほうがいい。

この姫海岸は、戦前は姫の松原とよばれるほど美しい松並木があったのだが、戦争中に航空機燃料の松根油《しょうこんゆ》をとるため伐採され、それに加えて戦後の国道開通、そしてまた松くい虫の被害と、重なる悲運に見舞われ今は昔日《せきじつ》の面影をしのぶよしもない。

が、唯《ただ》ひとつの救いは、姫海岸の美しい小石である。この小石を〝姫恋し（姫小石）〟と名づけた村びとの心はやさしい。旅の足をとめて、昔は皇室に献上されたのだという姫小石をさがしてみよう。渚《なぎさ》の上のほうの石は大きいが、掘ってみると、波に洗われて丸味をおびた可愛い小石がぞくぞくと出てくる。〝姫恋し〟とよばれるこの小石を真綿に包んで、妊婦の腹帯のなかにしのばせておくと、安産する、と村の女たちはいう。

姫海岸から古座までの海べりの道は、勝浦や白浜といった観光地特有の猥雑《わいざつ》さになれた眼に、さびしい感じがするくらい静かだ。浜辺では陽に焼けた女たちが魚を干し、網もひっそりと垂れている。そのむこうの海では、黒い岩礁《がんしょう》を真っ白い波が嚙《か》んでいる。掌《てのひら》のなかで姫小石をころがし、波の音をきいていると、ふと、少女期を〝海鳴りばかり〟の熊野の浜辺ですごしたことのある詩人、伊丹公子《いたみきみこ》の透明純潔な心象風景を思い泛《うか》べる。

そこは
浜木綿《はまゆう》の村でした

風にむかって
いっしんに
花をひらいていた浜木綿が
やがて実をつける季節になると
雲と波は
流れる形になります

海鳴りばかりの
村のまんなかに
一軒建った駐在所は
垂れた浜木綿といっしょに
もう秋です

〈百四十四〉正調串本節《くしもとぶし》

南紀串本というと、なによりも先にまず思いうかべるのが民謡、串本節である。

〽ア、オチャヤレ　潮岬に灯台あれど
　恋の闇路《やみじ》は照らしゃせぬ
　エジャナイカ
　ナイカ　エエジャナーイカナイカ

和歌山県を代表するこの民謡、串本節の起源は、多くの民謡がそうであるように、いったい元唄《もとうた》がどこにあるのか判然としない。幕末の頃このあたりに流れてきた門付け芸人が竹を鳴らして唄った「おちゃやれ節」「えじゃないか節」がこの地に定着したのだとも「熊野投げ節」が変化したものという説、いや、そうではなくて、江戸時代末期すでにこの地で歌われ、氏神の祭礼に若い衆が唄っていた祭り唄だともいう。が、もともとが七・七・七・五の二十六字調の定型律をもった即興歌である。興がおもむけばだれにでも作れ、唄うことができる。

〽わしのショラ（恋人）さん　岬の沖で
　波にゆられて　鯨釣る

ところが、ふしぎなことにこの串本節は「海岸線だけに限られ、山一つ越しただけの内陸ではもう歌われていなかった」（矢倉広治氏）のである。串本節はやはり、海風と怒《ど》濤《とう》のなかで漁民や船乗りたちが歌いつづけてきた海の唄なのであろう。

　この串本節が全国的に大流行するのは大正の末期、当時、神戸にいた漫才師の砂川捨丸が、底抜けに陽気な捨丸調で舞台にかけて以来のことである。捨丸の串本節は爆発的な人気をよんだ。

　が、この捨丸調串本節に仰天したのが地元の人びとである。

「こりゃまたなんぞ？　こがえな串本節ァどこにあるンど」

　幕末の黒船騒動のころから串本付近、浦々の人びとの心に融《と》けこんだ〝正調串本節〟を世に紹介すべく立ちあがったのが、町の文化グループ、ヌーポンクラブの若者たちである。だが、かなしいことに微力である。この〝正調串本節をまもれ！〟運動はわずかなレコード（特製盤）を残すだけにおわった。

　もう数年前になるが、串本の知人から、「そのレコードが一枚だけ保存されている」という知らせをうけて、串本にかけつけた。しかし、期待していたレコードは傷まみれで、あたら正調串本節の名人、春さんの美声も雑音にかき消され、黒い音盤の中から悲鳴のような声をあげるだけであった。

だが、串本節を愛する町びとたちは、正調串本節を全国に普及するため、いまもしずかな運動をつづけている。

正調串本節を愛し、串本節を唄ってパスした観光客に、町役場発行の「合格証」を献呈しようというのである。いかにも南国的で、陽気な話である。

〽習ろた習ろたよ串本節を
尻《しり》をひっからげて走るよな

〈百四十五〉蘆《ろ》雪《せつ》絵の寺

熊野大辺路《おおへち》の旅には、蘆雪の絵をみる愉《たの》しさがある。長沢蘆雪――。山城の国（京都府）淀《よど》の城主、稲葉丹後守《たんごのかみ》の家臣で、のち京都画壇の巨匠円山応挙《まるやまおうきょ》の門に入る。が、性奔放、覇気あふれる蘆雪の個性は、写生主義をひっさげて登場し江戸時代の画壇に新風を吹きこんだ師、応挙の画風にも満足せず、ついに破門され師のもとを去っていく。

この異端児、蘆雪の作品が南紀の寺々に数多く残されているのだ。蘆雪が南紀に旅したのは師から破門される前の天明《てんめい》六年（一七八六）多忙な師の代理としてであった。それには仔細《しさい》がある。応挙がまだ無名の青年時代、二人の親友があった。京で修行する若い僧、愚海と棠蔭である。応挙はこの二人の友につねづね、

「いずれお手前がたも世に出、一寺のあるじになられるであろう、その時にはわしもお祝いにかけつけ、絵を描いて進ぜよう」

そう約束していたのである。こうして時がたち年が流れ、応挙は華々しく画壇に登場し、二人の僧もやがて熊野に帰り一寺の主となる。ところが、かねてからの約束を果た

そうにも売れっ子の応挙には時間がない。で一番弟子の蘆雪に絵をもたせ、熊野へ旅立たせたのである。

こうして蘆雪は、串本、無量寺の愚海和尚《おしょう》のもとに師の「波上群仙図」を届け、乞《こ》われるままに逗留《とうりゅう》して、自分もまたすさまじい迫力でフスマ六面いっぱいに一匹の虎《とら》を描き、対する六面のフスマに豪快な竜を描いた。この無量寺の「応挙蘆雪館」に納められている蘆雪の絵は多い。水墨フスマ絵四十余点。

次いで蘆雪は、白浜の近く富田《とんだ》川を渡って南へ下った地にある大寺、草堂寺の棠蔭和尚のもとに師の「梅花之図」を持参し、ここでもまた滞在して客殿に「虎渓《こけい》三笑図」を描き「放牛図」を描く。なかでも、このフスマ四面に描いた大胆にデフォルメされた三頭の牛は、ひどく近代的で、蘆雪の観察眼の鋭さをあらわしている。

蘆雪は酒が好きであった。誰でも酒さえ持っていけば気軽に描いてくれた、ともいう。そんな蘆雪の、奇想天外な即興絵が串本にのこっている。タテ長の紙面の下半分を（巨鯨に見立てて）真っ黒に塗りつぶし、上部に小さく鯨を追い迫ってくる勢子《せこ》舟の群れを描いた「捕鯨図」など、である。蘆雪は南紀の風光と酒を愛していたようである。無量寺（串本駅下車南へ一キロ）草堂寺（紀伊富田下車、南東二キロ）だけではなく、すさみの万福寺、持宝寺（すさみ下車、防地地区）古座《こざ》の成就寺《じょうじゅじ》（古座下車、駅の裏）田辺の高山寺（田辺駅から北東二キロ）などにも足をとめ、かれの最も脂《あぶら》ののりきった壮年時代の絵を、ぜいたくなくらい残している。ときに蘆雪、三十三歳であった。まばゆい陽光をあびた黒潮の海辺の寺で、いきいきと筆をふるった蘆雪の絵には、躍動するような〝いのち〟の息吹《いぶ》きが感じられる。異端といわれたその絵が、装飾画のように端正な師、応挙の絵などよりも、はるかに勁《つよ》くわたしたちの心を魅《ひ》きつけるのである。寛政十一年（一七九九）鬼才長沢蘆雪、不遇のうち大坂の陋巷《ろうこう》に死す。熊野を旅した日から十三年後である。

〈百四十六〉 本州最南端の岬

串本《くしもと》駅から潮岬《しおの》までバスで二十分。約五キロ。町並みを通りぬけて岬の台地にむかう。この辺りで目につくのは、台風銀座といわれる地にふさわしく、暴風の直撃に飛ばされないように、屋《や》根瓦《ねがわら》をシックイどめにし古い漁網をかぶせた軒の低い、石積みの塀のなかの民家と、黒潮にのって流れてきた熱帯性のイスの木、ホルトの木や、ウバメ樫《がし》の木などが、風あたりの強い崖《がけ》や斜面地にしがみついている姿である。ここでは家も植物も人間も、荒あらしい自然のなかで懸命に生きぬいている。

岬をのぼりつめると十七万平方メートルの広い台地、楠見平（望楼の芝）にでる。串本節で知られた白亜の潮岬灯台は、この台地の西南端の断崖《だんがい》の上にある。黒潮が最も本土に接近して流れる本州最南端の潮岬は、北緯33度26分、東経135度16分で、八丈島とほぼ同緯度。熊野の海は、この潮岬を中心に東は熊野灘《なだ》、西はすさみまでの約三十キロを枯木《かれき》灘《なだ》と称《い》う。

〽潮岬にどんとうつ波は

可愛《かわい》いショラさん（恋人）の度胸だめし

岬にむかって激しく流れこんでくる黒い海流は、遠くフィリピンの東からさまざまな熱帯や亜熱帯の生物を、この海にもたらし育てた。海底のお花畑のようなサンゴの群落も、色とりどりの熱帯魚も、そしてまたショラさんやケンケン舟などというハワイ原住民のことばまで運んできた。

運ぶといえば、波荒い磯辺《いそべ》にはよく異国文字を刻んだボートや、見なれぬ果実や仏像やタライまで流れてきて、少年たちの〝海の彼方《かなた》〟への夢を掻《か》きたてた。地球の丸味がはっきり見える、雄大な弧線を描いている水平線を、この本州最南端の岬に立って眺めると、黒潮のきらめく海は、意外に距離感を感じさせない。

「この向こう、まっ直《す》ぐ行ったらミクロネシア……ポリネシア。ぐっと左がハワイ……」

その黒潮の流れに誘われて、沿岸の若者たちはアメリカ村（日高郡美浜町三尾《みお》）同様、明治の頃から海外に出かせぎに行った。移民法の制定されない時期、みんな密航してアメリカやカナダやハワイやアラフラの海を目指した。港の入り口でハダカになって飛び込み泳ぎ着くのだ。

熊野灘や枯木灘の海景は美しい。美しいが、山が海に迫って耕地はすくなく海は荒い。それが逆に彼らの逞《たくま》しい生活力を育てたのであろう。カナダのサンタマリア平原千五百ヘクタールを開拓して野菜王と呼ばれた南弥右衛門《やえもん》、アラフラ海のダイバー（潜水夫）で当時大流行のメルボルン・ダービー（宝くじ）に大当りして一躍、一万八千円（現在のお金に換算して数億円）を摑《つか》んで木曜島から帰郷した潮岬の平松五郎兵衛、いずれも密航の漁夫であった。

そんな黒潮の海明りのする串本の町に、「アメリカから流れてきた家」だと町の人たちがいう神田邸がある。

あるとき、串本稲村の浜に途方もない大きな樹《き》が一本漂着した。それは人びとの想像の埒《らち》を超えた巨《おお》きな樹であった。串本の大旦那《おおだんな》、神田家では早速、人を大阪に走らせてその材木の潮出しをする大風呂《おおぶろ》や大ノコギリを別注し、ようやく製材して邸宅を建てた。その八畳と十畳の二部屋はもちろん、ここで使用するツイタテ、茶ダンス、文机《ふづくえ》からタバコ盆にいたるまで、すべてこの一本の樹でつくられたものである。巨木の名はいまも不明である。レッド・ウッドだという説もある。とすれば、この家は、カリフォルニアの森林から太平洋をゆらりゆらりと流れ渡ってきたことになる。

黒潮の海は、さまざまな夢をそだてる。

〈百四十七〉海を渡って大島節

潮岬《しおのみさき》をたずねたあと、大島にむかう。

串本《くしもと》の桟橋から巡航船に乗って十分。あっという間に大島の港に着く。大島は東西八キロ、周囲三十六キロ。しずかなたたずまいをみせる島である。フェリーが入ってくる岸壁にも、観光客相手の土産物屋があるわけでなし、客待ちのタクシーが並んでいるわけでもない。孫をつれて海辺を歩いている老漁夫や、キャッチボールをしている子供たちの姿が見えるだけである。

大島を訪れるのはこれで数度、ひと昔も前にきた時は港近くの富田屋で半月ばかり滞在して「熊野路」(保育社カラーブックス)を書きあげた。そのとき近所の陽気な老女、芝ハマさん(当時九十五歳)を知った。歌の好きなお婆《ばあ》さんであった。散歩をする道々ハマ婆さんはよく歌を唄《うた》ってくれた。へんてこな串本節だった。

〽ここは大島、向かいは串本……

が、じつはこの歌詞が正調なのだとハマ婆さんはいう。

「昔ゃみんな〝ここは大島……〟て唄いよったンよ。それがにィよ、串本のほうの宣伝が派手じゃったので、あっちゃに唄をぬすまれ、文句（歌詞）まで変えられてしもうたんよ……。でーん！　この歌ア大島がほんまよ」

当時の大島は、串本などよりはるかに繁昌《はんじょう》した地で、海の国道一号線を往来する廻船の風待ち、潮待ちの港として、日によっては東京通いの帆船が百隻《せき》以上も船がかりすることがあった。そんな船乗り相手の遊女たちも大島には多かった。遊女百五十余人。ハマ婆さんも、

〽なぜに佐吉は松のかげ

と串本節にうたわれた佐吉楼の姪《めい》であった。その〝佐吉〟に船乗りたちの心をときめかせた島一番の美女お雪がいた。

〽大島水谷かかりし船は
　お雪みたさの潮がかり

「あしゃぁ、お雪さんのことはよう覚えとる。べっぴんじゃったが、どことのう寂しそうなひとじゃった。あしが、船乗りから教えてもろうたゲスイ（卑猥《ひわい》な）歌を唄うてたら、嬢ちゃんはそんな歌うとうたらいけん、て叱《しか》ってくれた」

ハマ婆さんの知っているお雪は、三、四代目のお雪なのであろう。お雪というのは、大島の遊女たちの中で最も美人である妓《こ》につけられる名だという。その、海の男たちの

心をときめかせた初代お雪の墓が、蓮生寺の墓地にある。妙艶信女。苔《こけ》むしたその墓は、港を一望する丘の上にひっそりとしずまっている。遊女の墓というのは、なまめかしくもかなしいものである。

墓の近くに、朝露童子、泡幻童女などと刻んでおびただしい名を連ねた一枚の墓碑がある。おそらく、世の祝福をうけることなく、はかなく去った遊女たちの嬰児《えいじ》のものであろう。それは、眩《まば》ゆい陽ざしの下で眺めるには、あまりにも悲しい風景であった。

〈百四十八〉　なんでも一つの島

大島は、大半を断崖《だんがい》絶壁に囲まれているので、その景観は男性的である。なかでも島の東端に一キロほど突出している樫野崎《かしのざき》灯台からの海景は声をのむほどのすばらしさだ。太平洋の風濤《ふうとう》を真っ向からうける断崖は、贅肉《ぜいにく》を削《そ》ぎ落として、おびただしい岩礁《がんしょう》は海流のなかに黒い牙《きば》をみせている。ここでは、自然はまだ野性を失ってはいない。わが国最古の洋式灯台の一つ（明治三年）といわれているその灯台の下の海は、

海金剛

と称《い》われる海の難所で、明治二十三年秋、トルコ皇帝の特使で来日したオスマンパシャ殿下を乗せた軍艦エルトグロール号が帰途、この灯台沖で座礁し、殿下以下五百八十一人が艦と運命を共にした。トルコ軍艦遭難の報に、樫野崎はじめ大島の人びとは総出で救出にあたった。が、そのほとんどが暴風雨のなかの激浪に溺《おぼ》れ死んだ。生存者わずか六十余名。このとき七歳であった芝ハマ婆《ばあ》さんも、

「トルコが打ち上っちょる！」

の噂《うわさ》を耳にして、好奇心の塊りとなって八キロの山道を駆けつけたという。

嵐《あらし》の中で決死の救援と死者への慰霊を行った大島の人びとの行動は、トルコ国民に感動を与え、やがて翌二十四年、樫野崎にみごとな「トルコ軍艦遭難碑」が建てられた。以来、第二次世界大戦中を除いていまもその日、トルコの外交官が来島して地元の人びとに敬意を表し、両国の親善をふかめている。

遭難の直後、明治天皇も樫野崎を訪ねて、

「台風の中での命がけの救助作業は大変であったであろう」と村びとをねぎらった。

そのとき、村びとのひとり樫田文左衛門さんは、

「みんなハチマキをして頑張りました」

と申しあげた。ところが、天皇にはそのハチマキがよくわからなかったらしい。

「ハチマキとはなにか……と天子さまからタンネ（尋ね）られたとき、わしゃもう、そらもうナンボにも弱ったァ」

樫田さんにしてみれば、ハチマキはハチマキとしか答えようがなかったのであろう。生涯、そのコトを一つ話にしていた。

海金剛の眺めがもっともよいのは、日米修交館を出て右手、樹海のなかのような道をかき分けて進んだその先の台地からの〝表金剛〟の俯瞰《ふかん》であろう。

落陽を浴びながら、待ちくたびれ顔の運転手さんに最敬礼をして大島港へ帰る。そう

いえば今日半日、大島のタクシーを私ひとりで独占したのである。大島にタクシーは唯《ただ》一台。タクシーだけではない。大島ではすべてが〝ひとつ〟なのである。フェリーが一隻《せき》。巡航船が一隻。中学校が一つ。バスが一台。ガソリンスタンド一つ。電気屋一軒。ポリスボックス一つ。美容院一つ。マーケット一つ。公衆電話ボックス一つ。すし屋一軒……。そんなところがまた私の大島が好きな理由の、一つなのだが。

〈百四十九〉トンガ丸の冒険

昭和三年の春、南太平洋のトンガ王国から田並村（串本《くしもと》町田並）に一通の手紙が舞いこんだ。その手紙は、たちまち村中の話題になった。

「トンガの女王さんから村長のところへ船を造ってくれというてきたらしいノシ」

「そのトンガたらいう国は、どこにあるのじゃろ」

和歌山県は日本でも有数の移民県である。徳川三百年の鎖国が解けたばかりの明治初年、すでに紀南の漁夫がアラフラ海で真珠貝を採っていたという話もあるし、一説ではそれよりもっと早く、まだチョンマゲの慶応の末だともいう。以来、熊野の人びとは貧しい暮らしから脱出して、海の彼方《かなた》のハワイ、アメリカ、カナダ、豪州へ一攫《いっかく》千金の夢を託して密航していった。南紀の波荒い海辺に住む人びとにとって、それら海の涯《はて》の国の名は、東京の地名よりも親しい。

ところが、この海外移民の多い田並の村びとにも、トンガというのは聞きなれない国名であった。

「いったいドガナ（どんな）国じゃろ？」

そのうちに手紙の内容がだんだん判《わか》ってきた。発信人は十八歳の時この村から南太平洋フィジー諸島に渡航した伴野安太郎であった。トンガ王国で貿易商として成功していた伴野は、政府閣僚やリズバンド女王に絶大な信用がある。そのトンガ女王から発注された王国御用船の建造と廻航を伴野は、郷里の小野村長（のち和歌山県知事）に依頼してきたのである。

「で、その船には誰が乗って行くのじゃろ」

「行きたいのう、わしらも」

純朴で行動性があって陽気な村の男たちは、トンガ船の話に目をかがやかせた。そんな男たちのトンガ王国への旅が実現するのは、その翌年の昭和四年。トンガ丸七十五トン、百五馬力のエンジンに帆走兼用の二本マスト、巡航速度十一ノット。

ところが、八千キロも彼方のトンガに赴こうという決死行なのに、遠洋航海の経験者は商船学校出身で長いあいだ外国航路の船長をつとめていた潮岬出身の高岡船長ただ一人。九人の乗組員はいずれも航海などは初めてという農夫や破産した鉄工所の主人、それに漁夫という頼りなさである。

が、そんなことに頓着《とんちゃく》する男たちではない。まだ見ぬ南の島へのあこがれと、運よくば一旗あげて……の夢を抱いて「そうれ行け！」と袋の港（串本町）を出航する。まったくの暴挙である。

世の中、無鉄砲ほど恐ろしいものはない。サーイース（貿易風）の地獄の風に翻弄《ほんろう》されながら、男たちの乗ったトンガ丸が、トンガ王国の沖によろけるような姿をみせたのは袋港を出航して六十六日目のことである。

トンガに上陸した男たちは、島民たちの歓迎をうけ、連日、歌と踊りとカイポラ（宴会）に明け暮れる。が、やがて、トンガ娘と遊び呆《ほう》けている男たちに突然の退去命令がでる。トンガ政府の目付役のイギリス人長官の横車である。こうして一攫千金の夢破れた男たちは、散り散りばらばら、南太平洋の島々をバカビーチ（放浪）しながら、すっからかんになって帰ってくる。そのころ村で、こんな唄《うた》がはやった。

〽洋服すがたで帰ってきたが
おっと忘れた千両箱　　　串本節

〈百五十〉枯《かれ》木《き》灘《なだ》

国道四十二号線を車で、白浜をすぎ椿《つばき》をすぎ、日置《ひき》海岸をぬけてすさみ町に近づいてくるころから、変化に満ちた海景が行く手にひらけてくる。枯木灘である。

枯木灘――潮岬から西、すさみ町までの約三十キロの海を漁夫たちは、こう呼んでいる。それにしても、すさみ、枯木灘とはすさまじい地名である。すさみは荒《すさ》ぶ海、枯木灘とは激しい海風が沿岸のあらゆる樹木を白骨のように枯らしてしまうという意味である。太平洋の風濤《ふうとう》を真正面からうける海岸は、贅肉《ぜいにく》を削《そ》ぎ落とし、無数の岩礁《がんしょう》は黒い背をみせている。ここでは、自然はまだその野性を失ってはいない。

すさみの町は、かつて熊野大辺路《おおへち》街道の要所にあって、明治になるまで口熊野代官所（現・すさみ小学校）が置かれていたところで、町なかにはまだ明治時代の面影がどこか残っている。この町はまた、枯木灘の荒海のなかでただひとつ、小さな入江をもっているところから風待ちの港として栄えてきた港町でもある。

そのせいか、海にまつわる史跡も多い。海の彼方《かなた》からやってきた神武東征の故事を伝える聖なる島、稲積島《いなづみ》（国の指定・天然記念物の亜熱帯植物群生地）。海の守護神、王子神社の絵馬堂に奉納されていたおびただしい船絵馬。この港で客死した清国《しん》（中国）人船員、左延玉の墓……。

枯木灘の海はいつも青く、岩礁は影絵のように黒い。このあたりの地層は六千万年前の第三紀層に属していて、海崖《かいがい》、岩礁が発達し、海岸線はノコギリの歯のようにとがっている。それで海景が美しいのだ。

国道四十二号線を西へ二キロほど走ると、右手の海に二つの黒島が見えてくる。陸に近い方が陸の黒島、遠い方が沖の黒島。この黒島の眺めは壮観である。

はげしい海流が陸の黒島で真二つに裂け、手前の岩場に迫りこむと、そこでまた激突し、海の花のように白いしぶきを噴きあげる。土地の漁夫たちはこの波を合掌波とよぶ。ちょうど両の掌《てのひら》を合わせた形になるからである。この波がよく見えるところにレストランが建っていて、その場所を「夫婦波観潮　恋人岬」などと名づけているのは愉快である。そういえば、波音高く、ど、どっ、とぶつかる潮が、ながいあいだ離れていた夫婦や恋人が、たがいに走りよって抱擁する、そんな姿に見えないでもない。

枯木灘。熊野の海に吹きすさぶ風浪に侵されつづけた海岸。人間の甘えなど通用しない荒れ狂う濃紺の海。その海になだれ落ちる熊野山塊。陸はあっても平地はなく、海はあっても良港はない。が、人びとはここでも強烈に生きてきた。五トンのケンケン舟に乗って朝鮮海峡から津軽、房総の沖へ出かけるのも、海を越えてカナダへ密航し、サンタマリア平原の野菜王になったのも、枯木灘の漁夫たちであった。大阪の煮豆業界を制しているのも、この海に育てられた四百人の煮豆屋さん集団である。

海岸の樹木が、どれもこれも内陸にむけてひんまがるような、強い海風のなかで生きつづけている人びとの生活は苛酷《かこく》だが、その表情は明るい。「しぶしぶしとっては生きていけん」のだ。男たちを海の彼方へ送ったあと女たちは、子や孫のために、たくましい生命力を罩《こ》めて子守唄《こもりうた》をうたう。

〽ママにならぬと　おひつを投げる
　そこらあたりは　ママだらけ
　　　　　　　　　　　　　　　　枯木灘の子守唄

〈百五十一〉 イノブタ・レース

試験管ベビーだとか体外受精に成功！　だとかいう新聞記事をみると、妙に複雑な気持になるのだが、おなじ実験でもイノシシを夫にブタを妻にして誕生した混血児イノブタなどというのは、ユーモラスでいい。

そのイノブタを訪ねて、枯木灘海岸すさみ町見老津《みろづ》の、甲子園球場が十三も入るという広大な和歌山県畜産試験場に行く。

イノシシとブタの交配は、実験的には古くから行われていたが、県の畜産試験場が手がけて実用化したのは和歌山県だけ。このため全国で唯一《ただ》つ、農林省から「特種豚実用化技術組立試験」の指定をうけ、助成金も受けている。

イノブタづくりのヒントは、地元のハンターが山中で生け捕ってきた猪《いのしし》の仔《こ》であった。「この猪と豚の混血児をつくったら、肉質がよくて赤身の多い品種が……」

そう考えた試験場の中野栄部長は、そのオスの猪の仔を育てることに熱中した。なにしろ相手は野生の猪である。荒々しくて人なれせず、飼料も山野に棲息《せいそく》していた時のような木の根、野草の茎葉、芋などのほかはうけつけようとせず、豚のような濃厚飼料を与えると飼料疹《しりょうしん》をおこすという有様である。豚に馴染《なじ》ませようと同じ放飼場に入れると、小さくても猪は猪である。唸《うな》り声をあげて猪突《ちょとつ》猛進、豚に挑みかかっていく……。

ともあれ、こうした困難の後、イノブタ第一号が誕生するのは昭和四十五年三月。オス猪とメス豚のあいだに十二頭のイノブタが生まれ、それがやがて千三百八十頭もの生産頭数をかぞえるに至る。昭和五十三年、イノブタ実用（食用）化に着手。だが、イノブタ生みの親の中野部長の前に問題はなお山積している。

イノブタ同士を交配して再生産すれば簡単なのだが、二、三代目になると肉質が悪くなり、繁殖力も落ちる。このため健康な野生の仔猪を跡切《とぎ》れることなく入手すること（捕獲されるのは病猪が多い）……警戒心が強くて夜行性の野猪と一日のうち二十時間は寝ているという品種もある家畜豚との交配……。

「同じイノブタでも、両親どちらかの血が五十パーセントを超えて濃くなると肉の質が落ちて、繁殖性の点などでも効率が悪くなるのです……両方五十パーセントずつの〝最高〟のイノブタの肉は臭みもなく脂肪もすくなく、あっさりしていて味に風味があるのですが」

イノブタ放飼場のなかで中野部長は、遊び戯《たわむ》れているイノブタの仔を抱きあげ、目を細めた。

「毎年、五月五日の子供の日にこの仔らの運動会をするんです」

その日、町のイノブタ・ダービー実行委員会の若者が試験場にちびっ子イノブタを借りにやってくる。レースの開催地は海辺の埋立地。出走するイノブタたちは、それぞれ色ちがいの、話題の人の名が記されたタスキをかけて勢ぞろいする。

今年（昭和五十九年）は①ミウラ②カクエイ③ナカソネ④セコ⑤タマエちゃん⑥カナエちゃんの生後三カ月の六頭。やがて一周七十メートルの特設競豚場の木製ゲートがあがり、ちびっ子イノブタは一斉にスタート。ところが、競馬のようにスマートにはいかない。途中で一休みするもの、驚いて出発地点に逆走するもの。実行委員会発行の「いのぶたダービー豚券」をもった観光客や地元の子供たちは、そのたびに一喜一憂、黒潮の海風のなかで歓声をあげる。

連勝式〝勝券〟の当たり券には、かわいいイノブタ人形がおくられる。のどかな、熊野の海べりのイノブタ運動会である。

〈百五十二〉　枯木灘の娘座長

JR白浜駅で、くろしお特急を降り、貨客半分ずつの鈍行列車に乗り替え、すさみにむかう。それにしても、ひどい鈍行ぶりであった。ちょっと走ると停車四分、また走っては四分停車、そんな繰り返しでようやく、すさみ駅着。田辺まで行商に行っていた陽気なおばさん連の、天秤棒《てんびんぼう》や魚のブリキ缶にまじって改札口をでる。駅前でタクシーをひろって、また四分。太平洋に突出した本州最南端の温泉、御崎《おんざき》のホテル、シーパレスへ。

若くてかわいい娘座長がいるという、昔なつかしい旅芝居の雰囲気をもった〈片岡千恵子一座〉の舞台を観《み》るためである。

一座は、座員五人、二十一歳の座長、千恵子の祖父、片岡雀三郎（八十五歳）を筆頭に、母の加代子、妹のひろみ、そして裏方をつとめる祖母といった親子三代の一座である。一座が枯木灘のシーパレスに招かれてやってきたのは、千恵子が中学一年のとき。

「じいちゃんの片岡雀三郎劇団は、九州の福岡を中心に一座をはって、一時は座員さんも四十人ほどいました」

千恵子の初舞台も、その九州戸畑のヘルスセンターであった。千恵子三歳。母が目を離したすきに、よちよちとおしめをしたまま花道にでてきて、レコードにあわせて踊りだした。それがお客の大喝采《だいかっさい》をあびて、以来、舞台を踏むようになったのだという。

片岡劇団はやがて九州から、四国香川の五郷渓《ごごうけい》温泉に移っていく。そのころ祖父の雀三郎は病気がちで、四十人を数えた座員も一人欠け二人去り、掌《てのひら》の隙間《すきま》から砂粒がこぼれ落ちるように減っていった。この温泉の舞台が、雀三郎劇団の最後になる。小柄で可憐《かれん》な千恵子の舞台姿が、おりからこの温泉にきていたシーパレスの副社長の目にとまり「よかったら、うちのホテルへもおいで」といわれたのである。

「あたたかい南紀の海辺なら、じいちゃんの病気のためにもいいし……」

こうして十三歳の少女を座長にした歌謡舞踊ショー〝片岡千恵子一座〟が誕生する。一座は毎晩、九時から開演するナイト・シアターのほか、団体客の食事どき大広間の舞台でも、千恵子と妹のひろみがレコードに合わせて〝妻恋道中〟を踊れば、じいちゃんの雀三郎がスポットライトをあびて〝俵星玄蕃《げんば》〟を、母の加代子が〝花街の母〟を踊る。そのたびに、客席から拍手が湧《わ》き、ちり紙に包んだハナ（投げ銭）がとび散る。

「ここでは、都会の舞台みたいなことをやっていては駄目です。温泉とお酒を愉《たの》しんでいるお客さんと一緒になって、明るくにぎやかに、そして軽く、と思っています」

そう千恵子はいう。千恵子は、薬師丸ひろ子に似ているといわれるのが不満なようだが、気にすることはない。素顔の彼女のほうがはるかに新鮮で、旅役者三代目という先入観が戸惑うくらい行儀がよくて、明るい。東京へ行きたいと悩んだことも、芸能界から声がかかったことも幾度かあったと、中谷節子副社長も傍からいう。

「けど、じいちゃんやばあちゃんや、家族をすててまで……」

と、千恵子は微笑する。

——幕があがるらしい。柝《き》が鳴り、どどーん！と黒潮太鼓が楽屋までひびいてくる。会釈《えしやく》をすると千恵子は、しぼりの鉢まき、ハッピ姿ででていった。「えーい、こーら」弾むような千恵子の掛け声とバチさばきに、客席から歓声があがった。

〈百五十三〉　けんけん舟

昭和三十年、全国で初めて平仮名書きの町名を採用したすさみ（旧町名、周参見）は、古くから熊野大辺路《おおへち》街道の要所としてひらけ、江戸期から明治にかけて太平洋沿岸航路の良港として栄えた港町である。

かつて帆船の時代、潮の流れが速く、すべての木を枯らしてしまうほど激しく吹きすさぶ海（すさぶという古語の動詞から〝すさみ〟に転訛《てんか》）を行く船は、枯木灘《かれきなだ》ただ一つの良港をもつすさみの町を、ながい航路の中継基地としていた。そのためか、此処《ここ》には海につながる史跡が多い。口熊野代官所があった小学校の近く周参見川沿いの王子神社には、おびただしい船絵馬が奉納され（現在は王子社横の歴史民俗資料館に保存）、国道に沿ったところには、この地で客死した清国《しん》（中国）人の高級船員、左延玉の墓もある。

すさみの町はまた、けんけん舟でその勇敢さを全国に知られた漁師の町でもある。五トンばかりの船に一人で乗り組んだ漁夫は、船の両側に七、八メートルもある竹竿《たけざお》を固定し、その竹に何本も鳥の羽を束ねた擬似餌《ぎじえ》をつけた糸を垂らして疾走する。疾走するにつれて、潜航板という特殊な木製の漁具をつけた擬似餌が海面をぴょんぴょんと跳ねる。鰹《かつお》はそれに食いつくのだ。

けんけん舟の漁夫は、足で機械を動かし舵《かじ》をとりながら、次から次へと食いついてくる鰹を釣りあげていく。ケンケンというこの耳馴《みみな》れないことばは、ハワイへ出稼ぎ漁民として渡航していた男たちが持ち帰ったカナカ原住民の漁法で「擬似餌が海面を跳ねる姿をケンケン（ぴょんぴょん）」とよんでいたことからきているようだ。

けんけん舟は一月から八月までは沿岸で鰹、鮪《まぐろ》、鰤《ぶり》などの漁。九月から十二月にかけて南は九州、五島列島から北は津軽海峡まで独りぼっちの旅漁をつづける。が、枯木灘の鰹の最盛期になると、黒潮がいちばん沿岸に接近するので、海流にのった鰹の群れが、

「ほりゃもう、目の前に見える」

ところまでやってくるのだと、沖から帰ったばかりの山崎老がいう。その魚群《なぶら》を待ちうけるため漁夫たちは、夜中の十二時ごろ出航して、潮岬の沖合で鰹の通過するナイバ（潮目）を探してひとりで夜明けを待ち、ひとりで鰹を追う。沖での厳しさや苦しさ、旅漁の孤独を山崎老に訊《き》くと、潮風に灼《や》けた顔をほころばせて、

「なんの、鰹が食いはじめると戦争じゃ、そげなこと考えとる間ァもない……それより」

フライキ（大漁旗）をあげ、港に帰る途中、獲物の中の大ぶりな鰹を一尾、船の上で

包丁をいれて頭を断ち落とし腹を裂いて骨をとり、尾っぽをロープでくくって疾走する船から投げこみ海の中を曳《ひ》いて走る。その鰹が海流に洗われ、潮にもまれ、ほどよく冷えたころ、それを引きあげてぶつ切りの刺身にして、ランチジャーの熱い飯と一緒に掻《か》っ込む。

「この鰹飯さえ喰うとりゃ、陸《おか》の上の苦ウも、なんもかんも忘れてしまうわい」

山崎老は、今日も枯木灘の沖で鰹を追っているのであろうか。

〈百五十四〉牛化人痘苗《ワクチン》誕生

いまではもう昔ばなしになってしまったが、二百年ほど前までは天然痘《てんねんとう》に対する恐怖は想像以上のものがあった。この伝染病のため、多くの人たちが命を失った。たとえ治っても、顔にアバタができ、生涯、醜い顔を嘆き悲しまねばならなかった。当時の疱瘡《ほうそう》の予防、治療法といえば、赤い着物を着たり、焼いた牛の糞《ふん》を煎《せん》じて飲んだり、顔にナベ底のススを塗ったりするマジナイしかなかった。

後年、天然痘の痘苗《とうびょう》（ワクチン）に心血をそそいだ熊野の医師、小山蓬洲《ほうしゅう》もその著「引痘新法全書」全二巻（漢文）のなかで、

《わが郷里の熊野でも、天然痘を鬼のごとく恐れている……だから、病人が出れば深い山の中に小屋を建てて隔離し、身内の者が看病につく。その者が感染して倒れると、次の者が看病に出向き、また感染する。こうして天然痘患者が一人出れば一家親族が全滅する》

と述べている。

蓬洲が天然痘に取り組むようになった背景には、この悪疫《あくえき》のため親族一家が〝一児を残して全滅した〟という悲劇がある。

熊野の久木村《ひさぎ》（日置《ひき》川《がわ》町久木）に生まれた蓬洲は、俊才の誉れ高い医師の兄に従って京にのぼり、医術を宮廷医官の高階《たかしな》枳園《しえん》に学ぶ。蓬洲が天然痘の研究に没頭したころ、イギリスの外科医ジェンナーが開発した〝牛痘法〟の種痘の話はすでに日本にも伝わっていたが、長崎に輸入された患者のカサブタは長い航海に乾ききっていて効果をあげるにいたっていない。

ジェンナーの牛痘法を中国医書の「引痘法」で知った蓬洲はそれを日本語訳して諸国の医師に呼びかけ、自分もまた牛痘苗の発見に情熱を燃やした。諸国に門弟を走らせ天然痘にかかっている牛を探し求め、そして、その牛の乳房にできたウミをとって人体に接種した。次には逆に天然痘患者の家の牛に、患者のウミを植えてみた。が、すべて失敗であった。蓬洲が目指したのは中国の人痘法でも、ジェンナーの牛痘法でもない。人痘と牛痘を綯《な》いまぜた牛化人痘苗（ワクチン）の培養育成であった。

《かくして試みること（熊野牛）数十頭……かくすること三千日。ようやく牛痘を得たり》

蓬洲が、家財を売り払い、刀まで売って辛酸ののち、念願のワクチン培養に成功したのは嘉永《かえい》二年（一八四九）のことであった。

——嘉永二年という年は、わが国の種痘史上特筆すべき年である。この年七月、オランダ船がもたらした痘漿《とうしょう》をもって蘭医《らんい》モーニッケが三児に接種して一児に善感を得、また、この法を奨励した佐賀藩主、鍋島直正《なべしまなおまさ》は藩医、楢林宗建《ならばやしそうけん》をして、その子に種痘せしめ、つづいて九月、長崎から送られた痘苗を用いて京の日野鼎哉《ひのていさい》が接種に成功している。おなじく日野から送られた痘苗によって、大坂の緒方洪庵《おがたこうあん》が好果をおさめ、同年十一月、江戸では佐賀から送りとどけられた痘苗で伊東玄朴《げんぼく》が接種をしている。

小山蓬洲が開発した国産ワクチンが、これらの医人たちに提供されたかどうかの記録は残っていない。だが、無名の医師たちの間で広く使われたことは間違いない。最近の医学書が、ようやく蓬洲の功績を記すようになったことをみても明らかだ。残念なことは、著名医師たちの陰にかくれて蓬洲の名があまり知られないことである。偉大な功績と世間での名はつながらぬものらしい。

〈百五十五〉野猿《のざる》のいる温泉

　ＪＲ紀勢本線椿《つばき》駅から温泉街まで、山を切り開いた道を西へ二キロ、バスで十分。磯《いそ》の多い入江にのぞんだ椿の湯は熊野大辺路《おおへち》、朝来帰《あさらぎ》街道の海べりにあるひなびた湯治場で、鍋《なべ》や茶碗《ちゃわん》をさげた浴客が、のんびりと自炊しながら長く逗留《とうりゅう》する温泉として知られていた。湯質もいい。透明で滑らかで「紀伊続《しょく》風土記」にも、

《浴するときは肢体膏油《こうゆ》を灌《そそ》ぐごとく》

だと記されているほどだ。その閑静な古湯の面影はいまも残っている。巨大なホテルが林立し、リゾートマンションがひしめくなかに県の老人休養ホームや、社会福祉事業団の老人ホームなどの老人施設や、家族的な保養向きの国民宿舎、民宿、それに元湯椿楼、ときわ楼といった老舗《しにせ》の、昔ながらの自炊客専用棟といった湯治場ムードもただよっている。

「戦前は炊事道具を持って夏・冬の農閑期に療養にくる人が多かったけど、いまは年間を通じて関西方面からの長期の湯治客が多いですよ。夏場などは冷蔵庫を持ち込んだ家

族連れ、という人もいましてね……観光旅館みたいに部屋はきれいではないけど、そのかわり部屋代は安いし、お客さん同士もみんな顔なじみで気楽やし、八百屋は一日に一ぺん自炊荘までトラックでやってくるし……」

と小浦館の辻本《つじもと》さんはいう。辻本さんが管理する自炊荘は十六室。いつかガイド・ブックに〝安価で長期逗留できる穴場〟だと紹介されたことがあるが、これらの自炊荘は馴染《なじみ》客でいつも一杯、空室はないというのが実状である。

温泉街をまっすぐ七百メートルほど行くと、伊勢ガ谷海岸。茂みに囲まれた坂の道をおりていくと目の前に美しい入江があらわれてくる。

この磯場や岩かげに二百匹ちかい野生猿がいる。磯の潮だまりで遊びたわむれている仔猿《こざる》たち、昼寝をしている猿、毛づくろいをする猿、観光客の姿にかけよって餌《えさ》をねだる猿と、さまざまな猿がみえる。猿は伊勢ガ谷海岸を中心に磯辺や木の茂みなどで遊んでいるが、昼などは海にとびこんで泳いだりして、観光客の笑いをさそっている。

この猿は二十年ほど前、地元の井谷伴助さんが十四ほどの野猿に餌《え》づけをしたのがはじまりだというが、いまは猿の数が増えすぎ、毎月、赤字つづきの餌代が悩みの種になっている。そんな苦労もしらず猿たちの数はどんどん殖《ふ》えるいっぽう。

「もう、わしらの手ぇにおえんようになったンで町（町役場）で飼うてもろてんのよ。ハナ（最初）のうちは太郎とか花子とか名ァもつけたのやけど、いまみたいに増えたら名前どころやないわの」

と井谷タケさん。当初は観光〝伊勢ガ谷の野猿〟と大乗気であった町役場も、際限もなく増えていく野猿に青くなった。餌代の赤字とともに、その野猿たちが手当たりしだいに畑荒らしをはじめたのだ。連日のように持ち込まれてくる苦情に頭をかかえた町当局は、目下、〝猿減らし〟対策に苦慮しているという。だが、猿たちにしてみれば、増やしたり減らしたり、にんげん様の気まぐれにつきあうのもたいへんである。

〈百五十六〉海の新幹線

熊野街道を歩きながら、その歴史のなかをのぞきこんでみると、海を越えて東進（関東進出）していったおびただしい紀州人の足跡に気づく。

戦国末期の弘治《こうじ》年間（一五五五―五八）のちに近世最大の干鰯《ほしか》生産地帯になる九十九里浜に鰯《いわし》地引網漁法を伝えた西宮久助。寛永のころ（一六二四―四四）千葉県銚子に近い外川を開発し、八つ手網鰯漁法を伝えた有田《ありだ》、広村の崎山次郎右衛門。天明年間（一七八一―八九）千葉県千倉や伊豆、安良里に移住し〝安房節《あわぶし》〟〝伊豆節〟など関東に鰹節《かつおぶし》技術を完成させた印南《いなみ》浦の与市。

そしてまた日本人が年間一人あたり五升（九リットル）消費するという日本の味、醤《しょう》油《ゆ》の発祥地、湯浅、広村から江戸にちかい銚子に進出し、日本の醤油醸造の王国を築きあげた浜口儀兵衛（ヤマサ醤油の祖）浜口吉右衛門（ヒゲタ醤油の祖）や岩崎重三郎、古田荘右衛門ら……。

紀州人の東進は、鰹節や醤油ばかりではない。国道一号線ともいうべき黒潮の海を越えて、紀伊国屋文左衛門の蜜柑船《みかん》よりも早く寛永十一年（一六三四）有田蜜柑を積んだ滝河原村の藤兵衛（通称みかん藤兵衛）の船が江戸に向かっているし、当時の江戸―大坂間の定期輸送船となった菱垣廻船《ひがきかいせん》（元和《げんな》五年・一六一九）も紀伊富田の河口から出航した二百五十石船が、そのはじまりであった。

――紀伊富田駅をおりて東へ一キロ、天然記念物の大うなぎ（国指定）が棲息《せいそく》するという富田川をわたり、国道を北へ三百メートルほど歩くと、伊勢谷の日《にち》神社がある。日神社は平安末期にはじまると伝えられる古社で、正平《しょうへい》六年（一三五一）以降の棟札が八枚現存する。この日神社の社前に、富田浦の廻船仲間が寄進した一対の石灯籠《いしどうろう》（元禄《げんろく》五年・一六九二）がある。

江戸時代、天下の台所であった大坂から、政治の中心であり大消費都市江戸への諸物資の海上輸送は、現代のわれわれが想像する以上に大きな仕事であった。そしてその幕あけともいうべき菱垣廻船の出現は、一種の輸送革命であった。それは海上輸送の主役である〝船〟と、陸上輸送の〝馬〟とをくらべればわかる。

たとえば、千石の米を大坂―江戸に運ぶには、馬千二百五十頭と馬子千二百五十人で十五日以上かかる。それを船にすれば、千石船一艘《そう》、乗組員は船頭以下十五、六人で走行約十日。もちろん、これには天候と、荒れ狂う枯木灘《かれきなだ》……熊野灘……遠州灘と、乗り切っていく熟練した航海の技術が必要であった。誰にでもできるという芸当ではない。

が、そうした海の難所をわが掌《てのひら》の皺《しわ》を読むほどに心得ている富田浦の水夫たちには造作もないことであった。当初、二百五十石でスタートした菱垣廻船も、江戸中期には五百石船になり千石船になり、幕末期には千五百石船から二千石級という巨船が出現する。その富田浦の男たちのなかには、西宮—江戸間を五十八時間で走破したという、信じられないほどの記録を残している船頭もいた。

〽おやじ舵《かじ》とれ　いのちを欲しか
ここは富田の　一の瀬じゃ　　富田浦の船頭唄《せんどううた》

〈百五十七〉白浜の碑《いしぶみ》

白浜温泉は「関西の熱海」とか「大阪の奥座敷」などというキャッチフレーズで、旅館や各種の寮が約百五十軒。収容人員二万人。湯元二十余カ所、温泉湧出量《ゆうしゅつ》二万リットル。年間三百五十万人もの観光客でひしめき、飛行場からゴルフ場、水族館、ワールドサファリ、海中展望塔、エネルギーランド、植物園、美術館と、およそレジャー施設と名がつくものでないものはない。近ごろは地元資本を抑えて都市の大資本の進出がはげしく、すさまじいスピードで開発され、マンモスホテルが林立し、それだけに俗化もひどい。

そんな温泉街の人の波をはなれて、白浜半島の先端、番所崎に向かう。ここに異色の博物学者、南方熊楠《みなかたくまぐす》の「南方記念館」が建てられている。昭和四年六月、熊楠は御召艦「長門《ながと》」で田辺湾に入港した昭和天皇を神島《かしま》に御案内、のち御召艦の一室で生物学を御進講する。熊楠はその日の光栄を記念するため、

一枝も　心して吹け　沖つ風

わが天皇《すめらぎ》のめでまし森ぞ

と詠《よ》み、神島に歌碑をたてた。それから三十三年後の昭和三十七年五月、南紀白浜に行幸した天皇は、キャラメルの箱に入れた標本を献上した愛すべき、亡《な》き熊楠を追懐して、

雨にけふる神島を見て紀伊の国の
生みし南方熊楠を思ふ

と御製を詠まれた。その御製の碑が、神島を眼下にのぞむ記念館の前に建てられている。

番所山をおりたトンネルの手前に、小説家の邦枝完二《くにえだかんじ》の〝三色の句碑〟がみえる。邦枝が白浜を舞台にした小説「黒潮物語」を完成したとき、それを祝って明光バスが建てたものだ。最初は三段壁にあったが、のち現在の地に移されている。

黒潮や　梅紅白の　知るところ

白良浜《しららのはま》までくると、町役場へ行く分岐点のところに、紀州藩士、松尾塊亭《かいてい》の句碑がある。

目にたつや　志ららの浜に　烏《からす》二羽

この句は、西行が詠んだ「ましららの白良の浜の烏貝拾ひやすくもおもほゆるかな」を意識して詠んだもの、だといわれている。文政十年（一八二七）塊亭の十三回忌にこ

の地の門人たちが建てた。
白浜の温泉街を一望する平草原の丘陵に「春の海」や「水の変態」など数多くの名曲をのこした盲目の箏曲《そうきょく》家、宮城道雄の詩碑がある。

いでゆの匂《にほ》ひ　ほのほのと
もとほりきたる鉛山《かなやま》の……

昭和三十年夏、白浜に遊んだ宮城は、その心に白浜の風光を感じ、帰京後一編の詩を明光バス小竹社長に贈った。小竹はこれを碑として、その除幕式に宮城をまねいた。宮城はよろこんで、碑面の文字をいつまでも掌《てのひら》で撫《な》でていたという。宮城の不慮の死はその二十日後であった。昭和三十一年六月、宮城道雄、急行列車より転落。
NHKの連続放送劇「鐘の鳴る丘」「君の名は」で一世を風靡《ふうび》した劇作家、菊田一夫の碑も眺望絶佳の平草原頂上にあったが、いまは移されて紀州博物館の入り口にぽつねんと立ちつくしている。流行の去ったあとの碑というのは、寂しい。

山は嶮《けわ》しけれど　あの山越えねば　里の灯は見えず　旅人は涙ぐみつつ　この道を登りぬ
菊田一夫

＊

白浜温泉から海岸べりを南にしばらく歩いていくと、湯崎温泉。記紀万葉のむかし、斉明女帝や持統、文武といった天皇が行幸したのは、湯崎のなかでも最も海に突きでた崎の湯であった。

湯崎バス停から歩いて五分の白浜熊野三所神社の境内に「斉明天皇之史蹟《しせき》」碑がたち、崎の湯から三段壁に向かう途中の、土地の人たちが〝行幸《みゆき》の芝〟とよんでいる畑地のなかに「行幸芝」と刻んだ自然石の碑がある。かつて、ここが天皇たちの行宮《あんぐう》のあった跡だ。

湯崎のバス停付近には、前述した斉明天皇行幸碑のほかに、大きな御影石《みかげいし》に似合わぬ小さな字で刻まれた俳人、高浜虚子の、

温泉のとはにあふれて　春つきず

の句碑がある。その近くに裸身の美女が白い貝を抱いて立つ「真白良《ましらら》姫」の彫像がみえる。皇太子、中大兄皇子《なかのおおえのおうじ》の謀略によって謀叛《むほん》の罪で処断された日本のハムレット有間《ありまの》皇子《みこ》の恋人、真白良姫が、帰らぬ皇子を待ちわびて悲しみのあまり、貝になったという。白浜の海にだけ生息する真白い艶《あで》やかな貝（本覚寺ヒガイ）は、その姫の化身だと伝える。

崎の湯から千畳敷、三段壁への道をゆく。ぶらぶら歩いて、一時間ほどのコースである。気ままな旅だ。急ぐことはない。

三段壁では、口紅の碑を見ようと思う。碑といっても、石で建てられているわけでは

ない。海に傾斜した断崖《だんがい》の岩場にルージュで書いた三行の遺書である。

白浜の海は
今日も荒れてゐる
1950・6・10　定一　貞子

昭和二十五年、この断崖から海に消えていった若い二人は、ここに立って荒れ狂う海を眺め、岩肌に口紅で訣別《けつべつ》のことばを記したあと、相抱いて海に投じた。二人は義兄妹であった。定一は二十二歳。妹（後妻の子）の貞子十八歳。結ばれぬ恋に悩んだ果ての兄妹心中であった。

「お母さん、僕は一人で自殺しようと思ひ、八日、白浜に来ましたが後に残る貞子が可愛（哀）想なので電報で呼び寄せ、九日午後二人ゆきます。先立つ不孝をお詫《わ》びします。お母さん今は永遠に会へる事なく又許される事なく、二人は淋《さび》しくお別れします」

岩場には男女の靴、パラソル、手提袋が置かれてい、手提袋の中のノートには堺市の両親にあてた遺書が、口紅で書かれていた。

――のちに、幸薄かった二人の死を悼《いた》んだ人が、口紅の文字そのままに碑《いしぶみ》として岩肌に刻みつけた。

〈ああ、ここか〉

口紅の碑は、三段壁展望台から千畳敷のほうに寄った草むらのなかに、ひっそりとしずまっていた。

わたしは足をとめ、煙草《たばこ》に火をつけた。

夕焼けが岩場に落ち、いちめんに海を染めはじめていた。心を魅《ひ》きこまれるような、燎《も》えるような海のいろであった。

〈百五十八〉もうひとつの白浜

白浜温泉へは、JR白浜駅から行くのが普通だが、白浜の美しさをほんとうに味わうつもりなら、田辺港から巡航船で田辺湾を横切り、東白浜の桟橋に着くのがいちばんいい。

温泉街の猥雑《わいざつ》さに気をとられて、白浜の海景のすばらしさは案外知られていない。観光客も海は眺めているのだが、気がつかないのか語る人はすくない。三段壁や千畳敷などのあの豪快さは、ざらにあるものではない。

たまには、せせこましい日本の、箱庭的な風景から脱れて、黒潮の南の海のきらめきと潮風のなかにのんびりと身をおくのもわるくない。画家の鍋井克之《なべいかつゆき》を魅《ひ》きつけ、原勝四郎を生涯釘《くぎ》づけにした白浜の自然には、海景の原点のような、なつかしい郷愁がある。

そんな〝海からの白浜〟を愉《たの》しむためヨットに乗った。三本マストに八枚のオレンジ色の帆。白い船体。総トン数、二百トン。百人乗り。造船費二億円、内装一億五千万円。世界の造船王オナシスが地中海に浮かべていたクルーザーと同じ設計図、施工《せこう》のもとに建造された豪華ヨット船「はやとり二世号」である。

「はやとり二世号」の観光航路は、白浜桟橋を出航して、円月島を左にみて番所山沖……四双島《しそうじま》をゆるやかに左回し、鉛山湾《かなやま》……湯崎……そして千畳敷から三段壁の海上を帆走して帰路につく。

ゆるやかに帆をふるわせ、紺いろの黒潮の海流をセーリングするヨットの豪華な客室に身をおくと、ひどくぜいたくな気分で、さまざまに変化する沿岸の風光は、たっぷりと旅情を満たしてくれる。

所要時間、一時間二十分。ヨットを降り、温泉街を通りぬけて南に歩いていく。しばらく行くと、崎の湯にでる。

崎の湯への途中に、名物の温泉たまごを売っている店がある。温泉につけたザルの中のたまごは、白味がやわらかくて黄味が固まっている反対たまごで、それを売って四十年という鎌倉とよえおばさんの話をききながら、備え付けのスプーンでこつこつとたまごを割り、すすりこんでいると、いかにも旅をしているという気になる。

古い湯崎温泉は湯崎七湯といわれ、明治の頃には崎の湯、浜の湯、鉱《まぶ》の湯、疝気《せんき》の湯、元の湯、粟《あわ》の湯、屋形の湯の七カ所に泉源があって栄えた。その一つ、崎の湯の無色透明の泉源でゆでた反対たまごは、ふしぎなうまさがあって、いくつ食べても胸がつかえない。これまでの最高記録は女で十三個、男で二十三個だという。

この崎の湯の歴史はふるい。「古事記」、「日本書紀」のむかしから紀ノ湯とも武漏《むろ》の湯とも書かれ、飛鳥奈良朝のころ、すでに歴史の中にみえる日本最古の温泉の一つである。湯は、海に面した高い岩場の洞穴《むろ》から湧《わ》きでる温泉を岩のくぼみにたたえたもので、天然の砂岩でできた露天の湯壺《ゆつぼ》は、千三百年のむかし、悲劇の皇子、有間皇子が、そして斉明《さいめい》女帝や情熱の歌人、額田王《ぬかたのおおきみ》たちが沐浴《もくよく》した当時のままに、いまもなお、こんこんと湯を湧きたたせている。

紀伊半島わが旅――あとがきにかえて

和歌山県は五つの国から成り立っているとよくいわれる。
それらの説によると、第一の国というのは紀ノ川流域の伊都《いと》、那賀《なが》、海草《かいそう》の三郡と和歌山市、海南市。第二は、有田《ありだ》川流域の有田郡、湯浅町や有田市。第三は御坊《ごぼう》市を中心にした日高川流域地帯。第四は富田《とんだ》川流域の田辺市周辺。第五の国は、古座《こざ》川から熊野川に沿って新宮《しんぐう》市を軸にした地域。これらの五つの国が、それぞれ独自の生活圏をもち文化をもっていた……と説《い》うのである。

が、そこまで細分して考えることはないにしても、おおざっぱに紀伊半島を北と南と、そしてその真ん中にある中紀との三つの国と考えてみてもいいようだ。つまり、和歌山県人とか県民気質とかいうのは、この三つの国に住む人びとの三つの総和ということになるであろう。

ともあれ、この紀州人が日本史に与えた影響は大きい。〝日本の味〟というべき味噌《みそ》、醬油《しょうゆ》、鰹節《かつおぶし》を開発した紀州の人びと。諸国の漁夫たちに先がけて捕鯨法や鰯《いわし》網漁法などの高度な漁業技術を摑んでいた紀州の漁夫たち。その他にも江戸と大坂を結んだ菱垣廻船……尺八……虚無僧……近世の幕開けをはたした鉄砲。そして明治新政府がモデルとした紀州藩の郡県制度、国民皆兵の軍隊の出現……と、紀州発祥の数々を眺めてくると、紀伊半島の風土とにんげんの歴史への興味はつきない。

はじめて熊野を歩いたのは、昭和二十年代の後半だから、もうずいぶん昔のことになる。当時は国鉄と称《い》ったＪＲの江住駅か見老津《みろず》駅だか、とにかく海べりの小さな駅でおりて、そこから山の中へどんどん歩いていったのを覚えている。

というのは、戦争中は飛行機乗りをしたり、戦後は東京で新劇の世界に首をつっこんだり、あげくの果ては都落ちをして来、定職も持たずぶらぶらしている私に仕事の一つも覚えさせようと材木問屋をしていた父が、こんど買付けた山林を検収してこい、とばかり大都河《おおつがわ》という山ふかい村へやったのだが、もともとが物ぐさなタチである。道をたずねるでもなく、ひとり合点でやみくもに歩いていったのだから、堪《たま》ったものではない。たちまち山中で迷子になり、えんえん五時間もさまよいつづけるという散々な目にあった記憶がある。

いらい、思わぬことから建設業の世界に顎《あご》をあずけ、ペン一本の物書き稼業《かぎよう》になるまでの二十余年間、熊野は私の仕事の場であった。

熊野には、さまざまな思いがある。

川湯温泉の山峡の薄暮、人魂《ひとだま》のように浮遊していた源氏蛍の群れ……山の斜面の原生林の、無数の木の葉が霧に濡《ぬ》れ、葉という葉が月光に反射して山全体が茫《ぼう》と蒼白《あおじろ》い光を放っていた姿……真盛りの夏の、山霧の流れたあとの青空の下の樹林のなかでしずかに降っていた樹雨《きさめ》……そんな光景も忘れがたい。

熊野では、さまざまな人にあった。

夜巨頭鯨《よごんど》の射《う》ちかたを仕方話で教えてくれた最後の鯨船、勝丸の清水船長や、狼《おおかみ》と交配して生まれるという太地犬《たいじ》の話に興じて、ついに夜を徹して酒を酌《く》みかわした狩猟マニアの向井さん……果無《はてなし》越えの山ふかい野丁場（工事現場）の、飯場の窓に腰をおろし、いつも、

〽土方飯場に
二度くる奴《やつ》は
親のない子か
流れ者

と、いかつい顔に似ず、物がなしい声で酔いどれ唄《うた》をきかせてくれた流れ者（特定の親方をもたない建設作業員）の鉄ッつぁん。

いま、それらの懐《なつ》かしい人びとの表情を眼裏《めうら》に泛《うか》べながら、このあとがきを書いている。

解説

高田宏

熊野というのは大まかに言って紀伊半島の南部一帯を指す地域名で、熊野灘《なだ》に面する海岸地帯もあるが大半は山岳地帯だ。山また山の折りかさなる地形は昔から人びとの往来をさまたげ、熊野詣《もうで》はどの行程も難行苦行の旅であった。

苦しい道を行くからこそ、熊野は聖地であり異界であった。熊野の北部を東西に連なっている果無《はてなし》山脈を眺望すると、まるで波うつ海のようだ。見渡すかぎり大波さながらの山々が果てもなくつづいている。自動車で走ってもうんざりしたものだ。こんなところを昔の人びとはよくまあ歩いたものだとあきれかえる。

この本の著者神坂次郎さんは和歌山に生まれ現在も和歌山に住んでいる作家で、熊野に縁のふかい人である。あとがきによると、はじめて熊野の山を歩いたのが昭和二〇年代後半のことで、父から命じられて山林の検収に出かけたのだという。それ以来二〇年以上、熊野が神坂さんの仕事場であった。

その神坂さんが改めて熊野のすみずみを訪ねあるいて書いたのが、この『熊野まんだら街道』だ。よそからやってきた旅行者が書いた紀行文ではない。熊野の内ふところで呼吸していた人が、その後も熊野近くに暮らしつづけ、熊野への強い愛着を、鍛えてきた作家の目を通して語りつくしているものだ。ぼくも少々は熊野を歩いているけれども、とてもこのようには語れない。解説などおこがましいことはできないので、以下二、三、共感を記すことにする。

六十章「苅萱《かるかや》堂の悲劇」は、有名な石童丸の話に触れたものだ。妻子を捨てて高野山へ登った男（苅萱道心）は、はるばる探してきた子・石童丸に父と名乗らず、傷心の石童丸が山麓《さんろく》の宿に帰ってみると母の死が待っている。孤児となった石童丸はふたたび高野山へ登って仏門に入り、その男を父とも知らず師の僧と仰いでひっそりと世を終えてゆく。哀切きわまりない物語で、聞く人びとに涙をしぼらせてきた。だが、神坂さんは、この哀話が気にくわない。「——それにしても、高野山に出家遁世《とんぜ》する男たちの、なんという身勝手さであろう。美女横笛を捨てた滝口入道、妻を置き去りにして出奔する西行……失踪《しっそう》の苅萱道心。」全くその通りだと思う。滝口入道も西行も苅萱道心も、どうしようもなく身勝手な男たちだ。

ぼくは、こういうところに神坂次郎の本領があると思う。特攻出撃を描いた神坂さんの『今日われ生きてあり』は、許しがたい男たちへの激しい怒りを秘めている作品だが、同じ怒りの一端が、こんなところにものぞいている。たとえ新古今集の大歌人で今も崇《あが》める人の多い西行であろうと、許せぬものは許せない。

逆に大きな共感をもって語られているのが、南方熊楠《みなかたくまぐす》だ。神坂さんには『縛られた巨人

――南方熊楠の生涯――』という著作もあるほどで、同郷の先輩である熊楠に並々ならぬ関心と尊敬をはらっている人だ。本書の百七章「世界を駈《か》けた男」に、その片鱗《へんりん》がうかがえる。この一章は他の章よりずいぶん長いのだが、そのなかでも、熊楠が神社合祀令《ごうしれい》に反対して「鎮守の森を守れ」と立ち上がった経緯に筆を費している。反対運動によって留置場につながれることになった南方熊楠への熱い共感がそこにある。

熊野の山なみを一望するところで、或《あ》る人がぼくに、「高田さん、いま見えている山の木は全部戦後の大皆伐植林ですよ。高田さんより年とっている木はありません。古い木で残っているのは、南方熊楠が守ってくれた神社の御神木だけです」と言ったことがある。もしも熊楠が、神社合祀令を廃令に追い込んでくれなかったら、熊野ばかりでなく日本列島のいたるところで、神格にみちた数多くの木々が失われていただろう。

百二十六章「熊野川舟唄《ふなうた》」には、木の精の話が語られている。柳の巨樹の精が人間の女になって男とちぎり、子をなしていたが、後白河法皇の命で三十三間堂の棟木にするため、この柳が伐《き》り倒される話だ。川を流送されてゆく柳の木が、母を求めて泣く子の前でぴたりと止まったという。この話に神坂さんは何も感想を加えていないが、ここにも熊楠の叫びにひびき合うものが流れているだろう。

百三十二章「大石誠之助《せいのすけ》」は、大逆事件に連座させられ刑死した大石誠之助の小伝である。身におぼえのない天皇暗殺計画の主謀者の一人とされて死刑になる大石誠之助への鎮魂の文を、神坂さんは心をこめて書いている。理不尽な権力への痛罵《つうば》が、静かに書かれているこの一章の底から聞こえてくるようである。

どの土地もさまざまな襞《ひだ》を持ち、複雑な地層を持っている。そこに生まれて生きた人びともさまざまだ。一つの土地を描き切るのは容易ではない。おそらく不可能だろう。だが、それでも、その土地に特有の色合いというものがある。この本には神坂次郎の「熊野」が、その色合いや香りと共に描かれている。徐福伝説を語る百三十一章「不老不死の国」に書かれているように、生半可《なまはんか》な歴史などより勁《つよ》い真実が生きている伝説がある、というのが神坂次郎の土地観で、それらが神坂次郎の「熊野」を彩《いろど》っている。

（平成十二年四月、作家）

この作品は平成六年二月新潮社より刊行されたものを、再構成しました。

神坂次郎著
縛られた巨人
―南方熊楠の生涯―
生存中からすでに伝説の人物だった在野の学者・南方熊楠。おびただしい資料をたどりつつ、その生涯に秘められた天才の素顔を描く。

神坂次郎著
今日われ生きてあり
沖縄の空に散った特攻隊少年飛行兵たちの、この上なく美しくも哀しい魂の軌跡を手紙、日記、遺書から現代に刻印した不朽の記録。

神坂次郎著
勝者こそわが主君
時代を見る目の、その天才的なひらめきで7度も主君を換えた武将藤堂高虎を描く表題作等、本格歴史譚5編と傑作歴史短編5編収録。

神坂次郎著
サムライたちの小遣帳
三百年間昇給なし。江戸の侍たちの貧しくも心豊かな生活術は……。史料に息づく歴史の素顔。爽快に笑わせしみじみ泣かす、全84話。

山口瞳著
行きつけの店
小樽、金沢、由布院、国立……。作家・山口瞳が愛した「行きつけの店」が勢揃い。味に酔い、人情の機微に酔う、極上のひととき。

杉浦日向子とソ連編著
ソバ屋で憩う
―悦楽の名店ガイド101―
江戸風俗研究家・杉浦日向子と「ソ連」のメンバーが贈る、どこまでも悦楽主義的ソバ屋案内。飲んだ、憩った、払った、101店。

新潮文庫最新刊

村上春樹著
辺境・近境
自動小銃で脅かされたメキシコ、無人島トホホ潜入記、うどん三昧の讃岐紀行、震災で失われた故郷・神戸……。涙と笑いの7つの旅。

松村映三
村上春樹 著
辺境・近境 写真篇
春樹さんが抱いた虎の子も、無人島で水をかぶったライカの写真も、みんな写ってます！同行した松村映三が撮った旅の写真帖。

宮尾登美子著
お針道具
―記憶の断片―
職業作家になって以来、夢を見ずに眠ったことは一度もない……。創作の苦しみと喜び、人生の節目節目で、心に刻まれた記憶の数々。

宮尾登美子著
成城のとんかつやさん
―記憶の断片―
さまざまな出会いと別れ、故郷への想い。何げない暮しの一齣から濃やかにつづられる人生の豊かさ。宮尾登美子氏の「生活と意見」。

柴門ふみ著
ラッキーで行こう
男と女の行動や外見に隠された、意外な実態を鋭くチェック。恋の勝利者になるための、的確なアドバイス満載のスーパーコラム集。

唯川恵著
夜明け前に会いたい
その恋は不意に訪れた。すれ違って嫌いになりたくて、でも、世界中の誰よりもあなたを失いたくない――純度100％のラブストーリー。

熊野《くまの》まんだら街道《かいどう》

新潮文庫　こ-21-13

平成十二年六月一日 発行

著者　神《こう》坂《さか》次《じ》郎《ろう》

発行者　佐藤隆信

発行所　株式会社 新潮社

郵便番号　一六二—八七一一
東京都新宿区矢来町七一
電話 編集部(〇三)三二六六—五四四〇
読者係(〇三)三二六六—五一一一
振替　〇〇一四〇—五—八〇八

価格はカバーに表示してあります。

乱丁・落丁本は、ご面倒ですが小社読者係宛ご送付ください。送料小社負担にてお取替えいたします。

印刷・東洋印刷株式会社　製本・株式会社大進堂

ISBN4-10-120923-5 C0195